4497.

OEUVRES

COMPLETES

DE

VOLTAIRE.

OEUVRES

COMPLETES

DE

VOLTAIRE.

TOME QUARANTE-HUITIEME.

DE L'IMPRIMERIE DE LA SOCIÉTÉ LITTÉRAIRE-
TYPOGRAPHIQUE.

1 7 8 5.

MELANGES

LITTERAIRES.

REFUTATION

D'UN ECRIT ANONYME,

Contre la mémoire de feu M. Joseph Saurin, de l'académie des sciences, examinateur des livres, & préposé au journal des savans. (*)

S<small>I</small> celui qui pourfuit feu M. *Saurin* jufque dans le tombeau, favait que cet académicien a laiffé une famille nombreufe, il ferait fans doute affligé d'avoir porté le poignard dans le cœur des enfans, en remuant les cendres du père.

S'il favait que le fils, auffi rempli de probité & de mérite que dénué de fortune, peut fe voir arracher toutes fes efpérances par les calomnies dont on noircit la mémoire de fon père; s'il apprenait que ces calomnies peuvent priver d'établiffement cinq filles vertueufes, il effuierait par fes larmes ce que fa coupable imprudence lui a fait écrire.

Jufqu'à quand verra-t-on, non feulement les gens de lettres qui doivent être humains, mais encore ceux dont la profeffion eft d'être charitables, infecter les journaux & les dictionnaires, de médifances, d'offenfes perfonnelles, de fcandales, que la religion réprouve & que le monde abhorre?

On imprima il y a quelques années, dans les fupplémens de *Moréri* & du célèbre *Bayle*, des anecdotes concernant feu M. *Jofeph Saurin*. On l'accufe

---

(*) Cet écrit anonyme fut inféré dans un journal fuiffe en 1758.

dans ces articles des actions les plus odieuses, parce qu'il avait quitté une secte pour une autre, ou plutôt parce qu'il avait mieux aimé vivre à Paris, dans le sein des lettres, que de se consumer ailleurs dans le fatras des disputes théologiques. Je fus indigné de l'insolence du compilateur nommé *Chaufepié*, qui croyait avoir continué le dictionnaire de *Bayle*.

Les dictionnaires sont faits pour être les dépôts des sciences, & non les greffes d'une chambre criminelle. Cependant, ce scandale imprimé fesait quelque effet dans les esprits faibles & avides de la honte d'autrui.

J'avais passé trois années de ma jeunesse avec M. *Joseph Saurin*, dans l'étude de la géométrie & de la métaphysique; & ne l'ayant pu connaître dans le temps de ses malheurs & des faiblesses qu'on lui objectait, (faiblesse dont je le crus très-incapable) je fus intimement lié avec lui dans le temps de sa vie heureuse, c'est-à-dire, ignorée, retirée, occupée, frugale, austère. Je le vis mourir avec une résignation courageuse, adorant DIEU en sage, se repentant de ses fautes, pardonnant celles des autres, méprisant tant de faux systèmes que des hommes vains ont ajoutés à la parole de DIEU, & pénétré d'une religion pure, dont tout bon esprit sent la force & chérit les consolations.

C'est de quoi je rendis compte dans la liste des écrivains du siècle de *Louis XIV*. Je n'ai cherché dans l'histoire de ce beau siècle, le modèle du siècle présent, qu'à rendre justice à tous les génies, à tous les savans, à tous les artistes qui le décorèrent. J'ai voulu, en louant les morts, exciter les vivans à leur ressembler. J'ai célébré les travaux des *Fénélons*, des *Bossuets*, des *Pascals*, des *Bourdaloues*, des *Massillons*, avec la même candeur que j'ai peint *Louis XIV* uniffant les deux mers, fondant la marine & le commerce, établiffant la difcipline militaire & la police, prévenant par fes bienfaits les hommes de génie & les favans dans toute l'Europe; méritant enfin, malgré fes défauts & fes fautes, le titre d'*homme prodigieux*, que lui donne l'homme d'Etat dom *Uftaris*, dans fon excellent livre de l'adminiftration du royaume d'Efpagne.

Les honnêtes gens de toutes les nations ont foufcrit à ces vérités, excepté, peut-être, quelques ennemis invétérés, qui dans le fond de leur cœur admirent ce qu'ils haïffent. Il en a été de même de tous les grands-hommes du fiècle de *Louis XIV;* l'équité du public leur a rendu juftice, & l'efprit de parti a murmuré.

C'eft ce qui arrive à l'occafion de *Jofeph Saurin*, l'un des plus beaux génies du fiècle des grandes chofes. De très-favans hommes éclairèrent alors le monde, & aujourd'hui on s'occupe à difféquer leurs cadavres.

Si ce philofophe était tombé dans des fautes graves, il faudrait les couvrir du manteau de la charité; c'eft l'intérêt de la fociété, c'eft celui de la religion. Que peut gagner un homme revêtu d'un miniftère qu'il dit faint, quand il s'acharne à prouver que fon confrère a mérité d'être repris de juftice?

Il parle de prudence; y a-t-il de la prudence à déshonorer fon état? Il parle de religion; y a-t-il de la religion à fouiller la cendre d'un homme enfeveli depuis plus de trente années, & à vouloir prouver qu'il a fini fes jours en criminel? quelle religion de s'acharner contre les vivans & contre les morts! quel fruit en reviendra-t-il à la fociété, à la morale, à l'édification publique, quand on aura triftement

.A 3

combattu des témoignages refpectables rendus en faveur d'une famille vertueufe ?

Touché de l'affliction que l'impofture préparait à cette famille, & preffé par les devoirs de l'humanité, je vais trouver un gentilhomme, un ancien officier, feigneur de la terre dans laquelle *Jofeph Saurin* avait été ce qu'on appelle miniftre ou pafteur. Avez-vous jamais vu, lui dis-je, une lettre dans laquelle *Saurin* eft fuppofé s'accufer lui-même des fautes dont on le charge, & qu'on a fait imprimer depuis peu ? Non, répond cet officier plein de franchife & de bonté, je ne l'ai jamais vue ; & je ne puis approuver l'ufage qu'on en fait. Toute fa famille répond la même chofe. Trois pafteurs refpectables, animés des mêmes principes d'honneur, fignent la même déclaration ; & voilà qu'un homme qui n'ofe pas figner fon nom s'élève contre tous ces témoignages. (1) Je ne veux pas, dit-il, que vous rendiez la paix à des cœurs affligés ; en vain tous vos témoignages font authentiques ; je veux, par un libelle fans nom, déchirer pieufement ceux que vous avez généreufement confolés.

N'eft-on pas en droit de dire à ce fanatique menteur : Par quelle cruauté inouïe venez-vous fans miffion, fans titre, fans raifon, perfécuter la mémoire d'un fage que vous n'avez point connu, & du fond de votre petit pays encore barbare, pourfuivre fes enfans que vous ne connaiffez pas ? montrez des preuves, ou faites amende honorable. Un accufateur doit avoir

---

(1) Ces pafteurs fe font attiré une affaire très-grave pour avoir figné fuivant leur confcience ; tant le célèbre anatomifte *Haller* avait mis l'intolérance à la mode dans le canton de Berne.

fes preuves en main; & quand il les a, il eft odieux.
S'il ne les a pas, il eft calomniateur, & mérite d'être
puni par la juftice quand il y en a une.

Par quel excès incompréhenfible avez-vous pu vous
laiffer emporter jufqu'à taxer de déifme & d'athéifme
le fervice charitable rendu à la mémoire d'un mort,
& à la réputation d'un fils qui donne déjà les plus
grandes efpérances d'être très-fupérieur à fon père
dans la littérature?

Miférable aboyeur de village, vous appelez déifte
& athée celui qui défend l'innocence! & qui êtes-vous,
vous qui l'outragez?

On fait que ce cloaque de turpitudes n'eft que
l'écoulement du bourbier dans lequel fut plongé le
poëte *Jean-Baptifte Rouffeau*, après l'aventure de fes
couplets, pour lefquels il fut condamné au banniffement perpétuel par le châtelet, & par le parlement
de Paris. Il avait été affez fou pour avouer qu'il était
l'auteur des cinq premiers couplets, & affez criminel
pour ofer accufer un vieux géomètre d'avoir fait les
autres. Convaincu de calomnie & de fubornation de
témoins, il fut juftement puni. Réfugié en Suiffe
parmi les domeftiques du comte du *Luc*, ambaffadeur
de France, il y ourdit toutes ces impoftures contre
Jofeph Saurin.

Il m'importe fort peu que *Rouffeau* foit ou ne foit
pas au nombre des artiftes de paroles qui ont illuftré la
France; qu'il ait fait de paffables ou de très-ennuyeufes
comédies, quelques odes harmonieufes, & quelques-
unes de déteftables; quelques épigrammes fur la
fodomie & fur la beftialité; il m'importe encore très-
peu qu'un partifan intéreffé de ces épigrammes l'appelle

le grand *Rousseau*, pour le distinguer des autres *Rousseaux*. Je ne veux, dans ce petit écrit, que rendre gloire à la vérité fur des faits dont je fuis parfaitement informé. Il y a deux monftres qui défolent la terre en pleine paix ; l'un eft la calomnie, & l'autre l'intolé- rance; je les combattrai jufqu'à ma mort.

LES HONNÊTETÉS

LITTÉRAIRES.

ON a déjà dit qu'il est ridicule de défendre sa prose & ses vers, quand ce ne sont que des vers & de la prose ; en fait d'ouvrages de goût il faut faire & ensuite se taire.

Térence se plaint, dans ses prologues, d'un vieux poëte qui suscitait des cabales contre lui, qui tâchait d'empêcher qu'on ne jouât ses pièces, ou de les faire siffler quand on les jouait. Térence avait tort, ou je me trompe. Il devait, comme l'a dit César, (*) joindre plus de chaleur & plus de comique au naturel charmant & à l'élégance de ses ouvrages. C'était la meilleure façon de répondre à son adversaire.

Corneille disait de ses critiques : S'ils me disent pois, je leur répondrai fèves. En conséquence il fit contre le modeste Scudéri ce rondeau un peu immodeste.

> Qu'il fasse mieux ce jeune jouvencel,
> A qui le ciel donne tant de martel,
> Que d'entasser injure sur injure,
> Rimer de rage une lourde imposture,
> Et se cacher ainsi qu'un criminel.
> Chacun connaît son jaloux naturel,

(*) *Tu quoque, tu in summis, ô dimidiate Menander !*
Poneris, & meritò puri sermonis amator.
Lenibus atque utinam scriptis adjuncta foret vis
Comica, ut æquato virtus polleret honore
Cum Græcis, neque in hac despectus parte jaceres !
Unum hoc maceror, & doleo tibi deesse, Terenti.

Le montre au doigt comme un fou folemnel,
Et ne croit pas en fa bonne écriture ,
> Qu'il faffe mieux.

Paris entier ayant vu fon cartel,
L'envoie au diable, & fa mufe au b. . . . .
Moi j'ai pitié des peines qu'il endure ;
Et comme ami je le prie & conjure,
S'il veut ternir un ouvrage immortel,
> Qu'il faffe mieux.

Il eut enfuite le malheur de répondre à l'abbé d'*Aubignac*, prédicateur du roi, qui fefait des tragédies comme il prêchait, & qui pour fe confoler des fifflets dont on avait régalé fa Zénobie, fe mit à dire des injures à l'auteur de Cinna. *Corneille* eût mieux fait de s'envelopper dans fa gloire & dans fa modeftie, que de répondre *fèves* à l'abbé d'*Aubignac*, qui lui avait dit *pois*.

Racine, dans quelques-unes de fes préfaces, a fait fentir l'aiguillon à fes critiques ; mais il était bien pardonnable d'être un peu fâché contre ceux qui envoyaient leurs laquais battre des mains à la Phèdre de *Pradon*, & qui retenaient les loges à la Phèdre de *Racine* pour les laiffer vides , & pour faire accroire qu'elle était tombée. C'étaient-là de grands protecteurs des lettres; c'étaient le duc *Zoïle*, le comte *Bavius*, & le marquis *Mévius*.

Molière s'y prit d'une autre façon. *Cotin* , *Ménage*, *Bourfaut*, l'avaient attaqué; il mit *Bourfaut*, *Cotin*, & *Ménage* fur le théâtre.

La Fontaine, qui a tant embelli la vérité dans plufieurs de fes fables, fit de très - mauvais vers contre

Furetière, qui le lui rendit bien. Il en fit de fort médiocres contre *Lulli*, qui n'avait pas voulu mettre en mufique fon déteftable opéra de Daphné , & qui fe moqua de fon opéra & de fa fatire. J'aimerais mieux, dit-il, mettre en mufique fa fatire que fon opéra.

Roußeau le poëte fit quelques bons vers & beaucoup de mauvais contre tous les poëtes de fon temps, qui le payèrent en même monnaie.

Pour les auteurs qui, dans les difcours préliminaires de leurs tragédies ou comédies , tombées dans un éternel oubli, entrent amicalement dans tous les détails de leurs pièces, vous prouvent que l'endroit le plus fifflé eft le meilleur; que le rôle qui a le plus fait bâiller eft le plus intéreffant; que leurs vers durs, hériffés de barbarifmes & de folécifmes, font des vers dignes de *Virgile* & de *Racine* : ces meffieurs font utiles en un point; c'eft qu'ils font voir jufqu'où l'amour - propre peut mener les hommes, & cela fert à la morale.

M. de *Voltaire* écrivit un jour: ,, La Henriade vous ,, déplaît, ne la lifez point. Zaïre, Brutus, Alzire, ,, Mérope, Sémiramis, Mahomet, Tancrède, vous ,, ennuient, n'y allez pas. Le *Siècle de Louis XIV* vous ,, paraît écrit d'un ftyle ridicule, à la bonne heure; ,, vous écrivez bien mieux, & j'en fuis fort aife. Je ,, vous jure que je ne ferai jamais affez fot pour prendre ,, le parti de ma manière d'écrire contre la vôtre.

,, Mais fi vous accufez de mauvaife foi & de men- ,, fonges imprimés, un hiftorien impartial, amateur ,, de la vérité & des hommes; fi vous imprimez & ,, réimprimez vous-même des menfonges, foit par la ,, noble envie qui ronge votre belle ame, foit pour ,, tirer dix écus d'un libraire, je tiens qu'alors il faut

,, éclaircir les faits. Il eſt bon que le public ſoit inſ-
,, truit, il s'agit ici de ſon intérêt. J'ai fort bien fait
,, de produire le certificat du roi *Staniſlas*, qui atteſte
,, la vérité de tous les faits rapportés dans l'hiſtoire
,, de *Charles XII*. Les aboyeurs folliculaires ſont
,, confondus alors, & le public eſt éclairé.

,, Si votre zèle pour la vérité & pour les mœurs
,, va juſqu'à la calomnie la plus atroce, juſqu'à
,, certaines impoſtures, capables de perdre un pauvre
,, auteur auprès du gouvernement & du monarque;
,, il eſt clair alors que c'eſt un procès criminel que
,, vous lui faites, & que le malheureux ſifflé, opprimé,
,, que vous voudriez encore faire pendre, doit au
,, moins défendre ſa cauſe avec toute la circonſpection
,, poſſible. ,,

Je penſe entièrement comme M. de *Voltaire*.

Il me ſemble d'ailleurs que dans notre Europe
occidentale, tout eſt procès par écrit. Les puiſſances
ont-elles une querelle à démêler, elles plaident d'abord
pardevant les gazetiers, qui les jugent en premier
reſſort, & enſuite elles appellent de ce tribunal à celui
de l'artillerie.

Deux citoyens ont-ils un différend ſur une clauſe
d'un contrat ou d'un teſtament, on imprime des
factums, & des dupliques, & des mémoires nouveaux.
Nous avons des procès de quelques bourgeois, plus
volumineux que l'hiſtoire de *Tacite* & de *Suétone*. Dans
ces énormes factums, & même à l'audience, le deman-
deur ſoutient que l'intimé eſt un homme de mauvaiſe
foi, de mauvaiſes mœurs, un chicaneur, un fauſſaire.
L'intimé répond avec la même politeſſe. Le procès

de mademoiselle *la Cadière* & du R. P. *Girard*, contient
sept gros volumes, & l'Enéide n'en contient qu'un
petit.

Il est donc permis à un malheureux auteur de
bagatelles, de plaider pardevant trois ou quatre douzaines de gens oisifs qui se portent pour juges des
bagatelles, & qui forment la bonne compagnie, pourvu
que ce soit honnêtement, & surtout qu'on ne soit point
ennuyeux ; car si dans ces querelles l'agresseur a tort,
l'ennuyeux l'a bien davantage.

J'ai lu autrefois une épître sur la calomnie ; j'en
ignore l'auteur, & je ne sais si son style n'est pas un
peu familier ; mais les derniers vers m'ont paru faits
pour le sujet que je traite.

> Voici le point sur lequel je me fonde ;
> On entre en guerre en entrant dans le monde.
> Homme privé, vous avez vos jaloux,
> Rampans dans l'ombre, inconnus comme vous,
> Obscurément tourmentant votre vie.
> Homme public, c'est la publique envie
> Qui contre vous lève son front altier.
> Le coq jaloux se bat sur son fumier,
> L'aigle dans l'air, le taureau dans la plaine.
> Tel est l'état de la nature humaine.
> La jalousie & tous ses noirs enfans
> Sont au théâtre, au conclave, aux couvens.
>
> Montez au ciel ; trois déesses rivales
> Y vont porter leur haine & leurs scandales ;
> Et le beau ciel de nous autres chrétiens,
> Tout comme l'autre, eut aussi ses vauriens.

Ne voit-on pas chez cet atrabilaire
Qui d'Olivier fut un temps secrétaire, (*a*)
Ange contre ange, Uriel & Nifroc,
Contre Arïoc, Afmodée, & Moloc,
Couvrant de fang les céleftes campagnes,
Lançant des rocs, ébranlant des montagnes,
De purs efprits qu'un fendant coupe en deux,
Et du canon tiré de près fur eux;
Et le Meffie allant dans une armoire
Prendre fa lance, inftrument de fa gloire?
Vous voyez bien que la guerre eft par-tout.
Point de repos; cela me.... pouffe à bout.
Hé quoi toujours alerte, en fentinelle!
Que devient donc la paix univerfelle
Qu'un grand miniftre en rêvant propofa,
Et qu'Irénée (*b*) aux fifflets expofa,
Et que Jean-Jacque orna de fa faconde,
Quand il fefait la guerre à tout le monde? (*c*)
(*d*) O Patouillet! ô Nonotte & conforts!
O mes amis, la paix eft chez les morts.
Chrétiennement mon cœur vous la fouhaite.
Chez les vivans où trouver fa retraite?
Où fuir? que faire? à quel faint recourir?
Je n'en fais point, il faut favoir fouffrir.

Mais, dit-on, *Bernard de Fontenelle*, après avoir fait quelques épigrammes affez plates contre *Nicolas*

(*a*) *Milton*, fecrétaire d'*Olivier Cromwell*, & qui juftifia le meurtre de *Charles I*, dans le plus plat libelle qu'on ait jamais écrit.

(*b*) *Irénée Caftel de Saint-Pierre*.

(*c*) *Jean-Jacques* a fait auffi un très-mauvais ouvrage fur ce fujet.

(*d*) Ce font deux ex-jéfuites les plus infolens calomniateurs de leur profeffion, & il en fera queftion dans le cours de cet ouvrage.

Boileau & contre *Racine*, ne répondit rien au mauvais livre du R. P. *Balthus* de la société de Jéfus, qui l'accufait d'athéifme pour avoir rédigé en bon français & avec grâces le livre latin très-favant, mais un peu pefant de *Vandall*; c'eft que les RR. PP. *Lallemant* & *Doucin*, de la société de Jéfus, firent dire à M. de *Fontenelle* par M. l'abbé de *Tilladet*, que s'il répondait on le mettrait à la baftille; c'eft que plus de vingt ans après, le R. P. *le Tellier* perfécuta *Fontenelle*, qu'il accufa d'avoir engagé du *Marfais* à répondre; (*e*) c'eft que du *Marfais* était perdu fans le préfident de *Maifons*, & *Fontenelle* fans M. d'*Argenfon*, comme on l'a déjà dit ailleurs, & comme *Fontenelle* le fait entendre lui-même dans le bel éloge de M. d'*Argenfon* le garde des fceaux. (*f*)

Mais à préfent que le R. P. *le Tellier* ne diftribue plus de lettres de cachet, je pofe qu'il n'eft pas abfolument défendu à un barbouilleur de papier, foit mauvais poëte, foit plat profateur, du nombre defquels j'ai l'honneur d'être, d'expofer les petites erreurs dans lefquelles des gens de bien font depuis peu tombés, foit en inventant, foit en rapportant des calomnies abfurdes, foit en falfifiant des écrits, foit en contrefefant le ftyle & jufqu'au nom de leurs confrères qu'ils ont voulu perdre; foit en les accufant d'héréfie, de

(*e*) Voyez la page 101 de l'excellent ouvrage intitulé : *La deftruction des jéfuites*, livre écrit du ftyle des Provinciales, mais avec plus d'impartialité. Voici comme l'auteur très-inftruit s'exprime : *Dans le même temps que le Tellier perfécutait les janféniftes, il déférait Fontenelle à Louis XIV comme un athée, pour avoir fait l'Hiftoire des oracles.*

(*f*) M. *Jean-George le Franc*, évêque du Puy en Vélai, a renouvelé cette accufation dans une paftorale qui ne vaut pas les paftorales de *Fontenelle*.

déifme, d'athéifme, à propos d'une recherche d'ana-
tomie, ou de quelques vers de cinq pieds, ou de quelque
point de géographie. M. *Jean-George le Franc*, évêque
du Puy, dit, par exemple, dans une paftorale, à la
page 6: *Qu'on s'eft armé contre le chriftianifme dans la
grammaire.* On n'avait pas encore entendu dire que le
fubftantif & l'adjectif, quand ils s'accordent en genre,
en nombre, & en cas, conduifent droit à nier l'exif-
ftence de DIEU.

Je vais, pour l'édification du public, raffembler,
preuves en main, quelques tours de paffe-paffe dans
ce goût, qui ont illuftré en dernier lieu la littérature.
Ce petit morceau pourra être utile à ceux qui entrent
dans la carrière heureufe des lettres. C'eft un *compendium*
de traits d'érudition, de droiture, & de charité, qui
me fut envoyé il y a quelque temps par un bon ami,
fous le titre de *Nouvelles honnêtetés littéraires.*

Première honnêteté.

IL y a des fottifes convenues qu'on réimprime tous
les jours fans conféquence, & qui fervent même à
l'éducation de la jeuneffe. La géographie d'*Hubner* eft
mife entre les mains des enfans, depuis Mofcou
jufqu'à Strasbourg. On y trouve, dès la première
page, que *Jupiter* fe changea en taureau pour enlever
Europe, treize cents ans avant JESUS-CHRIST, jour
pour jour; mais que les habitans de l'Europe font enfans
de *Japhet;* qu'ils font au nombre de trente millions,
quoique la feule Allemagne poffède environ ce nombre
d'habitans. Il affirme enfuite qu'on ne peut trouver
en Europe un terrain d'une lieue d'étendue qui ne foit

habité,

habité, quoiqu'il y ait vingt lieues de pays dans les landes de Bordeaux où l'on ne trouve abfolument perfonne ; quoique dans les Etats du pape, depuis Orviette jufqu'à Terracine, il y ait beaucoup de terrains abandonnés, & quoiqu'il y ait des marécages immenfes dans la Pologne, & des déferts dans la Ruffie, & par tout pays des landes.

Il eft dit dans ce livre, que le roi de France a toujours quarante mille fuiffes à fa folde, quoiqu'il n'en ait environ que douze mille.

M. *Hubner*, en parlant de Marfeille, dit que le château de Notre-Dame de la Garde eft très-bien fortifié. Si M. *Hubner* avait ou vu Marfeille, ou lu le voyage de *Bachaumont* & de *Chapelle*, il aurait eu une connaiffance plus exacte de Notre-Dame de la Garde,

> Gouvernement commode & beau,
> A qui fuffit pour toute garde
> Un fuiffe avec fa hallebarde
> Peint fur la porte du château.

M. *Hubner* affure qu'à Orange il parut une couronne d'or au ciel en plein midi, lorfque *Guillaume* prince d'Orange, depuis roi d'Angleterre, reçut l'hommage des habitans de cette ville, *& que c'eft pourquoi il eut toujours beaucoup de bienveillance pour elle.*

On cite ici le livre d'*Hubner* parmi cent autres, parce qu'on a été obligé par hafard d'en lire quelque chofe, ainfi que du *Spectacle de la nature*, où il eft dit que *Moïfe* eft un grand phyficien ; que la lumière arrive des étoiles fur la terre en fept minutes, & que le chien de M. le chevalier s'appelle *Mouflar*.

Mélanges littér. Tome II.   B

Ces inepties nombreufes ne font nul mal, ne portent préjudice à perfonne, & font aifément rectifiées par les inftituteurs qui inftruifent la jeuneffe. Mais qu'un hiftorien anglais, dans les annales du fiècle, affure que le dernier empereur de la maifon d'Autriche, *Charles VI*, a été empoifonné par un de fes pages, lequel page s'eft réfugié paifiblement à Milan; qu'il dife que le roi de France, à la bataille de Fontenoi, ne paffa jamais l'Efcaut, lorfqu'il eft avéré qu'il était au-delà du pont de Calone à la vue des deux armées; qu'il dife que les Français empoifonnèrent les balles de leurs fufils en les mâchant, & en y mêlant des morceaux de verre; qu'il dife que le duc de *Cumberland* envoya au roi de France un coffre rempli de ces balles; que ces abfurdes menfonges foient répétés encore dans d'autres livres: voilà, ce me femble, des honnêtetés qu'il eft jufte de relever, & que l'auteur du *Siècle de Louis XIV* n'a pas paffées fous filence.

Seconde honnêteté.

Après que l'efpion turc eut voyagé en France fous *Louis XIV*, *Dufrefny* fit voyager un fiamois. Quand ce fiamois fut parti, le préfident de *Montefquieu* donna la place vacante à un perfan, qui avait beaucoup plus d'efprit que l'on en a à Siam & en Turquie.

Cet exemple encouragea un nouvel introducteur des ambaffadeurs, qui dans la guerre de 1741 fit les honneurs de la France à un efpion turc, lequel fe trouva le plus fot de tous.

Quand la paix fut faite, M. le chevalier *Godart* fit les honneurs de prefque toute l'Europe à un efpion chinois qui réfidait à Cologne , & qui parut en fix petits volumes.

Il dit , page 17 du premier volume , que le roi de France eft le roi des gueux, (g) que fi l'univers était fubmergé , Paris ferait l'arche où l'on trouverait en hommes & en femmes toutes fortes de bêtes.

Il affure (h) qu'une nation naïve & gaie qui *chambre enfemble*, ne doit pas être de mauvaife humeur contre les femmes, & que les auteurs un peu polis ne les *invectivent* plus dans leurs ouvrages ; cependant fa politeffe ne l'empêche pas de les traiter fort mal.

Il dit (i) que le peuple de Lyon eft d'un degré plus ftupide que celui de Paris, & de deux degrés moins bon.

Paffe encore, dira-t-on , que l'auteur, pour vendre fon livre, attaque les rois, les miniftres, les généraux & les gros bénéficiers ; ou ils n'en favent rien, ou s'ils en favent quelque chofe ils s'en moquent. Il eft affez doux d'avoir fes courtifans dans fon antichambre, tandis que les écrivains frondeurs font dans la rue. Mais les pauvres gens de lettres qui n'ont point d'antichambre , font quelquefois fâchés de fe voir calomniés par un lettré de la Chine , qui probablement n'a pas plus d'antichambre qu'eux.

Il y a furtout beaucoup de dames nommées par le lettré chinois, lequel protefte toujours de fon refpect pour le beau fexe. C'eft un fûr moyen de vendre fon livre. Les dames, à la vérité, ont de quoi fe confoler ; mais les malheureux auteurs vilipendés n'ont pas les mêmes reffources.

(g) Page 21.   (h) Pages 69 & 70.   (i) Page 89.

Troifième honnêteté.

LE gazetier eccléfiaftique outrage pendant trente ans, une fois par femaine, les plus favans hommes de l'Europe, des prélats, des miniftres, quelquefois le roi lui-même ; mais le tout en citant l'écriture fainte. Il meurt inconnu, fes ouvrages meurent auffi ; & il a un fucceffeur.

Quatrième honnêteté.

UN autre gazetier joue dans la littérature le même rôle que l'écrivain des nouvelles eccléfiaftiques a joué dans l'Eglife de DIEU. C'eft l'abbé *Desfontaines*, chaffé pour fes mœurs de cette fociété de Jéfus, chaffé de France pour fes intrigues. Il met en vers des pfeaumes, & on ne lit point fes vers ; il meurt de faim, & il déchire pour vivre tous ceux qui fe font lire, & il le déclare ; il eft enfermé à bicêtre, & il fait des feuilles à bicêtre ; enfin il a un fucceffeur auffi. Ce fucceffeur eft l'*Elifée* de cet *Elie*, chaffé comme lui des jéfuites, mis à bicêtre comme lui, paffant de bicêtre au fort-l'évêque & au châtelet, couvert d'opprobres publics & fecrets, ofant écrire & n'ofant fe montrer. Le nom de *Fréron* eft devenu une injure ; & cependant il aura auffi un fucceffeur, dont les fots liront les feuilles en province pour fe former l'*efprit & le cœur*.

Cinquième honnêteté.

L'ABBÉ de *Caveirac*, dans fa belle apologie de la révocation de l'édit de Nantes, & dans celle de la Saint-Barthelemi, traite comme des coquins environ douze cent mille perfonnes, qui vivent paifiblement en France fous le nom de nouveaux convertis. Il tombe enfuite fur les avocats ; il déchire les gens de lettres ; il calomnie le miniftère. Il fe ferait beaucoup d'amis s'il n'avait pas trop peu de lecteurs.

Sixième honnêteté.

Un homme de province follicite une place dans un corps refpectable d'une capitale, & l'obtient ; & pour tout remercîment, il dit à fes confrères, qu'eux & tous ceux qui afpirent à l'être font des extravagans, des ennemis de l'Etat & de la religion, & même des gens fans goût qui ne lifent point fes cantiques.

Mon correfpondant ne me dit point dans quel pays s'eft paffé cette aventure. Je foupçonne que c'eft en Amérique. Il ajoute que ce difcours du récipiendaire produifit quelques mauvaifes plaifanteries qu'il faut pardonner aux intéreffés. Heureux ceux qui lorfqu'ils font outragés fe contentent de rire ! Vous favez, mon cher lecteur, que le public eft alerte fur les fautes des gens de lettres, comme fur l'orgueil, l'avarice, & les petites paillardifes, qu'on a quelquefois reprochées aux moines. Plus un état exige de circonfpection, plus les faibleffes font remarquées ; & fi les moines ont fait vœu de chafteté, d'humilité, & de pauvreté, les gens de lettres femblent avoir fait vœu de raifon.

Septième honnêteté.

Lorsque le R. P. *la Valette*, alias *Duclos*, alias *Lefèvre*, eut fait fa première banqueroute, *ad majorem*

B 3

societatis gloriam; lorfque des imprimeurs huguenots eurent rafraîchi les premières pages d'une vieille édition du R. P. *Bufembaum,* que l'on fit paffer pour nouvelle, & qu'ils eurent ainfi jeté, fans le favoir, la première pierre qui a fervi à lapider la fociété de Jéfus; lorfque ces pères écrivaient en faveur de leur corps tant de petits livres qu'on ne lit plus; lorfque quelques prélats s'imaginant que la fociété de Jéfus était immortelle & invulnérable, lui firent leur cour très-mal adroitement par quelques écrits; lorfque le bourreau brûla, felon fon ufage, une belle lettre du révérendiffime père en DIEU *Jean-George le Franc,* évêque du Puy en Vélai, il y eut alors une inondation de brochures, & autant d'injures de part & d'autre qu'il y avait de jéfuites en France......

La principale honnêteté fut entre les RR. PP. dominicains & les RR. PP. jéfuites. Les jéfuites, dans un écrit intitulé: *Lettre d'un homme du monde à un théologien,* pag. 4, complimentèrent les jacobins fur leur frère *Politien* de Montepulciano, qui, dit-on, empoifonna avec une hoftie le méchant empereur *Henri VII;* fur le *bienheureux Jacques Clément,* ainfi nommé par la ligue; fur *Edmond Bourgoin* fon prieur; fur frères *Pierre Argier* & *Ridicoufe,* roués tous deux à Paris.

Les jacobins répondirent à ce compliment par une longue énumération des martyrs de la fociété; & cette lifte ne finiffait point. Les deux partis appelèrent à leur fecours *St Thomas d'Aquin.* Il s'agiffait de le bien entendre, & c'eft-là le grand effort de la théologie. Les uns & les autres convenaient des paroles. Ils avouaient que *St Thomas* a dit, liv. II, queft. 42, art. 2, que ceux qui délivrent la multitude d'un méchant roi font très-louables.

Que le mauvais prince eft le feul féditieux.

Qu'il y a des cas où celui qui le tue mérite récompenfe.

Que felon le même *St Thomas d'Aquin*, liv. I I, queft. 1 2, un prince qui a apoftafié n'a plus de droit fur fes fujets.

Que s'il eft excommunié, fes fujets font *ipfo facto* délivrés de leur ferment de fidélité, *ejus fubditis & juramento fidelitatis ejus liberati funt.*

Que comme il eft permis de réfifter aux larrons, il eft permis de réfifter aux mauvais princes : *Ut ficut licet refiftere latronibus, ita licet in tali cafu refiftere malis principibus.* Liv. II, queft. 69.

Tout cela fe trouve avec beaucoup d'autres chofes également édifiantes, dans l'Appel à la raifon, imprimé en 1 7 6 2 fous le titre de Bruxelles.

On prétend que chez les jacobins, quand il meurt un docteur en théologie, on met une bible de *St Thomas* dans fa bière. Des profanes ayant lu ces grandes queftions dans *St Thomas d'Aquin*, ont prétendu qu'il eût été à défirer pour la tranquillité publique, que toutes les *fommes* de ce bon-homme euffent été enterrées avec tous les jacobins. Mais ce fentiment me paraît un peu trop dur.

Après cette difpute, qui intéreffa vivement dix ou douze lecteurs, il en furvint une autre entre les mêmes combattans, au fujet du livre *de matrimonio* du R. P. *Sanchez*, regardé en Efpagne & par tous les jéfuites du monde comme un père de l'Eglife. Cette difpute fe trouve à la page 2 6 2 du nouvel Appel à

la raifon; & il faut avouer que la raifon doit être bien
étonnée qu'on foumette un pareil procès à fon
tribunal.

On y difcute trois queftions tout-à-fait intéref-
fantes. La première, *quando vas innaturale ufurpatur.*
La feconde, *quando feminatio non eft fimultanea.* La
troifième, *quando feminatio eft extra vas.* Ma pudeur &
mon grand refpect pour les dames m'empêchent de
traduire en français cette difpute théologique. J'ai
prétendu me borner à faire voir combien les théologiens font quelquefois honnêtes.

Huitième honnêteté.

UN homme d'un génie vafte, d'une érudition
immenfe, d'un travail infatigable, & dont le nom
perce dans l'Europe, du fein de la retraite la plus
profonde, entreprend le plus grand & le plus difficile
ouvrage dont la littérature ait jamais été honorée;
le meilleur géomètre de France fe joint à lui. Ce
géomètre, qui unit à la délicateffe de *Fontenelle* la
force que *Fontenelle* n'a pas, donne un plan de cette
célébre entreprife, & ce plan vaut lui feul une
Encyclopédie. Un homme d'un nom illuftre, qui s'eft
confacré aux lettres toute fa vie, phyficien exact,
métaphyficien profond, très-verfé dans l'hiftoire &
dans les autres genres, fait lui feul près du quart de
cet ouvrage utile; des hommes favans, des hommes
de génie s'y dévouent; d'anciens militaires, d'anciens
magiftrats, d'habiles médecins, des artiftes même y
travaillent avec fuccès, & tous dans la vue de laiffer à
l'Europe le dépôt des fciences & des arts, fans aucun

intérêt, fans vain amour-propre. Ce n'eft que malgré
eux que le libraire a publié leurs noms. M. de *Voltaire*
furtout avait prié que fon nom ne parût point. Quelle
a été la reconnaiffance de certains hommes, foi-difant
gens de lettres, pour une entreprife fi avantageufe à
eux-mêmes ? celle de la décrier, de diffamer les auteurs,
de les pourfuivre, de les accufer d'irréligion & de
lèfe-majefté.

Neuvième honnêteté.

M A I T R E *Abraham Chaumeix*, (je ne fais qui c'eft)
ayant demandé à travailler à ce grand ouvrage, &
ayant été éconduit, comme de raifon, ne manqua pas
de dénoncer juridiquement les auteurs. Il foupçonne
que celui qui a principalement contribué à le faire
refufer, a compofé l'article *Ame*, & que puifqu'il eft
fon ennemi, il eft athée; il le dénonce donc juridiquement comme tel. Il fe trouve que l'auteur de l'article
eft un bon docteur de forbonne très-pieux. Il eft très-
étonné d'apprendre qu'il eft accufé de nier l'exiftence
de DIEU & celle de l'ame; & il conclut que fi *Abraham
Chaumeix* a une ame, elle eft un peu dure & fort
ignorante.

Abraham, pour fe dépiquer, va fe faire maître d'école
à Mofcou. Que fon *ame* y repofe en paix.

Dixième honnêteté.

U N gentilhomme de Bretagne, qui a fait des
comédies charmantes, nous a donné des anecdotes
très-curieufes fur la ville de Paris & fur l'hiftoire de
France, imprimées avec privilége, & furtout avec

celui de l'approbation publique; auffitôt les auteurs
de je ne fais quelles feuilles, (*k*) (car je ne lis point
les feuilles) écrivent dans ces feuilles, dédiées à la
cour, à douze fous par mois, que l'auteur eft inconteftablement déifte ou athée, & qu'il eft impoffible que
cela ne foit pas, puifqu'il a dit que *Maugiron*, *Quelus*,
& *St Mégrin*, tués fous le règne de *Henri III*, furent
enterrés dans l'églife de St Paul, & qu'on n'avait pas
voulu inhumer une vieille femme dans la rue de
l'arbre-fec avant qu'on eût vu fon teftament.

Le breton, qui n'entend point raillerie, fait affigner
au châtelet les auteurs des feuilles, pardevant le
lieutenant-criminel, en réparation d'honneur & de
confcience, au mois de juin 1763. Les folliculaires
civilifent l'affaire, & font forcés de demander pardon
de leur incivilité.

Onzième honnêteté.

Un auteur qui n'aimait pas ceux du grand & utile
ouvrage dont on a déjà parlé, les proftitue fur le
théâtre, & les introduit volant dans la poche. Ce
n'eft pas ainfi que *Moliere* a peint *Triffotin* & *Vadius*.
On me dira que des galériens, du temps du roi
Charles VII, condamnés pour crime de faux, ayant
obtenu leur grâce de leur bon roi, lui volèrent tout
fon bagage, comme il eft rapporté dans l'abbé *Tritême*
(*l*) pag. 329; mais on m'avouera que ceux qui font

(*k*) Ce font les auteurs du *Journal chrétien*. Or ce journal n'étant pas
bon, on a dit qu'il était mauvais chrétien.

(*l*) Tout eft parti. La horde griffonante
    Sous le drapeau du gazetier de Nante,

aujourd'hui honneur à la littérature françaife, ne font point des coupeurs de bourfes, & que d'ailleurs ce trait n'eft pas affez plaifant.

Douzième honnêteté.

DES folliculaires à la petite femaine, ont imprimé que M. d'*Alembert* eft un *Rabzacès*, un *Philiftin*, un *Amorrhéen*, une *bête puante*; je ne fais pas précifément pourquoi; mais *Rabzacès* fignifie grand-échanfon en fyriaque. Or M. d'*Alembert* n'eft pas un grand-échanfon; c'eft même l'homme du monde qui verfe le moins à boire. Il ne peut être à la fois *Rabzacès*, fyrien, philiftin ou amorrhéen; il n'eft ni bête ni puant; je fais feulement qu'il eft un des plus grands géomètres, un des plus beaux efprits, & une des plus belles ames de l'Europe, ce qu'on n'a jamais dit de *Rabzacès*.

> Pendant la nuit avait débarraffé
> Notre bon roi de fon lefte équipage.
> Ils prétendaient que pour de vrais guerriers,
> Selon Platon, le luxe eft peu d'ufage.
> Puis s'efquivant par de petits fentiers,
> Au cabaret la proie ils partagèrent.
> Là par écrit doctement ils couchèrent
> Un beau traité, bien moral, bien chrétien,
> Sur le mépris des plaifirs & du bien.
> On y prouva que les hommes font frères,
> Nès tous ègaux, devant tous partager
> Les dons de DIEU, les humaines mifères,
> Vivre en commun pour fe mieux foulager.
> Ce livre faint, mis depuis en lumière,
> Fut enrichi d'un pieux commentaire
> Pour diriger & l'efprit & le cœur,
> Avec préface & l'avis au lecteur.

Pucelle, *Chant* XVIII.

Treizième honnêteté.

Les folliculaires ont eu d'aussi étranges honnêtetés pour M. de *Montesquieu* & pour M. de *Buffon*. On a écrit contre l'un des lettres du Pérou, qui n'ont pas dû être du Pérou pour l'auteur. On a prouvé à l'autre qu'il était déiste ou athée, cela est égal, parce qu'il avait loué les stoïciens; & on l'a prouvé tout comme le R. P. *Hardouin*, de la société de Jésus, avait démontré que *Pascal*, *Nicole*, *Arnaud*, & *Mallebranche* n'ont jamais cru en DIEU.

Qui méprise Cotin n'estime point son roi,
Et n'a (selon Cotin) ni roi, ni foi, ni loi.

Quatorzième honnêteté.

En voici une d'un goût nouveau. *Jean-Jacques Rousseau*, qui ne passe ni pour le plus judicieux, ni pour le plus conséquent des hommes, ni pour le plus modeste, ni pour le plus reconnaissant, est mené en Angleterre par un protecteur qui épuise son crédit pour lui faire obtenir une pension *secrète* du roi. *Jean-Jacques* trouve la pension *secrète* un affront. Aussitôt il écrit une lettre, dans laquelle il sacrifie l'éloquence & le goût à son ressentiment contre son bienfaiteur. Il pousse trois argumens contre son bienfaiteur, M. *Hume*, & à chaque argument il finit par ces mots: *Premier soufflet, second soufflet, troisième soufflet sur la joue de mon patron*. Ah! *Jean-Jacques*, trois soufflets pour une pension! c'est trop.

Tudieu, l'ami, sans nous rien dire
Comme vous baillez des soufflets.
(*Amphitrion*, act. I.)

Un genevois qui donne trois foufflets à un écoffais ! cela fait trembler pour les fuites. Si le roi d'Angleterre avait donné la penfion, fa majefté aurait eu le quatrième foufflet. C'eft un terrible homme que ce *Jean-Jacques !* Il prétend, dans je ne fais quel roman intitulé *Héloïfe* ou *Aloifia*, s'être battu contre un feigneur anglais de la chambre haute, dont il reçut enfuite l'aumône. Il a fait, on le fait, des miracles à Venife ; mais il ne fallait pas calomnier les gens de lettres à Paris. Il y a de ces gens de lettres qui n'attaquent jamais perfonne, mais qui font une guerre bien vive quand ils font attaqués, & DIEU eft toujours pour la bonne caufe. Un des offenfés s'amufa à le deffiner par les coups de crayons que voici :

> Cet ennemi du genre-humain,
> Singe manqué de l'Arétin,
> Qui fe croit celui de Socrate ;
> Ce charlatan trompeur & vain,
> Changeant vingt fois fon mithridate ;
> Ce baffet hargneux & mutin,
> Bâtard du chien de Diogène,
> Mordant également la main
> Ou qui le feffe, ou qui l'enchaîne,
> Ou qui lui préfente du pain.

Les honnêtetés de *Jean-Jacques* lui ont attiré, comme on voit, de très-grandes honnêtetés. Il y a de la juftice dans le monde ; & pour peu que vous foyez poli, vous trouvez à coup fûr des gens fort polis qui ne font pas en refte avec vous. Cela compofe une fociété charmante.

Quinzième honnêteté.

UNE honnêteté nouvelle, & dont on ne s'était pas encore avifé dans la littérature, c'eft d'imprimer des lettres fous le nom d'un auteur connu, ou de falfifier celles qui ont couru dans le monde par la trop grande facilité de quelques amis, & d'inférer dans ces lettres les plus énormes platitudes avec les calomnies les plus infolentes. C'eft ainfi qu'en dernier lieu on a imprimé à Amfterdam, fous le titre de Genève, de prétendues lettres fecrètes de l'auteur de la Henriade ; lefquelles lettres, fi elles étaient fecrètes, ne devaient pas être publiques. Il y a furtout dans ces lettres fecrètes un correfpondant nommé le comte de *Bar-fur-Aube*, qui eft un homme fûr ; mais comme il n'y a jamais eu de comte de *Bar-fur-Aube*, on ne peut pas avoir grande foi à ces lettres fecrètes.

Enfuite, le nommé *Schneider*, libraire d'Amfterdam, a débité, fous le nom de Genève, les lettres du même homme à *fes amis du Parnaffe :* c'eft-là le titre. Il fe trouve que ces *amis du Parnaffe* font le roi de Pologne, le roi de Pruffe, l'électeur Palatin, le duc de Bouillon, &c. Outre la décence de ce titre, on fait dire dans ces lettres à l'auteur de la Henriade & du *Siècle de Louis XIV*, qu'à la cour de France *il y a d'agréables commères qui aiment Jean-Jacques Rouffeau comme leur toutou*. On ajoute à ces gentilleffes des notes infames contre des perfonnes refpectables ; & il y a furtout trois lettres à un chevalier de *Bruan*, qui n'a jamais exifté, & qu'on appelle *mon cher Philinte*. L'éditeur doute fi ces trois lettres font de M. de *Montefquieu* ou de M. de *Voltaire*, quoiqu'aucun de leurs laquais n'eût voulu les avoir écrites. (*m*) On a déjà dit ailleurs que ces bêtifes fe vendent à la foire de Leipfick, comme on vend du vin d'Orléans pour du vin de Pontac. Il eft bon d'en avertir ceux qui ne font pas gourmets.

Seizième honnêteté.

IL eft encore plus utile d'avertir ici que le ftyle fimple, fage, & noble, orné, mais non furchargé de fleurs, qui caractérifait les bons auteurs du fiècle de *Louis XIV*, paraît aujourd'hui trop froid & trop rampant aux petits auteurs de nos jours; ils croient être éloquens, lorfqu'ils écrivent avec une violence effrénée; ils penfent être des *Montefquieu*, quand ils ont à tort & à travers infulté quelques cours & quelques miniftres du fond de leurs greniers, & qu'ils ont entaffé fans efprit injure fur injure; ils croient être des *Tacites*, lorfqu'ils ont lancé quelques folécifmes audacieux à des hommes dont les valets de chambre dédaigneraient de leur parler; ils s'érigent en *Catons* & en *Brutus* la plume à la main. Les bons écrivains du fiècle de *Louis XIV* ont eu de la force, aujourd'hui on cherche des contorfions.

Qui croirait qu'un gredin ait imprimé en 1752, dans un livre intitulé *Mes penfées*, les mots que voici, & qu'il croyait dans le vrai goût de *Montefquieu*.

(*m*) Voici quelques lignes de la dernière à mon cher *Philinte*. *Il eft impoffible qu'il y ait un grand-homme parmi nos rois, puifqu'ils font abrutis & avilis dès le berceau par une foule de fcélérats qui les environne, & qui les obféde jufqu'au tombeau.*

C'eft ainfi qu'on parle des ducs de *Montaufier* & de *Beauvilliers*, des *Boffuets* & des *Fénélons*, & de leurs fucceffeurs; cela s'appelle écrire avec nobleffe, & foutenir les droits de l'humanité. C'eft-là le ftyle ferme de la nouvelle éloquence.

,, Une république qui ne ferait formée que de
,, fcélérats du premier ordre produirait bientôt un
,, peuple de fages, de conquérans, & de héros. Une
,, république fondée par *Cartouche* aurait eu de plus
,, fages lois que la république de *Solon*.

,, La mort de *Charles I* a fait plus de bien à l'Angle-
,, terre que n'en aurait fait le règne le plus glorieux
,, de ce prince.

,, Les forfaits de *Cromwell* font fi beaux, que
,, l'enfant bien né n'entend point prononcer le
,, nom de ce grand-homme fans joindre les mains
,, d'admiration. ,,

Ces penfées ont été pourtant réimprimées ; &
l'auteur, à la feconde édition, mettait au titre *feptième*
édition, pour encourager à lire fon livre. Il le dédiait
à fon frère. Il fignait *Gonia Palaios*. *Gonia* fignifie angle ;
Palaios vieux. Son nom en effet eft *l'Angle-vieux*. Il
s'eft fait appeler *la Beaumelle*. C'eft lui qui a falfifié les
lettres de Mme de *Maintenon*, & qui a rempli les
mémoires de *Maintenon* de contes abfurdes & des
anecdotes les plus fauffes.

Dix-feptième honnêteté.

O n connaît l'hiftoire du *Siècle de Louis XIV*. Tout
impartial qu'eft ce livre, il eft confacré à la gloire de
la nation françaife, & à celle des arts ; & c'eft même
parce qu'il eft impartial qu'il affermit cette gloire. Il
a été bien reçu chez tous les peuples de l'Europe,
parce qu'on aime par-tout la vérité. *Louis XV*, qui a
daigné le lire plus d'une fois, en a marqué publiquement fa fatisfaction. Je ne parle pas du ftyle, qui fans
doute ne vaut rien ; je parle des faits.

Ce

Ce même *la Beaumelle*, dont il a bien fallu déjà faire mention, ci-devant précepteur du fils d'un gentilhomme qui a vendu Ferney à l'auteur du *Siècle de Louis XIV;* chaffé de la maifon de ce gentilhomme, réfugié en Danemarck; chaffé du Danemarck, réfugié à Berlin; chaffé de Berlin, réfugié à Gotha; chaffé de Gotha, réfugié à Francfort; cet homme, dis-je, s'avife de faire à Francfort l'action du monde la plus honorable à la littérature.

Il vend pour dix-fept louis d'or au libraire *Eflinger*, une édition du *Siècle de Louis XIV*, qu'il a foin de falfifier en plufieurs endroits importans, & qu'il enrichit de notes de fa main; dans ces notes, il outrage tous les généraux, tous les miniftres, le roi même & la famille royale; mais c'eft avec ce ton de fupériorité & de fierté qui fied fi bien à un homme de fon état, confommé dans la connaiffance de l'hiftoire.

Il dit très-favamment que les filles hériteraient aujourd'hui de la partie de la Navarre, réunie à la couronne; il affure que le maréchal de *Vauban* n'était qu'un plagiaire; il décide que la Pologne ne peut produire un grand-homme; il dit que les favans danois font tous des ignorans, tous les gentils-hommes des imbécilles, & il fait du brave comte de *Plélo* un portrait ridicule. Il ajoute qu'il ne fe fit tuer à Dantzick, que parce qu'il *s'ennuyait à périr à Copenhague.* Non content de tant d'infolences, qui ne pouvaient être lues que parce qu'elles étaient des infolences, il attaque la mémoire du maréchal de *Villeroi;* il rapporte à fon fujet des contes de la populace; il s'égaie aux dépens du maréchal de *Villars.*

Mélanges littér. Tome II.   C

Un *la Beaumelle* donner des ridicules au maréchal de *Villars!* Il outrage le marquis de *Torci*, le marquis de *la Vrillière*, deux miniftres chers à la nation par leur probité. Il exhorte tous les auteurs à *févir contre* M. *Chamillart;* ce font fes termes.

Enfin il calomnie *Louis XIV*, au point de dire qu'il empoifonna le marquis de *Louvois;* & après cette criminelle démence, qui l'expofait aux châtimens les plus févères, il vomit les mêmes calomnies contre le frère & le neveu de *Louis XIV*.

Qu'arrive-t-il d'un tel ouvrage? de jeunes provinciaux, de jeunes étrangers cherchent chez des libraires le *Siècle de Louis XIV*. Le libraire demande fi on veut ce livre avec des notes favantes. L'acheteur répond qu'il veut fans doute l'ouvrage complet. On lui vend celui de *la Beaumelle*.

Les donneurs de confeils vous difent: *Méprifez cette infamie, l'auteur ne vaut pas la peine qu'on en parle*. Voilà un plaifant avis. C'eft-à-dire qu'il faut laiffer triompher l'impofture. Non, il faut la faire connaître. On punit très-fouvent ce qu'on méprife; & même à proprement parler on ne punit que cela; car tout délit eft honteux.

Cependant cet honnête homme ayant ofé fe montrer à Paris, on s'eft contenté de l'enfermer pendant quelque temps à Bicêtre, après quoi on l'a confiné dans fon village près de Montpellier.

Ce *la Beaumelle* eft le même qui a depuis fait imprimer des lettres falfifiées de M. de *Voltaire* à Amfterdam, à Avignon, accompagnées de notes infames contre les premiers de l'Etat.

On a toujours du goût pour fon premier métier.

On demande, après de pareils exemples, s'il ne vaut pas mille fois mieux être laquais dans une honnête maifon que d'être le bel-efprit des laquais ; & on demande fi l'auteur d'un petit poëme intitulé *Le pauvre diable*, n'a pas eu raifon de dire :

J'eftime plus ces honnêtes enfans
Qui de Savoie arrivent tous les ans,
Et dont la main légérement effuie
Ces longs canaux engorgés par la fuie ;
J'eftime plus celle qui dans un coin
Tricote en paix les bas dont j'ai befoin ;
Le cordonnier qui vient de ma chauffure
Prendre à genoux la forme & la mefure ;
Que le métier de tes obfcurs Frérons.
Maître Abraham & fes vils compagnons
Sont une efpéce encor plus odieufe.
Quant aux catins, j'en fais affez de cas,
Leur art eft doux, & leur vie eft joyeufe :
Si quelquefois leurs dangereux appas
A l'hôpital mènent un pauvre diable,
Un grand benêt qui fait l'homme agréable ;
Je leur pardonne : il l'a bien mérité.

Je cite ces vers pour faire voir combien ce métier de petits barbouilleurs , de petits folliculaires, de petits calomniateurs , de petits falfificateurs du coin de la rue, eft abominable; car pour celui des belles demoifelles qui ruinent un fot, je n'en fais pas tout-à-fait le même cas que l'auteur du pauvre diable ; on doit avoir de l'honnêteté pour elles fans doute, mais avec quelques reftrictions.

Dix-huitième honnêteté.

LE fils d'un laquais de M. de *Maucroix*, lequel fils fut laquais aussi quelque temps, & qui servit souvent à boire à l'abbé d'*Olivet*, s'est élevé par son mérite; & nous sommes bien loin de lui reprocher son premier emploi dont ce mérite l'a tiré, puisque nous avons approuvé la maxime, qu'il vaut mieux être le laquais d'un bel-esprit, que le bel-esprit des laquais. Un jeune homme sans fortune sert fidellement un bon maître; il s'instruit, il prend un état; il n'y a dans tout cela aucune indignité, rien dont la vertu & l'honneur doivent rougir. Le pape *Adrien IV* avait été mendiant; *Sixte-Quint* avait été gardeur de porcs. Quiconque s'élève a du moins cette espèce de mérite qui contribue à la fortune; & pourvu que vous ne soyez ni insolent ni méchant, tout le monde honore en vous cette fortune qui est votre ouvrage.

Cet homme nommé d'*Etrée*, parce que son père était du village d'Etrée, ayant cultivé les belles-lettres au lieu de cultiver son jardin, fut d'abord folliculaire, ensuite feseur d'almanachs, & il mit au jour l'*année merveilleuse*, pour laquelle il fut incarcéré, puis il se fit prêtre, puis il se fit généalogiste; il travailla chez M. d'*Hozier*, & en sortit je ne veux pas dire pourquoi: enfin il obtint un petit prieuré dans le fond d'une province. Monsieur le prieur alla se faire reconnaître dans sa seigneurie en 1763; & comme il est généalogiste, il se fit passer, mais avec circonspection, pour un neveu du cardinal d'*Etrée*. Il reçut, en cette qualité, une fête assez belle d'une dame qui a une terre dans le voifinage; & fut traité en homme qui devait être cardinal un jour.

Comme il n'y a point de maifon dans fon prieuré, il tenait fa cour dans un cabaret du voifinage. Il écrivit une lettre pleine de dignité & de bonté au feigneur de la paroiffe, qui fe mêle de profe & de vers tout comme l'abbé d'*Etrée*. Il avertiffait ce voifin qu'un jeune homme de fa maifon avait ofé chaffer fur les terres du prieuré, qui ont, je crois, cent toifes d'étendue; qu'il accorderait volontiers le droit de chaffe à la feule perfonne du voifin en qualité de littérateur; parce qu'il avait foixante & onze ans, & qu'il était à-peu-près aveugle; mais nul autre ne devait effaroucher le gibier de monfieur le prieur, qui n'a pas plus de gibier que de baffe-cour. Le jeune homme qui avait imprudemment tiré à deux ou trois cents pas des terres de l'églife, était un gentilhomme qui ne crut point devoir de réparation. Autre lettre de monfieur le prieur au voifin; pas plus de réponfe à cette feconde qu'à la première.

Mon homme part en méditant une noble vengeance. Il va en Picardie chez un feigneur, à la généalogie duquel il travaillait. Un magiftrat confidérable du parlement de Paris était dans le voifinage. M. l'abbé d'*Etrée* accufe auprès de ce magiftrat celui qui n'avait pas pu lui écrire une lettre;

D'avoir fait un gros livre, un livre abominable,
Un livre à mériter la dernière rigueur,
Dont le traître a le front de le faire l'auteur.

Mifanthrope, acte IV. (*n*)

(*n*) Voyez comme du temps de *Molière* on était auffi méchant que du nôtre.

C 3

Voilà monſieur le prieur qui triomphe, & qui écrit à un intendant de ſes Etats : *Il eſt perdu, il ne s'en relevera pas, ſon affaire eſt faite*. Il ſe trompa ; mais on a lieu d'eſpérer qu'il réuſſira mieux une autre fois.

Pauvres gens de lettres, voyez ce que vous vous attirez, ſoit que vous écriviez, ſoit que vous n'écriviez pas. Il faut non-ſeulement faire ſon devoir, *taliter qualiter*, comme dit *Rabelais* ; *& dire toujours du bien de monſieur le prieur* ; mais il faut encore répondre aux lettres qu'il vous écrit. Cette négligence a ulcéré quelquefois plus d'un grand cœur ; & vous voyez avec quelle nobleſſe un prieur ſe venge.

Dix-neuvième honnêteté.

L'AUTEUR de l'*Hiſtoire de Charles XII* l'avait publiée il y a environ vingt ans, avant que le père *Barre* donnât ſon hiſtoire d'Allemagne ; cependant le père *Barre* jugea à propos de fondre dans ſon ouvrage preſque tout *Charles XII*, batailles, ſiéges, diſcours, caractères, bons mots même. Quelques journaliſtes ayant entendu parler à quelques lecteurs de cette ſingulière reſſemblance, ne ſongeant pas à la date des éditions, & n'ayant pas même lu le père *Barre* qu'on ne lit guère, ne doutèrent pas que M. de *Voltaire* n'eût volé le père *Barre*, ou du moins feignirent de n'en pas douter, appelèrent l'auteur de *Charles XII* plagiaire ; mais c'eſt une bagatelle qui ne mérite pas d'être relevée. Ces petits menſonges font le profit des folliculaires ; il faut que tout le monde vive.

Vingtième honnêteté.

C'est encore un secret admirable que celui de déterrer un poëme manuscrit, qu'on attribue à un auteur auquel on veut donner des marques de souvenir, & de remplir ce poëme de vers dignes du postillon du cocher de *Vertamon*; d'y inférer des tirades contre *Charlemagne* & contre *St Louis*; d'y introduire au quinzième siècle *Calvin* & *Luther*, qui sont du seizième; d'y glisser quelques vers contre des ministres d'Etat; & enfin de parler d'amour comme on parle dans un corps-de-garde. Les éditeurs espèrent qu'ils vendront avantageusement ces beaux vers & libelles de taverne, & que l'auteur à qui ils les imputent sera infailliblement perdu à la cour.

Les galans y trouvaient double profit à faire;
Leur bien premièrement, & puis le mal d'autrui.

Vous vous trompez, Messieurs, on a plus de discernement à *Versailles* & à *Paris* que vous ne croyez; & ceux *quibus est equus & pater & res*, ne sont pas vos dupes. On n'imputera jamais à l'auteur d'*Alzire* ces vers.

Chandos suant & soufflant comme un bœuf,
Cherche du doigt si Jeanne est une fille;
Au diable soit, dit-il, la sotte aiguille!
Bientôt le diable emporte l'étui neuf;
Il veut encor secouer sa guenille. . . . .
Chacun avait son trot & son alure,
Chacun piquait à l'envi sa monture, &c.

C 4

On a pris la peine de faire environ trois cents vers dans ce goût, & de les attribuer à l'auteur de la Henriade: il y a des vers pour la bonne compagnie, il y en a pour la canaille, & cela eſt abſolument égal pour quelques libraires de Hollande & d'Avignon.

Pour mieux connaître de quoi la baſſe littérature eſt capable, il faut ſavoir que les auteurs de ces gentilleſſes ayant manqué leur coup, firent à Liége une nouvelle édition du même ouvrage, dans lequel ils inférèrent les injures qu'ils crurent les plus piquantes contre Mme de *Pompadour*; ils lui en firent tenir un exemplaire qu'elle jeta au feu; ils lui écrivirent des lettres anonymes, qu'elle renvoya à l'homme qu'ils voulaient perdre. C'eſt une grande reſſource que celle des lettres anonymes, & fort uſitée chez les ames généreuſes qui diſent hardiment la vérité: les gueux de la littérature y ſont fort ſujets; & celui qui écrit ces mémoires inſtructifs, conſerve quatre-vingt-quatorze lettres anonymes qu'il a reçues de ces meſſieurs.

Vingt-uniéme honnêteté.

L'EX-REVEREND père ex-jéſuite *Nonotte*, auſſi amateur de la vérité que *Varillas*, ou *Maimbourg*, ou *Caveyrac*, &c. n'étant pas content apparemment de la portion congrue, mais *ſuffiſante*, qu'on donne aux ci-devant frères de la ſociété de Jéſus; ſe mit en tête, il y a quatre ans, de gagner quelque argent, en vendant à un libraire d'Avignon nommé *Fez*, une critique des œuvres de *Voltaire* ou attribuées à *Voltaire*.

Mais *Nonotte* aimant mieux encore l'argent que la vérité, fit propoſer à M. de *Voltaire* de lui vendre

pour mille écus son édition ; ne doutant pas que
M. de *Voltaire*, craignant un aussi grand adversaire
que *Nonotte*, ne se hâtât de se racheter par cette
petite somme, après quoi *Nonotte* & consorts ne
manqueraient pas de faire une nouvelle édition de
leur libelle, corrigée & augmentée.

J'ai par malheur pour le petit *Nonotte* la lettre de
Fez en original. Voici la copie mot pour mot.

MONSIEUR,

„ Avant que de mettre en vente un ouvrage qui
„ vous est relatif, j'ai cru devoir décemment vous
„ en donner avis. Le titre porte: *Erreurs de M. de*
„ *Voltaire sur les faits historiques, dogmatiques, &c.* en
„ deux volumes in-12, par un auteur anonyme.
„ En conséquence, je prends la liberté de vous
„ proposer un parti ; le voici. Je vous offre mon
„ édition de quinze cents exemplaires, à 2 liv. en
„ feuille, montant 3000 liv. L'ouvrage est désiré
„ universellement. Je vous l'offre, dis-je, cette édition
„ de bon cœur, & je ne la ferai paraître que je n'aie
„ auparavant reçu quelque ordre de votre part. „

J'ai l'honneur d'être, avec le respect le plus profond,

Monsieur,

Votre très-humble & très-
obéissant serviteur,
FEZ, imp. lib. à Avignon.

Avignon, 30 avril 1762.

M. de *Voltaire* accoutumé à de telles propofitions, de la part des poliffons de la littérature, (*o*) fut trop équitable pour acheter une édition auffi confidérable à fi vil prix. Il fit au libraire *Fez* fon compte net. Il lui fit voir combien *Nonotte* & *Fez* perdraient à ce beau marché. Cette lettre fut imprimée par ceux qui impriment tout : on dit qu'elle eft plaifante ; je ne me connais pas en raillerie, je ne cherche ici que la fimple vérité.

Vingt-deuxième honnêteté, fort ordinaire.

JE reviens à toi, mon cher *Nonotte* & ex-compagnon de Jéfus ; il faut montrer à quel point tu es honnête & charitable, combien tu connais la vérité, combien tu l'aimes, & avec quel noble zèle tu te joins à un tas de gredins qui jettent de loin leurs ordures à ceux qui cultivent les lettres avec fuccès.

As-tu gagné par tes deux volumes les mille écus que tu voulais efcamoter à M. de *Voltaire* par ton libraire *Fez* ? Je t'en fais mon compliment ; *Garaffe* n'en favait pas tant que toi ; & le contrat mohatra n'approche pas du marché que tu avais propofé. Mais, cher *Nonotte*, ce n'eft pas affez de faire de bons marchés, il faut avoir raifon quelquefois.

(*o*) On trouve dans les *Mélanges de littérature* de M. de *Voltaire* une lettre femblable d'un nommé *la Jonchère*, & on y apprend auffi que les favans auteurs de l'hiftoire de la régence, & de la vie du duc d'*Orléans* régent, ont pris ce *la Jonchère* pour le tréforier-général des guerres, à-peu-près comme de prétendus efprits fins prennent encore le jeune débauché obfcur auteur du *Pétrone*, pour le conful *Pétrone* ; l'imbécille & dégoûtant vieillard *Trimalcion* pour le jeune empereur *Néron*, la fotte & vilaine *Fortunata* pour la belle *Poppea*, & *Encolpe* pour *Sénèque*. *In omnibus rebus qui vult decipi decipiatur.*

1°. En attaquant un *Essai sur les mœurs & l'esprit des nations*, tu ne devais pas commencer par dire que *Trajan*, si connu par ses vertus, était un barbare & un persécuteur. Et sur quoi le trouves-tu cruel ? parce qu'il ordonne qu'*on ne fasse pas de recherches des chrétiens, & qu'il permet qu'on les dénonce.*

Mais il était très-juste de dénoncer ceux qui, emportés par un zèle indiscret comme *Polyeucte*, auraient brisé les statues des temples, battu les prêtres & troublé l'ordre public. Ces fanatiques étaient condamnés par les saints conciles. Un roi aussi bon que *Trajan* pourrait aujourd'hui, sans être cruel, punir légérement le chrétien *Nonotte*, s'il était dénoncé comme calomniateur ; s'il était convaincu d'avoir publié ses erreurs sous le nom des erreurs d'un autre ; d'avoir mis le titre d'Amsterdam au mépris des ordonnances royales ; & d'avoir méchamment & proditoirement médit de son prochain.

2°. On t'a déjà dit que tu manquais de bonne foi quand tu reprochais à l'auteur de l'*Essai sur les mœurs &c.* ces paroles que tu cites de lui : *L'ignorance chrétienne se représente d'ordinaire Dioclétien comme un ennemi armé sans cesse contre les fidelles.* On a averti, & on avertit encore, que ces mots, *l'ignorance chrétienne*, ne sont dans aucune des éditions de cet ouvrage, pas même dans l'édition furtive de *Jean Neaulme*. Que dirais-tu, si tu trouvais dans un bon livre l'*ignorance de Nonotte*? mettrais-tu à la place l'*ignorance chrétienne de Nonotte*? Ne t'exposerais-tu pas aux soupçons qu'on aurait que ce *Nonotte* ex-jésuite est un fort mauvais chrétien, puisqu'il calomnie?

Tu réponds que ce font des chrétiens mal inftruits qui ont dit que *Dioclétien* avait toujours perfécuté, & que par conféquent on peut appeler leur erreur une ignorance *chrétienne*.

Mon ami, voilà de ta part une ignorance un peu jéfuitique. Tu fais-là une plaifante diftinction; tu allégues une direction d'intention fort comique; il fallait ne point corrompre le texte, avouer ton tort & te taire.

3°. Tu continues à canonifer l'action du centurion *Marcel*, qui jeta fon ceinturon, fon épée, fa baguette, à la tête de fa troupe, & qui déclara devant l'armée qu'il ne fallait pas fervir fon empereur. Mon ami, prends garde, le miniftre de la guerre veut que le fervice fe faffe; ton *Marcel* eft de mauvais exemple. Sois bon chrétien fi tu peux; mais point de fédition, je t'en prie; fouviens-toi de frère *Guignard* & fois fage.

Tu loues encore le bon chrétien qui déchire l'édit de l'empereur. *Nonotte*, cela eft fort. Prends garde à toi, te dis-je; le roi n'aime pas qu'on déchire fes édits, il le trouverait mauvais. Sais-tu bien que c'eft un crime de lèfe-majefté au fecond chef? Tu apportes pour raifon que cet édit était injufte. Etait-ce donc à ce chrétien à décider de la légitimité d'un arrêt du confeil? Où en ferions-nous, fi chaque jéfuite où chaque janfénifte prenait cette liberté?

4°. Petit *Nonotte*, rabâcheras-tu toujours les contes de la légion thébaine, & du petit *Romanus* né bègue, dont on ne put arrêter le caquet dès qu'on lui eut coupé la langue? Faut-il encore t'apprendre qu'il n'y a jamais eu de légion thébaine; que les empereurs

romains n'avaient pas plus de légion égyptienne que
de légion juive; que nous avons les noms de toutes
les légions dans la notice de l'empire, & qu'il n'y eſt
nullement queſtion de Thébains; mais qu'il y avait
d'ordinaire trois légions romaines en Egypte?

Faut-il te redire que les faits, les dates, & les lieux,
dépoſent contre cette hiſtoire digne de *Rabelais*?
faut-il te répéter qu'on ne martyriſe point ſix mille
hommes armés dans une gorge de montagnes, où
il n'en peut tenir trois cents? Crois-moi, *Nonotte*,
marions les ſix mille ſoldats thébains aux onze mille
vierges, ce ſera à-peu-près deux filles pour chacun;
ils ſeront bien pourvus. Et à l'égard de la langue du
petit *Romanus*, je te conſeille de retenir la tienne,
& pour cauſe.

5°. Sois perſuadé, comme moi, que *David* laiſſa
en mourant vingt-cinq milliars d'argent comptant
dans ſa ville d'Hershalhaïm, j'y conſens; obtiens que
ta portion congrue ſoit aſſignée ſur ce tréſor royal;
cours après les trois-cents renards que *Samſon* attacha
par la queue; dîne du poiſſon qui avala *Jonas*; ſers
de monture à *Balaam*, & parle, j'y conſens encore:
mais par St *Ignace*, ne fais pas le panégyrique d'*Aod*
qui aſſaſſina le roi *Eglon*, & de *Samuel*, qui hacha en
morceaux le roi *Agag* parce qu'il était trop gras; ce
n'eſt pas là une raiſon. Vois-tu? j'aime les rois, je
les reſpecte, je ne veux pas qu'on les mette en hachis,
& les parlemens penſent comme moi; entends-tu,
Nonotte?

6°. Tu trouves qu'on n'a pas aſſez tué d'albigeois
& de calviniſtes; tu approuves le ſupplice de *Jean Hus*
& de *Jérôme* de Prague, & celui d'*Urbain Grandier*,

& tu ne dis rien de la mort édifiante du R. P. *Malagrida*, du R. P. *Guignard*, du R. P. *Garnet*, du R. P. *Oldecorn*, du R. P. *Creton*. Hé, mon ami, un peu de juſtice !

7°. Ne t'enfonce plus dans la diſcuſſion de la donation de *Pepin ;* doute, ami *Nonotte*, doute ; & juſqu'à ce qu'on t'ait montré l'original de la ceſſion de Ravenne, doute, dis-je. Sais-tu bien que Ravenne en ce temps-là était une place plus conſidérable que Rome, un beau port de mer, & qu'on peut céder des domaines utiles en s'en réſervant la propriété ? ſais-tu bien qu'*Anaſtaſe* le bibliothécaire eſt le premier qui ait parlé de cette propriété ? croira-t-on de bonne foi que *Charlemagne* eût parlé, dans ſon teſtament, de Rome & de Ravenne comme de villes à lui appartenantes, ſi le pape en avait été le maître abſolu ?

J'avoue que *St Pierre* écrivit une belle lettre à *Pepin* du haut du ciel, & que le ſaint pape envoya la lettre au bon *Pepin* qui en fut fort touché ; j'avoue que le pape *Etienne* vint en France pour ſacrer *Pepin* qui raviſſait la couronne à ſon maître, & qui s'était déjà fait ſacrer par un autre ſaint ; j'avoue que le pape *Etienne* étant tombé malade à Saint-Denis, fut guéri par *St Pierre* & par *St Paul*, qui lui apparurent avec *St Denis*, ſuivi d'un diacre & d'un ſous-diacre ; j'avoue même avec l'abbé de *Vertot*, que le pape qui avait enfermé dans un couvent *Carloman*, frère de *Pepin*, dépouillé par ce bon *Pepin*, fut ſoupçonné d'avoir empoiſonné ce *Carloman* pour prévenir toute diſcuſſion entre les deux frères.

J'avoue encore qu'un autre pape trouva depuis ſur l'autel de la cathédrale de Ravenne, une lettre de *Pepin* qui donnait Ravenne au St Siége ; mais cela n'empêche pas que *Charlemagne* n'ait gouverné Ravenne & Rome. Les domaines que les archevêques ont dans Reims, dans Rouen, dans Lyon, n'empêchent pas que nos rois ne foient les fouverains de Reims, de Rouen, & de Lyon.

Apprends que tous les bons publiciftes d'Allemagne mettent aujourd'hui la donation de la fouveraineté de l'exarchat par *Pepin*, avec la donation de *Conftantin*. Apprends que la méprife vient de ce que les premiers écrivains auffi exacts que toi, ont confondu *patrimonium Petri & Pauli*, avec *dominium imperiale*. Tu dois favoir, ex-jéfuite *Nonotte*, ce que c'eft qu'une équivoque.

8°. Hé bien, parleras-tu encore des bigames & trigames de la première race? un jéfuite ferme-t-il la bouche à un autre jéfuite? fuffira-t-il de *Daniel* pour confondre *Nonotte*? lis donc ton *Daniel*, quoiqu'il foit bien fec. Lis la page 116 du premier volume in-4°; lis, *Nonotte*, lis, & tu trouveras que le grand *Théodebert* époufa la belle *Deuterie*, quoique la belle *Deuterie* eût un mari, & que le grand *Théodebert* eût une femme, & que cette femme s'appelait *Vifigarde*, & que cette *Vifigarde* était fille d'un roi des Lombards nommé *Vacon*, fort peu connu dans l'hiftoire; tu verras que *Théodebert* imitait en cette bigamerie ou bigamie fon oncle *Clotaire*, & voici les propres mots de *Daniel*.

„ Son oncle *Clotaire* après avoir époufé la femme
„ de *Clodomir* fon frère, peu de temps après la mort
„ de ce prince, quoiqu'il eût déjà une autre femme;
„ & il en eut trois pendant quelque temps, dont
„ deux étaient fœurs. „

Cela n'eſt paṣ trop bien écrit, & tu ne pourraṣ approuver ce ſtyle, à moins que tu n'aimes ton prochain comme toi-même : mais, mon ami, ſi *Daniel* écrit mal, il dit au moins ici la vérité, & c'eſt la différence qui eſt entre vous deux.

Je veux te conter une anecdote au ſujet des bigames. Le lord *Cowper*, grand-chancelier d'Angleterre, épouſa deux femmes qui vécurent avec lui très-cordialement dans ſa maiſon. Ce fut le meilleur ménage du monde. Ce bigame écrivit un petit livre ſur la légitimité de ſes deux mariages, & prouva ſon livre par les faits. M. de *Voltaire* s'était trompé en racontant cette bigamie ; il avait pris le lord *Cowper* pour le lord *Trévor*. La famille *Trévor* l'a redreſſé avec une extrême politeſſe ; ce n'eſt pas comme toi, *Nonotte*, qui te trompes très-impoliment.

9°. Mais, mon cher *Nonotte*, quand tu as fait deux volumes de tes erreurs, que tu appelles les erreurs d'un autre, as-tu penſé qu'on perdrait ſon temps à répondre à toutes tes bévues ? le public s'amuſerait-il beaucoup d'un gros livre intitulé *les erreurs de Nonotte* ? Je ne veux te préſenter qu'un petit bouquet, mais j'ai peine à choiſir les fleurs. Voici en paſſant quelques fleurs pour *Nonotte*.

Il n'y a point, dis-tu, *de couvent en France où les religieux aient deux cents mille livres de rente.* Il eſt vrai, les pauvres moines n'ont rien ; mais les abbés réguliers ou irréguliers de Cîteaux & de Clairvaux les ont ces deux cents mille livres ; & je te conſeille d'être leur fermier, tu y gagneras plus qu'avec le libraire *Fez.* L'abbé de Cîteaux a commencé un bâtiment dont l'architecte m'a montré le dévis, il monte à dix-ſept

cents

cents mille livres. *Nonotte!* il y a là de quoi faire de bons marchés.

10°. Sache que c'eſt M. *Damilaville*, connu des principaux gens de lettres de Paris, s'il ne l'eſt pas de *Nonotte*, qui ayant été indigné de l'infolence & de l'abfurdité de ton libelle intitulé *les erreurs*, a daigné imprimer ce qu'il en penſait ; c'eſt lui ſurtout qui a montré qu'il n'y a point de contradiction à dire que *Cromwell* fut quelque temps un fanatique, puis un politique profond, & enfin un grand-homme, & qu'on peut dire la même choſe de *Mahomet*. Sache que *Cromwell* rançonna, pilla, ſaccagea pendant la guerre, & qu'il fit obſerver les lois pendant la paix ; qu'il ne mit point de nouveaux impôts ; *qu'il couvrit par les qualités d'un grand roi les crimes d'un uſurpateur ;* qu'il craignait avec très-grande raiſon d'être aſſaſſiné ; & qu'après avoir pris toutes les précautions pour ne le pas être, il n'en mourut pas moins avec une fermeté connue de tout le monde. M. *Damilaville* a dit qu'il n'y a rien dans tout cela d'incompatible, & que *Nonotte* n'a pas le ſens commun. A-t-il tort ?

11°. Que tu es ignorant dans les choſes les plus connues ! tu trouves mauvais que le véridique auteur de l'*Eſſai ſur les mœurs &c.* diſe que le célébre *Guillaume de Naſſau*, fondateur de la république de Hollande, était comte de l'empire au même titre que *Philippe II* était ſeigneur d'Anvers. Tu es tout étonné que ce fameux prince d'Orange ſoit mis en parallèle avec la *maeſta del re dom Pheʾippo el diſcreto*. Tu as raiſon ; *Philippe II* n'était pas comparable à un héros. Ils étaient tous deux d'une famille impériale ; ces deux maiſons étaient également deſcendues de braves

Mélanges littér. Tome II.   D

gentilshommes, Est-ce parce que l'affassin du défen-
feur de la liberté fe confeffa & communia avant
d'exécuter fon crime , que tu trouves *Guillaume*
coupable ? eft-ce parce que ce héros réfifta à toute
la puiffance d'un poltron hypocrite ? eft-ce parce qu'il
rendit fept provinces libres , que le petit franc-comtois
Nonotte infulte à fa mémoire ?

12°. Que tu es ignorant, te dis-je! Tu ne fais pas
que le bourg de Livron en Dauphiné était une ville
du temps de la ligue ; qu'elle fut détruite comme
tant d'autres petites villes. Et quand on t'a prouvé
qu'elle fut affiégée par *Henri III* en perfonne, que
le maréchal de camp de *Bellegarde* conduifit le fiège
avec vingt-deux pièces de canon en 1574, tu réponds,
avec une direction d'intention, *que tu voulais parler de
l'état où eft Livron aujourd'hui, & non de l'état où elle
était alors.* Il s'agit bien de l'état où eft Livron aujour-
d'hui ! & tu ajoutes favamment: *J'ai nommé le commandant Montbrun qui refufa de rendre la place.* Tu excufes
ton ignorance par une nouvelle erreur ; ce n'était
pas *Montbrun* qui commandait dans cette ville; c'était
de *Roëffes*, comme le dit de *Thou*, liv. XLIX. Tu as
tort quand tu critiques ; tu as plus de tort quand
tu dis des injures dignes de ton éducation, & tort
encore peut-être quand tu efpères qu'on ne te
puniras pas.

13°. Avec quelle audace peux-tu dire que M. de
Voltaire n'a jamais lu la taxe de la chancellerie de
Rome ? viens dans fa bibliothèque, mon ami, les
laquais te laifferont entrer pour cette fois-là, & même
te feront fortir par la porte. Tu verras deux exemplaires de ce livre qu'on ne te prêtera point,

14°. Tu fais le favant, *Nonotte;* tu dis, à propos de théologie, que l'amiral *Dracke* a découvert la terre d'Yeffo. Apprends que *Dracke* n'alla jamais au Japon, encore moins à la terre d'Yeffo ; apprends qu'il mourut en 1596 en allant à Porto-Bello ; apprends que ce fut quarante ans après la mort de *Dracke,* que les Hollandais découvrirent les premiers cette terre d'Yeffo en 1644; apprends jufqu'au nom du capitaine *Martin Jéritfon,* & de fon vaiffeau qui s'appelait le Caftrécom. Crois-tu donner quelque crédit à la théologie en fefant le marin? tu te trompes fur terre & fur mer ; & tu t'applaudis de ton livre, parce que tes fautes font en deux volumes !

15°. Voyons fi tu entends la théologie mieux que la marine. L'auteur de l'*Effai fur les mœurs &c.* a dit que felon *St Thomas d'Aquin,* il était permis aux féculiers de confeffer dans les cas urgens, que ce n'eft pas tout-à-fait *un facrement;* mais que c'eft *comme facrement.* Il a cité l'édition & la page de la Somme de *St Thomas;* & là-deffus tu viens dire que tous les critiques conviennent que cette partie de la Somme de *St Thomas* n'eft pas de lui. Et moi je te dis qu'aucun vrai critique n'a pu te fournir cette défaite. Je te défie de montrer une feule Somme de *Thomas d'Aquin* où ce monument ne fe trouve pas. La Somme était en telle vénération, qu'on n'eût pas ofé y coudre l'ouvrage d'un autre. Elle fut un des premiers livres qui fortirent des preffes de Rome dès l'an 1474 ; elle fût imprimée à Venife en 1484. Ce n'eft que dans des éditions de Lyon qu'on commença à douter que la troifième partie de la Somme fût de lui. Mais il eſt aiſé de reconnaître ſa méthode & ſon ſtyle qui ſont abſolument les mêmes.

Au reſte, *Thomas* ne fit que recueillir les opinions de ſon temps, & nous avons bien d'autres preuves que les laïques avaient le droit de s'entendre en confeſſion les uns les autres ; témoin le fameux paſſage de *Joinville*, dans lequel il rapporte qu'il confeſſa le connétable de Chypre. Un jéſuite du moins devrait ſavoir ce que le jéſuite *Tolet* a dit dans ſon livre de l'inſtruction ſacerdotale, liv. I, ch. 16 : Ni femme, ni laïc ne peut abſoudre ſans privilége. *Nec fæmina nec laïcus abſolvere poſſunt ſine privilegio.* Le pape peut donc permettre aux filles de confeſſer les hommes ; cela ſera aſſez plaiſant : tu réjouiras fort Beſançon, en confeſſant tes fredaines à la vieille fille que tu fréquentes & que tu endoctrines. Auras-tu l'abſolution ?

Je veux t'inſtruire en t'apprenant que cette ancienne coutume, cette dévotion de ſe confeſſer mutuellement vient de la Syrie. Tu ſauras donc, *Nonotte*, que les bons Juifs ſe confeſſaient quelquefois les uns aux autres. Le confeſſeur & le confeſſé, quand ils étaient bien pénitens, s'appliquaient tour à tour trente-neuf coups de lanières ſur les épaules. Confeſſe-toi ſouvent, *Nonotte;* mais ſi tu t'adreſſes à un jacobin, ne va pas lui dire que la Somme de St *Thomas* n'eſt pas de lui ; on ne ſe bornerait pas à trente-neuf coups d'étrivières. Confeſſe ta fille, confeſſe-toi à elle, & elle te feſſera plus doucement qu'un jacobin, comme *Girard* feſſait la Cadière, *& vice verſâ*.

16°. Il me prend envie de t'inſtruire ſur l'hiſtoire de la *pucelle d'Orléans*, car j'aime cette pucelle ; & bien

d'autres l'aiment auffi. Mais je te renvoie à une differtation imprimée dans un ouvrage très-connu. (*)

Apprends, *Nonotte*, comme il faut étudier l'hiftoire
quand on ofe en parler. Ne fais plus de *Jeanne d'Arc*
une infpirée, mais une idiote hardie qui fe croyait
infpirée ; une héroïne de village, à qui on fit jouer
un grand rôle ; une brave fille, que des inquifiteurs &
des doûteurs firent brûler avec la plus lâche cruauté.
Corrige tes erreurs, & ne les mets plus fur le compte
des autres. Souviens-toi du capucin qui étant monté
en chaire, dit à fes auditeurs : *Mes frères, mon deffein
était de vous parler de l'immaculée conception ; mais j'ai vu
affiché à la porte de l'églife : Réflexions fur les défauts
d'autrui, par le R. P. de Viliers de la fociété de Jéfus. (p)
Hé, mon ami! fais des réflexions fur les tiens ; je vous
parlerai donc de l'humilité.*

Tu crêves de vanité, *Nonotte* : on t'a fait l'honneur
de répondre ; mais pour t'infpirer un peu de modeftie,
fache que l'illuftre *Montefquieu* daigna répondre à
l'auteur des Nouvelles eccléfiaftiques, à-peu-près
comme le maréchal de *la Feuillade* battit une fois un
fiacre qui lui barrait le chemin quand il allait en
bonne fortune.

17°. Oh oh, *Nonotte*, tu veux brouiller l'auteur
du *Siècle de Louis XIV* avec le clergé de France.
Ceci paffe la raillerie. *Il n'y a point*, dis-tu à la page 224,
*d'hommes auffi méprifables que ceux qui forment ce corps
nombreux.* Et après avoir proféré ces abominables
paroles, tu les imputes à l'auteur du *Siècle de Louis XIV !*

_____

(*) Voyez le *Dictionnaire philofophique*, art. *Arc.*
(p) Depuis abbé de *Viliers*, affez mauvais poëte.

D 3

Sens-tu bien tout ce que tu mérites, calomniateur *Nonotte*?

L'auteur du *Siècle de Louis XIV* a toujours révéré le clergé en citoyen ; il l'a défendu contre les imputations de ceux qui disent au hasard qu'il a le tiers des revenus du royaume ; il a prouvé dans son ch. XXXV, que toute l'Eglise gallicane, séculière & régulière, ne possède pas au-delà de quatre-vingts millions de revenu en fonds & en casuel. Il remarque que le clergé a secouru l'Etat d'environ quatre millions par an l'un dans l'autre. Il n'a perdu aucune occasion de rendre justice à ce corps.

On trouve au chap. IV du Traité de la tolérance, ces paroles : *Le corps des évêques en France est presque tout composé de gens de qualité, qui pensent & qui agissent avec une noblesse digne de leur naissance.* Est-ce là insulter les évêques de France comme tu les outrages?

Insulte-t-il les évêques quand il parle de l'évêque de Marseille, dans une ode contre le fanatisme?

> Belzuns ce pasteur vénérable
> Sauvait son peuple périssant ;
> Langeron guerrier secourable
> Bravait un péril renaissant ;
> Tandis que vos lâches cabales,
> Dans le trouble & dans les scandales,
> Occupaient votre oisiveté,
> De la dispute ridicule
> Et sur Quesnel & sur la bulle,
> Qu'oubliera la postérité.

O ex-jésuite! c'était rendre justice au digne évêque de Marseille : il vous l'a rendue à vous, anciens

confrères de *Nonotte*, à vous, *le Tellier*, *Lallemant*, &
Doucin, qui fefiez attendre des évêques dans la falle
baffe, avec le frère *Vadblé*, tandis que vous fabriquiez
la bulle qui vous a enfin exterminés.

O *Nonotte !* tu ofes dire que l'auteur du *Siècle de
Louis XIV* n'a jamais cherché qu'à tourner les papes
en ridicule & à les rendre odieux.

Mais, vois les éloges qu'il donne à la fageffe
d'*Adrien I ;* vois comme il juftifie le pape *Honorius*,
tant accufé d'héréfie ; vois ce qu'il dit de *Léon IV* au
tome I de l'*Effai fur les mœurs & l'efprit des nations*.

,, Le pape *Léon IV*, prenant dans ce danger une
,, autorité que les généraux de l'empereur *Lothaire*
,, femblaient abandonner, fe montra digne, en défen-
,, dant Rome, d'y commander en fouverain. Il
,, avait employé les richeffes de l'Eglife à réparer les
,, murailles de la ville, à élever des tours, à tendre
,, des chaînes fur le Tibre. Il arma les milices à fes
,, dépens ; engagea les habitans de Naples & de
,, Gayette à venir défendre les côtes & le port d'Oftie,
,, fans manquer à la fage précaution de prendre d'eux
,, des otages, fachant bien que ceux qui font affez
,, puiffans pour nous fecourir le font affez pour nous
,, nuire. Il vifita lui-même tous les poftes, & reçut les
,, Sarrazins à leur defcente, non pas en équipage de
,, guerrier, ainfi qu'en avait ufé *Goflin*, évêque de
,, Paris, dans une occafion encore plus preffante ;
,, mais comme un pontife qui exhortait un peuple
,, chrétien, & comme un roi qui veillait à la fureté
,, de fes fujets. Il était né Romain. Le courage des
,, premiers âges de la république revivait en lui dans
,, un temps de lâcheté & de corruption, tels qu'un

,, des beaux monumens de l'ancienne Rome qu'on
,, trouve quelquefois dans les ruines de la nouvelle. ,,

Il a poussé l'amour de la vérité jusqu'à justifier la
mémoire d'un *Alexandre VI* contre cette foule d'accu-
fateurs qui prétendent que ce pape mourut du poison
préparé par lui-même pour faire périr tous les
cardinaux ses convives. Il n'a pas craint de heurter
l'opinion publique & de rayer un crime du nombre
des crimes dont ce pontife fut convaincu. Il n'a jamais
considéré, n'a chéri, n'a dit que le vrai; il l'a cherché
cinquante ans, & tu ne l'as pas trouvé.

Tu es fâché que le pape *Benoît XIV* lui ait écrit
des lettres agréables, & lui ait envoyé des médailles
d'or & des agnus par douzaines! tu es fâché que son
succeffeur l'ait gratifié, par la protection & par les
mains d'un grand ministre, de belles reliques pour
orner l'église paroissiale qu'il a bâtie! Confole-toi,
Nonotte, & viens-y servir la messe d'un de tes confrères
qui est l'aumônier du château. Il est vrai que le maître
ne marchera pas à la procession *derrière un jeune jéfuite*,
comme on a fait dans un beau village de Montauban;
il n'est pas de ce goût: mais enfin vous serez deux
jéfuites. *Sæpe premente deo fert deus alter opem.*

Enfin, *Nonotte*, tu emploies l'artillerie des *Garaffes*
& des *Hardouins*, *ultima ratio jefuitarum*, *& aliquando
janfeniflarum*. Tu traites d'athée l'adorateur le plus
réfigné de la Divinité; tu intentes cette accufation
horrible contre l'auteur de la Henriade, poëme qui
est le triomphe de la religion catholique; tu l'intentes
contre l'auteur de Zaïre & d'Alzire, dont cette même
religion est la bafe; contre celui qui ayant adopté la
nièce du grand *Corneille*, ne la reçut dans une de fes

maifons fituée fur le territoire de Genève , qu'à condition qu'elle aurait toutes les facilités d'exercer la religion catholique. Tu le fais , puifque tes complices , pour gagner quelque argent, ont fait imprimer la lettre où il eft dit expreffément, que cette demoifelle aura fur le territoire des proteftans tous les fecours néceffaires pour l'exercice de fa religion. Tu ne fongeais pas que tu donnais ainfi des armes contre toi & tes conforts.

C'eft ainfi que les *Nonottes*, les *Patouillets*, & autres Welches , ont traité d'athées les principaux magiftrats français & les plus éloquens ; les *Monclar*, les *Chauvelins*, les *la Chalotais*, les *Duchés*, les *Chatillons*, & plufieurs autres. Mais auffi , il faut confidérer que ces meffieurs leur ont fait plus de mal que M. de *Voltaire*.

Après l'expofé des bévues, des infolences & des injures atroces prodiguées par *Nonotte* & par fes aides , quelques lecteurs feront bien aifes de favoir quels font les auteurs de ce libelle, & de tant d'autres libelles contre la magiftrature de France. Voici la lettre d'un homme en place, écrite de Befançon le 9 janvier 1767 ; elle peut inftruire.

,, *Jacques Nonotte*, âgé de 54 ans, eft né à Befançon, ,, d'un pauvre homme qui était fendeur de bois & ,, crocheteur. Il paraît à fon ftyle & à fes injures ,, qu'il n'a pas dégénéré. Sa mère était blanchiffeufe. ,, Le petit *Jacques* ayant fait le métier de fon père à ,, la porte des jéfuites , & ayant montré quelque difpo- ,, fition pour l'étude , fut recueilli par eux , & fut ,, jéfuite à l'âge de vingt ans. Il était placé à Avignon ,, en 1759. Ce fut là qu'il commença à compiler,

,, avec quelques-uns de fes confrères, fon libelle
,, contre l'*Effai fur les mœurs &c.* & contre vous.

,, L'imprimeur *Fez* en tira douze cents exemplaires.
,, Le débit n'ayant pas répondu à leurs efpérances,
,, *Fez* fe plaignit amèrement, & les jéfuites furent
,, obligés de prendre l'édition pour leur compte. Vous
,, daignâtes, Monfieur, vous abaiffer à répondre à ce
,, mauvais livre; cela le fit connaître, & a enhardi
,, *Nonotte* & fes affociés à en faire une feconde édition
,, pleine d'injures, les plus méprifables à la fois & les
,, plus puniffables. Le parti jéfuitique a fait imprimer
,, cette édition clandeftine à Lyon, au mépris des
,, ordonnances.

,, *Nonotte* eft actuellement toléré & ignoré dans
,, notre ville. Il demeure à un troifième étage, & il
,, gouverne defpotiquement une vieille fille imbécille
,, qui vous a écrit une lettre anonyme. Il dit qu'il
,, s'occupe à un dictionnaire anti-philofophique qui
,, doit paraître cette année. Je crois en effet qu'il en
,, fera un anti-raifonnable. Vous voyez que les
,, membres épars de la vipère coupée en morceaux,
,, ont encore du venin. Ce miférable eft un excrément
,, de collége qu'on ne décraffera jamais, &c. ,,

Nous confervons l'original de cette lettre.

Si *Nonotte* a fes cenfeurs, il a auffi des gens de bon
goût pour partifans. M. de *Voltaire* a reçu une lettre
datée de Hennebon en Bretagne, le 18 novembre
1766, fignée *le chevalier Brulé:* il a bien voulu nous
la communiquer; la voici: elle eft en beaux vers.

L'orgueil du philofophe avait bercé Voltaire,
Dans la flatteufe idée, mais par trop téméraire,

De mériter un nom par deſſus tous les noms.
Le voilà bien déchu de ſa préſomption.
David avec ſa fronde a terraſſé Goliath.

Et puis qu'on diſe qu'il n'y a plus de Welches en
France. Le chevalier de *Brulé* eſt apparemment un
diſciple de *Nonotte*. Les jéſuites n'élevaient-ils pas
bien la jeuneſſe ?

Petite digreſſion, qui contient une réflexion utile ſur
une partie des vingt-deux honnêtetés précédentes.

QUELLE eſt la ſource de cette rage de tant de
petits auteurs, ou ex-jéſuites, ou convulſioniſtes, ou
précepteurs chaſſés, ou petits-collets ſans bénéfices, ou
prieurs, ou argumentans en théologie, ou travaillans
pour la comédie, ou étalans une boutique de feuilles,
ou vendans des mandemens & des ſermons ? D'où
vient qu'ils attaquent les premiers hommes de la
littérature avec une fureur ſi folle ? pourquoi appellent-
ils toujours les Palcal *porte d'enfer* ; les Nicole *loup*
raviſſant, & les d'Alembert *bête puante* ? Pourquoi, lorſqu'un ouvrage réuſſit, crient-ils toujours à l'hérétique,
au déiſte, à l'athée ? La prétention au bel-eſprit eſt la
grande cauſe de cette maladie épidémique.

Ce n'eſt certainement que pour rendre ſervice à la
religion catholique, apoſtolique, & romaine, qu'ils
crient par-tout, que les premiers mathématiciens du
ſiècle, les premiers philoſophes, les plus grands poëtes
& orateurs, les plus exaɛts hiſtoriens, les magiſtrats
les plus conſommés dans les lois, tous les officiers
d'armée qui s'inſtruiſent, ne croient pas à la religion

catholique, apoftolique, & romaine, contre laquelle
les portes de l'enfer ne prévaudront jamais. On fent
bien que les portes de l'enfer prévaudraient, s'il était
vrai que tout ce qu'il y a de plus éclairé dans l'Europe
détefte en fecret cette religion. Ces malheureux lui
rendent donc un funefte fervice, en difant qu'elle a
des ennemis dans tous ceux qui penfent.

Ils veulent eux-mêmes la décrier en cherchant des
noms célèbres qui la décrient. Il eft dit dans les Erreurs
de *Nonotte*, renforcées par un autre homme de bien
qui l'a aidé, page 118 : *Qu'à la vérité M. de Voltaire
n'attaque point l'autorité des livres divins, qu'il montre
même pour eux du refpeck ; mais que cela n'empêche point
qu'il ne s'en moque dans fon cœur ; & de-là* il conclut
que tout le monde en fait autant, & que lui *Nonotte*
pourrait bien s'en moquer auffi avec une direction
d'intention.

Ah ! impie *Nonotte* ! blafphémateur *Nonotte* ! Prions
DIEU, mes frères, pour fa converfion.

Ce qui damne principalement *Nonotte*, *Patouillet*, &
conforts, eft précifément ce qui a traduit frère *Berthier*
en purgatoire ; c'eft la rage du bel-efprit. Croiriez-
vous bien, mes frères, que *Nonotte* dans fon libelle
théologique, trouve mauvais que l'auteur du *Siècle
de Louis XIV*, ait mis *Quinault* au rang des grands-
hommes ? *Nonotte* trouve *Quinault* plat : quoi ! tu
n'aimes pas l'auteur d'Atis & d'Armide ! tant pis,
Nonotte, cela prouve que tu as l'ame dure & point
d'oreille, ou trop d'oreille.

Non fa che cofa è amor, non fa che vaglia
La caritade, e quindi advien che i frati
Sono fi ingorda e fi crudel' canaglia.

ARIOSTE , épître fur le mariage.

Voilà donc l'ex-révérend *Nonotte* qui dans un livre dogmatique pèfe le mérite de *Quinault* dans fa balance. Monfieur l'évêque du Puy en Vélai adreffe aux habitans du Puy en Vélai une énorme paftorale, dans laquelle il leur parle de belles - lettres : *Soyez donc philofophes, mes chers frères*, dit-il aux chauderonniers du Vélai, à la page 229. Mais remarquez qu'il ne leur parle ainfi, par l'organe de *Cortiat fecrétaire* , qu'après leur avoir parlé de *Perrault* , de *la Motte* , de l'abbé *Terraffon*, de *Boindin;* après avoir outragé la cendre de *Fontenelle;* après avoir cité *Bacon* , *Galilée* , *Defcartes* , *Mallebranche*, *Leibnitz* , *Newton* , & *Locke.* La bonne compagnie du Puy en Vélai a pris tous ces gens-là pour des pères de l'Eglife. *Cortiat* fecrétaire examine, page 23, fi *Boileau* n'était qu'un verfificateur; & page 77, fi les corps gravitent vers un centre. Dans le mandement, fous le nom de *J. F.* archevêque d'Auch , on examine fi un poëte doit fe borner à un feul talent, ou en cultiver plufieurs.

Ah ! Meffieurs, *non erat his locus.* Vos troupeaux d'Auch & du Vélai ne fe mêlent ni de vers, ni de philofophie; ils ne favent pas plus que vous ce que c'eft qu'un poëte & qu'un orateur. Parlez le langage de vos brebis.

Vous voulez paffer pour de beaux efprits, vous ceffez d'être pafteurs; vous avertiffez le monde de ne plus refpecter votre caractère. On vous juge comme on jugeait *la Motte* & *Terraffon* dans un caffé. Voulez-vous être évêques, imitez *St Paul ;* il ne parle ni d'*Homère* ni de *Lycophron :* il ne difcute point fi *Xénophon* l'emporte fur *Thucydide ;* il parle de la charité. *La charité,* dit-il, *eft patiente ;* êtes-vous patiens ? *elle eft bénigne ;* êtes-vous bénins ? *elle n'eft point ambitieufe ;* n'avez-vous point eu l'envie de vous élever par votre ftyle ? *elle n'eft point méchante ;* n'avez-vous mis ou laiffé mettre aucune malignité dans vos paftorales ?

Beaux pafteurs ! paiffez vos ouailles en paix, & revenons à nos moutons, à nos honnêtetés littéraires.

Vingt-troifième honnêteté, des plus fortes.

Un ex-jéfuite nommé *Patouillet,* (déjà célébré dans cette diatribe) homme doux & pacifique, décrété de prife de corps à Paris pour un libelle très - profond contre le parlement, fe réfugie à Auch chez l'arche-vêque avec un de fes confrères. Tous deux fabriquent une paftorale en 1764, & féduifent l'archevêque jufqu'à lui faire figner de fon nom *J. F.,* cet écrit apoftolique qui attaque tous les parlemens du royaume; & voici furtout comme la paftorale s'explique fur eux, page 48 : *Ces ennemis des deux puiffances mille fois abattus par leur concert, toujours relevés par de fourdes intrigues, toujours animés de la rage la plus noire, &c.* Il n'y a prefque point de page où ces deux jéfuites n'exhalent contre les parlemens une rage qui paraît d'un noir plus foncé. Ce libelle diffamatoire a été condamné à la vérité à être brûlé par la main du bourreau ; on a recherché les auteurs, mais ils ont échappé à la juftice humaine.

Il faut favoir que ces deux feſeurs de paſtorales s'étaient imaginé qu'un officier de la maiſon du roi, très-vieux & très-malade, retiré depuis treize ans dans ſes terres, avait contribué du coin de ſon feu à la deſtruction des jéſuites. La choſe n'était pas fort vraiſemblable, mais ils la crurent; & ils ne manquèrent pas de dire dans le mandement, ſelon l'uſage ordinaire, que ce malin vieillard était déiſte & athée; que c'était un *vagabond* qui à la vérité ne ſortait guère de ſon lit, mais que dans le fond il aimait à courir; que *c'était un vil mercenaire* qui mariait pluſieurs filles de ſon bien, mais qui avait gagné depuis douze ans quatre cents mille francs avec les éditeurs auxquels il a donné ſes ouvrages, & avec les comédiens de Paris, auxquels il a abandonné le profit entier *mammonæ iniquitatis*.

Enfin M. *J. F.* d'Auch traita ce ſeigneur de pluſieurs paroiſſes qui ſont aſſez loin de ſon diocèſe, & très-bien gouvernées, comme le plus vil des hommes, comme s'il était à ſes yeux membre d'un parlement. Un parent de l'archevêque, auquel cet officier du roi daignait prêter de l'argent dans ce temps-là même, écrivit à M. d'Auch qu'il s'était laiſſé ſurprendre, qu'il ſe déshonorait; qu'il devait faire une réparation authentique; que lui ſon parent n'oſerait plus paraître devant l'offenſé : *Je ne ſuis pas en état*, diſait-il dans ſa lettre, *de lui rendre ce qu'il m'a ſi généreuſement prêté. Payez-moi donc ce que vous me devez depuis ſi long-temps, afin que je ſois en état de ſatisfaire à mon devoir.*

M. d'Auch fut si honteux de son procédé qu'il se
tut. La famille nombreuse de l'offensé, répondit à
son silence par cette lettre, qui fut envoyée de Paris
à M. d'Auch.

A M. l'archevêque d'Auch.

IL parut sous votre nom, Monsieur, en 1764,
une *Instruction pastorale*, qui n'est malheureusement
qu'un libelle diffamatoire. On s'élève dans cet ouvrage
contre le recueil des assertions consacré par le parlement de Paris; on y regarde les jésuites comme des
martyrs & les parlemens comme des persécuteurs; (q)
on y accuse d'injustice l'édit du roi qui bannit irré-
vocablement les jésuites du royaume. Cette instruction
pastorale a été brûlée par la main du bourreau. Le
roi fait réprimer les attentats à son autorité; les parlemens savent les punir; mais les citoyens qui sont
attaqués avec tant d'insolence dans ce libelle, n'ont
d'autre ressource que celle de confondre les calomnies.
Vous avez osé insulter des hommes vertueux que vous
n'êtes pas à portée de connaître; vous avez surtout
indignement outragé un citoyen qui demeure à cent
cinquante lieues de vous; vous dites à vos diocésains
d'Auch, que ce citoyen, officier du roi & membre
d'un corps à qui vous devez du respect, (r) est un
vagabond & un fugitif du royaume, tandis qu'il réside
depuis quinze années dans ses terres, où il répand
plus de bienfaits que vous ne faites dans votre diocèse,

(q) *Nos pères vous avaient appris à respecter les Jésuites* &c. page 35 &
suivantes du *Mandement* de M. d'Auch.
(r) Pages 12, 13 & 14 du libelle.

quoique

quoique vous foyez plus riche que lui; vous le traitez
de mercenaire, dans le temps même qu'il donnait des
fecours généreux à votre neveu dont les terres font
voifines des fiennes; ainfi vous couronnez vos calomnies par la lâcheté & par l'ingratitude. Si c'eft un
jéfuite qui eft l'auteur de votre brochure, comme on
le croit, vous êtes bien à plaindre de l'avoir fignée. Si
c'eft vous qui l'avez faite, ce qu'on ne croit pas, vous
êtes à plaindre encore. Vous favez tout ce que vos
parens & tout ce que des hommes d'honneur vous
ont écrit fur le fcandale que vous avez donné, qui
déshonorerait à jamais l'épifcopat, & qui le rendrait
méprifable s'il pouvait l'être. On a épuifé toutes les
voies de l'honnêteté pour vous faire rentrer en vous-
même. Il ne refte plus à une famille confidérable, fi
infolemment outragée, qu'à dénoncer au public
l'auteur du libelle, comme un fcélérat dont on
dédaigne de fe venger, mais qu'on doit faire connaître.
On ne veut pas foupçonner que vous ayez pu compofer ce tiffu d'infamies, dans lequel il y a quelque
ombre de fauffe érudition. Mais quel que foit fon
abominable auteur, on ne lui répond qu'en fervant
la religion qu'il déshonore, en continuant à faire du
bien, & en priant D I E U qu'il convertiffe une ame fi
perverfe & fi lâche; s'il eft poffible pourtant qu'un
calomniateur fe convertiffe.

Réflexion morale.

C'eft une chofe digne de l'examen d'un fage,
que la fureur avec laquelle les jéfuites ont combattu
les janféniftes, & la même fureur que ces deux partis,
ruinés l'un par l'autre, exhalent contre les gens de

lettres. Ce font des foldats réformés qui deviennent voleurs de grand chemin. Le jéfuite chaffé de fon collége, le convulfionnaire échappé de l'hôpital, errans chacun de leur côté & ne pouvant plus fe mordre, fe jettent fur les paffans.

Cette manie ne leur eft pas particulière; c'eft une maladie des écoles ; c'eft la vérole de la théologie. Les malheureux argumentans n'ont point de pro-feffion honnête. Un bon menuifier, un fculpteur, un tailleur, un horloger, font utiles ; ils nourriffent leur famille de leur art. Le père de *Nonotte* était un brave & renommé crocheteur de Befançon. Ne vau-drait-il pas mieux pour fon fils fcier du bois honnê-tement, que d'aller de libraire en libraire, chercher quelque dupe qui imprime fes libelles ? on avait befoin de *Nonotte* père, & point du tout de *Nonotte* fils. Dès qu'on s'eft mêlé de controverfe, on n'eft plus bon à rien, on eft forcé de croupir dans fon ordure le refte de fa vie ; & pour peu qu'on trouve quelque vieille idiote qu'on ait féduite, on fe croit un *Chryfoftome*, un *Ambroife*, pendant que les petits garçons fe moquent de vous dans la rue. O frère *Nonotte*, frère *Pichon*, frère *Dupleffis*, votre temps eft paffé; vous reffemblez à de vieux acteurs chaffés des chœurs de l'opéra, qui vont frédonnant de vieux airs fur le pont-neuf pour obtenir quelque aumône. Croyez-moi, pauvres gens ; un meilleur moyen pour obtenir du pain ferait de ne plus chanter.

Vingt-quatrième honnêteté, des plus médiocres.

Un abbé *Guyon* qui a écrit une hiftoire du *bas empire*, dans un ftyle convenable au titre, dégoûté d'écrire l'hiſtoire , ſe mit il y a peu d'années à faire un roman. Il alla , dit-il , dans un château qui n'exiſte point ; il y fut très-bien reçu, accueil auquel il n'eſt pas apparemment accoutumé. Le maître de la maiſon , qu'il n'a jamais vu , lui confia immédiate-ment après le dîner tous ſes ſecrets. Il lui avoua que M. *B* eſt un hérétique, M. *C* un déiſte , M. *D* un ſocinien , M. *F* un athée, & M. *G* quelque choſe de pis ; & que pour lui ſeigneur du château , il avait l'honneur d'être l'antechriſt , & qu'il lui offrait un drapeau dans ſes troupes ſous les ordres de meſſieurs *Da , de , di , do , du* , ſes capitaines. Il dit qu'il fit très-bonne chère chez l'antechriſt ; c'eſt en effet un des caractères de ce ſeigneur que nous attendons , & c'eſt par-là en partie qu'il ſéduira les élus.

L'abbé *Guyon* parle enſuite de *Louis XIV :* Il dit que ce monarque *n'allait à la guerre qu'accompagné de pluſieurs cours brillantes ; mais que ſon médaillon a deux faces :* il ajoute que dans les dernières années de ce prince il n'y a rien d'intéreſſant , *ſinon les quatre-vingts mille livres de penſion qu'obtint Mme de Maintenon à la mort de ce monarque.* Voilà la manière dont ledit *Guyon* veut qu'on écrive l'hiſtoire. Laiſſons-le faire la fonction d'aumônier auprès de l'antechriſt , & n'en parlons plus.

Vingt-cinquième honnêteté , fort mince.

Cette vingt-cinquième honnêteté eſt celle d'un nommé *Larnet* , prédicant d'un village près de Car-caſſonne en Languedoc. (*) Ce prédicant a fait un libelle de lettres en deux volumes , contre ſept ou huit

(*) *Vernet* miniſtre à Genève.

perfonnes qu'il ne connaît pas , dédié à un grand
feigneur qu'il connaît encore moins. Ces écrivains
de lettres ont toujours des correfpondans , comme
les poëtes ont des *Philis* & des *Amarantes* en l'air.
Larnet commence par dire , page 50 , que c'eſt le
pape qui eſt l'antechriſt. Oh ! accordez-vous donc ,
Meſſieurs ; car l'abbé *Guyon* aſſure qu'il a vu l'antechriſt dans fon château auprès de Laufanne. Or
l'antechriſt ne peut pas fiéger à Laufanne & à Rome :
il faut opter ; il ·n'appartient pas à l'antechriſt d'être
en plufieurs lieux à la fois.

Le prédicant appelle à fon fecours le pauvre
Michel Servet , qui aſſurait que l'antechriſt fiége à
Rome. Si c'était le fentiment dù fage *Servet* , il ne
fallait donc pas que de fages prédicans le fiſſent
brûler; mais,

Ami, Servet eſt mort, laiſſons en paix fa cendre.
Que m'importe qu'on grille ou Servet ou Larnet?

Tout cela m'eſt fort égal. Il eſt un peu ennuyeux ,
à ce qu'on dit, ce *Larnet* ·, prédicant de Carcaſſonne
en Languedoc. Cependant il a quelques amis.
M. *Robert Covelle* qui joue, comme on fait, un grand
rôle dans la littérature , lui eſt fort attaché. Dans
le dernier voyage que M. *Robert* fit à Carcaſſonne,
il dédia à fon ami *Larnet* une petite pièce de poëfie,
intitulée : *Maître Guignard* ou *de l'hypocrifie :* (*) Cette
épître n'eſt pas limée. M. *Covelle* eſt un homme de
bonne compagnie , qui hait le travail & qui peut dire
avec *Chapelle :*

(*) Voyez le volume de *Contes & Satires.*

Tout bon fainéant du marais
Fait des vers qui ne coûtent guère ;
Pour moi c'eſt ainſi que j'en fais ;
Et ſi je les voulais mieux faire,
Je les ferais bien plus mauvais.

Vingt-ſixiéme honnêteté.

,, Vous êtes un impudent , un menteur , un
,, fauſſaire , un traître , qui imputez à des Anglais
,, de mauvais vers que vous dites avoir traduits en
,, français. Vous êtes le ſeul auteur de ces vers
,, abominables ; & de plus , vous n'avez jamais
,, entendu *Locke* , ni *Newton* ; car frère *Berthier* à
,, dit que vous cherchiez la triſection de l'angle par
,, la géométrie ordinaire. ,,
Ce ſont à-peu-près les paroles des *Nonottes* ,
Patouillets , *Guyons* , &c. à ce pauvre vieillard qui eſt
hors d'état de leur répondre. Je prends toujours ſon
parti comme je le dois. La plupart des gens de lettres
abandonnent leurs amis pillés & vexés ; ils reſſemblent
à ces animaux qu'on dit amis de l'homme , & qui ,
quand ils voient un de leurs camarades mort de ſes
bleſſures dans un grand chemin , lèchent ſon ſang &
paſſent ſans ſe ſoucier du défunt. Je ne ſuis pas de ce
caractère , je défends mon ami , *unguibus & roſtro.*
M. *Midleton* à qui nous devons la vie de *Cicéron* ,
& des morceaux de littérature très-curieux , voyageant
en France dans ſa jeuneſſe , fit des vers charmans ſur
ce qu'il avait vu dans notre patrie ; les voici d'après
le recueil où ils ſont imprimés. Ceux qui entendent
l'anglais les liront ſans doute avec plaiſir.

E 3

A nation here j pity and admire,
Whom nobleſt ſentiments of glory fire;
Yet taught by cuſtom's force, and bigot fear,
To ſerve with pride, and boaſt the yoke they bear :
Whoſe nobles born to cringe and to command,
In courts a mean, in camps a gen'rous band;
From prieſts and tax-jobbers content receive
Thoſe laws their dreaded arms to Europe give :
Whoſe people vain in want, in bondage bleſt;
Tho' plunder'd, gay; induſtrious, tho' oppreſt ;
With happy follies riſe above their fate;
The jeſt and envy of each wiſer ſtate.

Yet here the Muſes deign'd a while to ſport
In the short ſun-ſhine of a fav'ring court ;
Here Boileau, ſtrong in ſenſe, and sharp in wit,
Who *from* the ancients, like the ancients vrit,
Permiſſion gain'd inferior vice to blame,
By lying incenſe to his maſter's fame.

With more delight thoſe pleaſing shades j view
Where Condé from an envious court withdrew,
Where ſick of glory, faction, power and pride,
Sure judge how empty all, who all had try'd,
Beneath his palms, the wary chief repos'd,
And life's great ſcene in quiet virtue clos'd.

Voici comme M. de *Voltaire*, mon ami, traduit
aſſez fidellement tout cet excellent morceau, autant
qu'une traduction en vers peut être fidelle.

Tel eſt l'eſprit français; je l'admire & le plains.
Dans ſon abaiſſement quel excès de courage!
La tête ſous le joug, les lauriers dans les mains,
Il chérit à la fois la gloire & l'eſclavage.
Ses exploits & ſa honte ont rempli l'univers. (s)
Vainqueur dans les combats, enchaîné par ſes maîtres;
Pillé par des traitans, aveuglé par des prêtres;
Dans la diſette il chante, il danſe avec ſes fers.
Fier dans la ſervitude, heureux dans ſa folie,
De l'Anglais libre & ſage il eſt encor l'envie.

Les Muſes cependant ont habité ces bords,
Lorſqu'à leurs favoris prodiguant ſes tréſors,
Louis encourageait l'imitateur d'Horace;
Ce Boileau plein de ſel, encor plus que de grâce,
Courtiſan ſatirique, ayant le double emploi
De cenſeur des Cotins, & de flatteur du roi.

Mais je t'aime encor mieux, ô reſpectable aſile!
Chantilli, des héros ſéjour noble & tranquile,
Lieux où l'on vit Condé, fuyant de vains honneurs,
Laſſé de factions, de gloire & de grandeurs,
Caché ſous ſes lauriers, dérobant ſa vieilleſſe
Aux dangers d'une cour infidelle & traîtreſſe,
Ayant éprouvé tout, dire avec vérité:
Rien ne remplit le cœur, & tout eſt vanité.

J'avoue que ces vers français peuvent n'avoir pas
toute l'énergie anglaiſe. Hélas! c'eſt le fort des traducteurs en toute langue d'être au-deſſous de leurs
originaux.

(s) C'était dans la guerre de 1689.

E 4

J'avoue encore qu'il y a quelques vers de *Midleton* injurieux à la nation françaife. M. de *Voltaire* a fouvent repouffé toutes ces injures modeftement felon fa coutume.

En voilà affez pour ce qui regarde les vers. Quant à la trifection de l'angle, cela pourrait ennuyer les dames, dont il faut toujours ménager la délicateffe.

Vingt-feptième honnêteté.

Un nouveau poifon fut inventé depuis quelques années dans la baffe littérature. Ce fut l'art d'outrager les vivans & les morts par ordre alphabétique : on n'avait point encore entendu parler de ces dictionnaires d'injures. Si nous ne nous trompons pas ils commencèrent lorfque M. *Ladvocat*, bibliothécaire de la forbonne, l'un des plus fages & des plus modérés littérateurs, comme l'un des plus favans, eut donné fon dictionnaire hiftorique vers l'an 1740. Un janfénifte (car pour le malheur de la France, il y avait encore des janféniftes & des moliniftes) fit imprimer contre M. l'abbé *Ladvocat* un libelle diffamatoire en fix volumes, fous le titre & dans la forme de dictionnaire.

Il commence par remercier DIEU de ce qu'il eft venu à bout de finir ce rare ouvrage fous les yeux & avec le fecours de l'auteur clandeftin de la gazette eccléfiaftique, *dont la plume, dit-il, eft une flèche femblable à la flèche de Jonathas fils de Saül, laquelle n'eft jamais retournée en arrière, & eft toujours teinte du fang des morts & de la graiffe des plus vigoureux.* L'abbé *Ladvocat* lui répondit qu'il voyait peu de rapport entre

la flèche de *Jonathas* teinte de graiſſe, & la plume
d'un prêtre normand qui vendait des gazettes.
D'ailleurs il perſiſta à ſe rendre utile, dût-il être
percé de quelque flèche de ces convulſionnaires. Le
libelle du janſéniſte attaqua tous les gens de lettres
qui n'étaient pas du parti : ſa flèche fut lancée contre
les *Fontenelle*, les *la Motte*, les *Saurin*, qui n'en
ſentirent rien.

Nous avions mis au-devant du ſiècle de *Louis XIV*,
une liſte aſſez détaillée de tous les artiſtes qui firent
honneur à la France dans ces temps illuſtres. Deux
ou trois perſonnes ſe ſont aſſociées depuis peu pour
faire un pareil catalogue des artiſtes de trois ſiècles ;
mais ces auteurs s'y ſont pris différemment : ils ont
inſulté par ordre alphabétique, à tous ceux dont
ils ont cru qu'il était de leur intérêt d'attaquer la
réputation. Nous ignorons ſi leur flèche eſt retournée
ou non en arrière, & ſi elle a été teinte de la graiſſe
des vigoureux. Celui de la troupe qui tirait le plus
fort & le plus mal était un abbé *Sabatier*, natif d'un
village auprès de Caſtres, homme d'ailleurs différent
en tout des gens de mérite qui portent le même
nom.

Il fut payé pour tirer ſes traits ſur tous ceux qui
font aujourd'hui honneur à la littérature, par leur
érudition & par leurs talens. Dans la foule de ceux
qu'il attaque, on trouve feu M. *Helvétius*. Il le qualifie
lui & ſes amis de maniaques. *Nous pouvons aſſurer*
dit-il, *par de juſtes obſervations, que ſes illuſions philoſo-*
phiques étaient une eſpèce de manie involontaire. . . . . Il ſe
contentait de gémir dans le ſein de l'amitié, de l'extravagance

& *des excès de maniaques, qui fe glorifiaient de l'avoir pour*
confrère.

L'abbé *Sabatier* a raifon de dire qu'il était à portée
de faire de juftes obfervations fur M. *Helvétius*, puifqu'il avait été tiré par lui de la plus extrême mifère,
& que réchauffé dans fa maifon, (comme *Tartuffe*
chez *Orgon*,) il n'avait vécu que de fes libéralités. La
première chofe qu'il fait après la mort d'*Helvétius*, eft
de déchirer le cadavre de fon bienfaiteur.

Nous n'étions pas de l'avis de M. *Helvétius* fur
plufieurs queftions de métaphyfique & de morale ;
& nous nous en fommes affez expliqués, fans bleffer
l'eftime & l'amitié que nous avions pour lui. Mais
qu'un homme nourri chez lui par charité prenne le
mafque de la dévotion pour l'outrager avec fureur,
lui & tous fes amis, & tous ceux mêmes qui l'ont
affifté ; nous penfons qu'il ne s'eft rien fait de plus
lâche dans les trois fiècles dont cet homme parle, &
qu'il connaît fi peu.

Lui !.... un abbé *Sabatier !*.... ofer feindre de
défendre la religion ! ofer traiter d'impies les hommes
du monde les plus vertueux ! S'il favait que nous
avons en notre poffeffion fon abrégé du fpinofifme,
intitulé *Analyfe de Spinofa*, à Amfterdam ; ouvrage
rempli de farcafmes & d'ironies, écrit tout entier de
fa main, finiffant par ces mots : *Point de religion &*
j'en ferai plus honnête homme. La loi ne fait que des efclaves,
elle n'arrête que la main ; enfin figné, *adieu baptifabit.*

S'il favait que nous poffédons auffi écrits de fa
main les vers infames qu'il fit dans fa prifon à
Strasbourg, & d'autres vers auffi libertins que mauvais ; que dirait-il ? rentrerait-il en lui-même ? non ;

il irait demander un bénéfice , & il l'obtiendrait peut-être.

Le cœur le plus bas & le plus capable de tous les crimes des lâches eſt celui d'un athée hypocrite.

Nous fûmes toujours perſuadés que l'athéiſme ne peut faire aucun bien, & qu'il peut faire de très-grands maux. Nous fîmes ſentir la diſtance infinie entre les ſages qui ont écrit contre la ſuperſtition , & les fous qui ont écrit contre DIEU. Il n'y a dans tous les ſyſtèmes d'athéiſme ni philoſophie ni morale.

Nous n'y voyons point de philoſophie : car en effet eſt-ce raiſonner que de reconnaître du génie dans une ſphère d'*Archimède*, de *Poſſidonius*, dans un de ces *oréris* qu'on vend en Angleterre, & de n'en point reconnaître dans la fabrication de l'univers; d'admirer la copie & de s'obſtiner à ne point voir d'intelligence dans l'original? cela n'eſt-il pas encore plus fou que ſi on diſait : les eſtampes de *Raphaël* ſont faites, par un ouvrier intelligent, mais le tableau s'eſt fait tout ſeul?

L'athéiſme n'eſt pas moins contraire à la morale , à l'intérêt de tous les hommes ; car ſi vous ne recon-naiſſez point de DIEU, quel frein aurez-vous pour les crimes ſecrets?

. . . . *Duræ ſaltem virtutis amator ,*
Quære quid eſt virtus, & poſce exemplar honeſti.

Nous ne diſons pas qu'en adorant un être ſuprême, juſte & bon , nous devions admettre la barque à *Caron , Cerbère*, les Euménides, ou l'ange de la mort

Samaël, qui vient demander à DIEU l'ame de *Moïse*, & qui se bat avec *Michaël* à qui l'aura. Nous ne prétendons point qu'*Hercule* ait pu ramener *Alceste* des enfers, ou que le portugais *Xavier* ait ressuscité neuf morts.

De même qu'il faut distinguer soigneusement la fable de l'histoire, il faut aussi discerner entre la raison & la chimère.

Il est très-certain que la croyance d'un DIEU juste ne peut être qu'utile. Quel est l'homme qui, ayant seulement une peuplade de six cents personnes à gouverner, voudrait qu'elle fût composée d'athées?

Quel est l'homme qui n'aimerait pas mieux avoir à faire à un *Marc-Aurèle*, ou à un *Epictète*, qu'à un abbé *Sabatier*? Nous savons, & nous l'avons souvent avoué, qu'il est des athées par principes, dont l'esprit n'a point corrompu le cœur.

> On a vu souvent des athées
> Vertueux malgré leurs erreurs :
> Leurs opinions infectées
> N'avaient point infecté leurs mœurs.
> Spinosa fut doux, juste, aimable ;
> Le Dieu que son esprit coupable
> Avait follement combattu,
> Prenant pitié de sa faiblesse,
> Lui laissa l'humaine sagesse,
> Et les ombres de la vertu.

Nous dirons à tous ces athées argumentans, qui n'admettent aucun frein, & qui cependant se font fait celui de l'honneur, qui raisonnent mal & qui se gouvernent bien : Messieurs, gardez-vous de l'abbé *Sabatier* qui se conduit comme il raisonne. Aussi ne le voient-ils point ; il est egalement en horreur aux dévots & aux philosophes.

Quand le *Système de la nature* fit tant de bruit, nous ne dissimulâmes point notre opinion sur ce livre ; il nous parut une déclamation quelquefois éloquente, mais fatigante, contraire à la saine raison, & pernicieuse à la société. *Spinosa* du moins avait embrassé l'opinion des stoïciens, qui reconnaissent une intelligence suprême ; mais dans le *Système de la nature* on prétend que la matière produit elle-même l'intelligence. S'il n'y avait là que de l'absurdité, on pourrait se taire. Mais cette idée est pernicieuse ; parce qu'il peut se trouver des gens qui, ne croyant pas plus à l'honneur & à l'humanité qu'à DIEU, feront leurs dieux à eux-mêmes, & s'immoleront tout ce qu'ils croiront pouvoir s'immoler impunément. Les athées *Tartuffes* seront encore plus à craindre. Un brave déiste, un sectateur du grand-lama un peu courageux, peut avoir la consolation de tuer un athée sanguinaire qui lui demande la bourse le pistolet à la main ; mais comment se défendre d'un athée hypocrite & calomniateur, qui passe sa journée dans l'anti-chambre d'un évêque ? &c.

S'il se passe quelques nouvelles honnêtetés dans la turbulente république des lettres, on n'a qu'à nous en avertir ; nous en ferons bonne & briève justice.

LETTRE A L'AUTEUR

DES HONNETETÉS LITTERAIRES,

Sur les mémoires de madame de Maintenon , publiés par la Beaumelle.

On ne peut lire fans quelque indignation les *Mémoires pour fervir à l'hifloire de Mme de Maintenon & à celle du fiècle paffé*. Ce font cinq volumes d'anti-thèfes & de menfonges. Et l'auteur eft encore plus coupable que ridicule, puifqu'ayant fait imprimer les lettres de Mme de *Maintenon*; dont il avait efcroqué une copie, il ne tenait qu'à lui de faire une hiftoire vraie, fondée fur ces mêmes lettres, & fur les mémoires accrédités que nous avons. Mais la littérature étant devenue le vil objet d'un vil commerce, l'auteur n'a fongé qu'à enfler fon ouvrage & à gagner de l'argent aux dépens de la vérité. Il faut regarder fon livre comme les mémoires de *Gatien de Courtils*, & comme tant d'autres libelles qui fe font débités dans leur temps & qui font tombés dans le dernier mépris. L'auteur commence par un portrait de la fociété de Mme *Scarron*, comme s'il avait vécu avec elle. Il met de cette fociété M. de *Charleval*, qu'il appelle le plus élégant de nos poëtes négligés, & dont nous n'avons que trois ou quatre petites pièces qui font au rang des plus médiocres; il y affocie le comte de *Coligny*, qu'il dit *avoir été à Paris le profélyte de Ninon, & à la cour l'émule de Condé*. En quoi le comte de *Coligny* pouvait-il être l'émule du prince de *Condé*? quelle rivalité de rang, de gloire, & de crédit, pouvait être entre le premier prince du fang, célébre dans l'Europe par trois victoires, & un gentilhomme qui s'était à peine diftingué alors? il ajoute à cette pré-tendue fociété *le marquis de la Sablière, qui avait*, dit-il, *dans fes propos toute la légéreté d'une femme*. La *Sablière* était un citoyen de Paris qui n'a jamais été marquis. Qui a dit à l'auteur que ce *la Sablière* était fi léger dans fes propos?

Sied-il bien à cet écrivain de dire, *que les affemblées qui fe tenaient chez Scarron ne reffemblaient point à ces cotteries littéraires dans qui la marquife de Lambert femble avoir formé le deffein de détruire le bon goût*. Cet homme-a-t-il connu Mme de *Lambert*, qui était une femme très-refpectable? a-t-il jamais approché d'elle? eft-ce à lui de parler de goût?

Pourquoi dit-il que dans la maifon de *Scarron* on caffait fouvent les arrêts de l'académie? Il n'y a pas dans tous les ouvrages de *Scarron* un feul trait dont l'académie ait pu fe plaindre. Ne découvre-t-on pas dans fes réflexions fatiriques, fi étrangères à fon fujet, un jeune étourdi de province qui croit fe faire valoir en affectant des mépris pour un corps compofé des premiers hommes de l'Etat & des premiers de la littérature?

Comment a-t-il affez peu de pudeur pour répéter une chanfon infame de *Scarron* contre fa femme, dans un ouvrage qu'il prétend avoir entrepris à la

gloire de cette même femme, & pour mériter l'approbation de la maison de Saint-Cyr? il attribue aussi à
madame de *Maintenon* plusieurs vers qu'on fait être
de l'abbé *Têtu*, & d'autres qui font de M. de *Fieubet*.
On voit à chaque page un homme qui parle au hasard
d'un pays qu'il n'a jamais connu, & qui ne songe
qu'à faire un roman.

*Mademoiselle de la Vallière dans un déshabillé léger, s'était
jetée dans un fauteuil; là elle pensait à loisir à son amant;
souvent le jour la retrouvait assise sur une chaise, accoudée
sur une table, l'œil fixe dans l'extase de l'amour.* Hé mon
ami! l'as-tu vue dans ce déshabillé léger? l'as-tu
vue accoudée sur cette table? est-il permis d'écrire
ainsi l'histoire?

Ce romancier, sous prétexte d'écrire les mémoires
de Mᵐᵉ de *Maintenon*, parle de tous les événemens
auxquels Mᵐᵉ de *Maintenon* n'a jamais eu la moindre
part: il grossit ses prétendus mémoires des aventures
de *Mademoiselle* avec le comte de *Lausun*. Pourrait-on
croire qu'il a l'audace de citer les mémoires de
Mademoiselle, & de supposer des faits qui ne se trouvent
pas dans ces mémoires? il atteste les propres paroles
de Mademoiselle: *Elle lui déclara sa passion*, dit-il, *par
un billet qu'elle lui remit entre les mains au milieu du louvre,
à la face de ses dieux domestiques, en* 1671; *il y lut ces
mots: C'est M. le comte de Lausun que j'aime & que je
veux épouser.* Il cite les mémoires de *Montpensier*,
tom. VI, page 53. Il n'y a pas un mot de cela dans
les mémoires de *Montpensier*. *Mademoiselle* écrivit seulement sur un papier: *C'est vous*, & rien de plus. Il faut
en croire cette princesse plutôt que *la Beaumelle*. *La*

préfence des dieux domefliques eft fort convenable & du vrai ftyle de l'hiftoire!

Ce qui révolte prefqu'à chaque page, ce font les converfations que l'auteur fuppofe entre le roi, madame de *Montefpan* & la veuve de *Scarron*, comme s'il y avait été préfent. *Louis*, dit-il, *n'eût point aimé la vérité dans une bouche ridicule* en piegrièche, *que madame de Maintenon favait envelopper dans des paroles de foie.*

Madame de Maintenon favait, dit-il, *que les amours & les craintes de madame de Montefpan avaient fauvé la Hollande.* Où a-t-il lu que Mme de *Montefpan* fauva la Hollande, qui allait être entièrement envahie fi les Hollandais n'ayaient pas eu le temps de rompre leurs digues & d'inonder le pays?

Comment ofe-t-il dire que lorfque Mme de *Maintenon* mena le duc du *Maine* à Barège, elle dit au maréchal d'*Albert*, en voyant le Château-Trompette: *Voilà où j'ai été élevée; mais je connais une plus rude prifon, & mon lit n'eft pas meilleur que mon berceau.* Tout le monde fait qu'elle était née à Niort & non pas à Bordeaux, & qu'elle n'avait jamais été élevée au Château-Trompette. Comment peut-on accumuler tant de fottifes & de menfonges?

Il fait dire par Mme de *Maintenon* à Mme de *Montefpan: J'ai rêvé que nous étions l'une & l'autre fur le grand éfcalier de Verfailles; je montais, vous defcendiez; je m'élevais jufqu'aux nues, & vous allâtes à Fontevraud.* Il eft difficile de s'élever jufqu'aux nues par un efcalier. Ce conte eft imité d'une ancienne anecdote du duc d'*Epernon*, qui montant l'efcalier de Saint-Germain, rencontra le cardinal de *Richelieu*, dont le pouvoir commençait

Mélanges littér. Tome II.　　　　F

à s'affermir. Le cardinal lui demanda s'il ne favait point quelques nouvelles? *Oui*, lui dit-il ; *vous montez & je defcends*. Notre romancier cite les lettres de Mme de *Sévigné*, & il n'y a pas un mot dans ces lettres de la prétendue réponfe de Mme de *Maintenon*.

Il faut être bien hardi & croire fes lecteurs bien imbécilles, pour ofer dire qu'en 1681, le duc de Lorraine envoya à *Mademoifelle* un agent fecret déguifé en pauvre, qui, en lui demandant l'aumône dans l'églife, lui donna une lettre de ce prince, par laquelle il la demandait en mariage. On fait affez que ce conte eft tiré de l'hiftoire de *Clotilde*, hiftoire prefque auffi fauffe en tout que les mémoires de *Maintenon*. On fait affez que *Mademoifelle* n'aurait point omis un événement fi fingulier dans fes mémoires, & qu'elle n'en dit pas un feul mot. On fait que fi le duc de Lorraine avait eu de telles propofitions à faire, il le pouvait très-aifément fans le fecours d'un homme déguifé en mendiant. Enfin, en 1681, *Charles* duc de Lorraine était marié avec *Marie-Eléonore*, fille de l'empereur *Ferdinand III*, veuve de *Michel* roi de Pologne. On ne peut guère imprimer des impoftures plus fottes & plus groffières.

Il fait dire à madame d'*Aiguillon* : *Mes neveux vont de mal en pis ; l'aîné époufe la veuve d'un homme que perfonne ne connaît ; le fecond la fille d'une fervante de la reine ; j'efpère que le troifième époufera la fille du bourreau.* Eft-il poffible qu'un homme de la lie du peuple écrive du fond de fa province des chofes fi extravagantes & fi outrageantes contre une maifon fi refpectable, & cela fans la moindre vraifemblance & avec une infolence dont aucun libelle n'a encore approché?

Cet homme, aussi ignorant que dépourvu de bon
sens, dit, pour justifier le goût de *Louis XIV* pour
Mme de *Maintenon*, que *Cléopâtre déjà vieille enchaîna
Auguste, & que Henri II brûla pour la maîtresse de son
père*. Il n'y a rien de si connu dans l'histoire romaine
que la conduite d'*Auguste* & de *Cléopâtre*, qu'il voulait
mener à Rome en triomphe à la suite de son char.
Aucun historien ne le soupçonna d'avoir la moindre
faiblesse pour *Cléopâtre*. Et à l'égard d'*Henri II* qui
brûla pour la duchesse de *Valentinois*, aucun historien
n'assure qu'elle ait été la maîtresse de *François I*. On
soupçonna à la vérité, & *Mézerai* le dit assez légère-
rement, *que St Vallier eut sa grâce sur l'échafaud pour la
beauté de Diane sa fille unique ;* mais elle n'avait alors
que quatorze ans; & si elle avait été en effet maîtresse
du roi, *Brantôme* n'aurait pas omis cette anecdote.

Ce falsificateur de toute l'histoire cite *Gourville* qui
reproche au prince d'Orange d'avoir livré la bataille
de Saint-Denis ayant la paix dans sa poche; mais il
oublie que ce même *Gourville* dit, page 222 de ses
mémoires, que le prince d'Orange ne reçut le traité
que le lendemain de la bataille.

Il nous dit hardiment que *les jurisconsultes d'Angleterre avaient proposé cette question du temps de la fuite de
Jacques II: Un peuple a-t-il droit de se révolter contre
l'autorité qui veut le forcer à croire?* Jamais on ne proposa
cette question; on ne la trouve nulle part. La question était de savoir si le roi d'Angleterre avait le droit
de dispenser des lois portées contre les non-confor-
mistes. C'est précisément tout le contraire de ce que
dit l'auteur.

Il s'avise de rapporter une prétendue lettre de
Louis XIV, écrite vers l'an 1698 au prince d'Orange

depuis roi d'Angleterre, conçue en ces termes : *J'ai reçu la lettre par laquelle vous me demandez mon amitié, je vous l'accorderai quand vous en serez digne ; sur ce je prie* DIEU *qu'il vous ait en sa sainte garde.*

Quel ministre, quel historien, quel homme instruit a jamais rapporté une pareille lettre de *Louis XIV?* est-ce là le ton de sa politesse & de sa prudence? est-ce ainsi qu'on s'exprime après avoir conclu un traité? est-ce ainsi qu'on parle à un prince d'une maison impériale qui a gagné des batailles? lui parle-t-on de *sainte garde?* Cette lettre n'est assurément ni dans les archives de la maison d'Orange, ni dans celles de France; elle n'est que chez l'imposteur.

C'est avec la même audace qu'il prétend que *Louis XIV*, pendant le siége de Lille, dit à Mme de *Maintenon: Vos prières sont exaucées, Madame; Vendôme tient mes ennemis, vous serez reine de France.* Si un prince du sang avait entendu ces paroles, à peine pourrait-on le croire. Et c'est un polisson nommé *la Beaumelle* qui les rapporte sans citer le moindre garant! Le roi pouvait-il supposer que le duc de *Vendôme* tînt ses ennemis pendant qu'ils étaient victorieux, & qu'ils assiégeaient Lille? Quel rapport y avait-il entre la levée du siége de Lille & le couronnement de Mme de *Maintenon* déclarée reine?

Qui lui a dit que Mme la duchesse de Bourgogne eut le crédit d'empêcher le roi de déclarer reine Mme de *Maintenon?* Dans quelle bibliothèque à papier bleu a-t-il trouvé que les Impériaux & les Anglais jetaient de leur camp des billets dans Lille, & que ces billets portaient : *Rassurez-vous, Français, la Maintenon ne sera pas votre reine, nous ne leverons pas le fiége*. Comment des affiégeans jettent-ils des billets dans une ville affiégée ? comment ces affiégeans favaient-ils que *Louis XIV* devait faire Mme de *Maintenon* reine quand le fiége ferait levé ? Peut-on entaffer tant de fottifes avec un ton de confiance, que l'homme le plus important du royaume n'oferait pas prendre, s'il fefait des mémoires pleins de vérité & de raifon ?

L'hiftoire du prétendu mariage de monfeigneur le dauphin avec mademoifelle *Choin*, eft digne de toutes ces pauvretés, & n'a de fondement que des bruits adoptés par la canaille.

On lève les épaules, quand on voit un tel homme prêter continuellement fes idées & fes difcours à *Louis XIV*, à Mme de *Maintenon*, au roi d'Efpagne, à la princeffe des *Urfins*, au duc d'*Orléans*, &c. Mme de *Maintenon* affure, felon lui, que le prince de *Conti* ne commandera jamais les armées, *parce que le roi a toujours été réfolu de ne les point confier à un prince du fang*. Et cependant le grand *Condé* & le duc d'*Orléans* les ont commandées.

C'eft avec le même jugement & la même vérité, que pendant le fiége de Toulon, il fait dire à *Charles XII*, occupé du foin de pourfuivre le czar à cinq cents lieues de là : *Si Toulon eft pris, je l'irai reprendre*.

De tous les princes qu'il attaque avec une étourderie qui ferait très-puniffable, fi elle n'était pas méprifée, M. le duc d'*Orléans*, régent du royaume, eft celui qu'il ofe calomnier avec la violence la plus cynique & la plus abfurde. Il commence par dire qu'en 1713 le duc d'*Orléans* traverfait le mariage du duc de *Bourbon* & de la princeffe de *Conti*, & que le roi lui dit tête à tête dans son cabinet : *Je suis surpris qu'après vous avoir pardonné une chose où il allait de votre vie, vous ayez l'insolence de cabaler chez moi contre moi.* *La Beaumelle* était sans doute caché dans le cabinet du roi quand il entendit ces paroles. Ce mot d'*insolence* est surtout dans les mœurs de *Louis XIV*, & bien appliqué à l'héritier présomptif du royaume ! Tout ce qu'il dit de ce prince est aussi-bien fondé.

Il faut avouer qu'il est très-bien instruit, quand il dit que le duc d'*Orléans* fut reconnu régent au parlement, *malgré le président de Lubert, & le président de Maisons, & plusieurs membres de l'assemblée, &c.* Le président de *Lubert* était un président des enquêtes qui ne se mêlait de rien. M. de *Maisons* n'a jamais été premier président ; il était très-attaché au régent, & il allait être garde des sceaux lorsqu'il mourut presque subitement ; & il n'y eut pas un membre du parlement, pas un pair, qui ne donnât sa voix d'un concours unanime. Autant de mots, autant d'erreurs grossières dans ce narré de *la Beaumelle*, sur lequel il lui était aisé de s'instruire, pour peu qu'il eut parlé seulement à un colporteur de ce temps-là, ou au portier d'une maison.

Je ne parlerai point des calomnies odieuses & méprisées que ce *la Beaumelle* a vomies contre la maison d'Orléans dans plus d'un ouvrage. Il en a été puni, & il ne faut pas renouveler ces horreurs ensevelies dans un oubli éternel.

Mais comment peut-il être assez ignorant des usages du monde, & en même temps assez téméraire pour dire que *la duchesse de Berry avoua qu'elle était mariée à M. le comte de Riom, & que sur le champ M. de*

Mouchy demanda la charge de grand-maître de la garde-
robe de ce gentilhomme ? M. de *Riom* avoir un grand-
maître de la garde-robe ! quelle pitié ! le premier
prince du fang n'en a point. Cette charge n'eft connue
que chez le roi. Enfin tout cet ouvrage n'eft qu'un
tiffu d'impoftures ridicules, dont aucune n'a la plus
légère vraifemblance. C'eft le livre d'un petit huguenot
élevé pour être prédicant ; qui n'a jamais rien vu ;
qui a parlé comme s'il avait tout vu ; qui a écrit dans
un ftyle auffi audacieux qu'impertinent, pour avoir
du pain ; qui n'en méritait pas ; & qui n'aurait été
digne que de la corde, s'il ne l'avait pas été des
petites-maifons.

Il fe peut que quelques provinciaux, qui n'avaient
aucune connaiffance des affaires publiques, aient été
trompés quelques temps par les fauffetés que ce
miférable calomniateur débite avec tant d'affurance.
Mais fon livre a été regardé à Paris avec autant
d'horreur que de dédain. Il eft au rang de ces productions mercenaires qu'on tâche de rendre fatiriques
pour les débiter, ne pouvant les rendre raifonnables,
& qui font enfin oubliées pour jamais.

COMMENTAIRE

HISTORIQUE

SUR LES OEUVRES

DE L'AUTEUR DE LA HENRIADE.

1 7 7 6.

COMMENTAIRE

HISTORIQUE.

JE tâcherai, dans ces commentaires fur un homme de lettres, de ne rien dire que d'un peu utile aux lettres, & furtout de ne rien avancer que fur des papiers originaux. Nous ne ferons aucun ufage ni des fatires, ni des panégyriques prefqu'innombrables, qui ne feront pas appuyés fur des faits authentiques.

Les uns font naître *François de Voltaire* le 20 février 1694; les autres le 20 novembre de la même année. Nous avons des médailles de lui qui portent ces deux dates; il nous a dit plufieurs fois qu'à fa naiffance on défefpéra de fa vie, & qu'ayant été ondoyé, la cérémonie de fon baptême fut différée plufieurs mois.

Quoique je penfe que rien n'eft plus infipide que les détails de l'enfance & du collége, cependant je dois dire, d'après fes propres écrits, & d'après la voix publique, qu'à l'âge d'environ douze ans, ayant fait des vers qui paraiffaient au-deffus de cet âge, l'abbé de *Chateauneuf*, intime ami de la célèbre *Ninon de l'Enclos*, le mena chez elle; & que cette fille fi fingulière lui légua par fon teftament une fomme de deux mille francs pour acheter des livres, laquelle fomme lui fut exactement payée. Cette petite pièce de vers, qu'il avait faite au collége, eft probablement celle qu'il compofa pour un invalide qui avait fervi dans le régiment Dauphin, fous Monfeigneur, fils unique de *Louis XIV*. Ce vieux foldat était allé au collége des jéfuites prier un régent de vouloir bien lui faire un placet en vers pour Monfeigneur : le régent lui dit qu'il était alors trop occupé, mais qu'il y avait un jeune écolier qui pouvait faire ce qu'il demandait. Voici les vers que cet enfant compofa :

> Digne fils du plus grand des rois,
> Son amour & notre efpérance,
> Vous qui, fans régner fur la France,
> Régnez fur le cœur des François ;
> Souffrez-vous que ma vieille veine,
> Par un effort ambitieux,
> Ofe vous donner une étrenne,
> Vous qui n'en recevez que de la main des Dieux ?
> On a dit qu'à votre naiffance
> Mars vous donna la vaillance,
> Minerve la fageffe, Apollon la beauté :
> Mais un Dieu bienfefant, que j'implore en mes peines,
> Voulut auffi me donner mes étrennes,
> En vous donnant la libéralité.

Cette bagatelle d'un jeune écolier valut quelques louis à l'invalide, & fit quelque bruit à Verfailles & à Paris. Il eft à croire que dès-lors le jeune homme fut déterminé à fuivre fon penchant pour la poëfie. Mais je lui ai entendu dire à lui-même, que ce qui l'y engagea plus fortement, fut qu'au fortir du collége, ayant été envoyé aux écoles de droit par fon père, tréforier de la chambre des comptes, il fut fi choqué de la manière dont on y enfeignait la jurifprudence, que cela feul le tourna entièrement du côté des belles-lettres.

Tout jeune qu'il était, il fut admis dans la société de l'abbé de *Chaulieu*, du marquis de *la Fare*, du duc de *Sulli*, de l'abbé *Courtin*. Et il nous a dit plusieurs fois que son père l'avait cru perdu, parce qu'il voyait bonne compagnie & qu'il fesait des vers.

Il avait commencé dès l'âge de dix-huit ans la tragédie d'Oedipe, dans laquelle il voulut mettre des chœurs à la manière des anciens. (*a*) Les comédiens eurent beaucoup de répugnance à jouer cette tragédie traitée par *Corneille* en possession du théâtre : ils ne la représentèrent qu'en 1718 ; & encore fallut-il de la protection. Le jeune homme, qui était fort dissipé & plongé dans les plaisirs de son âge, ne sentit point le péril, & ne s'embarassait point que sa pièce réussit ou non : il badinait sur le théâtre, & s'avisa de porter la queue du grand-prêtre, dans une scène où ce même grand-prêtre fesait un effet très-tragique. Mme la maréchale de *Villars*, qui était dans la première loge, demanda quel était ce jeune homme qui fesait cette plaisanterie, apparemment pour faire tomber la pièce ; on lui dit que c'était l'auteur. Elle le fit venir dans la loge ; & depuis ce temps, il fut attaché à M. le maréchal & à madame jusqu'à la fin de leur vie, comme on peut le voir par cette épître imprimée.

(*a*) Nous avons une lettre du savant *Dacier* de 1713, dans laquelle il exhorte l'auteur, qui avait déjà fait sa pièce, à y joindre des chœurs chantans à l'exemple des Grecs. Mais la chose était impraticable sur le théâtre français. Lorsqu'en 1769 M. de *Voltaire* obtint justice à Toulouse pour le malheureux *Sirven*, M. de *Mervil*, avocat chargé de cette cause, refusa toute espèce d'honoraires, & demanda pour toute reconnaissance à M. de *Voltaire* qu'il voulût bien ajouter des chœurs à son Oedipe.

Je me flattais de l'efpérance
D'aller goûter quelque repos
Dans votre maifon de plaifance ;
Mais Vinache a ma confiance,
Et j'ai donné la préférence,
Sur le plus grand de nos héros,
Au plus grand charlatan de France, &c.

Ce fut à Villars qu'il fut préfenté à M. le duc de *Richelieu*, dont il acquit la bienveillance, qui ne s'eft point démentie pendant foixante années.

Ce qui eft auffi rare, & ce qui à peine a été connu, c'eft que le prince de *Conti*, père de celui qui a été fi célébre par les journées de la barricade de Démont & de Château-Dauphin, fit pour lui des vers dont voici les derniers.

,, Ayant puifé fes vers aux eaux de l'Aganipe,
,, Pour fon premier projet il fait le choix d'Oedipe ;
,, Et quoique dès long-temps ce fujet fût connu,
,, Par un ftyle plus beau cette pièce changée
,, Fit croire des enfers Racine revenu,
,, Ou que Corneille avait la fienne corrigée.

Je n'ai pu retrouver la réponfe de l'auteur d'Oedipe. Je lui demandai un jour s'il avait dit au prince en plaifantant: Monfeigneur, vous ferez un grand poëte; il faut que je vous faffe donner une penfion par le roi. On prétend auffi qu'à fouper il lui dit: Sommes-nous tous princes ou tous poëtes ? Il me répondit: *Delicta juventutis meæ ne memineris, Domine.*

Il commença la Henriade à Saint-Ange chez M. de *Caumartin* intendant des finances, après avoir

fait Oedipe & avant que cette pièce fut jouée. Je lui ai
entendu dire plus d'une fois que quand il entreprit
ces deux ouvrages, il ne comptait pas les pouvoir
finir, & qu'il ne favait ni les règles de la tragédie ni
celles du poëme épique; mais qu'il fut faifi de tout ce
que M. de *Caumartin*, très-favant dans l'hiftoire, lui
contait de *Henri IV*, dont ce refpectable vieillard était
idolâtre; & qu'il commença cet ouvrage par pur
enthoufiafme, fans prefque y faire réflexion. (1) Il lut
un jour plufieurs chants de ce poëme chez le jeune
préfident de *Maifons* fon intime ami. On l'impatienta
par des objections; il jeta fon manufcrit dans le feu.
Le préfident *Hénault* l'en retira avec peine. ,, Souvenez-
,, vous, lui dit M. *Hénault* dans une de fes lettres,
,, que c'eft moi qui ai fauvé la Henriade, & qu'il m'en
,, a coûté une belle paire de manchettes. ,, Plufieurs
copies de ce poëme qui n'était qu'ébauché, coururent
quelques années après dans le public; il fut imprimé
avec beaucoup de lacunes fous le titre de *la Ligue*.

Tous les poëtes de Paris & plufieurs favans fe
déchaînèrent contre lui; on lui décocha vingt brochures; on joua la Henriade à la foire; on dit à
l'ancien évêque de Fréjus, précepteur du roi, qu'il
était indécent & même criminel de louer l'amiral de
Coligni & la reine *Elifabeth*. La cabale fut fi forte,
qu'on engagea le cardinal de *Biffi*, alors préfident

(1) M. de *Voltaire* recueillit dès-lors une partie des matériaux qu'il a
employés depuis dans l'hiftoire du fiècle de *Louis XIV*. L'évêque de Blois
Caumartin avait paffé une grande partie de fa vie à s'amufer de ces petites
intrigues qui font pour le commun des courtifans une occupation fi grave
& fi trifte. Il en connaiffait les plus petits détails, & les racontait avec
beaucoup de gaieté. Ce que M. de *Voltaire* a cru devoir imprimer eft exact;
mais il s'eft bien garde de dire tout ce qu'il favait.

de l'affemblée du clergé, à cenfurer juridiquement
l'ouvrage; mais une fi étrange procédure n'eut pas lieu.
Le jeune auteur fut également étonné & piqué de ces
cabales. Sa vie très-diffipée l'avait empêché de fe
faire des amis parmi les gens de lettres; il ne favait
point oppofer intrigue à intrigue; ce qui eft, dit-on,
abfolument néceffaire dans Paris, quand on veut
réuffir en quelque genre que ce puiffe être.

Il donna la tragédie de Mariamne en 1722.
Mariamne était empoifonnée par *Hérode*; lorfqu'elle
but la coupe, la cabale cria: *La reine boit*, & la pièce
tomba. Ces mortifications continuelles le détermi-
nèrent à faire imprimer en Angleterre la Henriade,
pour laquelle il ne pouvait obtenir en France ni
privilége ni protection. Nous avons vu une lettre
de fa main écrite à M. *Dumas d'Aigueberre*, depuis
confeiller au parlement de Touloufe, dans laquelle
il parle ainfi de ce voyage:

> Je ne dois pas être plus fortuné
> Que le héros célébré fur ma vielle:
> Il fut profcrit, perfécuté, damné,
> Par les dévots & leur douce féquelle:
> En Angleterre il trouva du fecours,
> J'en vais chercher. . . . .

Le refte des vers eft déchiré: elle finit par ces
mots: ,, Je n'ai pas le nez tourné à être prophète en
mon pays. ,, Il avait raifon. Lè roi *George I*, & furtout
la princeffe de Galles, qui depuis fut reine, lui
firent une foufcription immenfe: ce fut le commencement de fa fortune; car étant revenu en France en

1728,

1728, il mit fon argent à une loterie établie par
M. *Desforts*, contrôleur-général des finances. On
recevait des rentes fur l'hôtel-de-ville pour billets,
& on payait les lots argent comptant; de forte qu'une
fociété qui aurait pris tous les billets, aurait gagné
un million. Il s'affocia avec une compagnie nombreufe & fut heureux. C'eft un des affociés qui m'a
certifié cette anecdote, dont j'ai vu la preuve fur fes
regiftres. M. de *Voltaire* lui écrivait: ,, Pour faire fa
,, fortune dans ce pays-ci, il n'y a qu'à lire les arrêts
,, du confeil. Il eft rare qu'en fait de finances, le
,, miniftère ne foit forcé à faire des arrangemens
,, dont les particuliers profitent. ,,

Cela ne l'empêcha pas de cultiver les belles-
lettres qui étaient fa paffion dominante. Il donna en
1730 fon Brutus, que je regarde comme fa tragédie
la plus fortement écrite, fans même en excepter
Mahomet. Elle fut très-critiquée. J'étais en 1732 à
la première repréfentation de Zaïre, & quoiqu'on
y pleurât beaucoup, elle fut fur le point d'être fifflée.
On la parodia à la comédie italienne, à la foire; on
l'appela la pièce des Enfans-trouvés, Arlequin au
Parnaffe.

Un académicien l'ayant propofé en ce temps-là
pour remplir une place vacante à laquelle notre
auteur ne fongeait point, M. de *Boze* déclara que
l'auteur de Brutus & de Zaïre ne pouvait jamais
devenir un fujet académique.

Il était lié alors avec l'illuftre marquife du *Châtelet*,
& ils étudiaient enfemble les principes de *Newton* &
les fyftèmes de *Leibnitz*. Ils fe retirèrent plufieurs
années à Cirey en Champagne; M. *Kœnig*, grand

Mélanges littér. Tome II.   G

mathématicien , y vint paſſer deux ans entiers. M. de *Voltaire* y fit bâtir une gallerie , où l'on fit toutes les expériences alors connues ſur la lumière & ſur l'électricité. Ces occupations ne l'empêchèrent pas de donner , le 27 janvier 1736 , la tragédie d'Alzire ou des Américains qui eut un grand ſuccès. Il attribua cette réuſſite à ſon abſence : il diſait : *laudantur ubi non ſunt, ſed non cruciantur ubi ſunt.*

Celui qui ſe déchaîna le plus contre Alzire fut l'exjéſuite *Desfontaines*. Cette aventure eſt aſſez ſingulière : ce *Desfontaines* avait travaillé au journal des ſavans ſous M. l'abbé *Bignon* , & en avait été exclus en 1723. Il s'était mis à faire des eſpèces de journaux pour ſon compte ; il était ce que M. de *Voltaire* appelle un *folliculaire*. Ses mœurs étaient aſſez connues. Il avait été pris en flagrant délit avec de petits ſavoyards , & mis en priſon à bicêtre. On commençait à inſtruire ſon procès , & on voulait le faire brûler ; parce qu'on diſait que Paris avait beſoin d'un exemple. M. de *Voltaire* employa pour lui la protection de madame la marquiſe de *Prie*. Nous avons encore une des lettres que *Desfontaines* écrivit à ſon libérateur ; elle a été imprimée parmi les lettres du marquis d'*Argens*, page 228, tome I.(*b*) ,, Je n'oublierai jamais ,, les obligations que je vous ai : votre bon cœur ,, eſt encore au-deſſus de votre eſprit : ma vie doit ,, être employée à vous marquer ma reconnaiſſance. ,, Je vous conjure d'obtenir encore que la lettre de ,, cachet qui m'a tiré de bicêtre , & qui m'exile à ,, trente lieues de Paris , ſoit levée , &c. ,,

(*b*) Cette lettre eſt du 31 mai. La date de l'année n'y eſt pas ; mais elle eſt de 1724.

Quinze jours après, le même homme imprime un libelle diffamatoire contre celui pour lequel il devait employer fa vie. C'eſt ce que je découvre par une lettre de M. *Thiriot* du 16 août, tirée du même recueil. Cet abbé *Desfontaines* eſt celui-là même qui, pour fe juſtifier, difait à M. le comte d'*Argenfon* : *Il faut que je vive ;* & à qui M. le comte d'*Argenfon* répondit : *Je n'en vois pas la néceſſité.*

Ce prêtre ne s'adreſſait plus à des ramoneurs depuis fon aventure de bicêtre. Il élevait de jeunes français dans fes deux métiers de non-conformiſte & de folliculaire ; il leur montrait à faire des fatires ; il compofa avec eux des libelles diffamatoires, intitulés *Voltairomanie* & *Voltairiana :* c'était un ramas de contes abfurdes : on en peut juger par une des lettres de M. le duc de *Richelieu*, fignée de fa main, dont nous avons retrouvé l'original. Voici les propres mots : *Ce livre eſt bien ridicule & bien plat. Ce que je trouve d'admirable, c'eſt que l'on y dit que madame de Richelieu vous avait donné cent louis & un carroſſe, avec des circonf-tances dignes de l'auteur & non pas de vous ; mais cet homme admirable oublie que j'étais veuf en ce temps-là, & que je ne me fuis remarié que plus de quinze ans après, &c.* Signé, *le duc de* RICHELIEU, *février* 1739.

M. de *Voltaire* ne fe prévalait pas même de tant de témoignages authentiques ; & ils feraient perdus pour fa mémoire, fi nous ne les avions retrouvés avec peine dans le chaos de fes papiers.

Je tombe encore fur une lettre du marquis d'*Argenfon*, miniſtre des affaires étrangères. *C'eſt un vilain homme que cet abbé Desfontaines ; fon ingratitude eſt encore pire que fes crimes qui vous avaient donné lieu de l'obliger*, 7 février 1739.

Voilà les gens à qui M. de *Voltaire* avait à faire, & qu'il appelait *la canaille de la littérature. Ils vivent*, difait-il, *de brochures & de crimes.*

Nous voyons qu'en effet un homme de cette trempe, nommé l'abbé *Makarti*, qui fe difait des nobles *Makarti* d'Irlande, & qui fe difait auffi homme de lettres, lui emprunta une fomme affez confidérable, & alla avec cet argent fe faire mahométan à Conftantinople ; fur quoi M. de *Voltaire* dit : *Makarti n'eft allé qu'au Bofphore ; mais Desfontaines s'eft réfugié plus loin vers le lac de Sodome.* (c)

Il paraît que les contradictions, les perverfités, les calomnies, qu'il effuyait à chaque pièce qu'il fefait repréfenter, ne pouvaient l'arracher à fon goût, puifqu'il donna la comédie de l'Enfant-prodigue, le 10 octobre 1736 ; mais il ne la donna point fous fon nom ; & il en laiffa le profit à deux jeunes élèves qu'il avait formés, MM. *Linant* & *Lamarre*, qui vinrent à Cirey où il était avec madame du *Châtelet*. Il donna *Linant* pour précepteur au fils de madame du *Châtelet*, qui a été depuis lieutenant-général des armées, & ambaffadeur à Vienne & à Londres. La comédie de l'Enfant-prodigue eut un grand fuccès. L'auteur écrivit à mademoifelle *Quinault* : „ Vous „ favez garder les fecrets d'autrui comme les vôtres. „ Si l'on m'avait reconnu, la pièce aurait été fifflée. „ Les hommes n'aiment pas qu'on réuffiffe en deux

(c) Nous avons vu une obligation de 500 livres d'argent prêté chez *Perret* notaire, 1 juillet 1730 : mais nous n'avons pu trouver celle de 2000 livres.

,, genres. Je me fuis fait affez d'ennemis par Oedipe ,, & la Henriade. ,,

Cependant il embraffait dans ce temps-là même un genre d'étude tout différent : il compofait les Elémens de la philofophie de *Newton* , philofophie qu'alors on ne connaiffait prefque point en France. Il ne put obtenir un privilége du chancelier d'*Agueffeau* , magiftrat d'une fcience univerfelle , mais qui, ayant été élevé dans le fyftème cartéfien , écartait les nouvelles découvertes autant qu'il pouvait. L'attachement de notre auteur pour les principes de *Newton* & de *Locke* , lui attira une foule de nouveaux ennemis. Il écrivait à M. *Falkner* , le même auquel il avait dédié Zaïre : ,, On croit que les Français aiment ,, la nouveauté , mais c'eft en fait de cuifine & de ,, modes ; car pour les vérités nouvelles , elles font ,, toujours profcrites parmi nous : ce n'eft que quand ,, elles font vieilles qu'elles font bien reçues , &c. ,,

Pour fe délaffer des travaux de la phyfique , il s'amufa à faire le poëme de la Pucelle. Nous avons des preuves que cette plaifanterie fut prefque compofée toute entière à Cirey. Madame du *Châtelet* aimait les vers autant que la géométrie , & s'y connaiffait parfaitement. Quoique ce poëme ne fût que comique , on y trouva beaucoup plus d'imagination que dans la Henriade ; mais la pucelle fut indignement violée par des poliffons groffiers, qui la firent imprimer avec des ordures intolérables. Les feules bonnes éditions font celles de MM. *Cramer*.

Il fallut quitter Cirey , pour aller folliciter à Bruxelles un procès que la maifon du *Châtelet* y foutenait depuis long-temps contre la maifon de

Honsbrouk, procès qui pouvait les ruiner l'une &
l'autre. M. de *Voltaire*, conjointement avec M. *Raesfeld*,
préfident de Clèves, accommoda enfin cet ancien
différent, moyennant cent trente mille francs, argent
de France, qui furent payés à M. le marquis du
Châtelet.

Le malheureux & célébre *Rouffeau* était alors à
Bruxelles. Madame du *Châtelet* ne voulut point le
voir ; elle favait que *Rouffeau* avait fait autrefois une
fatire contre le baron de *Breteuil* fon père, dans le
temps qu'il était fon domeftique ; & nous en avons
la preuve dans un papier écrit tout entier de la main
de madame du *Châtelet*.

Les deux poëtes fe virent, & bientôt conçurent
une affez forte averfion l'un pour l'autre. *Rouffeau*
ayant montré à fon antagonifte une ode à la poftérité, celui-ci lui dit : Mon ami, *voilà une lettre qui
ne fera jamais reçue à fon adreffe.* Cette raillerie ne fut
jamais pardonnée. Il y a une lettre de M. de *Voltaire*
à M. *Linant*, dans laquelle il dit : ,, *Rouffeau* me
,, méprife, parce que je néglige quelquefois la rime ;
,, & moi je le méprife parce qu'il ne fait que
,, rimer. ,, (*d*)

_____

(*d*) Nous obfervons qu'une lettre d'un fieur de *Médine* à un fieur de
Meffe, du 17 février 1737, prouve affez que le poëte *Rouffeau* ne s'était
pas corrigé à Bruxelles. La voici : ,, Vous allez être étonné du malheur
,, qui m'arrive ; il m'eft revenu des lettres proteftées ; on m'enlève mer-
,, credi au foir, & on me met en prifon : croiriez-vous que ce coquin
,, de *Rouffeau*, cet indigne, ce monftre, qui depuis fix mois n'a bu &
,, mangé que chez moi, à qui j'ai rendu les plus grands fervices, & en
,, nombre, a été la caufe qu'on m'a pris ? C'eft lui qui a irrité contre
,, moi le porteur des lettres ; enfin ce monftre, vomi des enfers,
,, achevant de boire avec moi à ma table, de me baifer, de m'embraffer,
,, a fervi d'efpion pour me faire enlever à minuit. Non, jamais trait n'a

Les extrêmes bontés avec lesquelles le roi de Pruffe l'avait prévenu, lui firent bien oublier la haine de *Rouffeau*. Ce monarque était poëte auffi ; mais il avait tous les talens de fa place & tous ceux qui n'en étaient pas.

Le roi de Pruffe *Fréderic - Guillaume*, le moins endurant de tous les rois, fans contredit le plus économe & le plus riche en argent comptant, venait de mourir à Berlin. Son fils, qui s'eft fait une réputation fi fingulière, entretenait un commerce affez régulier avec M. de *Voltaire*, depuis plus de quatre années. Il n'y a jamais eu peut-être au monde de père & de fils qui fe reffemblaffent moins que ces deux monarques.

Le père était un véritable vandale, qui dans tout fon règne n'avait fongé qu'à amaffer de l'argent, & à entretenir à moins de frais qu'il fe pouvait les plus belles troupes de l'Europe.

Jamais fujets ne furent plus pauvres que les fiens, & jamais roi ne fut plus riche. Il avait acheté à vil prix une grande partie des terres de fa nobleffe, laquelle avait mangé bien vîte le peu d'argent qu'elle en avait tiré ; & la moitié de cet argent était rentrée encore dans les coffres du roi par les impôts fur la confommation.

Toutes les terres royales étaient affermées à des receveurs qui étaient en même temps exacteurs &

,, été fi noir ; je ne puis y penfer fans horreur. Si vous faviez tout ce
,, que j'ai fait pour lui ! Patience, je compte que notre correfpondance
,, n'eu fera pas altérée. ,,

Il faut avouer qu'une telle action fert beaucoup à juftifier *Saurin*, & la fentence & l'arrêt qui bannirent *Rouffeau*. Mais nous n'entrons pas dans les profondeurs de cette affaire fi funcfte & fi déshonorante.

juges ; de façon que , quand un cultivateur n'avait pas payé au fermier à jour nommé , ce fermier prenait fon habit de juge , & condamnait le délin-quant au double. Il faut obferver que quand ce même juge ne payait pas le roi le dernier du mois , il était lui-même taxé au double le premier du mois fuivant.

Un homme tirait-il un lièvre , ébranchait-il un arbre dans le voifinage des terres du roi , ou avait-il commis quelqu'autre faute , il fallait payer une amende ; une fille fefait-elle un enfant , il fallait que la mère ou le père , ou les parens donnaffent de l'argent au roi pour la façon. Madame la baronne de *** , la plus riche veuve de Berlin , c'eft-à-dire , qui poffédait fept à huit mille livres de rente , fut accufée d'avoir mis au monde un fujet du roi dans la feconde année de fon veuvage ; le roi lui écrivit de fa main , que pour fauver fon honneur elle envoyât fur le champ trente mille livres à fon tréfor. Elle fut obligée de les emprunter & fut ruinée.

Il avait un miniftre à la Haye nommé *Luifius* ; c'était affurément de tous les miniftres des têtes couronnées le plus mal payé. Ce pauvre homme , pour fe chauffer , fit couper quelques arbres dans les jardins d'hons-lardik , appartenans pour lors à la maifon de Pruffe. Il reçut bientôt après des dépêches du roi fon maître , qui lui retenait une année d'appointemens. *Luifius* défefpéré fe coupa la gorge avec le feul rafoir qu'il eût. Un vieux valet vint à fon fecours & lui fauva malheureufement la vie. M. de *Voltaire* retrouva depuis fon excellence à la Haye , & lui fit l'aumône à la porte du palais nommé la vieille-cour ; palais appartenant au roi de Pruffe, & où ce pauvre ambaffadeur avait demeuré douze ans.

Il faut avouer que la Turquie eft une république en comparaifon du defpotifme exercé par *Fréderic-Guillaume*. C'eft par ces moyens qu'il parvint, en vingt-huit ans de règne, à entaffer dans les caves de fon palais de Berlin, environ vingt millions d'écus bien enfermés dans des tonneaux garnis de cercles de fer. Il fe donna le plaifir de meubler tout le grand appartement du palais de gros effets d'argent maffif, dans lefquels l'art ne furpaffait pas la matière. Il donna auffi à la reine fa femme, en compte, un cabinet dont les meubles étaient d'or, jufqu'aux pommeaux des pelles & des pincettes, & jufqu'aux cafetières.

Le monarque fortait à pied de ce palais, vêtu d'un méchant habit de drap bleu à boutons de cuivre, qui lui venait à la moitié des cuiffes ; & quand il achetait un habit neuf, il fefait fervir fes vieux boutons. C'eft dans cet équipage que fa majefté, armée d'une groffe canne de fergent, fefait tous les jours la revue de fon régiment de géans. Ce régiment était fon goût favori & fa plus grande dépenfe. Le premier rang de fa compagnie était compofé d'hommes dont le plus petit avait fept pieds de haut. Il les fefait acheter au bout de l'Europe & de l'Afie.

L'auteur de la Henriade en vit encore quelques-uns à Berlin. Le roi fon fils, qui n'aimait les grands-hommes que dans une autre acception de ce mot, avait mis ceux-ci chez la reine fa femme en qualité d'heiduques.

Quand *Fréderic-Guillaume* avait fait fa revue, il allait fe promener par la ville. Tout le monde s'enfuyait au plus vîte. S'il rencontrait une femme, il lui demandait pourquoi elle perdait fon temps dans la rue : *Va-t-en chez toi , gueufe ; une honnête femme doit être dans fon ménage ;* & il accompagnait cette remontrance, ou d'un bon foufflet, ou d'un coup de pied dans le ventre, ou de quelques coups de canne. C'eft ainfi qu'il traitait auffi les miniftres du faint évangile, quand il leur prenait envie d'aller voir la parade.

On peut juger fi ce vandale était étonné & fâché d'avoir un fils plein d'efprit, de grâces, de politeffe, & d'envie de plaire, qui cherchait à s'inftruire, & qui fefait de la mufique & des vers. Voyait-il un livre dans les mains du prince héréditaire, il le jetait au feu ; le prince jouait-il de la flûte, le père caffait la flûte ; & quelquefois traitait fon alteffe royale comme il traitait les femmes & les prédicans à la parade.

Le prince laffé de toutes les attentions que fon père avait pour lui, réfolut un beau matin, en 1730, de s'enfuir, fans bien favoir encore s'il irait en Angleterre ou en France. L'économie paternelle ne le mettait pas à portée de voyager comme le fils d'un fermier-général, ou d'un marchand anglais : il emprunta quelques centaines de ducats.

Deux jeunes gens fort aimables, *Kat* & *Keit*, devaient l'accompagner ; *Kat* était le fils unique d'un brave officier-général ; *Keit* était gendre de cette même baronne de ****, à qui il en avait coûté dix mille écus pour faire des enfans. Le jour & l'heure étaient déterminés, le père fut informé de tout ; on arrêta en même temps le prince & fes deux compagnons de voyage.

Le roi crut d'abord que la princeffe *Guillemine* fa fille, qui a depuis époufé le prince margrave de *Bareith*, était du complot; & comme il était expéditif en fait de juftice, il la jeta à coups de pieds par une fenêtre qui s'ouvrait jufqu'au plancher. La reine-mère qui fe trouva à cette expédition, dans le temps que *Guillemine* fa fille allait faire le faut, la retint à peine par fes juppes; il refta à la princeffe une contufion au-deffous du teton gauche, qu'elle a confervée toute fa vie, comme une marque des fentimens paternels.

Le prince fut enfermé à Cuftrin dans une efpèce de cachot.

Il y était depuis quelques femaines, lorfqu'un jour un vieil officier, fuivi de quelques grenadiers, entra dans la chambre, fondant en larmes. *Fréderic* ne douta pas qu'on ne vînt lui couper le cou. Mais l'officier, toujours pleurant, le fit prendre par les quatre grenadiers qui le placèrent à la fenêtre & qui lui tinrent la tête, tandis qu'on coupait celle de fon ami *Kat*, fur un échafaud dreffé immédiatement fous la croifée. Il tendit la main à *Kat* & s'évanouit. Le père était préfent à ce fpectacle.

Quant à *Keit*, l'autre confident, il s'enfuit en Hollande; le roi dépêcha des foldats pour le prendre. Il ne fut manqué que d'une minute, & s'embarqua pour le Portugal, où il demeura jufqu'à la mort du clément *Fréderic-Guillaume*.

Le roi n'en voulait pas demeurer là. Son deffein était de faire couper la tête à fon fils. Il confidérait qu'il avait trois autres garçons, dont aucun ne fefait des vers, & que c'était affez pour la grandeur de la Pruffe. Les mefures étaient déjà prifes pour faire condamner le prince royal à la mort, comme l'avait été le czarovitz fils aîné du czar *Pierre I.*

Il ne paraît pas bien décidé par les lois divines & humaines, qu'un jeune homme doive avoir le cou coupé pour avoir voulu voyager ; mais le roi aurait trouvé à Berlin des juges auffi habiles que ceux de Ruffie. En tout cas fon autorité paternelle aurait fuffi. L'empereur *Charles VI*, qui prétendait que le prince royal, comme prince de l'empire, ne pouvait être jugé à mort que dans une diète, envoya le comte de *Sekendorf* au père, pour lui faire les plus férieufes remontrances.

Au bout de dix-huit mois, les follicitations de l'empereur & les larmes de la reine de Pruffe obtinrent la liberté du prince héréditaire, qui fe mit à faire des vers & de la mufique plus que jamais. Il lifait *Leibnitz* & même *Wolf*, qu'il appelait un compilateur de fatras ; & il donnait tant qu'il pouvait dans toutes les fciences à la fois.

Ce prince voulut à fon avénement à la couronne vifiter toutes les frontières de fes Etats. Son défir de voir les troupes françaifes, & d'aller incognito à Strasbourg & à Paris, lui fit entreprendre le voyage de Strasbourg, fous le nom de comte du *Four ;* mais ayant été reconnu par un foldat qui avait fervi dans les armées de fon père, il retourna à Clèves.

Plus d'un curieux a confervé dans fon porte-euille une lettre en profe & en vers, dans le goût de *Chapelle*, écrite par ce prince fur ce voyage de

Strasbourg. L'étude de la langue & de la poëfie françaife, celle de la mufique italienne, de la philofophie, & de l'hiftoire, avaient fait fa confolation dans les chagrins qu'il avait effuyés pendant fa jeuneffe. Cette lettre eft un monument fingulier d'un homme qui a gagné depuis tant de batailles : elle eft écrite avec grâce & légéreté ; en voici quelques morceaux.

,, Je viens de faire un voyage entremêlé d'aven-
,, tures fingulières, quelquefois fâcheufes & fouvent
,, plaifantes. Vous favez que j'étais parti pour
,, Bruxelles, afin de revoir une fœur que j'aime
,, autant que je l'eftime. Chemin fefant, *Algaroti*
,, & moi, nous confultions la carte géographique
,, pour régler notre retour par Véfel. Strasbourg ne
,, nous détournait pas beaucoup ; nous choisîmes
,, cette route par préférence : l'incognito fut réfolu ;
,, enfin tout arrangé & concerté au mieux, nous
,, crûmes aller en trois jours à Strasbourg.

>,, Mais le ciel qui de tout difpofe
>,, Régla différemment la chofe.
>,, Avec des courfiers efflanqués,
>,, En droite ligne iffus de Roffinante,
>,, Des payfans en poftillons mafqués,
>,, Nos carroffes cent fois dans la route accrochés,
>,, Nous allions gravement d'une allure indolente. ,,

On dit qu'il écrivait tous les jours de ces lettres agréables au courant de la plume. Mais il venait de compofer un ouvrage bien plus férieux & plus digne d'un grand prince : c'était la réfutation de *Machiavel*. Il l'avait envoyé à M. de *Voltaire* pour le faire imprimer ; il lui donna rendez-vous dans un petit château, appelé Meuſe, auprès de Clèves. Celui-ci lui dit : ,, Sire, ſi j'avais été *Machiavel*, & ſi j'avais ,, eu quelque accès auprès d'un jeune roi, la première ,, choſe que j'aurais faite, aurait été de lui conſeiller ,, d'écrire contre moi. ,, Depuis ce temps, les bontés du monarque pruſſien redoublèrent pour l'homme de lettres français, qui alla lui faire ſa cour à Berlin ſur la fin de 1740, avant que le roi ſe préparât à entrer en Siléſie.

Alors le cardinal de *Fleuri* lui prodigua les cajoleries les plus flatteuſes, dont il ne paraît pas que notre voyageur fût la dupe. Voici ſur cette matière une anecdote bien ſingulière, & qui pourrait jeter un grand jour ſur l'hiſtoire de ce ſiècle. Le cardinal écrivit à M. de *Voltaire*, le 14 novembre 1740, une grande lettre oſtenſible dont j'ai copie ; on y trouve ces propres mots. :

,, La corruption eſt ſi générale, & la bonne foi ,, eſt ſi indécemment bannie de tous les cœurs dans ,, ce malheureux ſiècle, que ſi on ne ſe tenait pas ,, bien fermes dans les motifs ſupérieurs qui nous ,, obligent à ne point nous en départir, on ferait ,, quelquefois tenté d'y manquer dans de certaines ,, occaſions. Mais le roi mon maître fait voir du ,, moins qu'il ne ſe croit point en droit d'avoir de ,, cette eſpèce de repréſailles ; & dans le moment ,, de la mort de l'empereur, il aſſura M. le prince ,, de *Lichtenſthein* qu'il garderait fidellement tous ſes ,, engagemens. ,,

Ce n'eſt point à moi d'examiner comment après une telle lettre on put en 1741 entreprendre de dépouiller la fille & l'héritière de l'empereur *CharlesVI*. Ou le cardinal de *Fleuri* changea d'avis, ou cette guerre se fit malgré lui. Mon commentaire ne regarde point la politique, à laquelle je suis absolument étranger; mais en qualité de littérateur, je ne puis dissimuler ma surprise, de voir un homme de cour & un académicien dire *qu'on se tient ferme dans des motifs qui obligent à ne se point départir de ces motifs; qu'on serait tenté de manquer à ces motifs, & qu'on est en droit d'avoir de ces espèces de représailles.* Voilà bien des fautes contre la langue en peu de mots.

Quoi qu'il en soit, je vois très-clairement que mon auteur n'avait aucune envie de faire fortune par la politique; puisque, de retour à Bruxelles, il ne s'occupa que de ses chères belles-lettres. Il y fit la tragédie de Mahomet, & alla bientôt après avec madame du *Châlelet* faire jouer cette pièce à Lille, où il y avait une fort bonne troupe dirigée par le sieur *Lanoue*, auteur & comédien. La fameuse demoiselle *Clairon* y jouait, & montrait déjà les plus grands talens. Madame *Denis*, nièce de l'auteur, femme d'un commissaire ordonnateur des guerres, ancien capitaine au régiment de Champagne, tenait un assez grand état dans Lille, qui était du département de son mari. Madame du *Châtelet* logea chez elle; je fus témoin de toutes ces fêtes; Mahomet fut très-bien joué.

Dans un entr'acte, on apporta à l'auteur une lettre du roi de Prusse, qui lui apprenait la victoire de Molvitz; il la lut à l'assemblée; on battit des mains: *Vous verrez,* dit-il, *que cette pièce de Molvitz fera réussir la mienne.*

Elle fut repréfentée à Paris le 19 août de la même année. Ce fut-là qu'on vit plus que jamais à quel excès fe peut porter la jaloufie des gens de lettres, furtout en fait de théâtre. L'abbé *Desfontaines* & un nommé *Bonneval*, que M. de *Voltaire* avait fecouru dans fes befoins, ne pouvant faire tomber la tragédie de Mahomet, la déférèrent comme une pièce contre la religion chrétienne, au procureur-général. La chofe alla fi loin que le cardinal de *Fleuri* confeilla à l'auteur de la retirer. Ce confeil avait force de loi ; mais l'auteur la fit imprimer, & la dédia au pape *Benoît XIV*, *Lambertini*, qui avait déjà beaucoup de bonté pour lui. Il avait été recommandé à ce pape par le cardinal *Paffionei*, homme de lettres célèbre, avec lequel il était depuis long-temps en correfpondance. Nous avons quelques lettres de ce pape à M. de *Voltaire*. Sa fainteté voulut l'attirer à Rome ; & il ne s'eft jamais confolé de n'avoir point vu cette ville qu'il appelait la capitale de l'Europe.

Mahomet ne fut rejoué que long-temps après, par le crédit de madame *Denis*, malgré *Crébillon*, alors approbateur des pièces de théâtre, fous les ordres du lieutenant de police. On fut obligé de prendre M. *d'Alembert* pour approbateur. Cette manœuvre de *Crébillon* parut affez mal-honnête à la bonne compagnie. La pièce eft reftée en poffeffion du théâtre, dans le temps même où ce fpectacle a été le plus négligé. L'auteur avouait qu'il fe repentait d'avoir fait *Mahomet* beaucoup plus méchant que ce grand-homme ne le fut ; ,, mais fi je n'en avais ,, fait qu'un héros politique, écrit-il à un de fes amis, ,, la pièce était fifflée. Il faut dans une tragédie de

,, grandes

,, grandes paffions & de grands crimes. Au refte ,
,, dit-il quelques lignes après , le *genus implacabile vatum*
,, me perfécute plus que l'on ne perfécuta *Mahomet* à
,, la Mecque. On parle de la jaloufie & des manœuvres
,, qui troublent les cours , il y en a plus chez les
,, gens de lettres.,,

Après toutes ces tracafferies , MM. de *Réaumur* &
de *Mairan* lui confeillèrent de renoncer à la poëfie
qui n'attirait que de l'envie & des chagrins , de fe
donner tout entier à la phyfique, & de demander une
place à l'académie des fciences , comme il en avait
une à la fociété royale de Londres , & à l'inftitut de
Bologne. Mais M. de *Formont* fon ami , homme de
lettres infiniment aimable , lui ayant écrit une lettre
en vers pour l'exhorter à ne pas enfouir fon talent ,
voici ce qu'il lui répondit :

> A mon très-cher ami Formont ,
> Demeurant fur le double mont,
> Au-deffus de Vincent Voiture ,
> Vers la taverne où Bachaumont
> Buvait & chantait fans mefure,
> Où le plaifir & la raifon
> Ramenaient le temps d'Epicure.

> Vous voulez donc que des filets
> De l'abftraite philofophie ,
> Je revole au brillant palais
> De l'agréable poëfie,
> Au pays où règne Thalie ,
> Et le cothurne & les fifflets.

Mon ami, je vous remercie
D'un confeil fi doux & fi fain.

Vous le voulez; je cède enfin
A ce confeil, à mon deftin:
Je vais de folie en folie,
Ainfi qu'on voit une catin
Paffer du guerrier au robin,
Au gras prieur d'une abbaye,
Au courtifan, au citadin:

Ou bien, fi vous voulez encore,
Ainfi qu'une abeille au matin
Va fucer les pleurs de l'aurore
Ou fur l'abfinthe ou fur le thim;
Toujours travaille & toujours caufe,
Et vous pétrit fon miel divin
Des gratte-cus & de la rofe.

Et auffitôt il travailla à fa Mérope. La tragédie de Mérope, première pièce profane qui réuffit fans le fecours d'une paffion amoureufe, & qui fit à notre auteur plus d'honneur qu'il n'en efpérait, fut repréfentée le 26 février 1743. Je ne puis mieux faire connaître ce qui fe paffa de fingulier fur cette tragédie, qu'en rapportant la lettre qu'il écrivit, le 4 avril fuivant, à fon ami M. d'*Aigueberre* qui était à Touloufe.

,, La Mérope n'eft pas encore imprimée: je doute ,, qu'elle réuffiffe à la lecture autant qu'à la repréfen- ,, tation. Ce n'eft point moi qui ai fait la pièce; ,, c'eft mademoifelle *Dumefnil*. Que dites-vous d'une ,, actrice qui fait pleurer pendant trois actes de fuite?

„ le public a pris un peu le change : il a mis fur
„ mon compte une partie du plaifir extrême que lui
„ ont fait les acteurs. La féduction a été au point que
„ le parterre a demandé à grands cris à me voir. On
„ m'eft venu prendre dans une cache où je m'étais
„ tapi ; on m'a mené de force dans la loge (e) de Mme
„ la maréchale de *Villars*, où était fa belle-fille. Le
„ parterre était fou : il a crié à la ducheffe de *Villars*
„ de me baifer ; & il a tant fait de bruit qu'elle a été
„ obligée d'en paffer par-là, par l'ordre de fa belle-
„ mère. J'ai été baifé publiquement comme *Alain*
„ *Chartier* par la princeffe *Marguerite* d'Ecoffe ; mais
„ il dormait & j'étais fort éveillé. Cette faveur popu-
„ laire, qui probablement paffera bientôt, m'a un
„ peu confolé de la petite perfécution de *Boyer*,
„ ancien évêque de Mirepoix, toujours plus théatin
„ qu'évêque. L'académie, le roi, & le public, m'avaient
„ défigné pour fuccéder au cardinal de *Fleuri* parmi
„ les quarante. *Boyer* n'a pas voulu ; & il a trouvé à
„ la fin, après deux mois & demi, un prélat pour
„ remplir la place d'un prélat, felon les canons de
„ l'Eglife. (f) Je n'ai pas l'honneur d'être prêtre ; je
„ crois qu'il convient à un profane comme moi de
„ renoncer à l'académie.

„ Les lettres ne font pas extrêmement favorifées.
„ Le théatin m'a dit que l'éloquence expirait ; qu'il
„ avait en vain voulu la reffufciter par fes fermons ;

(e) C'eft de-là qu'eft venu la mode ridicule de crier *l'auteur*, *l'auteur*,
quand une pièce bonne ou mauvaife réuffit à la première reprefentation.

(f) Je trouve une lettre, du 3 mars 1743, de M. l'archevêque de
Narbonne, qui fe défifte en faveur de M. de *Voltaire*.

,, que perfonne ne l'avait *fecondé*. Il voulait dire,
,, *écouté*.

,, On vient de mettre à la baftille l'abbé *Lenglé*,
,, pour avoir publié des mémoires déjà très-connus
,, qui fervent de fupplément à l'hiftoire de notre
,, célébre de *Thou*. L'infatigable & malheureux *Lenglé*
,, rendait un fignalé fervice aux bons citoyens & aux
,, amateurs des recherches hiftoriques. Il méritait des
,, récompenfes ; on l'emprifonne cruellement à l'âge
,, de foixante-huit ans. Cela eft tyrannique.

Infere nunc, Melibœe, piros ; pone ordine vites.

,, Madame du *Châtelet* vous fait fes complimens.
,, Elle marie fa fille à M. le duc de *Monténero*,
,, napolitain au grand nez, à la taille courte, à la
,, face maigre & noire, à la poitrine enfoncée. Il eft
,, ici, & va nous enlever une françaife aux joues
,, rebondies. *Vale & me ama.*   VOLTAIRE.

Le cardinal de *Fleuri* était mort le 29 janvier 1743,
âgé de quatre-vingt-dix ans ; jamais perfonne n'était
parvenu plus tard au miniftère, & jamais miniftre
n'avait gardé fa place plus long-temps.

Il commença fa fortune à l'âge de foixante & treize
ans, par être roi de France, & le fut jufqu'à fa mort
fans contradiction. Affectant toujours la plus grande
modeftie, n'amaffant aucun bien, n'ayant aucun fafte,
& fe bornant uniquement à régner. Il laiffa la réputation d'un efprit fin & aimable, plutôt que d'un
génie, & paffa pour avoir mieux connu la cour que
l'Europe.

M. de *Voltaire* l'avait beaucoup vu chez madame
la maréchale de *Villars*, quand il n'était qu'ancien
évêque de la petite vilaine ville de Fréjus, dont il
s'était toujours intitulé *évêque par l'indignation divine*,
comme on lifait dans quelques-unes de fes lettres.
Fréjus était une très-laide femme qu'il avait répudiée
le plutôt qu'il avait pu. Le maréchal de *Villeroi* qui ne
favait pas que l'évêque avait été long-temps l'amant
de la maréchale fa femme, le fit nommer par *Louis XIV*,
précepteur de *Louis XV* ; de précepteur il devint
premier miniftre, & ne manqua pas de contribuer à
l'exil du maréchal fon bienfaiteur. C'était, à l'ingratitude près, un affez bon homme ; mais comme il
n'avait aucun talent, il écartait tous ceux qui en
avaient dans quelque genre que ce pût être.

Plufieurs académiciens voulurent que l'auteur de
Mahomet eût fa place à l'académie françaife ; on
demanda au fouper du roi, qui prononcerait l'oraifon
funèbre du cardinal à l'académie ; le roi répondit
que ce ferait *Voltaire*. Sa maîtreffe, la ducheffe de
Château-roux, le voulait ; mais un vieil imbécille, précepteur du dauphin, autrefois théatin, & depuis évêque
de Mirepoix, nommé *Boyer*, fe chargea par principe
de confcience de feconder la haine des ennemis de
M. de *Voltaire*. Ce *Boyer* avait la feuille des bénéfices.
Le roi lui abandonnait toutes les affaires du clergé. Il
traita celle-ci comme un point de difcipline eccléfiaftique ; il repréfenta que c'était offenfer DIEU,
qu'un profane comme M. de *Voltaire* fuccédât à un
cardinal.

Le prêtre enfin l'emporta fur la maîtreffe, &
M. de *Voltaire* n'eut point cette place dont il ne fe

H 3

souciait guère. Il aimait à se rappeler cette aventure, qui fait voir les petitesses de ceux qu'on appelle grands, & qui marque combien les bagatelles sont quelquefois importantes pour eux.

Cependant les affaires publiques n'allaient pas mieux depuis la mort du cardinal, que dans ses deux dernières années ; la maison d'Autriche renaissait de sa cendre ; la France était pressée par elle & par l'Angleterre. Il ne nous restait alors d'autre ressource que dans le roi de Prusse, qui nous avait entraînés dans la guerre, & qui nous avait abandonnés.

On imagina d'envoyer secrétement M. de *Voltaire* chez ce monarque pour sonder ses intentions, pour voir s'il ne serait pas d'humeur à prévenir les orages qui devaient tomber tôt ou tard de Vienne sur lui, après avoir tombé sur nous ; & s'il ne voudrait pas nous prêter cent mille hommes dans l'occasion pour mieux assurer sa Silésie. Cette idée était tombée dans la tête de M. de *Richelieu* & de Mme de *Château-roux*. Le roi l'adopta ; & M. *Amelot*, ministre des affaires étrangères, fut chargé de presser le départ de M. de *Voltaire*, & des détails de la correspondance. Il fallait un prétexte ; on prit celui de cette querelle avec l'ancien évêque de Mirepoix. Le roi approuva cet expédient ; M. de *Voltaire* écrivit au roi de Prusse, qu'il ne pouvait plus tenir aux persécutions de ce théatin, & qu'il allait se réfugier auprès d'un roi philosophe, loin des tracasseries d'un bigot. Comme ce prélat signait toujours *l'ancien évêq. de Mirepoix* en abrégé, & que son écriture était assez incorrecte ; on lisait *l'ane. évêq. de Mirepoix* au lieu de *l'ancien*. Ce fut un sujet de plaisanterie, & jamais négociation ne fut plus gaie.

Le roi de Prusse qui n'y allait pas de main-morte, quand il fallait frapper sur les moines & sur les prélats de cour, répondit avec un déluge de railleries sur *l'ane de Mirepoix*, & pressa M. de *Voltaire* de venir.

M. de *Voltaire* eut grand soin de faire lire ses lettres & les réponses; l'évêque en fut informé, il alla se plaindre à *Louis XV* de ce que M. de *Voltaire le fesait*, disait-il, *passer pour un sot dans les cours étrangères*. Le roi lui répondit *que c'était une chose dont on était convenu, & qu'il ne fallait pas qu'il y prît garde*.

Ce qu'il y eut de plus singulier, c'est qu'il fallut mettre madame du *Châtelet* de la confidence, elle ne voulait point, à quelque prix que ce fût, que M. de *Voltaire* la quittât pour le roi de Prusse; elle ne trouvait rien de si lâche & de si abominable dans le monde, que de se séparer d'une femme pour aller chercher un monarque. Elle aurait fait un vacarme horrible. On convint, pour l'apaiser, qu'elle entrerait dans le mystère, & que les lettres passeraient par ses mains.

M. de *Voltaire* s'arrêta quelque temps en Hollande, pendant que le roi de Prusse courait d'un bout à l'autre de ses Etats pour faire des revues. Ce séjour à la Haye ne fut pas inutile. M. de *Voltaire* logeait dans le palais de la vieille cour, qui appartenait alors au roi de Prusse, par ses partages avec la maison d'Orange. Son envoyé, le jeune comte de *Podevils*, amoureux & aimé de la femme d'un des principaux membres de l'Etat, attrapait par les bontés de cette dame, des copies des résolutions secrètes de leurs

hautes puiffances très-mal intentionnées contre nous ;
M. de *Voltaire* envoyait ces copies à la cour, & ce
fervice était très-agréable.

Quand il arriva à Berlin, le roi le logea chez lui,
comme il avait fait dans fes précédens voyages. Il
menait à Poftdam la vie qu'il a toujours menée depuis
fon avénement au trône ; cette vie mérite quelques
petits détails. Il fe levait à cinq heures du matin en
été, & à fix en hiver. Si vous voulez favoir les céré-
monies royales de ce lever ; quelles étaient les grandes
& les petites entrées ; quelles étaient les fonctions de
fon grand-aumônier, de fon grand-chambellan, de fon
premier gentilhomme de la chambre, de fes huiffiers ;
je vous répondrai qu'un laquais venait allumer fon
feu, l'habiller & le rafer, encore s'habillait-il prefque
tout feul. Sa chambre était affez belle ; une riche
baluftrade d'argent, ornée de petits amours très-bien
fculptés, femblait former l'eftrade d'un lit dont on
voyait les rideaux ; mais derrière les rideaux était, au
lieu de lit, une bibliothèque ; & quant au lit du roi,
c'était un grabat de fangle avec un matelas, caché par
un paravent. *Marc-Aurèle* & *Julien*, fes deux apôtres,
& les plus grands-hommes du ftoïcifme, n'étaient pas
plus mal couchés.

Quand fa majefté était habillée & bottée, fon
premier miniftre arrivait avec une groffe liaffe de
papiers fous le bras. Ce premier miniftre était un
commis qui logeait au fecond étage dans la maifon
de *Federfdoff*, foldat devenu valet-de-chambre &
favori, & qui avait autrefois fervi le roi dans le
château de Cuftrin ; les fecrétaires d'Etat envoyaient
toutes leurs dépêches au commis du roi. Il en appor-

tait l'extrait. Le roi fefait mettre les réponfes à la marge en deux mots. Toutes les affaires du royaume s'expédiaient ainfi en une heure. Rarement les fecrétaires d'Etat, les miniftres en charge l'abordaient; il y en a même à qui il n'a jamais parlé. Le roi fon père avait mis un tel ordre dans les finances, tout s'exécutait fi militairement, l'obéiffance était fi aveugle, que quatre cents lieues de pays étaient gouvernées comme une abbaye.

Vers les onze heures, le roi en botte fefait dans fon jardin la revue de fon régiment des gardes, & à la même heure tous les colonels en fefaient autant dans toutes les provinces. Les princes fes frères, les officiers-généraux, un ou deux chambellans mangeaient à fa table, qui était auffi bonne qu'elle pouvait l'être dans un pays où il n'y a ni gibier, ni viande de boucherie paffable, ni une poularde, & où il faut tirer le froment de Magdebourg.

Après le repas il fe retirait feul dans fon cabinet, & fefait des vers jufqu'à cinq ou fix heures. Enfuite venait un jeune homme nommé *Darget*, ci-devant fecrétaire de *Valory* envoyé de France, qui fefait la lecture; un petit concert commençait à fept heures, le roi y jouait de la flûte auffi bien que le meilleur artifte. Les concertans exécutaient fouvent de fes compofitions, car il n'y avait aucun art qu'il ne cultivât; & il n'eût pas effuyé chez les Grecs la mortification qu'eut *Epaminondas*, d'avouer qu'il ne favait pas la mufique.

Jamais on ne parla en aucun lieu du monde avec tant de liberté de toutes les fuperftitions des hommes;

& jamais elles ne furent traitées avec plus de plaifanterie & de mépris que dans les foupers du roi de Pruffe.
DIEU était refpecté ; mais tous ceux qui avaient
trompé les hommes en fon nom n'étaient pas épargnés.
Il n'entrait jamais dans le palais ni femmes ni prêtres ;
en un mot, *Fréderic* vivait fans cour, fans confeil, &
fans culte.

Quelques juges de provinces voulurent faire brûler
je ne fais quel pauvre payfan, accufé par un prêtre
d'une intrigue galante avec fon âneffe. On n'exécutait perfonne fans que le roi n'eût confirmé la fentence :
loi très-humaine qui fe pratique en Angleterre &
dans d'autres pays. *Fréderic* écrivit au bas de la
fentence, qu'il donnait dans fes Etats liberté de
confcience & de . . . . . .

Un prêtre d'auprès de Stetin, très-fcandalifé de
cette indulgence, gliffa dans un fermon fur *Hérode*,
quelques traits qui pouvaient regarder le roi fon
maître ; il fit venir ce miniftre de village à Poftdam
en le citant au confiftoire, quoiqu'il n'y eût à fa cour
pas plus de confiftoire que de meffe. Le pauvre homme
fut amené ; le roi prit une robe & un rabat de prédicant ; d'*Argens*, l'auteur des lettres juives, & un baron
de *Polnits*, qui avait changé trois ou quatre fois de
religion, fe revêtirent du même habit : on mit un
tome du dictionnaire de *Bayle* fur une table, en guife
d'évangile, & le coupable fut introduit par deux
grenadiers, devant ces trois miniftres du Seigneur.
Mon frère, lui dit le roi, je vous demande au nom
de DIEU fur quel *Hérode* vous avez prêché ? Sur
Hérode qui fit tuer tous les petits enfans, répondit le
bon homme. Je vous demande, ajouta le roi, fi

c'était *Hérode* premier du nom ; car vous devez savoir
qu'il y en a eu plufieurs. Le prêtre de village ne fut
que répondre. Comment, dit le roi, vous ofez
prêcher fur un *Hérode*, & vous ignorez quelle était
fa famille ! vous êtes indigne du faint miniftère.
Nous vous pardonnons pour cette fois ; mais fachez
que nous vous excommunierons, fi jamais vous
prêchez quelqu'un fans le connaître. Alors on lui
délivra la fentence & fon pardon ; on figna trois noms
ridicules inventés à plaifir. Nous allons demain à
Berlin, ajouta le roi ; nous demanderons grâce pour
vous à nos frères, ne manquez pas de nous venir
parler. Le prêtre alla dans Berlin chercher les trois
miniftres ; on fe moqua de lui.

    Fréderic gouvernait l'Eglife auffi defpotiquement
que l'Etat ; c'était lui qui prononçait les divorces,
quand un mari & une femme voulaient fe marier
ailleurs. Un miniftre lui cita un jour l'ancien teftament, au fujet d'un de ces divorces. *Moïfe*, lui dit-il,
menait fes Juifs comme il voulait, & moi je gouverne
mes Pruffiens comme je l'entends.

    La plus grande économie préfidait dans Potfdam
à tous fes goûts ; fa table, & celle de fes officiers &
de fes domeftiques étaient réglées à trente-trois écus
par jour, indépendamment du vin ; & au lieu que
chez les autres rois ce font des officiers de la couronne
qui fe mêlent de cette dépenfe, c'était fon valet-de-
chambre *Federfdoff* qui était à la fois fon grand-maître-
d'hôtel, fon grand-échanfon, & fon grand-pannetier.

    Cependant quand il allait à Berlin, il y étalait
une grande magnificence dans les jours d'appareil :
c'était un très-beau fpectacle pour les hommes vains ;

c'eft-à-dire pour prefque tout le monde, de le voir à table entouré de vingt princes de l'Empire, fervi dans la plus belle vaiffelle d'or de l'Europe, & trente-deux pages & autant de jeunes heiduques, fuperbement parés, portant de grands plats d'or maffif. Les grands-officiers paraiffaient alors; mais hors de-là on ne les connaiffait point.

On allait après dîné à l'opéra dans cette grande falle de trois cents pieds de long, qu'un de fes chambellans, nommé *Knobertof*, avait bâti fans architecte. Les plus belles voix, les meilleurs danfeurs étaient à fes gages; la *Barbarini* danfait alors fur fon théâtre; c'eft elle qui depuis époufa le fils de fon chancelier. Le roi avait fait enlever à Venife cette danfeufe par des foldats, qui l'amenèrent par Vienne même jufqu'à Berlin. Il lui donnait trente-deux mille livres d'appointement. Son poëte italien, à qui il fefait mettre les opéra en vers dont lui-même fefait toujours le plan, n'avait que douze cents livres de gages. En un mot, la *Barbarini* touchait à elle feule plus que trois miniftres d'Etat enfemble. Pour le poëte italien, il fe paya un jour par fes mains; il découvrit dans une chapelle du premier roi de Pruffe, de vieux galons dont elle était ornée. Le roi, qui jamais ne fréquenta de chapelles, dit qu'il ne perdait rien. Cette indulgence ne s'étendait pas fur le militaire; il y avait dans les prifons de Spandau un vieux gentilhomme de Franche-Comté, haut de fix pieds, que le feu roi avait fait enlever pour fa belle taille; on lui avait promis une place de chambellan, & on lui en donna une de foldat. Ce pauvre homme déferta bientôt avec quelques-uns de fes camarades.

Il fut faifi & ramené devant le feu roi, auquel il eut la naïveté de dire *qu'il ne fe repentait que de n'avoir pas tué un tyran comme lui.* On lui coupa pour réponfe le nez & les oreilles ; il paffa par les baguettes trente-fix fois, après quoi il alla traîner la brouette à Spandau. Il la traînait encore, quand M. de *Valory*, envoyé de France, preffa M. de *Voltaire* de demander fa grâce au très-clément fils du très-dur *Fréderic Guillaume.*

Sa majefté fe plaifait à dire que c'était pour M. de *Voltaire* qu'il fefait jouer *la clemenza di Tito*, opéra plein de beautés, du célèbre *Metaflafio*, mis en mufique par le roi lui-même, aidé de fon compofiteur. M. de *Voltaire* prit fon temps pour recommander à fes bontés ce pauvre franc-comptois, fans oreilles & fans nez, & lui détacha cette femonce.

Génie univerfel, ame fenfible & ferme,
Quoi! lorfque vous régnez il eft des malheureux!
Aux tourmens d'un coupable il vous faut mettre un terme,
Et n'en mettre jamais à vos foins généreux.

Voyez autour de vous les Prières tremblantes,
Filles du Repentir, maîtreffes des grands cœurs,
S'étonner d'arrofer de larmes impuiffantes
Les mains qui de la terre ont dû fécher les pleurs.

Ah! pourquoi m'étaler avec magnificence
Ce fpectacle brillant où triomphe Titus?
Pour achever la fête, égalez fa clémence,
Et l'imitez en tout, ou ne le vantez plus.

La requête était un peu forte; mais on a le privilège de dire ce qu'on veut en vers. Le roi promit quelque adouciffement ; & même plufieurs mois après, il eut la bonté de mettre le gentilhomme dont il s'agiffait dans une maifon de charité.

Au milieu des fêtes, des opéra, des foupers, la négociation fecrète avançait ; le roi trouvait bon que M. de *Voltaire* lui parlât de tout ; & il entremêlait fouvent des queftions fur la France & fur l'Autriche, à propos de l'Enéide & de Tite-Live. La converfation s'animait quelquefois ; le roi s'échauffait, & difait que tant que notre cour frapperait à toutes les portes pour obtenir la paix, il ne s'aviferait pas de fe battre pour elle. M. de *Voltaire* envoyait de fa chambre à l'appartement du roi fes réflexions fur un papier à mi-marge ; le roi répondait fur une colonne à ces hardieffes. M. de *Voltaire* a encore ce papier où il difait au roi : Doutez-vous que la maifon d'Autriche ne vous redemande la Siléfie à la première occafion ? Voici la réponfe en marge.

Ils feront reçus biribi,
A la façon de barbari , mon ami.

Cette négociation d'une efpèce nouvelle, finit par un difcours que le roi tint à M. de *Voltaire*, dans un de fes mouvemens de vivacité contre le roi d'Angleterre fon cher oncle. Ces deux rois ne s'aimaient pas ; celui de Pruffe difait : *George eft l'oncle de Fréderic ; mais George ne l'eft pas du roi de Pruffe.* Enfin il dit : *Que la France déclare la guerre à l'Angleterre & je marche.* M. de *Voltaire* n'en voulait pas davantage ; il retourna vîte à la cour de France rendre compte de fon voyage. Il donna au miniftère français l'efpérance qu'on lui

avait donnée à Berlin ; elle ne fut point trompeufe ;
& le printemps fuivant le roi de Pruffe fit en effet un
nouveau traité avec le roi de France. Il s'avança en
Bohème avec cent mille hommes , tandis que les
Autrichiens étaient en Alface.

Voici quelle fut la récompenfe de ce fervice. La
ducheffe de *Château-roux* fut fâchée que la négociation
n'eût pas paffé immédiatement par elle. Il lui avait
pris envie de chaffer M. *Amelot* parce qu'il était bègue,
& que ce petit défaut lui déplaifait ; elle haïffait de
plus ce miniftre parce qu'il était gouverné par M. de
Maurepas. Il fut renvoyé au bout de huit jours, &
M. de *Voltaire* fut enveloppé dans fa difgrace.

Le fameux comte de *Bonneval* devenu bacha turc ,
& qu'il avait vu autrefois chez le grand-prieur
de *Vendôme*, lui écrivait alors de Conftantinople, &
fut en correfpondance avec lui pendant quelque
temps. On n'a trouvé de ce commerce épiftolaire
qu'un feul fragment que nous tranfcrivons.

,, Aucun faint, avant moi, n'avait été livré à la
,, difcrétion du prince *Eugène.* Je fentais qu'il y avait
,, une efpèce de ridicule à me faire circoncire ; mais
,, on m'affura bientôt qu'on m'épargnerait cette opéra-
,, tion en faveur de mon âge. Le ridicule de changer
,, de religion ne laiffait pas encore de m'arrêter : il eft
,, vrai que j'ai toujours penfé qu'il eft fort indifférent
,, à DIEU qu'on foit mufulman , ou chrétien , ou juif,
,, ou guèbre : j'ai toujours eu fur ce point l'opinion du
,, duc d'*Orléans* régent, des ducs de *Vendôme*, de mon
,, cher marquis de *la Fare*, de l'abbé de *Chaulieu*, & de
,, tous les honnêtes gens avec qui j'ai paffé ma vie.
,, Je favais bien que le prince *Eugène* penfait comme

,, moi, & qu'il en aurait fait autant à ma place;
,, enfin il fallait perdre ma tête, ou la couvrir d'un
,, turban. Je confiai ma perplexité à *Lamira* qui était
,, mon domeſtique, mon interprète, & que vous avez
,, vu depuis en France avec *Saïd Effendi*: il m'amena
,, un iman qui était plus inſtruit que les Turcs ne le
,, ſont d'ordinaire. *Lamira* me préſenta à lui comme
,, un cathécumène fort irréſolu. Voici ce que ce bon
,, prêtre lui dicta en ma préſence; *Lamira* le traduiſit
,, en français: je le conſerverai toute ma vie.

,, Notre religion eſt inconteſtablement la plus
,, ancienne & la plus pure de l'univers connu; c'eſt
,, celle d'*Abraham* ſans aucun mélange; & c'eſt ce
,, qui eſt confirmé dans notre ſaint livre, où il eſt
,, dit: *Abraham était fidelle: il n'était ni juif, ni chrétien,*
,, *ni idolâtre.* Nous ne croyons qu'un ſeul DIEU
,, comme lui; nous ſommes circoncis comme lui,
,, & nous ne regardons la Mecque comme une ville
,, ſainte, que parce qu'elle l'était du temps même
,, d'*Iſmaël* fils d'*Abraham*.

,, DIEU a certainement répandu ſes bénédictions
,, ſur la race d'*Iſmaël*, puiſque ſa religion eſt étendue
,, dans preſque toute l'Aſie & dans preſque toute
,, l'Afrique, & que la race d'*Iſaac* n'y a pas pu
,, ſeulement conſerver un pouce de terrain.

,, Il eſt vrai que notre religion eſt peut-être un
,, peu mortifiante pour les ſens; *Mahomet* a réprimé
,, la licence que ſe donnaient tous les princes de
,, l'Aſie, d'avoir un nombre indéterminé d'épouſes.
,, Les princes de la ſecte abominable des Juifs avaient
,, pouſſé cette licence plus loin que les autres: *David*
,, avait dix-huit femmes; *Salomon*, ſelon les Juifs,

,, en

,, en avait jufqu'à fept cents; notre prophète réduifit
,, le nombre à quatre.

,, Il a défendu le vin & les liqueurs fortes , parce
,, qu'elles dérangent l'ame & le corps, qu'elles caufent
,, des maladies , des querelles , & qu'il eft bien plus
,, aifé de s'abftenir tout-à-fait que de fe contenir.

,, Ce qui rend furtout notre religion fainte &
,, admirable , c'eft qu'elle eft la feule où l'aumône
,, foit de droit étroit. Les autres religions confeillent
,, d'être charitable ; mais pour nous , nous l'or-
,, donnons expreffément fous peine de damnation
,, éternelle.

,, Notre religion eft auffi la feule qui défende les
,, jeux de hafard fous les mêmes peines ; & c'eft ce
,, qui prouve bien la profonde fageffe de *Mahomet*.
,, Il favait que le jeu rend les hommes incapables
,, de travail , & qu'il transforme trop fouvent la
,, fociété en un affemblage de dupes & de fripons, &c.

*Il y a ici plufieurs lignes fi blafphématoires , que nous
n'ofons les copier. On peut les paffer à un turc ; mais une
main chrétienne ne peut les tranfcrire.*

,, Si donc ce chrétien ci-préfent veut abjurer fa
,, fecte idolâtre , & embraffer celle des victorieux
,, mufulmans , il n'a qu'à prononcer devant moi
,, notre fainte formule , & faire les prières & les
,, ablutions prefcrites.

,, *Lamira* m'ayant lu cet écrit me dit : Monfieur le
,, comte, ces Turcs ne font pas fi fots qu'on le dit
,, à Vienne , à Rome, & à Paris.....Je lui répondis
,, que je fentais un mouvement de grâce turque
,, intérieure , & que ce mouvement confiftait dans

Mélanges littér. Tome II.   I

„ la ferme efpérance de donner fur les oreilles au
„ prince *Eugéne*, quand je commanderais quelques
„ bataillons turcs.

„ Je prononçai mot à mot, d'après l'iman, la
„ formule : *Alla illa allah Mohammed refoul allah.*
„ Enfuite on me fit dire la prière qui commence par
„ ces mots : *Benamyezdam Bakshaeïer dadar* , au nom
„ de DIEU clément & miféricordieux , &c.

„ Cette cérémonie fe fit en préfence de deux
„ mufulmans qui allèrent fur le champ en rendre
„ compte au bacha de Bofnie. Pendant qu'ils fefaient
„ leur meffage , je me fis rafer la tête, & l'iman me
„ la couvrit d'un turban , &c. „

Je pourrais joindre à ce fragment curieux quelques chanfons du comte bacha ; mais quoique ces
couplets foient fort gais , ils ne font pas fi intéreffans
que fa profe.

Je n'aurai rien à dire de l'année 1744, finon que
mon auteur fut admis dans prefque toutes les académies de l'Europe ; & ce qui eft fingulier , dans celle
de *la crufca*. Il avait fait une étude férieufe de la
langue italienne , témoin une lettre de l'éloquent
cardinal *Paffionei*, qui commence par ces mots

„ J'ai lu & relu, toujours avec un nouveau plaifir,
„ votre lettre italienne belle & favante. Il eft difficile
„ de concevoir comment un homme qui poffède à
„ fond d'autres langues , a pu atteindre à la perfec-
„ tion de celle-ci. . . . .
„ . . . .
„ La remarque qui eft dans votre lettre fur les erreurs
„ des plus grands hommes , vient fort à propos ;
„ car le foleil a fes taches & fes éclipfes ; celles-ci

» font obfervées dans le dernier des almanachs ; & ,
» comme vous le penfez très-bien , les cenfeurs trop
» févères ont fouvent befoin que nous ayons pour eux
» plus d'indulgence que pour ceux qu'ils reprennent.
» *Homère*, *Virgile*, le *Taffe*, & plufieurs autres, perdront
» peu fur une petite & légère faute qui eft couverte
» par mille beautés ; mais les *Zoïles* feront toujours
» ridicules , & ne fauront pas diftinguer les perles du
» fumier d'*Ennius*, &c. »

Ce cardinal écrivait , comme on voit , en français
prefqu'auffi bien qu'en italien , & penfait très-judi-
cieufement. Nos *Zoïles* ne lui échappaient pas.

Il arriva , cette même année , que *Louis XV* fut
malade à l'extrémité dans la ville de Metz ; on prit
ce temps pour perdre madame de *Château-roux*.
L'évêque de Soiffons *Fitz-James* , fils du bâtard de
Jacques II. regardé comme un faint , voulut , en
qualité de premier aumônier, convertir le roi, & lui
déclara qu'il ne lui donnerait ni abfolution ni
communion , s'il ne chaffait fa maîtreffe , la ducheffe
de *Lauraguais* fa fœur , & leurs amis. Les deux fœurs
partirent , chargées de l'exécration du peuple de
Metz. Ce fut pour cette action que le peuple de Paris ,
auffi fot que celui de Metz , donna à *Louis XV* le
furnom de *bien-aimé:* un poliffon nommé *Vadé* imagina
ce titre que les almanachs prodiguèrent. Quand ce
prince fe porta bien , il ne voulut être que le bien-
aimé de fa maîtreffe. Ils s'aimèrent plus qu'auparavant.
Elle devait rentrer dans fon miniftère. Elle allait
partir de Paris pour Verfailles , quand elle mourut ,
en peu de jours , des fuites de la rage que fa démiffion
lui avait caufée : elle fut bientôt oubliée.

Il fallait une maîtresse. Le choix tomba sur la demoiselle *Poisson*, fille d'une femme entretenue & d'un paysan de la Ferté-sous-Jouare, qui avait amassé quelque chose à vendre du blé aux entrepreneurs des vivres; ce pauvre homme était alors en fuite, condamné pour quelque malversation. On avait marié sa fille au sous-fermier *le Normand*, seigneur d'Etiole, neveu du fermier-général *le Normand de Tournehem*, qui entretenait sa mère. La fille était bien élevée, sage, aimable, remplie de grâces & de talens, née avec du bon sens & un bon cœur. M. de *Voltaire* la connaissait assez. Il fut même le confident de son amour. Elle lui avouait qu'elle avait toujours eu un secret pressentiment qu'elle serait aimée du roi, & qu'elle s'était senti une violente inclination pour lui, sans la trop démêler. Cette idée qui aurait pu paraître chimérique dans sa situation, était fondée sur ce qu'on l'avait souvent menée aux chasses que fesait le roi dans la forêt de Senar. *Tournehem*, l'amant de sa mère, avait une maison de campagne dans le voisinage. On promenait madame d'*Etiole* dans une jolie calèche. Le roi la remarquait & lui envoyait souvent des chevreuils. La mère ne cessait de lui dire qu'elle était plus jolie que Mme de *Château-roux*; & le bon-homme *Tournehem* s'écriait souvent : Il faut avouer que la fille de madame *Poisson* est un morceau de roi. Enfin, quand elle eut tenu le roi entre ses bras, elle disait qu'elle croyait fermement à la destinée, & elle avait raison. M. de *Voltaire* passa quelques mois avec elle à Etiole, pendant que le roi fesait la campagne de 1746.

Cela valut à M. de *Voltaire* des récompenfes qu'on n'avait jamais données ni à fes ouvrages, ni à fes fervices. Il fut jugé digne d'être l'un des quarante membres inutiles de l'académie ; il fut nommé hifto-riographe de France.

Il conclut que pour faire la plus petite fortune, il valait mieux dire quatre mots à la maîtreffe d'un roi que d'écrire cent volumes.

Lorfque M. de *Voltaire* obtint ce brevet d'hifto-riographe de France, qu'il qualifie de *magnifique bagatelle*, il était déjà connu par fon Hiftoire de *Charles XII*, dont on a fait tant d'éditions. Cette hiftoire fut principalement compofée en Angleterre à la campagne, avec M. *Fabrice*, chambellan de *George I*, électeur de Hanovre, roi d'Angleterre, qui avait réfidé fept ans auprès de *Charles XII*, après la journée de Pultava.

C'eft ainfi que la Henriade avait été commencée à Sᵗ Ange, d'après les converfations avec M. de *Caumartin*.

Cette hiftoire fut très-louée pour le ftyle, & très-critiquée pour les faits incroyables. Mais les critiques & les incrédules ceffèrent, lorfque le roi *Staniflas* envoya à l'auteur, par M. le comte de *Treffan*, lieutenant-général, une atteftation authentique conçue en ces termes : ,, M. de *Voltaire* n'a oublié ,, ni déplacé aucun fait, aucune circonftance ; tout ,, eft vrai, tout eft dans fon ordre. Il a parlé fur la ,, Pologne, & fur tous les événemens qui font arrivés, ,, comme s'il avait été témoin oculaire. Fait à Com-,, merci, 11 juillet 1759.

Dès qu'il eut un de ces titres d'hiftoriographe, il ne voulut pas que ce titre fût vain, & qu'on dît de lui ce qu'un commis du tréfor-royal difait de *Racine* & de *Boileau* : *Nous n'avons encore vu de ces meffieurs que leur fignature.* Il écrivit la guerre de 1741, qui était alors dans toute fa force, & que vous retrouvez dans le *Siècle de Louis XIV* & de *Louis XV.* (g)

La cour ordonna des fêtes pour le commencement de l'année 1745, où l'on devait marier le dauphin avec l'infante d'Efpagne. On voulut des ballets avec de la mufique chantante, & une efpèce de comédie qui fervît de liaifon aux airs. M. de *Voltaire* en fut chargé, quoi qu'un tel fpectacle ne fût point de fon goût. Il prit pour fujet une princeffe de Navarre. La pièce eft écrite avec légéreté. M. de *la Popelinière* fermier-général, mais lettré, y mêla quelques ariettes; la mufique fut compofée par le fameux *Rameau.*

Madame d'*Etiole* obtint alors pour M. de *Voltaire* le don gratuit d'une charge de gentilhomme ordinaire de la chambre. C'était un préfent d'environ foixante mille livres ; & préfent d'autant plus agréable que, peu de temps après, il obtint la grâce fingulière de vendre cette place, & d'en conferver le titre, les priviléges, & les fonctions.

Peu de perfonnes connaiffent le petit impromptu qu'il fit fur cette grâce qui lui avait été accordée, fans qu'il l'eût follicitée.

> Mon Henri quatre & ma Zaïre,
> Et mon américaine Alzire

(g) Elle a été imprimée féparément, & ridiculement falfifiée.

Ne m'ont valu jamais un feul regard du roi.
J'avais mille ennemis avec très-peu de gloire ;
Les honneurs & les biens pleuvent enfin fur moi,
    Pour une farce de la foire.

Il avait eu cependant long-temps auparavant une penfion du roi de deux mille livres , & une de quinze cents de la reine ; mais il n'en follicita jamais le payement.

L'hiftoire étant devenue un de fes devoirs , il commença quelque chofe du *Siècle de Louis XIV ;* mais il différa de le continuer : il écrivit la campagne de 1744 , & la mémorable bataille de Fontenoi. Il entra dans tous les détails de cette journée intéreffante. On y trouve jufqu'au nombre des morts de chaque régiment. Le comte d'*Argenfon* , miniftre de la guerre, lui avait communiqué les lettres de tous les officiers. Le maréchal de *Noailles* & le maréchal de *Saxe* lui avaient confié des mémoires.

Je crois faire un grand plaifir à ceux qui veulent connaître les événemens & les hommes, de tranfcrire ici la lettre que M. le marquis d'*Argenfon* , miniftre des affaires étrangères , & frère aîné du fecrétaire d'Etat de la guerre , écrivit du champ de bataille à M. de *Voltaire*.

  ,, Monfieur l'hiftorien , vous aurez dû apprendre
,, dès mercredi au foir la nouvelle dont vous nous
,, félicitez tant. Un page partit du champ de bataille
,, le mardi à deux heures & demie pour porter les
,, lettres ; j'apprends qu'il arriva le mercredi à cinq
,, heures du foir à Verfailles. Ce fut un beau fpec-
,, tacle, que de voir le roi & le dauphin écrire fur

„ un tambour entourés de vainqueurs & de vaincus,
„ morts, mourans, & prisonniers. Voici des anecdotes
„ que j'ai remarquées.

„ J'eus l'honneur de rencontrer le roi dimanche
„ tout près du champ de bataille ; j'arrivai de Paris
„ au quartier de *Chin*. J'appris que le roi était à la
„ promenade ; je demandai un cheval, je joignis sa
„ majesté près d'un lieu d'où l'on voyait le camp
„ des ennemis ; j'appris pour la première fois de
„ sa majesté de quoi il s'agissait tout à l'heure (à ce
„ qu'on croyait.) Jamais je n'ai vu d'homme si gai
„ de cette aventure qu'était le maître. Nous discu-
„ tâmes justement ce point historique que vous
„ traitez en quatre lignes, quels de nos rois avaient
„ gagné les dernières batailles royales. Je vous assure
„ que le courage ne fefait point tort au jugement,
„ ni le jugement à la mémoire. De-là on alla coucher
„ sur la paille. Il n'y a point de nuit de bal plus
„ gaie ; jamais tant de bons mots. On dormit tout le
„ temps qui ne fut pas coupé par des courriers, des
„ graffins, & des aides de camp. Le roi chanta une
„ chanson qui a beaucoup de couplets & qui est fort
„ drôle. Pour le dauphin, il était à la bataille comme
„ à une chasse de lièvre, & disait presque : quoi !
„ n'est-ce que cela ? Un boulet de canon donna
„ dans la boue & crotta un homme près du roi.
„ Nos maîtres rirent de bon cœur du barbouillé.
„ Un palfrenier de mon frère a été blessé à la tête
„ d'une balle de mousquet ; ce domestique était
„ derrière la compagnie.

„ Le vrai, le sûr, le non flatteur, c'est que c'est le
„ roi qui a gagné lui-même la bataille par sa volonté,

» par fa fermeté. Vous verrez des relations & des
» détails; vous faurez qu'il y a eu une heure terrible
» où nous vîmes le fecond tome de Dettingue ; nos
» français humiliés devant cette fermeté anglaife ;
» leur feu roulant qui reffemble à l'enfer, que j'avoue
» qui rend ftupides les fpectateurs les plus oififs ; alors
» on défefpéra de la république. Quelques-uns de
» nos généraux, qui ont plus de courage de cœur
» que d'efprit, donnèrent des confeils fort prudens.
» On envoya des ordres jufqu'à Lille ; on doubla la
» garde du roi ; on fit emballer, &c. A cela le roi fe
» moqua de tout & fe porta de la gauche au centre,
» demanda le corps de réferve & le brave *Lovendhal* ;
» mais on n'en eut pas befoin. Un faux corps de
» réferve donna. C'était la même cavalerie qui avait
» d'abord donné inutilement ; la maifon du roi, les
» carabiniers, ce qui reftait tranquille des gardes-
» françaifes ; des irlandais excellens, furtout quand
» ils marchent contre des Anglais & Hanovriens.
» Votre ami, M. de *Richelieu*, eft un vrai *Bayard* ;
» c'eft lui qui a donné le confeil, & qui l'a exécuté,
» de marcher à l'infanterie comme des chaffeurs, ou
» comme des fourrageurs pêle-mêle, la main baiffée,
» le bras raccourci, maîtres, valets, officiers, cava-
» liers, infanterie, tout enfemble. Cette vivacité
» françaife, dont on parle tant, rien ne lui réfifte ;
» ce fut l'affaire de dix minutes que de gagner la
» bataille avec cette botte fecrète. Les gros bataillons
» anglais tournèrent le dos ; & pour vous le faire
» court, on en a tué quatorze mille. (*h*)

(*h*) Il manqua en effet quatorze mille hommes à l'appel ; mais il en
revint environ fix mille dès le jour même.

,, Il est vrai que le canon a eu l'honneur de cette
,, affreuse boucherie : jamais tant de canons , ni si
,, gros, n'a tiré dans une bataille générale qu'à celle
,, de Fontenoi ; il y en avait cent. Monsieur, il semble
,, que ces pauvres ennemis aient voulu à plaisir laisser
,, arriver tout ce qui leur devait être le plus mal sain,
,, canon de Douai , gendarmerie , mousquetaires.

,, A cette charge dernière dont je vous parlais ,
,, n'oubliez pas une anecdote. Monsieur le dauphin,
,, par un mouvément naturel , mit l'épée à la main
,, de la plus jolie grâce du monde, & voulait abso-
,, lument charger ; on le pria de n'en rien faire.
,, Après cela, pour vous dire le mal comme le bien,
,, j'ai remarqué une habitude trop tôt acquise de
,, voir tranquillement sur le champ de bataille des
,, morts nus , des ennemis agonisans , des plaies
,, fumantes. Pour moi, j'avouerai que le cœur me
,, manqua, & que j'eus besoin d'un flacon. J'observai
,, bien nos jeunes héros ; je les trouvai trop indiffé-
,, rens sur cet article. Je craignis par la suite de leur
,, longue vie, que le goût vînt à augmenter par cette
,, inhumaine curée.

,, Le triomphe est la plus belle chose du monde ;
,, les vive le roi ; les chapeaux en l'air au bout des
,, baïonnettes ; les complimens du maître à ses
,, guerriers ; la visite des retranchemens , des villages
,, & des redoutes si intactes ; la joie , la gloire , la
,, tendresse ; mais le plancher de tout cela est du sang
,, humain, des lambeaux de chair humaine.

,, Sur la fin du triomphe , le roi m'honora d'une
,, conversation sur la paix ; j'ai dépêché des courriers.

,, Le roi s'est fort amusé hier à la tranchée ; on
,, a beaucoup tiré sur lui ; il y est resté trois heures.
,, je travaillais dans mon cabinet qui est ma tran-
,, chée ; car j'avouerai que je suis bien reculé de
,, mon courant par toutes ces dissipations. Je tremblais
,, de tous les coups que j'entendais tirer. J'ai été
,, avant-hier voir la tranchée en mon petit particulier ;
,, cela n'est pas fort curieux de jour. Aujourd'hui
,, nous aurons un *Te Deum* sous une tente, avec une
,, salve générale de l'armée, que le roi ira voir du
,, mont de la Trinité ; cela sera beau.

,, J'assure de mes respects madame du *Châtelet.*
,, Adieu, Monsieur. ,,

C'est ce même marquis d'*Argenson* que quelques
courtisans un peu frivoles appelaient d'*Argenson la
bête.* On voit par cette lettre qu'il était d'un esprit
agréable, & que son cœur était humain. Ceux qui
le connaissaient voyaient en lui un philosophe plus
qu'un politique, mais surtout un excellent citoyen.
On en peut juger par son livre intitulé : *Considérations
sur le gouvernement*, imprimé en 1764 chez *Marc-
Michel Rey.* Voyez surtout le chapitre *de la vénalité
des charges.* Je ne puis me défendre du plaisir d'en
citer quelques passages.

,, Il est étonnant qu'on ait accordé une appro-
,, bation générale au livre intitulé : *Testament politique
,, du cardinal de Richelieu*, ouvrage de quelque pédant
,, ecclésiastique, & indigne du grand génie auquel
,, on l'attribue, ne fût-ce que pour le chapitre où
,, l'on canonise la vénalité des charges. Misérable
,, invention qui a produit tout le mal qui est à
,, redresser aujourd'hui, & par où les moyens en

,, font devenus fi pénibles ; car il faudrait les revenus
,, de l'État pour rembourfer feulement les principaux
,, officiers qui nuifent le plus. ,,

Ce paffage important femble avoir annoncé de
loin l'abolition (i) de cette honteufe vénalité, opérée
en 1771, à l'étonnement de toute la France, qui
croyait cette réforme impoffible. J'y découvre auffi
une uniformité de penfée avec M. de *Voltaire*, qui
a démontré les erreurs abfurdes dont fourmille le
libelle fi ridiculement attribué au cardinal de *Richelieu*,
& qui a lavé la mémoire de cet habile & redoutable
miniftre, de la fouillure dont on couvrait fon nom en
lui imputant cet impertinent ouvrage.

Tranfcrivons encore une partie du tableau que le
marquis d'*Argenfon* fait des malheurs des agriculteurs.

,, A commencer par le roi, plus on eft grand à
,, la cour, moins on fe perfuade aujourd'hui la mifère
,, de la campagne : les feigneurs des grandes terres
,, en entendent bien parler quelquefois ; mais leurs
,, cœurs endurcis n'envifagent dans ce malheur que
,, la diminution de leurs revenus. Ceux qui arrivent
,, des provinces, touchés de ce qu'ils ont vu, l'ou-
,, blient bientôt par l'abondance des délices de la
,, capitale. *Il nous faut des ames fermes & des cœurs tendres*
,, *pour perfévérer dans une pitié dont l'objet eft abfent.* ,,

Ce miniftre citoyen avait toujours eu dès fon
enfance une tendre amitié pour M. de *Voltaire*. J'ai
vu une très-grande quantité de lettres de l'un & de
l'autre ; il en réfulte que le fecrétaire d'Etat employa
l'homme de lettres dans plufieurs affaires confidé-

(i) Cette abolition en 1771 n'a été que paffagère.

rables , pendant les années 1745 , 1746 , & 1747.
C'eſt probablement la raiſon pour laquelle nous
n'avons aucune pièce de théâtre de notre auteur
pendant le cours de ces années.

Nous voyons par ſes papiers que l'entrepriſe d'une
deſcente en Angleterre en 1746 lui fut confiée. Le
duc de *Richelieu* devait commander l'armée. Le
prétendant avait déjà gagné deux batailles , & on
attendait une révolution. M. de *Voltaire* fut chargé de
faire le manifeſte. Le voici tel que nous l'avons trouvé
minuté de ſa main.

Manifeſte du roi de France en faveur du prince Charles Edouard.

„ Le ſéréniſſime prince *Charles Edouard* ayant
„ débarqué dans la Grande-Bretagne ſans autre
„ ſecours que ſon courage , & toutes ſes actions lui
„ ayant acquis l'admiration de l'Europe & les cœurs
„ de tous les véritables anglais , le roi de France a
„ penſé comme eux. Il a cru de ſon devoir de
„ ſecourir à la fois un prince digne du trône de
„ ſes ancêtres, & une nation généreuſe dont la plus
„ ſaine partie rappelle enfin le prince *Charles Edouard*
„ dans ſa patrie. Il n'envoie le duc de *Richelieu* à
„ la tête de ſes troupes , que parce que les anglais
„ les mieux intentionnés ont demandé cet appui ;
„ & il ne donne préciſément que le nombre des
„ troupes qu'on lui demande ; prêt à les retirer dès
„ que la nation exigera leur éloignement. Sa majeſté
„ en donnant un ſecours ſi juſte à ſon parent , au
„ fils de tant de rois , à un prince ſi digne de régner ,

,, ne fait cette démarche auprès de la nation anglaife
,, que dans le deffein & dans l'affurance de pacifier par-
,, là l'Angleterre & l'Europe ; pleinement convaincu
,, que le féréniffime prince *Edouard* met fa confiance
,, dans leurs bonnes volontés , & qu'il regarde leurs
,, libertés , le maintien de leurs lois & leur bonheur
,, comme le but de toutes ces entreprifes ; & qu'enfin ,
,, les plus grands rois d'Angleterre font ceux qui ,
,, élevés comme lui dans l'adverfité , ont mérité
,, l'amour de la nation.

,, C'eft dans ces fentimens que le roi fecourt leur
,, prince , qui eft venu fe jeter entre leurs bras ;
,, le fils de celui qui naquit l'héritier légitime de
,, trois royaumes , le guerrier qui , malgré fa valeur ,
,, n'attend que d'eux & de leurs lois la confirmation
,, de fes droits les plus facrés ; qui ne peut jamais
,, avoir d'intérêts que les leurs , & dont les vertus
,, enfin ont attendri les ames les plus prévenues
,, contre fa caufe.

,, Il efpère qu'une telle occafion réunira deux
,, nations qui doivent réciproquement s'eftimer , qui
,, font liées naturellement par les befoins mutuels de
,, leur commerce , & qui doivent l'être ici par les
,, intérêts d'un prince qui mérite les vœux de toutes
,, les nations.

,, Le duc de *Richelieu* , commandant les troupes
,, de fa majefté le roi de France, adreffe cette décla-
,, ration à tous les fidelles citoyens des trois royaumes
,, de la Grande-Bretagne , les affure de la protection
,, conftante du roi fon maître. Il vient fe joindre à
,, l'héritier de leurs anciens rois , & répandre comme
,, lui fon fang pour leur fervice. ,,

On voit par les expreſſions de cette pièce , quelle fut dans tous les temps l'eſtime & l'inclination de l'auteur pour la nation angliaſe ; & il a toujours perſiſté dans ces ſentimens.

Ce fut l'infortuné comte de *Lalli* qui avait fait le projet & le plan de cette deſcente , laquelle ne fut point effectuée. Il était né Irlandais , & il haïſſait les Anglais autant que notre auteur les aimait & les eſtimait. Cette haine était même chez *Lalli* une paſſion violente , à ce que nous a dit pluſieurs fois M. de *Voltaire* ; nous ne pouvons nous empêcher de témoigner notre profond étonnement , que le général *Lalli* ait été accuſé depuis d'avoir livré Pondichéri aux Anglais. L'arrêt qui l'a condamné à la mort eſt un des jugemens les plus extraordinaires qui aient été rendus dans notre ſiècle , c'eſt une ſuite des malheurs de la France. Cet exemple , & celui du maréchal de *Marillac* , font aſſez voir que quiconque eſt à la tête des armées ou des affaires eſt rarement ſûr de mourir dans ſon lit ou au lit d'honneur.

Ce fut en 1746 que M. de *Voltaire* entra dans l'académie françaiſe. Il fut le premier qui dérogea à l'uſage faſtidieux , de ne remplir un diſcours de réception que des louanges du cardinal de *Richelieu*. Il releva ſa harangue par des remarques ſur la langue françaiſe & ſur le goût. Ceux qui ont été reçus après lui , ont pour la plupart ſuivi & perfectionné cette méthode utile.

En 1748 il envoya à la comédie Nanine, qui fut repréſentée le 17 juillet de cette année. Elle réuſſit peu d'abord ; mais elle eut enſuite un ſuccès auſſi grand que durable. Je ne puis attribuer cette bizarrerie , qu'à la fecrète inclination qu'on a d'humilier un homme qui a trop de renommée. Mais avec le temps on fe laiffe entraîner à fon plaifir.

Il arriva la même chofe à la première repréfentation de Sémiramis, le 29 août de la même année 1748; mais à la fin elle fit encore plus d'effet au théâtre que Mérope & Mahomet.

Une chofe à mon avis fingulière, c'eft qu'il ne donna point fous fon nom le panégyrique de *Louis XV*, imprimé en 1749, & traduit en latin, en italien, en efpagnol, & en anglais.

La maladie qui avait tant fait craindre pour la vie du roi *Louis XV*, & la bataille de Fontenoi qui avait fait craindre encore plus pour lui & pour la France, rendaient l'ouvrage intéreffant. L'auteur ne loue que par les faits; & on y trouve un ton de philofophie qui caractérife tout ce qui eft forti de fa main. Ce panégyrique était celui des officiers autant que de *Louis XV* : cependant il ne le préfenta à perfonne, pas même au roi. Il favait bien qu'il ne vivait pas dans le fiècle de *Péliffon*. Auffi écrivait-il à M. de *Formont* l'un de fes amis :

> Cet éloge a très-peu d'effet;
> Nul mortel ne m'en remercie :
> Celui qui le moins s'en foucie,
> Eft celui pour qui je l'ai fait.

M. de *Voltaire* était toujours lié avec la marquife du *Châtelet* par l'amitié la plus inaltérable & par le goût de l'étude; ils demeuraient enfemble à Paris & à la campagne. Cirey eft fur les confins de la Lorraine.

Lorraine. Le roi *Staniflas* tenait alors fa petite & agréable cour à Lunéville.

Il avait pour confeffeur un jéfuite nommé *Menou*, le plus intrigant & le plus hardi prêtre que M. de *Voltaire* ait jamais connu : cet homme avait attrapé du roi *Staniflas*, par les importunités de fa femme qu'il avait gouvernée, environ un million, dont partie fut employée à bâtir une magnifique maifon pour lui & pour quelques jéfuites de la ville de Nanci. Cette maifon était dotée de vingt-quatre mille livres de rente, dont douze pour la table de *Menou*, & douze pour donner à qui il voudrait.

La vie de la cour de Lorraine était affez agréable, quoiqu'il y eût, comme ailleurs, des intrigues & des tracafferies.

Poncet évêque de Troies, perdu de dettes & de réputation, voulut augmenter cette cour & ces tracafferies; quand je dis qu'il était perdu de réputation, entendez aufli la réputation de fes oraifons funèbres & de fes fermons. Il obtint d'être premier aumônier du roi, qui fut flatté d'avoir un évêque à fes gages & à de très-petits gages. Il débuta par faire des tracafferies au nom de DIEU, & fut chaffé. Sa colère retomba fur *Louis XV* gendre de *Staniflas ;* car étant retourné à Troies, il voulut jouer un rôle dans la ridicule affaire des billets de confeflion, inventés par l'archevêque de Paris, *Beaumont ;* il tint tête au parlement & brava le roi. Ce n'était pas le moyen de payer fes dettes ; mais c'était celui de fe faire enfermer. Le roi de France l'envoya prifonnier en Alface dans un couvent de gros moines.

Madame du *Châtelet* mourut dans le palais de *Stanislas* après deux jours de maladie. On était si troublé que personne ne songea à faire venir ni curé, ni jésuite, ni sacremens ; elle n'eut point les horreurs de la mort, il n'y eut que ses amis qui les sentirent. M. de *Voltaire* fut saisi de la plus douloureuse affliction. Le bon roi *Stanislas* vint dans sa chambre le consoler & pleurer avec lui ; peu de ses confrères en font autant en de pareilles occasions. Il voulut le retenir ; M. de *Voltaire* ne pouvait plus supporter Lunéville, & il retourna à Paris.

Le roi de Prusse alors appela M. de *Voltaire* auprès de lui. Je vois qu'il ne se résolut à quitter la France & à s'attacher à sa majesté prussienne pour le reste de sa vie, que vers la fin du mois d'août ou auguste 1750. Il était parti après avoir combattu pendant plus de six mois contre toute sa famille & contre tous ses amis, qui le dissuadaient fortement de cette transplantation ; mais, sans avoir pris l'engagement de se fixer auprès du roi de Prusse, il ne put résister à cette lettre que ce prince lui écrivit de son appartement à la chambre de son nouvel hôte dans le palais de Berlin, le 23 août ; lettre qui a tant couru depuis, & qui a été souvent imprimée.

,, J'ai vu la lettre que votre nièce vous écrit de ,, Paris. L'amitié qu'elle a pour vous lui attire mon ,, estime. Si j'étais madame *Denis*, je penserais de ,, même ; mais étant ce que je suis, je pense autre- ,, ment. Je serais au désespoir d'être cause du malheur ,, de mon ennemi, & comment pourrais-je vouloir ,, l'infortune d'un homme que j'estime, que j'aime, ,, & qui me sacrifie sa patrie & tout ce que l'humanité

„ a de plus cher ? Non , mon cher *Voltaire* , fi je
„ pouvais prévoir que votre tranfplantation pût
„ tourner le moins du monde à votre défavantage ,
„ je ferais le premier à vous en diffuader. Oui , je
„ préférerais votre bonheur au plaifir extrême que
„ j'ai de vous avoir. Mais vous êtes philofophe , je
„ le fuis de même. Qu'y a-t-il de plus naturel , de
„ plus fimple , & de plus dans l'ordre, que des phi-
„ lofophes faits pour vivre enfemble , réunis par la
„ même étude, par le même goût, & par une façon
„ de penfer femblable , fe donnent cette fatisfaction ?
„ Je vous refpecte comme mon maître en éloquence
„ & en favoir ; je vous aime comme un ami vertueux.
„ Quel efclavage , quel malheur , quel changement,
„ quelle inconftance de fortune , y a-t-il à craindre
„ dans un pays où l'on vous eftime autant que dans
„ votre patrie , & chez un ami qui a un cœur recon-
„ naiffant ? Je n'ai point la folle préfomption de
„ croire que Berlin vaut Paris. Si les richeffes , la
„ grandeur , la magnificence , font une ville aimable,
„ nous le cédons à Paris. Si le bon goût , peut-
„ être plus généralement répandu , fe trouve dans
„ un endroit du monde , je fais & je conviens que
„ c'eft à Paris. Mais vous , ne portez-vous pas ce
„ goût par-tout où vous êtes ? Nous avons des
„ organes qui nous fuffifent pour vous applaudir ;
„ & en fait de fentimens , nous ne le cédons à aucun
„ pays du monde. J'ai refpecté l'amitié qui vous liait
„ à madame du *Châtelet ;* mais après elle, j'étais un
„ de vos plus anciens amis. Quoi ! parce que vous
„ vous retirez dans ma maifon , il fera dit que cette
„ maifon devient une prifon pour vous ! Quoi !

,, parce que je fuis votre ami, je ferais votre tyran!
,, je vous avoue que je n'entends pas cette logique-
,, là; que je fuis fermement perfuadé que vous ferez
,, fort heureux ici tant que je vivrai; que vous ferez
,, regardé comme le père des lettres & des gens de
,, goût; & que vous trouverez en moi toutes les
,, confolations qu'un homme de votre mérite peut
,, attendre de quelqu'un qui l'eftime. Bon foir. ,,

FRÉDERIC.

Le roi de Pruffe, après cette lettre, fit demander
au roi de France fon agrément par fon miniftre; le
roi de France le donna. Notre auteur eut à Berlin
la croix du mérite, la clef de chambellan, & vingt
mille francs de penfion. Cependant il ne quitta
jamais fa maifon de Paris; & j'ai vu, par les comptes
de M. *Delaleu* notaire à Paris, qu'il y dépenfait
trente mille francs par an. Il était attaché au roi de
Pruffe par la plus refpectueufe tendreffe & par la
conformité des goûts. Il a dit cent fois que ce
monarque était auffi aimable dans la fociété que
redoutable à la tête d'une armée; qu'il n'avait jamais
fait de foupers plus agréables à Paris, que ceux
auxquels ce prince voulait bien l'admettre tous les
jours. Son enthoufiafme pour le roi de Pruffe allait
jufqu'à la paffion. Il couchait au-deffous de fon
appartement, & ne fortait de fa chambre que pour
fouper. Le roi compofait en haut des ouvrages de
philofophie, d'hiftoire, & de poëfie; & fon favori
cultivait en bas les mêmes arts & les mêmes talens.
Ils s'envoyaient l'un à l'autre leurs ouvrages. Le
monarque pruffien fit à Potfdam fon Hiftoire de
Brandebourg, & l'écrivain français y fit le *Siècle de*

Louis XIV, ayant apporté avec lui tous ſes matériaux. Ses jours coulaient ainſi dans un repos animé
par des occupations ſi agréables. On repréſentait à
Paris ſon Oreſte & Rome ſauvée. Oreſte fut joué ſur
la fin de 1749, & Rome ſauvée en 1750.

Ces deux pièces ſont abſolument ſans intrigue
d'amour, ainſi que Mérope & la Mort de Céſar. Il
aurait voulu purger le théâtre de tout ce qui n'eſt
point *paſſion* & aventure tragique. Il regardait *Electre*
amoureuſe comme un monſtre orné de rubans ſales ;
& il a manifeſté ce ſentiment dans plus d'un ouvrage.

Nous avons retrouvé une lettre en vers au roi de
Pruſſe, en lui envoyant le manuſcrit d'Oreſte.

> Grand juge & grand feſeur de vers,
> Liſez cette œuvre dramatique,
> Ce croquis de la ſcène antique
> Que des Grecs le pinceau tragique
> Fit admirer à l'univers ;
> Jugez ſi l'ardeur amoureuſe
> D'une Electre de quarante ans,
> Doit, dans de tels événemens,
> Etaler les beaux ſentimens
> D'une héroïne doucereuſe,
> En maſſacrant ſes chers parens
> D'une main peu reſpectueuſe.
>
> Une princeſſe en ſon printemps,
> Qui ſurtout n'aurait rien à faire,
> Pourrait avoir par paſſe-temps
> A ſes pieds un ou deux amans,
> Et les tromper avec myſtère ;

K 3

Mais la fille d'Agamemnon
N'eut dans la tête d'autre affaire
Que d'être digne de fon nom,
Et de venger le roi fon père ;
Et j'eftime encor que fon frère
Ne doit point être un Céladon :
Ce héros fort atrabilaire
N'était point né fur le Lignon.
Apprenez-moi, mon Apollon,
Si j'ai tort d'être fi févère,
Et lequel des deux doit vous plaire
De Sophocle ou de Crébillon.
Sophocle peut avoir raifon,
Et laiffer des torts à Voltaire.

Il faut avouer que rien n'était plus doux que cette vie, & que rien ne fefait plus d'honneur à la philofophie & aux belles-lettres. Ce bonheur aurait été plus durable, & n'aurait point fait place enfin à un bonheur encore plus grand, fans une malheureufe difpute de phyfique - mathématique, élevée entre *Maupertuis*, qui était auffi auprès du roi de Pruffe, & *Koenig*, bibliothécaire de madame la princeffe d'*Orange* à la Haye. Cette querelle était une fuite de celle qui divifa long-temps les mathématiciens fur les forces vives & les forces mortes. On ne peut nier qu'il n'entre dans tout cela un peu de charlatanifme, ainfi qu'en théologie & en médecine. La queftion était au fond très-frivole ; puifque de quelque manière qu'on l'embrouille, on finit toujours par trouver les mêmes formules de calcul. Les efprits s'aigrirent ; *Maupertuis* fit condamner *Koenig* en 1752, par l'académie de Berlin où il dominait, comme s'étant appuyé d'une lettre de feu *Leibnitz* , fans pouvoir produire l'original de cette lettre , que pourtant M. *Wolf* avait vue. Il fit plus ; il écrivit à madame la princeffe d'*Orange* pour la prier d'ôter à *Koenig* la place de fon bibliothécaire , & le déféra au roi de Pruffe comme un homme qui lui avait manqué de refpect. *Voltaire* qui avait paffé deux années entières avec *Koenig* à Cirey , & qui était fon ami intime , crut devoir prendre hautement le parti de fon ami.

La querelle s'envenima ; l'étude de la philofophie dégénéra en cabale & en faction. *Maupertuis* eut foin de répandre à la cour , qu'un jour le général *Manflein* étant dans la chambre de *Voltaire* , où celui-ci mettait en français les Mémoires fur la Ruffie , compofés par cet officier , le roi lui envoya une pièce de vers de fa façon à examiner , & que *Voltaire* dit à *Manflein: Mon ami , à une autre fois. Voilà le roi qui m'envoie fon linge fale à blanchir ; je blanchirai le vôtre enfuite.* Un mot fuffit quelquefois pour perdre un homme à la cour. *Maupertuis* lui imputa ce mot & le perdit.

Précifément dans ce temps-là même , *Maupertuis* fefait imprimer fes Lettres philofophiques fort fingulières , dans lefquelles il propofait de bâtir une ville latine ; d'aller faire des découvertes droit au pôle par mer ; de percer un trou jufqu'au centre de la terre ; d'aller au détroit de Magellan difféquer des cervelles de Patagons , pour connaître la nature de l'ame ; d'enduire tous les malades de poix - réfine , pour arrêter le danger de la tranfpiration , & furtout de ne point payer le médecin.

M. de *Voltaire* releva ces idées philofophiques avec toutes les railleries auxquelles on donnait fi beau jeu,

K 4

& malheureufement ces railleries réjouirent l'Europe
littéraire. *Maupertuis* eut foin de joindre la caufe du
roi à la fienne. La plaifanterie fut regardée comme un
manque de refpeĉt à fa majefté. Notre auteur renvoya
refpeĉtueufement au roi la clef de chambellan , & la
croix de fon ordre avec ces vers :

> „ Je les reçus avec tendreffe,
> „ Je vous les rends avec douleur ;
> „ Comme un amant jaloux , dans fa mauvaife humeur,
> „ Rend le portrait de fa maîtreffe.

Le roi lui renvoya fa clef & fon ruban. Il s'en alla
faire une vifite à fon alteffe la ducheffe de *Gotha*, qui
l'a toujours honoré d'une amitié conftante jufqu'à fa
mort. C'eft pour elle qu'il écrivit un an après *les
Annales de l'empire*.

Pendant qu'il était à Gotha , *Maupertuis* eut tout
le temps de dreffer fes batteries contre le voyageur ,
qui s'en aperçut quand il fut à Francfort fur le
Mein. Madame *Denis* fa nièce lui avait donné rendez-
vous dans cette ville.

Un bon allemand qui n'aimait ni les Français ni
leurs vers , vint le premier juin lui redemander les
Oeuvres de poeshie du roi fon maître. Notre voyageur
répondit que les *Oeuvres de poeshie* étaient à Leipfick
avec fes autres effets. L'allemand lui fignifia qu'il était
configné à Francfort, & qu'on ne lui permettrait d'en
partir que quand les *Oeuvres* feraient arrivées. M. de
Voltaire lui remit fa clef de chambellan & fa croix ,
& promit de rendre ce qu'on lui demandait : moyennant quoi le meffager lui figna ce billet.

« Mr.. fitôt le gros ballot de Leipfick fera ici , où
« eft l'*Oeuvre de poeshie* du roi mon maître , vous
« pourrez partir où vous paraîtra bon. A Francfort
« premier juin 1753. »

Le prifonnier figna au bas du billet : *Bon pour
l'Oeuvre de poeshie du roi votre maître.*

Mais quand les vers revinrent, on fuppofa des lettres
de change qui ne venaient point. Les voyageurs furent
arrêtés quinze jours au cabaret du *bouc* pour ces lettres
de change prétendues. Cela reffemblait à l'aventure
de l'évêque de Valence *Cofnac* , que M. de *Louvois* fit
arrêter en chemin comme faux-monnayeur à ce que
l'abbé de *Choifi* raconte.

Enfin, ils ne purent fortir qu'en payant une rançon
très-confidérable. Ces détails ne font jamais fus des
rois.

Tout cela fut bientôt oublié de part & d'autre ,
comme de raifon. Le roi rendit fes vers à fon ancien
admirateur , & en renvoya bientôt de nouveaux & en
très-grand nombre. C'était une querelle d'amans : les
tracafferies des cours paffent ; mais le caractère d'une
belle paffion dominante fubfifte long-temps.

L'échappé de Berlin avait un petit bien en Alface
fur des terres qui appartiennent à monfeigneur le
duc de *Virtemberg*. Il y alla , & s'amufa , comme je
l'ai déjà dit , à faire imprimer les *Annales de l'empire*,
dont il fit préfent à *Jean-Fréderic Shoëflin* , libraire à
Colmar , frère du célèbre *Shoëflin* , profeffeur en hiftoire
à Strasbourg. Ce libraire était mal dans fes affaires ;
M. de *Voltaire* lui prêta dix mille livres , fur quoi je
ne puis affez m'étonner de la baffeffe avec laquelle
tant de barbouilleurs de papier ont imprimé qu'il

avait fait une fortune immenfe par la vente continuelle de fes ouvrages.

Lorfqu'il était à Colmar, M. *Vernet*, français réfugié, miniftre de l'Evangile à Genève, & meffieurs *Cramer*, anciens citoyens de cette ville fameufe, lui écrivirent pour le prier d'y venir faire imprimer fes ouvrages. Les frères *Cramer* qui étaient à la tête d'une librairie, obtinrent la préférence, & il la leur donna aux mêmes conditions qu'il l'avait donnée au fieur *Shoëflin*, c'eft-à-dire très-gratuitement.

Madame *Denis* fa nièce, qui fefait la confolation de fa vie, & qui s'était attachée à lui par fon goût pour les lettres & par la plus tendre amitié, l'accompagna de Plombières à Lyon. Il fut reçu avec des acclamations par toute la ville, & affez mal par le cardinal de *Tencin*, archevêque de Lyon, fi connu par la manière dont il avait fait fa fortune, en rendant catholique ce *Law* ou *Laff*, auteur du fyftème qui bouleverfa la France. Son concile d'Embrun acheva la fortune que la converfion de *Law* avait commencée. Ce fyftème l'avait rendu fi riche, qu'il eut de quoi acheter un chapeau de cardinal. Il fut miniftre d'Etat; & en qualité de miniftre, il avoua confidemment à M. de *Voltaire* qu'il ne pouvait lui donner à dîner en public parce que le roi de France était fâché contre lui, de ce qu'il l'avait quitté pour le roi de Pruffe. M. de *Voltaire* lui dit qu'il ne dînait jamais; & qu'à l'égard des rois, il était l'homme du monde qui prenait le plus aifément fon parti, auffi-bien qu'avec les cardinaux.

Il alla donc à Genève avec fa nièce & M. *Colini* fon ami, qui lui fervait de fecrétaire, & qui a été depuis celui de monfeigneur l'électeur palatin & fon bibliothécaire.

Il acheta une jolie maifon de campagne à vie auprès de cette ville, dont les environs font infiniment agréables, & où l'on jouit du plus bel afpect qui foit en Europe. Il en acheta une autre à Laufanne, & toutes les deux à condition qu'on lui rendrait une certaine fomme quand il les quitterait. Ce fut la première fois, depuis *Zuingle* & *Calvin*, qu'un catholique romain eût des établiffemens dans ces cantons. Car il n'eft pas permis à aucun catholique de s'établir ni à Genève, ni dans les cantons fuiffes proteftans ; il parut plaifant à M. de *Voltaire* d'acquérir des domaines dans les feuls pays de la terre où il ne lui était pas permis d'en avoir.

Il fit auffi l'acquifition de deux terres à une lieue de Genève dans le pays de Gex ; fa principale habitation fut à Ferney, dont il fit préfent à madame *Denis*. C'était une feigneurie abfolument franche & libre de tous droits envers le roi, & de tout impôt depuis *Henri IV*. Il n'y en avait pas deux dans les autres provinces du royaume qui euffent de pareils priviléges. Le roi les lui conferva par brevet. Ce fut à M. le duc de *Choifeul*, le plus généreux & le plus magnanime des hommes, qu'il eut cette obligation, fans avoir l'honneur d'en être particulièrement connu.

Le petit pays de Gex n'était prefque alors qu'un défert fauvage. Quatre-vingts charrues étaient à bas depuis la révocation de l'édit de Nantes ; des marais couvraient la moitié du pays & y répandaient les infections & les maladies. La paffion de notre auteur

avait toujours été de s'établir dans un canton abandonné pour le vivifier. Comme nous n'avançons rien
que fur des preuves authentiques, nous nous borne-
rons à tranfcrire ici une de fes lettres à un évêque
d'Annecy, dans le diocèfe duquel Ferney eft fitué.
Nous n'avons pu retrouver la date de la lettre ; mais
elle doit être de 1759.

MONSIEUR,

,, LE curé d'un petit village nommé N...., voifin
,, de mes terres, a fufcité un procès à mes vaffaux
,, de Ferney, & ayant fouvent quitté fa cure pour
,, aller folliciter à Dijon, il a accablé aifément des
,, cultivateurs, uniquement occupés du travail qui
,, foutient leur vie. Il leur a fait pour quinze cents
,, livres de frais, & a eu la cruauté de compter parmi
,, ces frais de juftice les voyages qu'il a faits pour les
,, ruiner. Vous favez mieux que moi, Monfieur,
,, combien dès les premiers temps de l'Eglife, les
,, faints pères fe font élevés contre les miniftres facrés
,, qui facrifiaient aux affaires temporelles le temps
,, deftiné aux autels. Mais fi on leur avait dit qu'un
,, prêtre fût venu avec des fergens rançonner de pau-
,, vres familles, les forcer de rendre le feul pré qui
,, nourrit leurs beftiaux, & ôter le lait à leurs enfans,
,, qu'auraient dit les *Irenées*, les *Jérômes*, & les *Auguf-*
,, *tins*? voilà, Monfieur, ce qu'un curé eft venu faire
,, à la porte de mon château. Je lui ai envoyé dire que
,, j'offrais de payer la plus grande partie de ce qu'il
,, exige de mes communes, & il a répondu que cela
,, ne le fatisfefait pas.

,, Vous gémiffez , fans doute , que des exemples
,, fi odieux foient donnés par des pafteurs de la
,, véritable Eglife , tandis qu'il n'y a pas un feul
,, exemple d'un pafteur proteftant qui ait eu un
,, procès avec fes paroiffiens, (*k*) pour des intérêts
,, d'argent , &c. ,,

Cette lettre & la fuite de cette affaire peuvent
fournir des réflexions bien importantes. M. de
Voltaire termina ce procès & ce procédé , en payant
de fes deniers la vexation qui opprimait fes pauvres
vaffaux. Et ce canton miférable changea bientôt de
face.

Il fe tira plus gaiement d'une querelle plus délicate, dans le pays proteftant où il avait deux domaines
affez agréables ; l'un à Genève qu'on appelle encore
la *maifon des délices* , l'autre à Laufanne.

On fait affez combien la liberté lui était chère , à
quel point il déteftait toute perfécution , & quelle
horreur il montra dans tous les temps pour ces fcélérats hypocrites, qui ofent faire périr au nom de DIEU,
dans les plus affreux fupplices, ceux qu'ils accufent
de ne pas penfer comme eux. C'eft furtout fur ce
point qu'il répétait quelquefois :

Je ne décide point entre Genève & Rome.

_____

(*k*) Ce qui fait que jamais les curés proteftans n'ont de procès avec
leurs ouailles , c'eft que ces curés font payés par l'Etat , qui leur donne
des gages : ils ne difputent point la dixième ou la huitième gerbe à des
malheureux. C'eft le parti que l'impératrice *Catherine II* a pris dans fon
empire immenfe. La vexation des dixmes y eft inconnue. (*)

(*) *N. B.* Cet évêque d'Annecy était ce même *Biord* , qui depuis calom-
nia , dénonça M. de *Voltaire*. Mais auffi , à quoi penfait M. de *Voltaire* de ne
pas lui donner le *Monfeigneur* ?

Une de ses lettres, dans laquelle il disait que le picard *Jean Chauvin* dit *Calvin*, assassin véritable de *Servet*, *avait une ame atroce*, ayant été rendue publique par une indiscrétion trop ordinaire, quelques caffards s'irritèrent ou feignirent de s'irriter de ces paroles. Un genevois, homme d'esprit, nommé *Rival*, lui adressa les vers suivans à cette occasion.

> Servet eut tort, & fut un sot
> D'oser dans un siècle falot
> S'avouer antitrinitaire. (1)
> Et notre illustre atrabilaire
> Eut tort d'employer le fagot
> Pour réfuter son adversaire.
> Et tort notre antique sénat
> D'avoir prêté son ministère
> A ce dévot assassinat. (2)
> Quelle barbare inconséquence !
> O malheureux siècle ignorant !
> Nous osions abhorrer en France
> Les horreurs de l'intolérance,
> Tandis qu'un zèle intolérant
> Nous fesait brûler un errant !
>
> Pour notre prêtre épistolaire,
> Qui de son pétulant essor,
> Pour exhaler sa bile amère,

(1) *Servet* pouvait se reposer sur les propres paroles de *Calvin*, qui dit dans un ouvrage : *En cas que quelqu'un soit hétérodoxe, & qu'il fasse scrupule de se servir des mots trinité & personne, nous ne croyons pas que ce soit une raison pour rejeter cet homme &c.*

(2) Il y a dans quelques éditions *à ce dangereux coup d'Etat*. Nous ne savons pas pourquoi le poëte genevois aurait appelé le supplice de *Servet* un coup d'Etat ; le terme propre est assassinat, & la rime est plus riche.

Vient réveiller le chat qui dort,
Et dont l'inepte commentaire
Met au jour ce qu'il eût dû taire,
Je laiffe à juger s'il a tort.

Quant à vous, célébre Voltaire,
Vous eûtes tort, c'eft mon avis.
Vous vous plaifez dans ce pays,
Fêtez le faint qu'on y révère.
Vous avez à fatiété
Les biens où la raifon afpire ;
L'opulence, la liberté,
La paix, qu'en cent lieux on défire,
Des droits à l'immortalité
Cent fois plus qu'on ne faurait dire.
On a du goût, on vous admire ;
Tronchin veille à votre fanté.
Cela vaut bien en vérité
Qu'on immole à fa fureté
Le plaifir de pincer fans rire.

Notre auteur répondit à ces jolis vers par ceux-ci.

Non, je n'ai point tort d'ofer dire
Ce que penfent les gens de bien ;
Et le fage qui ne craint rien
A le beau droit de tout écrire.

J'ai quarante ans bravé l'empire
Des lâches tyrans des efprits,
Et dans votre petit pays
J'aurais grand tort de me dédire.

Je fais que fouvent le malin
A caché fa queue & fa griffe
Sous la tiare d'un pontife,
Et fous le manteau de Calvin.

Je n'ai point tort quand je détefte
Ces affaffins religieux
Employant le fer & les feux
Pour fervir le père célefte.

Oui , jufqu'au dernier de mes jours
Mon ame fera fière & tendre ;
J'oferai gémir fur la cendre
Et des Servets & des Dubourgs. (m)

De cette horrible frénéfie
A la fin le temps eft paffé :
Le fanatifme eft terraffé ,
Mais il refte l'hypocrifie.

Farceurs à manteaux étriqués ,
Mauvaife mufique d'Eglife ,
Mauvais vers & fermons croqués ,
Ai-je tort fi je vous méprife ?

On voit par cette réponfe qu'il n'était ni à *Apollo*
ni à *Céphas* , qu'il prêchait la tolérance aux Eglifes
proteftantes , ainfi qu'aux Eglifes romaines. Il difait
toujours que c'était le feul moyen de rendre la vie
tolérable , & qu'il mourrait content s'il pouvait établir ces maximes dans l'Europe. On peut dire qu'il

(m) *Dubourg*, confeiller-clerc du parlement , pendu & brûlé à Paris ;
Servet fut brûlé vif à Genève.

n'a

n'a pas été tout-à-fait trompé dans ce deffein , & qu'il n'a pas peu contribué à rendre le clergé plus doux, plus humain , depuis Genève jufqu'à Madrid, & furtout à éclairer les laïques.

Bien perfuadé que les fpectacles des jeux d'efprit amolliffent la férocité autant que les fpectacles des gladiateurs l'endurciffaient autrefois , il fit bâtir à Ferney un joli théâtre. Il y joua quelquefois lui-même malgré fa mauvaife fanté ; & madame *Denis* fa nièce , qui poffédait fupérieurement le talent de la déclamation comme celui de la mufique , y joua plufieurs rôles. Mademoifelle *Clairon* & le célèbre *le Kain* y vinrent repréfenter quelques pièces ; on accourait de vingt lieues à la ronde pour les entendre. Il y eut plus d'une fois des foupers de cent couverts & des bals ; mais malgré le tumulte d'une vie qui paraiffait fi diffipée & malgré fon âge, il travaillait fans relâche. Il donna dès l'an 1755 , au théâtre de Paris , l'Orphelin de la Chine , repréfenté le 20 août ; & Tancrède le 3 feptembre 1760. Mademoifelle *Clairon* & *le Kain* déployèrent tous leurs talens dans ces deux pièces.

Le Café ou l'Ecoffaife , comédie en profe , n'était point deftinée à être jouée ; mais elle le fut auffi la même année avec un grand fuccès. Il s'était amufé à compofer cette pièce pour corriger le folliculaire *Fréron*, qu'il mortifia beaucoup , mais qu'il ne corrigea pas. Cette comédie , traduite en anglais par M. *Colman*, eut le même fuccès à Londres qu'à Paris : ces ouvrages ne lui coûtaient point de temps. L'Ecoffaife avait été faite en huit jours , & Tancrède en un mois.

Ce fut au milieu de ces occupations & de ces amufemens, que M. *Titon du Tillet*, ancien maître-d'hôtel ordinaire de la reine, âgé de 85 ans, lui recommanda la petite-nièce du grand *Corneille*, qui étant abfolument fans fortune était abandonnée de tout le monde. C'eft ce même *Titon du Tillet*, qui aimant paffionnément les beaux arts fans les cultiver, fit élever, avec de grandes dépenfes, un Parnaffe en bronze, où l'on voit les figures de quelques poëtes & de quelques muficiens français. Ce monument eft dans la bibliothèque du roi de France. Il avait élevé mademoifelle *Corneille* chez lui ; mais voyant dépérir fon bien, il ne pouvait rien faire pour elle. Il imagina que M. de *Voltaire* pourrait fe charger d'une demoifelle d'un nom fi refpectable. M. du *Mollard*, membre de plufieurs académies, connu par une differtation favante & judicieufe fur les tragédies d'Electre anciennes & modernes ; (*) & M. *le Brun*, fecrétaire du prince de *Conti*, fe joignirent à lui & écrivirent à M. de *Voltaire*. Il les remercia de l'honneur qu'ils lui fefaient de jeter les yeux fur lui, en leur mandant que *c'était en effet à un vieux foldat de fervir la petite-fille de fon général*. La jeune perfonne vint donc en 1760 aux Délices, maifon de campagne auprès de Genève, & de-là au château de Ferney. Madame *Denis* voulut bien achever fon éducation; & au bout de trois ans M. de *Voltaire* la maria à M. *Dupuis* du pays de Gex, capitaine de dragons, & depuis officier de l'état-major. Outre la dot qu'il leur donna, & le plaifir qu'il eut de les garder chez

(*) Elle eft imprimée à la fin de la tragédie d'Orefte.

lui, il propofa de commenter les œuvres de *Pierre Corneille* au profit de fa nièce, & de les faire imprimer par foufcription. Le roi de France voulut bien fouf-crire pour huit mille francs ; d'autres fouverains l'imitèrent. M. le duc de *Choifeul*, dont la générofité était fi connue ; madame la duchefle de *Grammont*, madame de *Pompadour*, foufcrivirent pour des fommes confidérables. M. de *la Borde*, banquier du roi, non-feulement prit plufieurs exemplaires ; mais il en fit débiter un fi grand nombre, qu'il fut le premier mobile de la fortune de mademoifelle *Corneille*, par fon zèle & par fa magnificence ; de forte qu'en très-peu de temps elle eut cinquante mille francs pour préfent de noces.

Il y eut dans cette foufcription fi prompte une chofe fort remarquable de la part de madame *Geofrin*, femme célèbre par fon mérite & par fon efprit. Elle avait été exécutrice du teftament du fameux *Bernard de Fontenelle*, neveu de *Pierre Corneille;* & malheureufement il avait oublié cette parente, qui lui fut préfentée trop peu de temps avant fa mort, mais qui fut rebutée avec fon père & fa mère : on les regardait comme des inconnus qui ufurpaient le nom de *Corneille*. Des amis de cette famille touchés de fon fort, mais fort indifcrets & fort mal inftruits, intentèrent un procès téméraire à madame de *Geofrin*, trouvèrent un avocat qui, abufant de la liberté du barreau, publia contre cette dame un *factum* injurieux. Madame *Geofrin*, très-injuftement attaquée, gagna le procès tout d'une voix. Malgré ce mauvais procédé, qu'elle eut la nobleffe d'oublier, elle fut la première à foufcrire pour une fomme confidérable.

L'académie en corps, M. le duc de *Choifeul*, madame
la duchesse de *Grammont*, madame de *Pompadour*, & plufieurs feigneurs, donnèrent pouvoir à M. de *Voltaire*
de figner pour eux au contrat de mariage. C'eft une
des plus belles époques de la littérature.

Dans le temps qu'il préparait çe mariage qui a été
très-heureux , il goûtait une autre fatisfaction ; celle
de faire rendre à fix gentilshommes , prefque tous
mineurs , leur bien paternel que les jéfuites venaient
d'acheter à vil prix. Il faut reprendre la chofe de plus
haut. L'affaire eft d'autant plus intéreffante que fon
commencement avait précédé la fameufe banqueroute
du jéfuite *la Valette* & conforts , & qu'elle fut en quelque façon le premier fignal de l'abolition des jéfuites
en France.

Meffieurs *Defprez de Craffi* , d'une ancienne nobleffe
du pays de Gex , fur la frontière de la Suiffe , étaient
fix frères , tous au fervice du roi. L'un d'eux , capitaine
au régiment des Deux-Ponts , en caufant avec M. de
Voltaire fon voifin , lui conta le trifte état de la fortune
de fa famille. Une terre de quelque valeur , & qui
aurait pu être une reffource , était engagée depuis
long-temps à des génevois.

Les jéfuites avaient acquis tout auprès de ce
domaine des poffeffions qui compofaient environ
deux mille écus de rente , dans un lieu nommé
Ornex. Ils voulurent joindre à leur domaine celui
de meffieurs de *Craffi*. Le fupérieur de la maifon
des jéfuites , dont le véritable nom était *Feffe* qu'il
avait changé en celui de *Feffi* , s'arrangea avec les
créanciers génevois pour acheter cette terre : il obtint
une permiffion du confeil , & il était fur le point de

la faire entériner à Dijon. On lui dit qu'il y avait des mineurs, & que, malgré la permiffion du confeil, ils pourraient rentrer dans leurs biens. Il répondit & même il écrivit que les jéfuites ne rifquaient rien, & que jamais meffieurs de *Craffi* ne feraient en état de payer la fomme néceffaire pour rentrer dans le bien de leurs aïeux.

A peine M. de *Voltaire* fut-il inftruit de cette étrange manière dont le père *Feffe* voulait fervir la compagnie de Jéfus, qu'il alla fur le champ dépofer au greffe du bailliage de Gex la fomme, moyennant laquelle la famille *Craffi* devait payer les anciens créanciers & reprendre fes droits. Les jéfuites furent obligés de fe défifter ; & par un arrêt du parlement de Dijon, la famille fut mife en poffeffion & y eft encore.

Le bon de l'affaire, c'eft que peu de temps après, lorfqu'on délivra la France des révérends pères jéfuites, ces mêmes gentilshommes, dont les bons pères avaient voulu ravir le bien, achetèrent celui des jéfuites qui était contigu. M. de *Voltaire*, qui avait toujours combattu les athées & les jéfuites, écrivit qu'il fallait reconnaître une Providence.

Ce n'était affurément ni par haine pour le père *Feffe*, ni par aucune envie de mortifier les jéfuites qu'il avait entrepris cette affaire ; puifqu'après la diffolution de la fociété il recueillit un jéfuite chez lui, & que plufieurs autres lui ont écrit pour le fupplier de les recevoir auffi dans fa maifon. Mais il s'eft trouvé parmi les ex-jéfuites quelques efprits qui n'ont point été fi équitables & fi accommodans. Deux d'entr'eux, nommés *Patouillet* & *Nonotte*, ont gagné

L 3

quelque argent par des libelles contre lui; & ils n'ont pas manqué, felon l'ufage, d'appeler la religion catholique à leur fecours. Un *Nonotte*, furtout, s'eft fignalé par une demi-douzaine de volumes, dans lefquels il a prodigué moins de fcience que de zèle, & moins de zèle que d'injures. M. *Damilaville*, l'un des meilleurs coopérateurs de l'Encyclopédie, a daigné le confondre; comme autrefois *Pafquier* s'abaiffa jufqu'à réprimer l'infolence abfurde du jéfuite *Garaffe*.

Mais voici la plus étrange & la plus fatale aventure qui foit arrivée depuis long-temps, & en même temps la plus glorieufe au roi, à fon confeil, & à meffieurs les maîtres des requêtes. Qui aurait cru que ce ferait des glaces du Mont-Jura & des frontières de la Suiffe, que partiraient les premières lumières & les premiers fecours qui ont vengé l'innocence des célèbres *Calas*? Un enfant de quinze ans, *Donat Calas*, le dernier des fils de l'infortuné *Calas*, était apprentif chez un marchand de Nîmes, lorfqu'il apprit par quel horrible fupplice fept juges de Touloufe, malheureufement prévenus, avaient fait périr fon vertueux père.

La clameur populaire contre cette famille était fi violente en Languedoc, que tout le monde s'attendait à voir rouer tous les enfans de *Calas*, & brûler la mère. Telles avaient été même les conclufions du procureur-général; tant on prétend que cette famille innocente s'était mal défendue, accablée de fon malheur, & incapable de rappeler fes efprits à la lueur des bûchers & à l'afpect des roues & des tortures.

On fit craindre au jeune *Donat Calas* d'être traité comme le refte de fa famille ; on lui confeilla de s'enfuir en Suiffe : il vint trouver M.. de *Voltaire* , qui ne put d'abord que le plaindre & le fecourir , fans ofer porter un jugement fur fon père , fa mère , & fes frères.

Bientôt après un de fes frères n'ayant été condamné qu'au banniffement , vint auffi fe jeter entre les bras de M. de *Voltaire*. J'ai été témoin qu'il prit pendant plus d'un mois toutes les précautions imaginables pour s'affurer de l'innocence de la famille. Dès qu'il fut parvenu à s'en convaincre , il fe crut obligé en confcience d'employer fes amis , fa bourfe , fa plume , fon crédit , pour réparer la méprife funefte des fept juges de Touloufe , & pour faire revoir le procès au confeil du roi. L'affaire dura trois années. On fait quelle gloire meffieurs de *Crofne* & de *Bacquencourt* acquirent en rapportant cette caufe mémorable. Cinquante maîtres des requêtes déclarèrent , d'une voix unanime , toute la famille *Calas* innocente , & la recommandèrent à l'équité bienfefante du roi. M. le duc de *Choifeul* , qui n'a jamais perdu une occafion de fignaler la magnanimité de fon caractère , non-feulement fecourut de fon argent cette famille malheureufe , mais obtint de fa majefté trente-fix mille francs pour elle.

Ce fut le 9 mars 1765 que fut rendu cet arrêt authentique qui juftifia les *Calas* , & qui changea leur deftinée ; ce neuvième de mars était précifément le même jour où ce vertueux père de famille avait été fupplicié. Tout Paris courut en foule les voir fortir

de prison, & battit des mains en versant des larmes. (3)
La famille entière a toujours été depuis ce temps
attachée tendrement à M. de *Voltaire*, qui s'est fait
un grand honneur de demeurer leur ami.

On remarqua en ce temps, qu'il n'y eut dans
toute la France que le nommé *Fréron*, auteur de je
ne sais quelle brochure périodique, intitulée, *Lettres
à la comtesse*, & ensuite *Année littéraire*, qui osa jeter
des doutes, dans ses ridicules feuilles, sur l'innocence de ceux que le roi, tout son conseil, & tout le
public, avaient justifiés si pleinement.

Plusieurs gens de bien engagèrent alors M. de
Voltaire à écrire son *Traité de la tolérance*, qui fut
regardé comme un de ses meilleurs ouvrages en
prose, & qui est devenu le catéchisme de quiconque
a du bon sens & de l'équité.

Dans ce temps-là même l'impératrice *Catherine II*,
dont le nom sera immortel, donnait des lois à son
empire qui contient la cinquième partie du globe :
& la première de ses lois est l'établissement d'une tolérance universelle,

C'était la destinée de notre solitaire des frontières
helvétiques, de venger l'innocence accusée & condamnée en France. La position de sa retraite entre la
France, la Suisse, Genève, & la Savoie, lui attirait
plus d'un infortuné. Toute la famille *Sirven* condamnée à la mort dans un bourg auprès de Castres,

(3) On sait que M. de *Voltaire* treize ans après revint à Paris. Lorsqu'il
sortait à pied, il était toujours entouré par une foule d'hommes de tout
état & de tout âge. On demandait un jour à une femme du peuple, quel
était cet homme que l'on suivait avec tant d'empressement ? C'est le sauveur
des *Calas*, répondit-elle.

par les juges les plus ignorans & les plus cruels , fe
réfugia auprès de fes terres. Il fut occupé huit années
entières à leur faire rendre juftice ; & ne fe rebuta
jamais. Il en vint enfin à bout.

Nous croyons très-utile de remarquer ici qu'un
magiftrat de village nommé *Trinquet* , procureur du
roi dans la jurifdiction qui condamna la famille *Sirven*
à la mort , donna ainfi fes conclufions : *Je requiers*
pour le roi que N. Sirven & N. fa femme , duement atteints
& convaincus d'avoir étranglé & noyé leur fille , foient
bannis de la paroiffe.

Rien ne fait mieux voir l'effet que peut avoir
dans un royaume la vénalité des charges de judi-
cature.

Son bonheur qui voulait, à ce qu'il dit, qu'il fût
l'avocat des caufes perdues , voulut encore qu'il arra-
chât des flammes une citoyenne de St Omer , nommée
Montbailli , condamnée à être brûlée vive par le tribunal d'Arras. On n'attendait que l'accouchement de
cette femme pour la tranfporter au lieu de fon fupplice. Son mari avait déjà expiré fur la roue. Qui
étaient ces deux victimes ? deux exemples de l'amour
conjugal & de l'amour maternel , deux ames les plus
vertueufes dans la pauvreté. Ces innocentes & refpectables créatures avaient été accufées de parricide ,
& jugées fur des allégations qui auraient paru ridicules
aux condamnateurs mêmes des *Calas*. M. de *Voltaire*
fut affez heureux pour obtenir de M. le chancelier
de *Maupeou* , qu'il fît revoir le procès. La dame
Montbailli fut déclarée innocente ; la mémoire de fon
mari réhabilitée ; miférable réhabilitation fans vengeance & fans dédommagemens ! Quelle a donc été la

jurifprudence criminelle parmi nous ! quelle fuite infernale d'horribles affaffinats , depuis la boucherie des templiers jufqu'à la mort du chevalier de *la Barre!* on croit lire l'hiftoire des fauvages ; on frémit un moment , & on va à l'opéra.

La ville de Genève était plongée alors dans des troubles qui augmentèrent toujours depuis 1763. Cette importunité détermina M. de *Voltaire* à laiffer à meffieurs *Tronchin* fa maifon des délices , & à ne plus quitter le château de Ferney , qu'il avait fait bâtir de fond en comble , & orné de jardins d'une agréable fimplicité.

La difcorde fut enfin fi vive à Genève, qu'un des partis fit feu fur l'autre le 15 février 1770. Il y eut du monde tué : plufieurs familles d'artiftes cherchè-rent un afile chez lui & le trouvèrent. Il en logea quelques-unes dans fon château ; & en peu d'années il fit bâtir cinquante maifons de pierre de taille pour les autres. De forte que le village de Ferney qui n'était, lorfqu'il acquit cette terre , qu'un miférable hameau où croupiffaient quarante-neuf malheureux payfans, dévorés par la pauvreté, par les écrouelles, & par les commis des fermes, devint bientôt un lieu de plaifance, peuplé de douze cents perfonnes, toutes à leur aife , & travaillant avec fuccès pour elles & pour l'Etat. M. le duc de *Choifeul* protégea de tout fon pouvoir cette colonie naiffante , qui établit un très-grand commerce.

Une chofe qui mérite, je crois , de l'attention, c'eft que cette colonie fe trouvant compofée de catho-liques & de proteftans , il aurait été impoffible de

deviner qu'il y eût dans Ferney deux religions différentes. J'ai vu les femmes des colons génevois &
fuiffes, préparer de leurs mains trois repofoirs pour
la proceffion de la fête du St Sacrement. Elles affif-
tèrent à cette proceffion avec un profond refpeft ; &
M. *Hugonet*, nouveau curé de Ferney, homme auffi
tolérant que généreux, les en remercia publiquement
dans fon prône. Quand une catholique était malade,
les proteftantes allaient la garder, & en recevaient à
leur tour la même affiftance.

C'était le fruit des principes d'humanité que M. de
Voltaire a répandus dans tous fes ouvrages, & furtout
dans le livre de la tolérance dont nous avons parlé. Il
avait toujours dit que les hommes font frères, & il
le prouva par les faits. Les *Guyons*, les *Nonottes*, les
Patouillets, les *Paulians*, & autres zélés, le lui ont bien
reproché ; c'eft qu'ils n'étaient pas fes frères.

Voyez-vous, difait-il aux voyageurs qui venaient
le voir, cette infcription au-deffus de l'églife que j'ai
fait bâtir ? DEO EREXIT VOLTAIRE. C'eft au DIEU
père commun de tous les hommes. En effet, c'était
peut-être parmi nous la feule églife dédiée à DIEU
feul.

Pendant qu'il jouiffait dans la retraite de la vie la
plus douce qu'on puiffe imaginer, il eut le petit plaifir
philofophique de voir que les rois de l'Europe ne goû-
taient pas cette heureufe tranquillité, & de conclure
que la fituation d'un particulier eft fouvent préférable
à celle des plus grands monarques.

L'Angleterre fit une guerre de pirates à la France,
pour quelques arpens de neiges, en 1756, dans le
même temps que l'impératrice-reine d'Hongrie parut

avoir quelque envie de reprendre, fi elle pouvait, fa chère Siléfie que le roi de Pruffe lui avait arrachée. Elle négociait dans ce deffein avec l'impératrice de Ruffie & avec le roi de Pologne, feulement en qualité d'électeur de Saxe, car on ne négocie point avec les Polonais. Le roi de France, de fon côté, voulait fe venger fur les Etats d'Hanovre, du mal que l'électeur d'Hanovre, roi d'Angleterre, lui fefait fur mer. *Fréderic* qui était alors allié avec la France, & qui avait un profond mépris pour notre gouvernément, préféra l'alliance de l'Angleterre à celle de France, & s'unit avec la maifon d'Hanovre.

Le roi de France voulant le retenir dans fon alliance, lui avait envoyé le duc de *Nivernois*, homme d'efprit & qui fefait de très-jolis vers. L'ambaffade d'un duc & pair & d'un poëte femblait devoir flatter la vanité & le goût de *Fréderic*. Il fe moqua du roi de France, & figna fon traité avec l'Angleterre, le même jour que l'ambaffadeur arriva à Berlin, joua très-poliment le duc & pair, & fit une épigramme contre le poëte. (4)

C'était alors le privilége de la poëfie de gouverner les Etats. Il y avait un autre poëte à Paris, homme de condition, fort pauvre, mais très-aimable; en un mot l'abbé de *Bernis*, depuis cardinal.

Il avait débuté par faire des vers contre M. de *Voltaire*, & enfuite était devenu fon ami, ce qui ne lui

---

(4) M. de *Voltaire* fe conforme ici à l'opinion commune ; mais nous avons entendu dire à des perfonnes qui doivent être inftruites, que le roi de Pruffe propofa à M. de *Nivernois* de ne pas prendre d'engagement avec l'Angleterre, fi la France voulait lui garantir la Siléfie, & qu'il fut refufé par le miniftère de France.

fervait à rien ; mais il était devenu celui de madame de *Pompadour*, & cela lui fut plus utile. On l'avait envoyé du Parnaffe en ambaffade à Venife : il était alors à Paris avec un très-grand crédit.

Le roi de Pruffe, dans ce beau livre de poëfie, que ce M. *Freitag* redemandait à Francfort, avec tant d'inftance, avait gliffé un vers contre l'abbé de *Bernis*.

Evitez de Bernis la ftérile abondance.

M. de *Voltaire* ne croyait pas que ce livre & ce vers fuffent parvenus jufqu'à l'abbé ; mais comme DIEU eft jufte, DIEU fe fervit de lui pour venger la France du roi de Pruffe. L'abbé conclut un traité offenfif & défenfif avec M. de *Staremberg* ambaffadeur d'Autriche, en dépit de *Rouillé* alors miniftre des affaires étrangères. Madame de *Pompadour* préfida à cette négociation. *Rouillé* fut obligé de figner le traité conjointement avec l'abbé de *Bernis*, ce qui était fans exemple. Ce miniftre *Rouillé*, il faut l'avouer, était le plus inepte fecrétaire d'Etat que jamais roi de France ait eu, & le pédant le plus ignorant qui fût dans la robe ; il avait demandé un jour fi la Vétéravie était en Italie ? Tant qu'il n'y eut point d'affaires épineufes à traiter, on le fouffrit ; mais dès qu'on eut de grands objets, on fentit fon infuffifance, on le renvoya, & l'abbé de *Bernis* eut fa place.

Mademoifelle *Poiffon* dame *le Normand*, marquife de *Pompadour*, était réellement premier miniftre d'Etat. Certains termes outrageans lâchés contre elle par *Fréderic*, qui n'épargnait ni les femmes ni les poëtes,

avaient bleffé le cœur de la marquife , & ne contri-
buèrent pas peu à cette révolution dans les affaires ,
qui réunit dans un moment les maifons de France
& d'Autriche , après plus de deux cents ans d'une
haine réputée immortelle. La cour de France , qui
avait prétendu en 1741 écrafer l'Autriche, la foutint
en 1756. Et enfin , on vit la France, la Ruffie, la
Suède , la Hongrie , la moitié de l'Allemagne , & le
fifcàl de l'Empire, déclarés contre le feul marquis de
Brandebourg.

Ce prince, dont l'aïeul pouvait à peine entretenir
vingt mille hommes , avait une armée de cent mille
fantaffins & de quarante mille cavaliers , bien compofée, encore mieux exercée, pourvue de tout ; mais
enfin , il y avait plus de quatre cents mille hommes
en armes contre le Brandebourg.

Il arriva dans cette guerre, que chaque parti prit
d'abord tout ce qu'il était à portée de prendre.
Fréderic prit la Saxe ; la France prit les États de
Fréderic, depuis la ville de Gueldres jufqu'à Minden
fur le Véfer , & s'empara pour un temps de tout
l'électorat d'Hanovre & de la Heffe alliée de *Fréderic ;*
l'impératrice de Ruffie prit toute la Pruffe. Le roi
battu d'abord par les Ruffes , battit les Autrichiens ,
& enfuite en fut battu dans la Bohème, le 18 juin
1757.

La perte d'une bataille femblait devoir écrafer ce
monarque ; preffé de tous côtés par les Ruffes ,
par les Autrichiens & par la France , lui-même fe
crut perdu. Le maréchal de *Richelieu* venait de conclure près de Stade , un traité avec les Hanovriens
& les Heffois , qui reffemblait à celui des fourches

Caudines ; leur armée ne devait plus fervir. Le maréchal était près d'entrer dans la Saxe avec foixante
mille hommes. Le prince de *Soubife* allait y entrer
d'un autre côté avec plus de trente mille , & était
feconfé de l'armée des cercles de l'Empire ; de-là on
marchait à Berlin. Les Autrichiens avaient gagné un
fecond combat , & étaient déjà dans Breslaw. Un de
leurs généraux même avait fait une courfe jufqu'à
Berlin , & l'avait mis à contribution. Le tréfor du roi
de Pruffe était prefqu'épuifé , & bientôt il ne devait
plus lui refter un village.

M. de *Voltaire* avait renoué fa correfpondance avec
lui ; & ne l'avait jamais interrompue avec madame la
margrave de *Bareith.*

Le temps qui s'écoula entre la bataille de Kollin ,
le 18 juin 1757 , que le roi de Pruffe perdit , & la
journée de Rosbac , du 3 novembre , où il fut vainqueur , eft le temps le plus intéreffant de cette correfpondance rare , entre une maifon royale de héros
& un fimple homme de lettres. En voici une grande
preuve dans cette lettre mémorable.

Lettre de fon alteffe royale madame la princeffe de
Bareith , du 12 feptembre 1757.

    „ VOTRE lettre m'a fenfiblement touchée , celle
  „ que vous m'avez adreffée pour le roi a fait le même
  „ effet fur lui. J'efpère que vous ferez fatisfait de
  „ fa réponfe pour ce qui vous concerne. Mais vous
  „ le ferez auffi peu que moi de fes réfolutions. Je
  „ m'étais flattée que vos réflexions feraient quelque

,, impreffion fur fon efprit. Vous verrez le contraire
,, dans le billet ci-joint. Il ne me refte qu'à fuivre
,, fa deftinée fi elle eft malheureufe. Je ne me fuis
,, jamais piquée d'être philofophe, j'ai fait mes efforts
,, pour le devenir. Le peu de progrès que j'ai fait m'a
,, appris à méprifer les grandeurs & les richeffes ;
,, mais je n'ai rien trouvé dans la philofophie qui
,, puiffe guérir les plaies du cœur , que le moyen
,, de s'affranchir de fes maux en ceffant de vivre.
,, L'état où je fuis eft pire que la mort. Je vois le
,, plus grand homme du fiècle , mon frère , mon ami ,
,, réduit à la plus affreufe extrémité. Je vois ma
,, famille entière expofée aux dangers & aux périls ;
,, ma patrie déchirée par des impitoyables ennemis ;
,, le pays où je fuis peut-être menacé de pareils
,, malheurs. Plût au ciel que je fuffe chargée toute
,, feule des maux que je viens de vous décrire , je les
,, fouffrirais , & avec fermeté.

,, Pardonnez-moi ce détail. Vous m'engagez par
,, la part que vous prenez à ce qui me regarde , de
,, vous ouvrir mon cœur. Hélas ! l'efpoir en eft pref-
,, que banni. La fortune , lorfqu'elle change , eft auffi
,, conftante dans fes perfécutions que dans fes faveurs.
,, L'hiftoire eft pleine de ces exemples ; mais je n'y
,, en ai point trouvé de pareil à celui que nous
,, voyons , ni une guerre auffi inhumaine & cruelle
,, parmi des peuples policés. Vous gémiriez fi vous
,, faviez la trifte fituation de l'Allemagne & de la
,, Pruffe. Les cruautés que les Ruffes commettent
,, dans cette dernière font frémir la nature. Que vous
,, êtes heureux dans votre ermitage , où vous vous

,, repofez

,, repofez fur vos lauriers, & où vous pouvez philo-
,, fopher de fang-froid fur l'égarement des hommes.
,, Je vous y fouhaite tout le bonheur imaginable. Si
,, la fortune nous favorife encore, comptez fur toute
,, ma reconnaiffance, & je n'oublierai jamais les
,, marques d'attachement que vous m'avez données ;
,, ma fenfibilité vous en eft garante ; je ne fuis jamais
,, amie à demi, & je le ferai toujours véritablement
,, de frère *Voltaire.*

WILHELMINE.

,, Bien des complimens à madame *Denis ;* conti-
,, nuez, je vous prie, d'écrire au roi. ,,

On voit par cette lettre, auffi attendriffante que
bien écrite, quelle était la belle ame de la margrave
de *Bareith*, & combien elle méritait les éloges que lui
donna M. de *Voltaire* en pleurant fa mort, dans une
ode imprimée parmi fes autres ouvrages. Mais on voit
furtout quels défaftres épouvantables attirent fur les
peuples des guerres légérement entreprifes par les
rois ; on voit à quoi ils s'expofent eux-mêmes, &
à quel point ils font malheureux de faire le malheur
des nations.

Le folitaire de Ferney donna dès ce moment, &
dans la fuite de cette guerre funefte, toutes les marques poffibles de fon attachement à madame la margrave, de fon zèle pour le roi fon frère, & de fon
amour pour la paix.

Ce fera une époque fingulière que la réfolution
prife par le roi de Pruffe après tous fes malheurs,
qui furent les fuites de la bataille de Kollin, d'aller

affronter vers la Saxe, auprès de Mersbourg, les armées
françaifes & autrichiennes combinées , fort fupé-
rieures en nombre, tandis que le maréchal de *Richelieu*
n'était pas loin avec une armée victorieufe. Ce monarque avait eu affez de préfence d'efprit , & fut affez
maître de fes idées , au milieu de fes infortunes, pour
écrire au marquis d'*Argens* une longue épître en vers,
dans laquelle il lui fefait part de la réfolution qu'il
avait prife de mourir s'il était battu, & lui difait
adieu. Quelque fingulière que foit cette épître , par
le fujet & par celui qui l'a écrite , nous ne la tranf-
crirons pas ici toute entière ; mais en voici plufieurs
paffages.

> Ami , le fort en eft jeté ;
> Las de plier dans l'infortune
> Sous le joug de l'adverfité,
> J'accourcis le temps arrêté
> Que la nature notre mère
> A mes jours remplis de mifère
> A daigné prodiguer par libéralité.
> D'un cœur affuré, d'un œil ferme,
> Sans timidité, fans effort,
> Je m'approche de l'heureux terme
> Qui va me garantir contre les coups du fort.
> Adieu grandeurs , adieu chimères ;
> De vos bluettes paffagères
> Mes yeux ne font plus éblouis.
> Si votre faux éclat de ma naiffante aurore
> Fit trop imprudemment éclore
> Des défirs indifcrets long-temps évanouis ;

Au fein de la philofophie,
Ecole de la vérité,
Zénon me détrompa de la frivolité
Qui produit les erreurs du fonge de la vie.
Adieu, divine volupté ;
Adieu, plaifirs charmans qui flattez la molleffe,
Et dont la troupe enchantereffe
Par des liens de fleurs enchaîne la gaîté.
Mais que fais-je, grand Dieu ! courbé fous la trifteffe,
Eft-ce à moi de nommer les plaifirs, l'alégreffe ?
Et fous la griffe du vautour
Voit-on la tendre tourterelle
Et la plaintive Philomèle
Chanter ou refpirer l'amour ?
Depuis long-temps pour moi l'aftre de la lumière
N'éclaira que des jours fignalés par mes maux.
Depuis long-temps Morphée avare de pavots
N'en daigne plus jeter fur ma trifte paupière.
Je difais ce matin, les yeux couverts de pleurs :
Le jour qui dans peu va renaître,
M'annonce de nouveaux malheurs.
Je difais à la nuit : Tu vas bientôt paraître
Pour éternifer mes douleurs.
Vous de la liberté héros que je révère,
O manes de Caton ! ô manes de Brutus !
Votre illuftre exemple m'éclaire
Parmi l'erreur & les abus.
C'eft votre flambeau funéraire
Qui m'inftruit du chemin peu connu du vulgaire,
Que nous avaient tracé vos antiques vertus.
J'écarte les romans & les pompeux fantômes
Qu'engendra de fes flancs la fuperftition ;

M 2

Et pour approfondir la nature des hommes,
  Pour connaître ce que nous fommes,
Je ne m'adreffe point à la religion.
   J'apprends de mon maître Epicure,
   Que du temps la cruelle injure,
   Diffout les êtres compofés ;
   Que ce foufle, cette étincelle,
Ce feu vivifiant des corps organifés
   N'eft point de nature immortelle.
Il naît avec le corps, s'accroît dans les enfans,
   Souffre de la douleur cruelle.
Il s'égare, il s'éclipfe, il baiffe avec les ans.
Sans doute il périra, quand la nuit éternelle
Voudra nous arracher du nombre des vivans.
Vaincu, perfécuté, fugitif dans le monde,
   Trahi par des amis pervers,
   Plus de maux dans cet univers
   Je fouffre en ma douleur profonde
Que dans les fictions de la fable féconde,
N'en a jamais fouffert Prométhée aux enfers.
   Ainfi pour terminer mes peines,
Comme ces malheureux au fond de leurs cachots,
Las d'un deftin cruel, & trompant leurs bourreaux,
   D'un noble effort brifent leurs chaînes ;
   Sans m'embarraffer des moyens,
   Je romps les funeftes liens,
   Dont la fubtile & fine trame,
   A ce corps rongé de chagrins,
   Trop long-temps attacha mon ame,
   Tu vois dans ce cruel tableau
   De mon trépas la jufte caufe ;
Au moins ne penfe pas du néant du caveau
   Que j'afpire à l'apothéofe ;

Mais lorſque le printemps paraiſſant de nouveau
De ſon ſein abondant offre des fleurs écloſes,
Chaque fois d'un bouquet de myrthes & de roſes
  Souviens-toi d'orner mon tombeau.

 Nous avons cette pièce, qui eſt un monument ſans exemple, écrite toute entière de ſa main.

 Nous avons un monument encore plus héroïque de ce prince philoſophe ; c'eſt une lettre à M. de *Voltaire* du 9 octobre 1757, vingt-cinq jours avant ſa victoire de Rosbac :

Je ſuis homme, il ſuffit, & né pour la ſouffrance,
Aux rigueurs du deſtin j'oppoſe ma conſtance.

 „ Mais avec ces ſentimens, je ſuis bien loin de con-
 „ damner *Caton* & *Othon*. Le dernier n'a eu de beau
 „ moment en ſa vie que celui de ſa mort.

  Croyez que ſi j'étais Voltaire,
  Et particulier comme lui,
  Me contentant du néceſſaire,
Je verrais voltiger la fortune légère,
  Et m'en moquerais aujourd'hui.
  Je connais l'ennui des grandeurs,
Le fardeau des devoirs, le jargon des flatteurs ;
  Ces miſères de toute eſpèce,
  Et ces détails de petiteſſe
Dont il faut s'occuper dans le ſein des grandeurs.
  Je mépriſe la vaine gloire,
  Quoique poëte & ſouverain.
Quand du ciſeau fatal retranchant mon deſtin,
Atropos m'aura vu plongé dans la nuit noire,
  Qu'importe l'honneur incertain

       M 3

De vivre après ma mort au temple de Mémoire ?
Un instant de bonheur vaut mille ans dans l'histoire.
    Nos destins sont-ils donc si beaux ?
      Le doux plaisir & la mollesse,
      La vive & naïve alégresse,
Ont toujours fui des grands la pompe & les travaux.
      Ainsi la fortune volage
      N'a jamais causé mes ennuis ;
      Soit qu'elle me flatte ou m'outrage,
      Je dormirai toutes les nuits
      En lui refusant mon hommage.
      Mais notre état fait notre loi ;
      Il nous oblige, il nous engage
      A mesurer notre courage
      Sur ce qu'exige notre emploi.
      Voltaire dans son ermitage,
      Dans un pays dont l'héritage
      Est son antique bonne-foi,
Peut s'adonner en paix à la vertu du sage
      Dont Platon nous marqua la loi.
      Pour moi, menacé du naufrage,
      Je dois, en affrontant l'orage,
      Penser, vivre, & mourir en roi.

Rien n'est plus beau que ces derniers vers ; rien n'est plus grand. *Corneille* dans son bon temps ne les eût pas mieux faits. Et quand, après de tels vers on gagne une bataille, le sublime ne peut aller plus loin.

En marchant aux Français & aux Impériaux, il écrivit à madame la margrave de *Bareith* sa sœur, qu'il se ferait tuer ; mais il fut plus heureux qu'il ne le

difait & qu'il ne le croyait. Il attendit, le 5 novembre
1757 , l'armée françaife & impériale dans un pofte
affez avantageux , à Rosbac fur la frontière de la
Saxe. Le prince *Henri*, chargé de foutenir le premier
effort des armées combinées , à la tête de cinq
bataillons , fut légèrement bleffé à la gorge d'un
coup de fufil , & ce fut je crois le feul pruffien bleffé
à cette journée. Les Français & les Autrichiens s'en-
fuirent à la première décharge. Ce fut la déroute la
plus inouie & la plus complète dont l'hiftoire ait
jamais parlé. Cette bataille de Rosbac fera long-temps
célébre. On vit trente mille Français & vingt mille
Impériaux prendre une fuite honteufe & précipitée
devant cinq bataillons & quelques efcadrons ; les
défaites d'Azincourt, de Crecy, de Poitiers, ne furent
pas fi humiliantes.

La difcipline & l'exercice militaire que fon père
avait établis, & que le fils avait fortifiés, furent la
véritable caufe de cette étrange victoire. L'exercice
pruffien s'était perfectionné pendant cinquante ans ;
on avait voulu l'imiter en France, comme dans tous
les autres Etats ; mais on n'avait pu faire en trois ou
quatre ans , avec des Français peu difciplinables ,
ce qu'on avait fait pendant cinquante ans avec des
Pruffiens.

On avait même changé les manœuvres en France
prefque à chaque revue ; de forte que les officiers &
les foldats ayant mal appris des exercices nouveaux ,
& tout différens les uns des autres, n'avaient rien
appris du tout, & n'avaient réellement aucune difcipline , ni aucun exercice. En un mot , à la feule vue
du Pruffien tout fut en déroute ; & la fortune fit paffer

M 4

Fréderic, en un quart d'heure, du comble du défefpoir à celui du bonheur & de la gloire.

Cependant il craignait que ce bonheur ne fût très-paffager ; il craignait d'avoir à porter tout le poids de la puiffance de la France, de la Ruffie, & de l'Autriche, & il aurait bien voulu détacher *Louis XV* de *Marie-Thérèfe*.

La funefte journée de Rosbac fefait murmurer toute la France contre le traité de l'abbé de *Bernis* avec la cour de Vienne. Le cardinal de *Tencin*, archevêque de Lyon, avait toujours confervé fon rang de miniftre d'Etat, & une correfpondance particulière avec le roi de France ; il était plus oppofé que perfonne à l'alliance avec la cour autrichienne. Il avait fait à Lyon à M. de *Voltaire* une réception dont il pouvait croire que M. de *Voltaire* était peu fatisfait. Cependant l'envie de fe mêler d'intrigues, qui le fuivait dans fa retraite, & qui, à ce qu'on prétend, n'abandonne jamais les hommes en place, le porta à fe lier avec M. de *Voltaire* pour engager madame la margrave de *Bareith* à s'en remettre à lui, & à lui confier les intérêts du roi fon frère. Il voulait réconcilier le roi de Pruffe avec le roi de France, & croyait procurer la paix. Il n'était pas bien difficile de porter madame de *Bareith* & le roi fon frère à cette négociation.

Madame la margrave de *Bareith* écrivit de la part du roi fon frère ; c'était par M. de *Voltaire* que paffaient les lettres de cette princeffe & du cardinal. M. de *Voltaire* avait en fecret la fatisfaction d'être l'entremetteur de cette grande affaire, & peut-être encore un autre plaifir, celui de fentir que le cardinal fe

préparait un grand dégoût. Il écrivit une belle lettre
au roi en lui envoyant celle de la margrave ; mais il
fut tout étonné que le roi lui répondit affez féche-
ment , que le fecrétaire d'Etat des affaires étrangères
l'inftruirait de fes intentions.

En effet , l'abbé de *Bernis* dicta au cardinal la
réponfe qu'il devait faire ; cette réponfe était un refus
net d'entrer en négociation. Il fut obligé de figner le
modèle de la lettre que lui envoyait l'abbé de *Bernis ;*
il envoya à M. de *Voltaire* cette trifte lettre qui finiffait
tout : & il en mourut de chagrin au bout de quinze
jours.

Je n'ai jamais trop conçu , difait M. de Voltaire ,
comment on meurt de chagrin , & comment des miniftres &
de vieux cardinaux , qui ont l'ame fi dure , ont pourtant affez
de fenfibilité pour être frappés à mort pour un petit dégoût ;
mon deffein avait été de me moquer de lui , de le mortifier ,
& non pas de le faire mourir.

Il y avait une efpèce de grandeur dans le miniftère
de France , à refufer la paix au roi de Pruffe , après
avoir été battu & humilié par lui ; il y avait de la
fidélité & bien de la bonté de fe facrifier encore pour
la maifon d'Autriche. Ces vertus furent long-temps
mal récompenfées par la fortune.

Les Hanovriens , les Brunfvickois , les Heffois ,
furent moins fidelles à leurs traités & s'en trouvèrent
mieux. Ils avaient ftipulé avec le maréchal de *Riche-*
lieu , qu'ils ne ferviraient plus contre nous ; qu'ils
repafferaient l'Elbe au-delà duquel on les avait
envoyés ; ils rompirent leur marché des fourches
Caudines , dès qu'ils furent que nous avions été
battus à Rosbac.

L'indifcipline, la défertion, les maladies détruifirent notre armée; & le réfultat de toutes nos opérations fut, au printemps de 1758, d'avoir perdu trois cents millions & cinquante mille hommes en Allemagne pour *Marie-Théréfe*, comme nous avions fait dans la guerre de 1741 en combattant contre elle.

Le roi de Pruffe qui avait battu notre armée dans la Turinge, à Rosbac, s'en alla combattre l'armée autrichienne à foixante lieues de-là. Les Français pouvaient encore entrer en Saxe; les vainqueurs marchaient ailleurs, rien n'aurait arrêté les Français; mais ils avaient jeté leurs armes, perdu leur canon, leurs munitions, leurs vivres, & furtout la tête. Ils s'éparpillèrent. On raffembla leurs débris difficilement. *Fréderic*, au bout d'un mois, remporte à pareil jour une victoire plus fignalée & plus difputée fur l'armée d'Autriche auprès de Breslaw; il reprend Breslaw; il y fait quinze mille prifonniers; le refte de la Siléfie rentre fous fes lois. *Guftave-Adolphe* n'avait pas fait de fi grandes chofes, il fallut bien alors qu'on lui pardonnât fes plaifanteries, fes petites malices. Tous les défauts de l'homme difparurent devant la gloire du héros.

Au milieu de ces grandes querelles, M. de *Voltaire* voyait de fes fenêtres la ville où régnait *Jean Chauvin* le picard, dit *Calvin*, & la place où il fit brûler *Servet* pour le bien de fon ame. Prefque tous les prêtres génevois penfent aujourd'hui comme *Servet* & vont même plus loin que lui; ils ne croient point du tout JESUS-CHRIST DIEU; & ces meffieurs qui ont fait autrefois main baffe fur le purgatoire, fe font humanifés jufqu'à faire grâce aux ames qui font en

enfer. Ils prétendent que leurs peines ne feront
point éternelles , que *Théfée* ne fera pas toujours affis
dans fon fauteuil , que *Sizyphe* ne roulera pas toujours
fon rocher. Ainfi de l'enfer auquel ils ne croient plus,
ils ont fait réellement le purgatoire auquel ils ne
croyaient pas. C'eft une affez jolie révolution dans
l'hiftoire de l'efprit humain. Il y avait là de quoi fe
couper la gorge , allumer des bûchers , faire des
St Barthelemi. Cependant on ne s'eft pas même dit
d'injures , tant les mœurs font changées. Il n'y a
que M. de *Voltaire* à qui un de ces prédicans en ait
dites , parce qu'il avait ofé avancer que leur picard
Calvin était un efprit dur, qui avait fait brûler *Servet*
fort mal à propos. Admirez , je vous prie , les contradictions de ce monde. Voilà des gens qui font
prefque ouvertement fectateurs de *Servet* , & qui
injurient M. de *Voltaire* , pour avoir trouvé mauvais
que *Calvin* l'ait fait brûler à petit feu , avec des fagots
verds.

Ils ont voulu lui prouver en forme que *Calvin* était
un bon-homme. Ils ont prié le confeil de Genève de
leur communiquer les pièces du procès de *Servet*. Le
confeil , plus fage qu'eux , les a refufés. Il ne leur
a pas été permis d'écrire contre M. de *Voltaire* dans
Genève ; & M. de *Voltaire* regarda ce petit triomphe
comme le plus bel exemple des progrès de la raifon
dans ce fiècle.

La philofophie a remporté encore une plus grande
victoire fur fes ennemis à Laufane. Quelques miniftres
s'étaient avifés dans ce pays-là de compiler je ne
fais quel mauvais livre contre M. de *Voltaire* , pour
l'honneur , difaient-ils , de la religion chrétienne. Il

trouva fans peine le moyen de faire faifir les exemplaires, & de les fupprimer par autorité du magiftrat.
C'eft peut-être la première fois qu'on ait forcé des
théologiens à fe taire, & à refpecter un philofophe. (5)
Jugez fi je ne dois pas aimer paffionnément ce pays-ci,
écrivait-il alors. *Etres penfans, je vous avertis qu'il eft
très-agréable de vivre dans une république aux chefs de
laquelle on peut dire : Venez demain dîner chez moi.* Cependant il ne fe trouvait pas encore affez libre. Et ce
qui eft à fon gré digne de quelque attention, c'eft que
pour l'être parfaitement il a acheté des terres en
France. Enfin il avait tellement arrangé fa deftinée
qu'il fe trouvait indépendant à la fois en Suiffe, fur
le territoire de Genève, & en France. *J'entends parler
beaucoup de liberté*, difait-il encore ; *mais je ne crois pas qu'il
y ait eu en Europe un particulier qui s'en foit fait une comme
la mienne. Suivra mon exemple qui voudra ou qui pourra.*

Il ne pouvait certainement mieux prendre fon temps
pour chercher cette liberté & ce repos loin de Paris.
On y était alors auffi fou & auffi acharné dans des
querelles puériles que du temps de la fronde ; il n'y

---

(5) Cela était cependant arrivé une fois en France, & fous le règne de
François I. Voici un extrait d'une lettre qu'il écrivit au parlement de Paris,
en date du 9 avril 1526.

*Et parce que nous fommes duement acertenés qu'indifféremment ladite faculté,
(la forbonne) & fes fuppôts écrivent contre un chacun en dénigrant leur honneur,
état, & renommée, comme ont fait contre Erafme, & pourraient s'efforcer à faire
le femblable contre autres, nous vous commandons qu'ils n'aient en général rien
particulier à écrire, ni compofer & imprimer chofes quelconques qu'elles n'aient été
premièrement revues & approuvées par vous ou vos commis, & en pleine chambre
délivrées.* François I ne conferva pas long-temps cette fage politique, & fon
intolérance prépara les malheurs qui défolèrent la France fous le règne de
fes petits-fils, & cauferent la ruine & la deftruction de fa famille. Cet ordre
donné au parlement ne renfermait rien de contraire à la loi naturelle, la
forbonne jouiffant en France d'un privilège exclufif pour le commerce de
théologie, le gouvernement était en droit de foumettre ce privilège à toutes
les reftrictions qu'il jugeait convenables.

manquait que la guerre civile ; mais comme Paris
n'avait ni un roi des halles , tel que le duc de *Beaufort,*
ni un coadjuteur donnant la bénédiction avec un
poignard ; il n'y eut que des tracafferies civiles. Elles
avaient commencé par des billets de banque pour
l'autre monde , inventés par l'archevêque de Paris ,
Beaumont , homme opiniâtre , fefant le mal de tout
fon cœur par excès de zèle , un fou férieux , un vrai
faint dans le goût de *Thomas* de Cantorbéri. La querelle s'échauffa pour une place à l'hôpital , à laquelle
le parlement de Paris prétendait nommer , & que
l'archevêque réputait place facrée , dépendante uniquement de l'Eglife.

Tout Paris prit parti. Les petites factions janféniftes & moliniftes ne s'épargnèrent pas ; le roi les
voulut traiter comme on fait quelquefois les gens qui
fe battent dans la rue ; on leur jette des feaux d'eau
pour les féparer. Il donna le tort aux deux partis ,
comme de raifon ; mais ils n'en furent que plus
envenimés : il exila l'archevêque ; il exila le parlement ; mais un maître ne doit chaffer fes domeftiques
que quand il eft fûr d'en trouver d'autres pour les
remplacer. La cour fut enfin obligée de faire revenir
le parlement, parce qu'une chambre nommée royale,
compofée de confeillers d'Etat & de maîtres des
requêtes , érigée pour juger les procès, n'avait pu
trouver pratique. Les Parifiens s'étaient mis dans la
tête de ne plaider que devant cette cour de juftice
qu'on appelle parlement. Tous fes membres furent
donc rappelés , & crurent avoir remporté une victoire
fignalée fur le roi. Ils l'avertirent paternellement ,
dans une de leurs remontrances , qu'il ne fallait pas

qu'il exilât une autrefois son parlement, attendu, disaient-ils, *que cela était de mauvais exemple.* Enfin, ils en firent tant que le roi résolut au moins de casser une de leurs chambres, & de réformer les autres. Alors ces MM. donnèrent tous leur démission, excepté la grand'chambre. Les murmures éclatèrent; on déclamait publiquement au palais contre le roi. Le feu qui sortait de toutes les bouches prit malheureusement à la cervelle d'un laquais, nommé *Damiens,* qui allait souvent dans la grand'salle. Il est prouvé par le procès de ce fanatique de la robe, qu'il n'avait pas l'idée de tuer le roi, mais seulement celle de lui infliger une petite correction. Il n'y a rien qui ne passe par la tête des hommes. Ce misérable avait été cuistre au collége des jésuites, collége où M. de *Voltaire* a vu quelquefois les écoliers donner des coups de canif, & les cuistres leur en rendre. *Damiens* alla donc à Versailles dans cette résolution, & blessa le roi au milieu de ses gardes & de ses courtisans, avec un de ces petits canifs dont on taille les plumes.

On ne manqua pas dans la première horreur de cet accident, d'imputer le coup aux jésuites, qui étaient, disait-on, en possession par un ancien usage. M. de *Voltaire* a lu une lettre d'un père *Griffet,* dans laquelle il disait : *Cette fois-ci, ce n'est pas nous; c'est à présent le tour de Messieurs.* C'était naturellement au grand prévôt de la cour à juger l'assassin, puisque le crime avait été commis dans l'enceinte du palais du roi. Ce malheureux commença par accuser sept membres des enquêtes. On croit que M. *d'Argenson* porta le roi à donner à son parlement la permission de juger l'affaire. Il en fut bien récompenfé, car huit jours après il fut dépoffédé & exilé.

Le roi eut la faibleffe de donner de groffes penfions aux confeillers qui inftruifirent le procès de *Damiens*, comme s'ils avaient rendu quelques fervices fignalés & difficiles. Cette conduite acheva d'infpirer à MM. des enquêtes une confiance nouvelle. Ils fe crurent des perfonnages importans, & leurs chimères de repréfenter la nation, & d'être les tuteurs des rois, fe réveillèrent. Cette fcène paffée, & n'ayant plus rien à faire, ils s'amufèrent à perfécuter les philofophes.

Omer Joli de Fleuri, avocat-général du parlement de Paris, étala dans les chambres le triomphe le plus complet que l'ignorance, la mauvaife foi, & l'hypocrifie, aient jamais remporté. Plufieurs gens de lettres, très-eftimables par leur fcience & par leur conduite, s'étaient affociés pour compofer un dictionnaire immenfe de tout ce qui peut éclairer l'efprit humain. C'était un très-grand objet de commerce pour la librairie de France. Le chancelier, les miniftres, encourageaient une fi belle entreprife : déjà fept volumes avaient paru ; on les traduifait en italien, en anglais, en allemand, en hollandais ; & ce tréfor ouvert à toutes les nations par les Français, pouvait être regardé comme ce qui nous fefait alors le plus d'honneur, tant les excellens articles du Dictionnaire encyclopédique rachetaient les mauvais, qui font pourtant en affez grand nombre : on ne pouvait rien reprocher à cet ouvrage, que trop de déclamations puériles, malheureufement adoptées par les auteurs du recueil, qui prenaient à toute main pour groffir l'ouvrage. Mais tout ce qui part de ces auteurs eſt excellent.

Voilà *Omer Joli de Fleuri* qui, le 23 février 1759, accuſe ces pauvres gens d'être athées, déiſtes, corrupteurs de la jeuneſſe, rebelles au roi, &c.

Omer, pour prouver ces accuſations, cite *St Paul*, le procès de *Théophile*, & *Abraham Chaumeix* : (n) il ne lui manquait que d'avoir lu le livre contre lequel il parlait. Il demande juſtice à la cour contre l'article *ame*, qui, felon lui, eſt le matérialiſme tout pur. Vous remarquerez que cet article *ame*, l'un des plus mauvais du livre, eſt l'ouvrage d'un pauvre docteur de ſorbonne, qui ſe tue à déclamer à tort & à travers contre le matérialiſme. Tout le diſcours d'*Omer Joli de Fleuri* fut un tiſſu de bévues pareilles. Il défère donc à la juſtice le livre qu'il n'a point lu, ou qu'il n'a point entendu. Et tout le parlement, ſur la réquiſition d'*Omer*, condamne l'ouvrage, non-ſeulement ſans aucun examen, mais ſans en avoir lu une page. Cette façon de rendre juſtice eſt fort au-deſſous de celle de *Bridoye* ; car au moins *Bridoye* pouvait rencontrer juſte.

Les éditeurs avaient un privilége du roi. Le parlement n'a pas certainement le droit de réformer les priviléges accordés par ſa majeſté. Il ne lui appartient pas de juger ni d'un arrêt du conſeil, ni de rien de ce qui eſt ſcellé à la chancellerie. Cependant il ſe donna le droit de condamner ce que le chancelier avait approuvé. Il nomma des conſeillers pour

---

(n) *Abraham Chaumeix*, ci-devant vinaigrier, s'étant fait janſéniſte & convulſionnaire, était alors l'oracle du parlement de Paris. *Omer Fleuri* le cita comme un père de l'Egliſe. *Chaumeix* a été depuis maître d'école à Moſcou.

décider

décider des objets de géométrie & de métaphyſique contenus dans l'Encyclopédie. Un chancelier un peu ferme aurait caſſé l'arrêt du parlement, comme très-incompétent. Le chancelier de *Lamoignon* ſe contenta de révoquer le privilége afin de n'avoir pas la honte de voir juger & condamner ce qu'il avait revêtu du ſceau de l'autorité ſuprême. On croirait que cette aventure eſt du temps du père *Garaſſe* & des arrêts contre l'émétique ; cependant elle eſt arrivée dans le ſeul ſiècle éclairé qu'ait eu la France, tant il eſt vrai qu'il ſuffit d'un ſot pour déshonorer une nation.

On avouera ſans peine que dans de telles circonſtances Paris ne devait pas être le ſéjour d'un philoſophe, & qu'*Ariſtote* fut très-ſage de ſe retirer à Chalcis, lorſque le fanatiſme dominait dans Athènes. D'ailleurs, l'état d'homme de lettres à Paris eſt immédiatement au-deſſus de celui d'un bateleur. L'état de gentilhomme ordinaire de ſa majeſté, que le roi avait conſervé à M. de *Voltaire*, n'eſt pas grand'choſe ; les hommes ſont bien ſots ; & je crois qu'il vaut mieux bâtir un beau château comme a fait M. de *Voltaire*, y jouer la comédie & y faire bonne chère, que d'être levraudé à Paris comme *Helvétius*, par les gens tenant la cour de parlement, & par les gens tenant l'écurie de la ſorbonne. Comme il ne pouvait aſſurément, ni rendre les hommes plus raiſonnables, ni le parlement moins pédant, ni les théologiens moins ridicules, il continua à être heureux loin d'eux.

Il était quaſi honteux de l'être en contemplant du port tous les orages. Il voyait l'Allemagne inondée de fang, la France ruinée de fond en comble, nos armées, nos flottes battues, nos miniftres renvoyés l'un après l'autre, fans que nos affaires en allaffent mieux; le roi de Portugal affaffiné, non pas par un laquais, mais par les grands du pays; & cette fois, les jéfuites ne pouvaient pas dire: *Ce n'eft pas nous*. Ils avaient confervé leur droit, & il a été bien prouvé depuis que ces bons pères avaient faintement mis le couteau dans les mains des parricides. Ils difent pour leurs raifons qu'ils font fouverains au Paraguai, & qu'ils ont traité avec le roi de Portugal de couronne à couronne.

Cependant M. de *Voltaire* était parvenu à renouer une négociation fecrète entre M. de *Choifeul* & le roi de Pruffe. (6) Le grand ouvrage de la paix entamé par ce miniftre, fut accompli par M. de *Praflin*, fervice fignalé qu'ils rendirent à la France appauvrie & défolée.

Elle était dans un état fi déplorable que pendant douze années de paix qui fuivirent cette guerre funefte, de tous les miniftres des finances qui fe fuccédèrent rapidement, il n'y en eut pas un qui, avec la meilleure volonté, & les travaux les plus affidus, pût parvenir à pallier feulement les plaies de l'Etat. La difette d'argent était au point, qu'un contrôleur-général fut obligé, dans une néceffité preffante, de faifir chez M. *Magon*, banquier du roi, tout l'argent que des citoyens y avaient mis en dépôt.

(6) Il s'en était formé une autre à Paris par l'entremife du bailli de *Froulai*, autrefois ambaffadeur de France à Berlin, & on avait confenti à recevoir un envoyé fecret du roi de Pruffe; mais fur les plaintes de la cour de Vienne, cet envoyé fut arrêté, mis à la baftille, & fes papiers faifis. On prétend que ces chofes-là font permifes en politique.

On prit à notre folitaire deux cents mille francs. C'était une perte énorme ; il s'en confola à la manière françaife par un madrigal qu'il fit fur le champ en apprenant cette nouvelle.

Au temps de la grandeur romaine
Horace difait à Mécène :
Quand cefferez-vous de donner ?
Chez le Welche on n'eft pas fi tendre.
Je dois dire, mais fans douleur,
A monfeigneur le contrôleur :
Quand cefferez-vous de me prendre?

On ne cefla point. M. le duc de *Choifeul*, qui fefait conftruire alors un port magnifique à Verfoy fur le lac Leman, qu'on appelle le lac de Genève, y ayant fait bâtir une petite frégate, cette frégate fut faifie par des favoyards créanciers des entrepreneurs, dans un port de Savoie près du fameux Ripaille ; M. de *Voltaire* racheta incontinent ce bâtiment royal de fes propres deniers, & ne put en être remboursé par le gouvernement : car M. le duc de *Choifeul* perdit en ce temps-là même tous fes emplois, & fe retira à fa terre de Chanteloup, regretté non-feulement de tous fes amis, mais de toute la France qui admirait fon caractère bienfefant, la noblefle de fon ame, & qui rendait juftice à fon efprit fupérieur.

Notre folitaire lui était tendrement attaché par les liens de la reconnaiffance. Il n'y a forte de grâce que M. le duc de *Choifeul* n'eût accordée à fa recommandation. Il avait fait un neveu de M. de *Voltaire*, nommé M. de *la Houlière*, brigadier des armées du roi. Penfions, gratifications, brevets, croix de

St Louis, avaient été données dès qu'elles avaient été demandées.

Rien ne fut plus douloureux pour un homme qui lui avait tant de grandes obligations, & qui venait d'établir une colonie d'artistes & de manufacturiers sous ses auspices. Déjà sa colonie travaillait avec succès pour l'Espagne, pour l'Allemagne, pour la Hollande, l'Italie. Il la crut ruinée ; mais elle se soutint. La seule impératrice de Russie acheta bientôt après, dans le fort de sa guerre contre les Turcs, pour cinquante mille francs de montres de Ferney. On ne cesse de s'étonner, quand on voit dans le même temps cette souveraine acheter pour un million de tableaux, tant en Hollande qu'en France, & pour quelques millions de pierreries.

Elle avait fait un présent de cinquante mille livres à M. *Diderot* avec une grâce & une circonspection qui relevaient bien le prix de son présent. Elle avait offert à M. *d'Alembert* de le mettre à la tête de l'éducation de son fils avec soixante mille livres de rente. Mais ni la santé, ni la philosophie de M. *d'Alembert* ne lui avaient permis d'accepter à Pétersbourg un emploi égal à celui du duc de *Montausier* à Versailles. Elle envoya M. le prince de *Koslouski*, présenter de sa part à M. de *Voltaire* les plus magnifiques pelisses, & une boîte tournée de sa main même, ornée de son portrait & de vingt diamans. On croirait que c'est l'histoire d'*Aboulcassem* dans les mille & une nuits.

M. de *Voltaire* lui mandait qu'il fallait qu'elle eût pris tout le trésor de *Mousaptha* dans une de ses victoires ; & elle lui répondit *qu'avec de l'ordre on*

était toujours riche, & qu'elle ne manquerait dans cette grande
guerre, ni d'argent, ni de soldats. Elle a tenu parole.

Cependant, le fameux sculpteur M. *Pigal*, travaillait dans Paris à la statue du solitaire caché dans
Ferney. Ce fut une étrangère qui proposa un jour,
en 1770, à quelques véritables gens de lettres de
lui faire cette galanterie, pour le venger de tous les
plats libelles & des calomnies ridicules que le fanatisme & la basse littérature ne cessaient d'accumuler
contre lui. Madame *Necker*, femme du résident de
Genève, conçut ce projet la première. C'était une
dame d'un esprit très-cultivé, & d'un caractère
supérieur s'il se peut, à son esprit. Cette idée fut
saisie avidement par tous ceux qui venaient chez elle,
à condition qu'il n'y aurait que des gens de lettres
qui souscriraient pour cette entreprise. (7)

Le roi de Prusse, en qualité d'homme de lettres,
& ayant assurément plus que personne droit à ce titre
& à celui d'homme de génie, écrivit au célèbre
M. d'*Alembert*, & voulut être des premiers à souscrire.
Sa lettre, du 28 juillet 1770, est consignée dans les
archives de l'académie.

,, Le plus beau monument de *Voltaire* est celui
,, qu'il s'est érigé lui-même, ses ouvrages ; ils sub-
,, sisteront plus long-temps que la basilique de
,, Saint-Pierre, le louvre, & tous ces bâtimens que la
,, vanité consacre à l'éternité. On ne parlera plus
,, français, que *Voltaire* sera encore traduit dans la
,, langue qui lui aura succédé. Cependant, rempli
,, du plaisir que m'ont fait ses productions si variées,

_____

(7) M. de *Voltaire* était mal informé. Il faut restituer aux gens de
lettres français l'honneur d'avoir rendu cet hommage à M. de *Voltaire*.

,, & chacune fi parfaite en fon genre, je ne pourrais
,, fans ingratitude, me refufer à la propofition que
,, vous me faites de contribuer au monument que
,, lui élève la reconnaiffancé publique. Vous n'avez
,, qu'à m'informer de ce qu'on exige de ma part,
,, je ne refuferai rien pour cette ftatue, plus glorieufe
,, pour les gens de lettres qui la lui confacrent, que
,, pour *Voltaire* même. On dira que dans ce dix-
,, huitième fiècle, où tant de gens de lettres fe déchi-
,, raient par envie, il s'en eft trouvé d'affez nobles,
,, d'affez généreux pour rendre juftice à un homme
,, doué de génie & de talens fupérieurs à tous les
,, fiècles; que nous avons mérité de poffédèr *Voltaire*;
,, & la poftérité la plus reculée nous enviera encore
,, cet avantage. Diftinguer les hommes célébres,
,, rendre juftice au mérite, c'eft encourager les talens
,, & la vertu; c'eft la feule récompenfe des belles
,, ames; elle eft bien due à tous ceux qui cultivent
,, fupérieurement les lettres; elles nous procurent
,, les plaifirs de l'efprit, plus durables que ceux du
,, corps; elles adouciffent les mœurs les plus féroces;
,, elles répandent leur charme fur tout le cours de
,, la vie; elles rendent notre exiftence fupportable,
,, & la mort moins affreufe. Continuez donc,
,, Meffieurs, de protéger & de célébrer ceux qui s'y
,, appliquent, & qui ont le bonheur en France d'y
,, réuffir; ce fera ce que vous pourrez faire de plus
,, glorieux pour votre nation, & qui obtiendra grâce
,, du fiècle futur pour quelques autres welches &
,, hérules qui pourraient flétrir votre patrie.

,, Adieu, mon cher d'*Alembert;* portez-vous bien,
,, jufqu'à ce qu'à votre tour votre ftatue vous foit

,, élevée. Sur ce , je prie DIEU qu'il vous ait en
,, fa fainte & digne garde.

FRÉDERIC.

A Sans-Souci, le 28 juillet 1770. (7)

(7) On a cru devoir placer ici les deux lettres fuivantes de M. d'*Alembert.*

Lettre de M. d'Alembert au roi de Pruffe.

SIRE,

JE fupplie très-humblement V. M. de pardonner la liberté que je vais prendre , à la refpeclueufe confiance que fes bontés m'ont infpirée , & qui m'encourage à lui demander une nouvelle grâce.

Une fociété confidérable de philofophes & de gens de lettres a réfolu , Sire , d'ériger une ftatue à M. de *Voltaire* , comme à celui de tous nos écrivains à qui la philofophie & les lettres font le plus redevables. Les philofophes & les gens de lettres de toutes les nations , vous regardent , Sire , depuis long-temps comme leur chef & leur modèle. Qu'il ferait flatteur & honorable pour nous , qu'en cette occafion V. M. voulût bien permettre que fon augufte & refpeclable nom fût à la tête des nôtres ! Elle donnerait à M. de *Voltaire* , dont elle aime tant les ouvrages , une marque éclatante d'eftime dont il ferait infiniment touché , & qui lui rendrait cher ce qui lui refte de jours à vivre. Elle ajouterait beaucoup , & à la gloire de cet illuftre écrivain , & à celle de la littérature françaife , qui en conferverait une reconnaiffance éternelle. Permettez-moi , Sire , d'ajouter que dans l'état de faibleffe & de maladie où m'a réduit en ce moment l'excès du travail , & qui ne me permet que des vœux pour les lettres , la nouvelle marque de diftinclion que j'ofe vous demander en leur faveur , ferait pour moi la plus douce confolation. Elle augmenterait encore , s'il eft poffible , l'admiration dont je fuis pénétré pour votre perfonne , le fentiment profond que je conferverai toute ma vie de vos bienfaits , & la tendre vénération avec laquelle je ferai jufqu'à mon dernier foupir ,

SIRE,

De votre majefté ,

Le très-humble & très-obéiffant
ferviteur, D'ALEMBERT.

A Paris, le 15 juillet 1770.

Réponfe de M. d'Alembert à la lettre précédente du roi de Pruffe.

SIRE,

JE n'ai pas perdu un moment pour apprendre à M. de *Voltaire* l'honneur fignalé que V. M. veut bien lui faire , & celui qu'elle fait en fa perfonne

N 4

Le roi de Pruſſe fit plus. Il fit exécuter une ſtatue de ſon ancien ſerviteur dans ſa belle manufacture de porcelaine, & la lui envoya avec ce mot gravé ſur la baſe : *Immortali.* M. de *Voltaire* écrivit au-deſſous.

à la littérature & à la nation françaiſe. Je ne doute point qu'il ne témoigne à V. M. ſa vive & éternelle reconnaiſſance. Mais comment, Sire, pourrais-je vous exprimer toute la mienne ? Comment pourrais-je vous dire à quel point je ſuis touché & pénétré de l'éloge ſi grand & ſi noble que V. M. fait de la philoſophie & de ceux qui la cultivent ? Je prends la liberté, Sire, & j'oſe eſpérer que V. M. ne m'en déſavouera pas, de faire part de ſa lettre à tous ceux qui ſont dignes de l'entendre, & je ne puis aſſez dire à V. M. avec quelle admiration, & j'oſe le dire, avec quelle tendreſſe reſpectueuſe ils voient tant de juſtice & de bonté unies à tant de gloire. Vous étiez, Sire, le chef & le modèle de tous ceux qui écrivent & qui penſent ; vous êtes à préſent pour eux (je rends à V. M. leurs propres expreſſions) l'être rémunérateur & vengeur ; car les récompenſes accordées au génie ſont le ſupplice de ceux qui le perſécutent. Je voudrais que la lettre de V. M. pût être gravée au bas de la ſtatue ; elle ſerait bien plus flatteuſe que la ſtatue même pour M. de *Voltaire* & pour les lettres. Quant à moi, Sire, à qui V. M. a la bonté de parler auſſi de ſtatue, je n'ai pas l'impertinente vanité de croire mériter jamais un pareil monument ; je ne demande qu'une pierre ſur ma tombe avec ces mots : *Le grand Frédéric l'honora de ſes bienfaits & de ſes bontés.*

V. M. demande ce que nous déſirons d'elle pour ce monument ? Un écu, Sire, & votre nom, qu'elle nous accorde d'une manière ſi digne & ſi généreuſe. Les ſouſcriptions ne nous manquent pas ; mais elles ne ſeraient rien ſans la vôtre, & nous recevrons avec reconnaiſſance ce qu'il plaira à V. M. de donner.

L'académie françaiſe, Sire, vient d'arrêter d'une voix unanime, que la lettre de V. M. ſerait inſérée dans ſes regiſtres, comme un monument également honorable pour un de ſes plus illuſtres membres, & pour la littérature françaiſe. Elle me charge de mettre aux pieds de V. M. ſon profond reſpect & ſa très-humble reconnaiſſance.

C'eſt avec les mêmes ſentimens, & avec la plus vive admiration que je ſerai toute ma vie,

SIRE, &c.

A Paris, le 13 août 1770.

Vous êtes généreux. Vos bontés souveraines
   Me font de trop nobles présens.
   Vous me donnez fur mes vieux ans
   Une terre dans vos domaines.

M. *Pigal* fe chargea d'exécuter la ftatue en France avec le zèle d'un artifte qui en immortalifait un autre. Cette aventure alors unique deviendra bientôt commune. On érigera des ftatues ou du moins des baftes aux artiftes comme la mode eft venue de crier *l'auteur*, *l'auteur*, dans le parterre. Mais celui à qui l'on fefait cet honneur prévoyait bien que fes ennemis n'en feraient que plus acharnés. Voici ce qu'il en écrivit à M. *Pigal*, d'un ftyle peut-être un peu trop burlefque.

   Monfieur Pigal, votre ftatue
   Me fait mille fois trop d'honneur.
   Jean-Jacque a dit avec candeur
   Que c'eft à lui qu'elle était due. (*o*)
   Quand votre cifeau s'évertue
   A fculpter votre ferviteur,
   Vous agacez l'efprit railleur
   De certain peuple rimailleur
   Qui depuis fi long-temps me hue.
   L'ami Fréron, le barbouilleur
   D'écrits qu'on jette dans la rue,
   Sourdement de fa main crochue

(*o*) *Jean-Jacques Rouffeau* de Genève, dans une lettre à M. l'arche-vêque de Paris, qu'il intitule : *Jean-Jacques à Chriftophe*, dit modeftement qu'il eft devenu homme de lettres par fon mépris pour cet état. Et après avoir prié *Chriftophe* de lire fon roman de la fuiffeffe *Héloïfe*, qui étant fille accouche d'un faux-germe, il conclut, page 127, que tous les gou-vernemens bien policés lui doivent élever des ftatues.

N. B. *Jean-Jacques Rouffeau* foufcrivit pour la ftatue de M. de *Voltaire*.

Mutilera votre labeur.
Attendez que le deſtructeur
Qui nous conſume & qui nous tue,
Le temps, aidé de mon paſteur,
Ait d'un bras exterminateur
Enterré ma tête chenue.
Que feriez-vous d'un pauvre auteur
Dont la taille & le col de grue,
Et la mine très-peu jouflue
Feront rire le connaiſſeur.
Sculptez-nous quelque beauté nue,
De qui la chair blanche & dodue
Séduiſe l'œil du ſpectateur,
Et qui dans nos ſens inſinue
Ces doux déſirs & cette ardeur
Dont Pigmalion le ſculpteur,
Votre digne prédéceſſeur,
Brûla, ſi la fable en eſt crue.
Son marbre eut un eſprit, un cœur;
Il eut mieux, dit un grave auteur,
Car ſoudain fille devenue
Cette fille reſta pourvue
Des doux appas que ſa pudeur
Ne dérobait point à la vue;
Même elle fut plus diſſolue
Que ſon père & ſon créateur.
C'eſt un exemple très-flatteur,
Il faut bien qu'on le perpétue.

Il avait bien raiſon de dire que cet honneur ineſpéré qu'on lui feſait, déchaînerait contre lui les écrivains du pont-neuf & du fanatiſme. Il écrivit à M. *Thiriot* : *Tous ces meſſieurs méritent bien mieux des ſtatues que moi ; & j'avoue qu'il en eſt quelques-uns très-dignes d'être en effigie dans la place publique.*

Les *Nonottes*, les *Frérons*, les *Sabatiers*, & conforts, jetèrent les hauts cris. Celui qui le perſécutait avec le plus de cruauté & d'abſurdité , était un montagnard étranger, (*) plus propre à ramoner des cheminées qu'à diriger des conſciences. Cet homme qui était très-familier , écrivit cordialement au roi de France, de couronne à couronne ; il le pria de lui faire le plaiſir de chaſſer un vieillard de ſoixante & quinze ans , & très-malade , de la propre maiſon qu'il avait fait bâtir , des champs qu'il avait fait défricher , & de l'arracher à cent familles qui ne ſubſiſtaient que par lui. Le roi trouva la propoſition très-malhonnête & peu chrétienne , & le fit dire au capelan.

Le ſolitaire de Ferney étant malade , & n'ayant rien à faire , ne voulut ſe venger de cette petite manœuvre que par le plaiſir de ſe faire donner l'extrême-onction par exploit , ſelon l'uſage qui ſe pratiquait alors. Il ſe comporta comme ceux qu'on appelait janſéniſtes à Paris ; il fit ſignifier par un huiſſier à ſon curé , nommé *Gros* (bon ivrogne, qui s'eſt tué depuis à force de boire,) que ledit curé eût à le venir oindre dans ſa chambre au premier avril ſans faute. Le curé vint , & lui remontra qu'il fallait d'abord commencer par la communion , & qu'enſuite il lui donnerait tant de ſaintes huiles qu'il voudrait. Le malade accepta la propoſition ; il ſe fit apporter la communion dans ſa chambre , le premier avril , & là en préſence de témoins , il déclara par devant notaire , *qu'il pardonnait à ſon calomniateur , qui avait*

(*) *Biord* , évêque d'Annecy.

tenté de le perdre , & qui n'avait pu y réuſſir. Le procès verbal en fut dreſſé.

Il dit après cette cérémonie : J'ai eu la ſatisfaction de mourir comme *Guſman* dans Alzire , & je m'en porte mieux. Les plaiſans de Paris croiront que c'eſt un poiſſon d'avril.

L'ennemi , un peu étonné de cette aventure , ne ſe piqua pas de l'imiter ; il ne pardonna point, & n'y fut autre choſe que faire ſuppoſer une déclaration du malade, toute différente de celle qui était authentique , faite par devant notaire , ſignée du teſtateur & des témoins , dûment légaliſée & contrôlée. Deux fauſſaires rédigèrent donc quinze jours après une contre-profeſſion de foi en patois ſavoyard ; mais on n'oſa pas ſuppoſer le ſeing de celui auquel on avait eu la bêtiſe de l'attribuer : voici la lettre que M. de *Voltaire* écrivit ſur ce ſujet.

,, Je ne ſais point mauvais gré à ceux qui m'ont
,, fait parler ſaintement dans un ſtyle ſi barbare
,, & ſi impertinent. Ils ont pu mal exprimer mes
,, ſentimens véritables ; ils ont pu redire dans leur
,, jargon ce que j'ai publié ſi ſouvent en français ,
,, ils n'en ont pas moins exprimé la ſubſtance de
,, mes opinions. Je ſuis d'accord avec eux ; je
,, m'unis à leur foi ; mon zèle éclairé ſeconde leur
,, zèle ignorant ; je me recommande à leurs prières
,, ſavoyardes. Je ſupplie humblement les pieux
,, fauſſaires , qui ont fait rédiger l'acte du 15 avril ,
,, de vouloir bien conſidérer qu'il ne faut jamais
,, faire d'actes faux en faveur de la vérité. Plus la
,, religion catholique eſt vraie , (comme tout le
,, monde le ſait) moins on doit mentir pour elle.

,, Ces petites libertés trop communes autoriferaient
,, d'autres impoftures plus funeftes ; bientôt on fe
,, croirait permis de fabriquer de faux teftamens ,
,, de fauffes donations, de fauffes accufations pour
,, la gloire de D I E U. De plus horribles falfifications
,, ont été employées autrefois.

,, Quelques-uns de ces prétendus témoins ont
,, avoué qu'ils avaient été fubornés , mais qu'ils
,, avaient cru bien faire. Ils ont figné qu'il n'avaient
,, menti qu'à bonne intention.

,, Tout cela s'eft opéré charitablement, fans doute
,, à l'exemple des rétractations imputées à MM. de
,, *Montefquieu* , de la *Chalotais* , de *Montclar* , & de tant
,, d'autres. Ces fraudes pieufes font à la mode depuis
,, environ feize cents ans. Mais quand cette bonne
,, œuvre va jufqu'au crime de faux , on rifque
,, beaucoup dans ce monde en attendant le royaume
,, des cieux. ,,

Notre folitaire continua donc gaiement à faire un
peu de bien quand il le pouvait , en fe moquant de
ceux qui fefaient triftement du mal , & en fortifiant
fouvent par des plaifanteries les vérités les plus
férieufes.

Il avoua qu'il avait pouffé trop loin cette raillerie
contre quelques-uns de fes ennemis. J'ai tort , dit-il ,
dans une de fes lettres ; mais ces meffieurs m'ayant
attaqué pendant quarante ans , la patience m'a
échappé dix ans de fuite.

La révolution faite dans tous les parlemens du
royaume en 1771 , devait l'embarraffer. Il avait deux
neveux , dont l'un entrait au parlement de Paris ,
tandis que l'autre en fortait ; tous deux d'un mérite

diftingué , & d'une probité incorruptible , mais engagés l'un & l'autre dans des partis oppofés. Il ne ceffa de les aimer également tous deux , & d'avoir pour eux les mêmes attentions. Mais il fe déclara hautement pour l'aboliffement de la vénalité , contre laquelle nous avons déjà cité les paroles énergiques du marquis d'*Argenfon*. Le projet de rendre la juftice gratuitement comme S*t Louis* , lui paraiffait admirable. Il écrivit furtout en faveur des malheureux plaideurs qui étaient depuis quatre fiècles obligés de courir à cent cinquante lieues de leurs chaumières pour achever de fe ruiner dans la capitale , foit en perdant leur procès , foit même en le gagnant. Il avait toujours manifefté ces fentimens dans plufieurs de fes écrits ; il fut fidelle à fes principes fans faire fa cour à perfonne.

Il avait alors foixante & dix-huit ans; & cependant en une année il refit la Sophonisbe de *Mairet* toute entière , & compofa la tragédie des lois de Minos. Il ne regardait pas ces ouvrages faits à la hâte pour le théâtre de fon château , comme de bonnes pièces. Les connaiffeurs ne dirent pas beaucoup de mal des lois de Minos. Mais il faut avouer que les ouvrages dramatiques qui n'ont pas paru fur la fcène , & ceux qui n'en font pas reftés long-temps en poffeffion , ne fervent qu'à groffir inutilement la foule des brochures dont l'Europe eft furchargée , de même que les tableaux & les eftampes qui n'entrent point dans les cabinets des amateurs , reftent comme s'ils n'étaient pas.

L'an 1774 , il eut une occafion fingulière d'employer le même empreffement qu'il avait eu le bonheur de fignaler dans les funeftes aventures des *Calas* & des *Sirven*.

Il apprit qu'il y avait à Vefel dans les troupes du roi de Pruffe un jeune gentilhomme français d'un mérite modefte , & d'une fageffe rare. Ce jeune homme n'était que fimple volontaire. C'était le même qui avait été condamné dans Abbeville au fupplice des parricides avec le chevalier de *la Barre* , pour ne s'être pas mis à genoux, pendant la pluie, devant une proceffion de capucins, laquelle avait paffé à cinquante ou foixante pas d'eux.

On avait ajouté à cette charge celle d'avoir chanté une chanfon grivoife de corps-de-garde , faite depuis environ cent ans , & d'avoir récité l'ode à Priape de *Piron*. Cette ode de *Piron* était une débauche d'efprit & de jeuneffe , dont l'emportement fut jugé fi pardonnable par le roi de France *Louis XV*, qu'ayant fu que l'auteur était très-pauvre , il le gratifia d'une penfion fur fa caffette. Ainfi celui qui avait fait la pièce fut récompenfé par un bon roi , & ceux qui l'avaient récitée furent condamnés par des barbares de village au plus épouvantable fupplice.

Trois juges d'Abbeville avaient conduit la procédure ; leur fentence portait que le chevalier de *la Barre*, & fon jeune ami dont je parle , feraient appliqués à la torture ordinaire & extraordinaire , qu'on leur couperait le poing, qu'on leur arracherait la langue avec des tenailles , & qu'on les jeterait vivans dans les flammes.

Des trois juges qui rendirent cette fentence , deux étaient abfolument incompétens ; l'un , parce qu'il était l'ennemi déclaré des parens de ces jeunes gens ; l'autre, parce que s'étant fait autrefois recevoir avocat, il avait depuis acheté & exercé un emploi de procureur dans Abbeville ; que son principal métier était celui de marchand de bœufs & de cochons ; qu'il y avait contre lui des sentences des consuls de la ville d'Abbeville, & que depuis il fut déclaré par la cour des aides incapable d'exercer aucune charge municipale dans le royaume.

Le troisième juge, intimidé par les deux autres, eut la faiblesse de signer, & en eut ensuite des remords aussi cuisans qu'inutiles.

Le chevalier de *la Barre* fut exécuté à l'étonnement de toute l'Europe, qui en frissonne encore d'horreur. Son ami fut condamné par contumace, ayant toujours été dans le pays étranger avant le commencement du procès.

Ce jugement si exécrable & en même temps si absurde, qui a fait un tort éternel à la nation française, était bien plus condamnable que celui qui fit rouer l'innocent *Calas*. Car les juges de *Calas* ne firent d'autre faute que celle de se tromper ; & le crime des juges d'Abbeville fut d'être barbares en ne se trompant pas. Ils condamnèrent deux enfans innocens à une mort aussi cruelle que celle de *Ravaillac* & de *Damiens*, pour une légéreté qui ne méritait pas huit jours de prison. L'on peut dire que depuis la Saint-Barthelemi il ne s'était rien passé de plus affreux. Il est triste de rapporter cet exemple d'une férocité brutale, qu'on ne trouverait pas chez les peuples les plus sauvages ; mais la vérité nous y oblige. On doit surtout remarquer que c'est dans les temps du plus grand luxe, sous l'empire de la mollesse & de la

diffolution

diſſolution la plus effrénée, que ces horreurs ont été commiſes par piété.

M. de *Voltaire* ayant donc ſu qu'un de ces jeunes gens, victime du plus déteſtable fanatiſme qui ait jamais ſouillé la terre, était dans un régiment du roi de Pruſſe, en donna avis à ce monarque, qui ſur le champ eut la généroſité de le faire officier. Le roi de Pruſſe s'informa plus particulièrement de la conduite du jeune gentilhomme ; il ſut qu'il avait appris ſans maître l'art du génie & du deſſin ; il ſut combien il était ſage, réſervé, vertueux ; combien ſa conduite condamnait ſes prétendus juges d'Abbeville. Il daigna l'appeler auprès de ſa perſonne, lui donna une compagnie, le créa ſon ingénieur, l'honora d'une penſion, & répara ainſi par la bienfeſance le crime de la barbarie & de la ſottiſe. Il écrivit à M. de *Voltaire* dans les termes les plus touchans, tout ce qu'il daignait faire pour ce militaire auſſi eſtimable qu'in-fortuné. Nous avons été tous témoins de cette aventure ſi horriblement déshonorante pour la France, & ſi glorieuſe pour un roi philoſophe. Ce grand exemple inſtruira les hommes, mais les corrigera-t-il ?

Immédiatement après, notre vieillard réchauffa les glaces de ſon âge pour profiter des vues patriotiques d'un nouveau miniſtre, qui le premier en France débuta par être le père du peuple. La patrie que M. de *Voltaire* s'était choiſie dans le pays de Gex, eſt une langue de terre de cinq à ſix lieues ſur deux, entre le mont Jura, le lac de Genève, les Alpes & la Suiſſe. Ce pays était infeſté par environ quatre-vingts ſbires des aides & gabelles, qui abuſaient de la dignité de leur bandoulière pour vexer horriblement le peuple à l'infu de leurs maîtres. Le pays était dans la plus effroyable mifère. Il fut affez heureux pour obtenir du bienfefant miniftre un traité par lequel cette folitude (je n'ofe pas dire province) fut délivrée de toute vexation; elle devint libre & heureufe. Je devrais mourir après cela, dit-il, car je ne puis monter plus haut.

Il ne mourut pourtant pas cette fois-là; mais fon noble émule, fon illuftre adverfaire *Catherin Fréron* mourut. Une chofe affez plaifante à mon gré, c'eft que M. de *Voltaire* reçut de Paris une invitation de fe trouver à l'enterrement de ce pauvre diable. Une femme, qui était apparemment de la famille, lui écrivit une lettre anonyme que j'ai entre les mains; elle lui propofait très-férieufement de marier la fille de *Fréron*, puifqu'il avait marié la defcendante de *Corneille*. Elle l'en conjurait avec beaucoup d'inftance; & elle lui indiquait le curé de la Magdelène à Paris, auquel il devait s'adreffer pour cette affaire. M. de *Voltaire* me dit, fi *Fréron* a fait le Cid, Cinna, & Polyeucte, je marierai fa fille fans difficulté.

Il ne recevait pas toujours des lettres anonymes. Un M. *Clément* lui en adreffait plufieurs au bas defquelles il mettait fon nom. Ce *Clément*, maître de quartier dans un collége de Dijon, & qui fe donnait pour maître dans l'art de raifonner & dans l'art d'écrire, était venu à Paris vivre d'un métier qu'on peut faire fans apprentiffage. Il fe fit folliculaire. M. l'abbé de *Voifenon* écrivit : *Zoïle genuit Mevium, Mevius genuit Guyot Desfontaines, Guyot autem genuit Freron, Freron autem genuit Clement*, & voilà comme on dégénère dans les grandes maifons. Ce M. *Clément* avait attaqué le marquis de *Saint-Lambert*, M. *Delille*,

& plufieurs autres membres de l'académie, avec une
véhémence que n'ont pas les plaideurs les plus
acharnés quand il s'agit de toute leur fortune. De quoi
s'agiffait-il ? De quelques vers. Cela reffemble au
docteur de *Molière*, qui écume de colère de ce qu'on
a dit forme de chapeau, & non pas figure de chapeau.
Voici ce que M. de *Voltaire* en écrivit à M. l'abbé
de *Voifenon*.

> „ Il eft bien vrai que l'on m'annonce
> „ Les lettres de maître Clément.
> „ Il a beau m'écrire fouvent,
> „ Il n'obtiendra point de réponfe.
> „ Je ne ferai pas affez fot
> „ Pour m'embarquer dans ces querelles.
> „ Si ç'eût été Clément Marot,
> „ Il aurait eu de mes nouvelles.

„ Mais pour M. *Clément* tout court, qui dans un
„ volume beaucoup plus gros que la Henriade, me
„ prouve que la Henriade ne vaut pas grand'-chofe;
„ hélas ! il y a foixante ans que je le favais comme
„ lui. J'avais débuté à vingt-un ans par le fecond
„ chant de la Henriade. J'étais alors tel qu'eft aujour-
„ d'hui M. *Clément*, je ne favais de quoi il était
„ queftion. Au lieu de faire un gros livre contre
„ moi, que ne fait-il une Henriade meilleure? cela
„ eft fi aifé ! „

Il y a des fortes d'efprits qui ayant contracté
l'habitude d'écrire, ne peuvent y renoncer dans la
plus extrême vieilleffe : tels furent *Huet* & *Fontenelle*.
Notre auteur, quoiqu'accablé d'années & de maladies, travailla toujours gaiement. L'épître à *Boileau*,

l'épître à *Horace*, la tactique, le Dialogue de Pégafe & du Vieillard, *Jean* qui pleure & qui rit, & plufieurs petites pièces dans ce goût, furent écrites à quatre-vingt-deux ans. Il fit auffi les Queftions fur l'Encyclopédie. On fefait plufieurs éditions à la fois de chaque volume à mefure qu'il en paraiffait un. Ils font tous imprimés affez incorrectement.

Il y a fur l'article *Meffie* un fait affez étrange, & qui montre que les yeux de l'envie ne font pas toujours clair-voyans. Cet article *Meffie*, déjà imprimé dans la grande Encyclopédie de Paris, eft de M. *Polier de Bottens*, premier pafteur de l'Eglife de Laufane, homme auffi refpectable par fa vertu que par fon érudition. L'article eft fage, profond, inftructif. Nous en poffédons l'original écrit de la propre main de l'auteur. On crut qu'il était de M. de *Voltaire*, & on y trouva cent erreurs. Dès qu'on fut qu'il était d'un prêtre, l'ouvrage fut très-chrétien.

Parmi ceux qui tombèrent dans ce piége, il faut daigner compter l'ex-jéfuite *Nonotte*. C'eft ce même homme qui s'avifa de nier qu'il y eut dans le Dauphiné une petite ville de Livron, affiégée par l'ordre de *Henri III;* qui ne favait pas que des rois de la première race avaient eu plufieurs femmes à la fois; qui ignorait qu'*Eucherius* était le premier auteur de la fable de la légion thébaine. C'eft lui qui écrivit deux volumes contre l'*Effai fur les mœurs & l'efprit des nations*, & qui fe méprit à chaque page de ces deux volumes. Son livre fe vendit, parce qu'il attaquait un homme connu.

Le fanatifme de ce *Nonotte* était fi parfait, que dans je ne fais quel *Dictionnaire philofophique, religieux ou anti-philosophique*, il assure, à l'article *Miracle*, qu'une hostie percée à coups de canif dans la ville de Dijon, répandit vingt palettes de sang; & qu'une autre hostie ayant été jetée au feu dans Dole, s'en alla voltigeant sur l'autel. Frère *Nonotte* pour démontrer la vérité de ces deux faits, cite deux vers latins d'un président *Boisvin*, franc-comtois.

Impie, quid dubitas hominemque Deumque fateri?
Se probat esse hominem sanguine, & igne Deum.

Ce qui signifie, en réduisant ces deux vers impertinens à un sens clair:

,, Impie, pourquoi hésites-tu à confesser un
,, homme-Dieu? Il prouve qu'il est homme par le
,, sang, & Dieu par les flammes. ,,

On ne peut mieux prouver: & c'est sur cette preuve que *Nonotte* s'extasie, en disant: *Telle est la manière dont on doit procéder pour régler sa créance sur les miracles.*

Mais ce bon *Nonotte*, en réglant sa créance sur des injures de théologien, & sur des raisonnemens de *petites-maisons*, ne savait pas qu'il y a plus de soixante villes en Europe, où le peuple prétend qu'autrefois les Juifs donnèrent des coups de couteau à des hosties qui répandirent du sang: il ne sait pas qu'on fait encore aujourd'hui commémoration à Bruxelles d'une pareille aventure; & j'y ai entendu, il y a quarante ans, cette belle chanson:

,, Gaudissons-nous, bons chrétiens, au supplice
,, Du vilain juif appelé Jonathan,
,, Qui sur l'autel a, par grande malice,
,, Assassiné le très-saint Sacrement. ,,

O 3

Il ne connaît pas le miracle de la rue aux Ours à Paris, où le peuple brûle tous les ans la figure d'un suisse ou d'un franc-comtois, qui affassina la Ste Vierge & l'enfant JESUS au bout de la rue; & le miracle des carmes nommés billettes, & cent autres miracles dans ce goût, célébrés par la lie du peuple, & mis en évidence par la lie des écrivains, qui veulent qu'on croie à ces fadaises, comme au miracle des noces de Cana & à celui des cinq pains.

Tous ces pères de l'Eglise, les uns en sortant de bicêtre, les autres en sortant du cabaret, quelques-uns en lui demandant l'aumône, lui envoyaient continuellement des libelles & des lettres anonymes: il les jetait au feu sans les lire. C'est en réfléchissant sur l'infame & déplorable métier de ces malheureux foi-difant gens de lettres, qu'il avait composé la petite pièce de vers intitulée *le pauvre diable*, dans laquelle il fait voir évidemment qu'il vaut mille fois mieux être laquais ou portier dans une bonne maison, que de traîner dans les rues, dans un café & dans un galetas, une vie indigente qu'on soutient à peine, en vendant à des libraires des libelles où l'on juge des rois, où l'on outrage les femmes, où l'on gouverne les Etats, & où l'on dit à son prochain des injures sans esprit.

Dans les derniers temps, il avait une profonde indifférence pour ses propres ouvrages dont il fit toujours peu de cas, & dont il ne parlait jamais. On les réimprimait continuellement sans même l'en instruire. Une édition de la Henriade, ou des tragédies, ou de l'histoire, ou de ses pièces fugitives, était-elle sur le point d'être épuisée, une autre édition lui fuccédait fur le champ. Il écrivait fouvent aux libraires : *N'imprimez pas tant de volumes de moi ; on ne va point à la poftérité avec un fi gros bagage.* On ne l'écoutait pas ; on le réimprimait à la hâte ; on ne le confultait point ; & ce qui eft prefque incroyable & très-vrai, c'eft qu'on fit à Genève une magnifique édition *in*-4º, dont il ne vit jamais une feule feuille, & dans laquelle on inféra plufieurs ouvrages qui ne font pas de lui, & dont les auteurs font connus. C'eft à propos de toutes ces éditions, qu'il difait & qu'il écrivait à fes amis : *Je me regarde comme un homme mort dont on vend les meubles.*

Le premier magiftrat & le premier pafteur évangélique de Laufane ayant établi une imprimerie dans cette ville, on y fit, fous le nom de Londres, une édition appelée complète. Les éditeurs y ont inféré plus de cent petites pièces en profe & en vers, qui ne peuvent être ni de lui, ni d'un homme de goût, ni d'un homme du monde, telles que celle-ci qui fe trouve dans les opufcules de l'abbé de *Grécourt.*

> Belle maman, foyez l'arbitre,
> Si la fièvre n'eft pas un titre
> Suffifant pour me difculper.
> Je fuis au lit comme un bélître,
> Et c'eft à force de lamper ;
> Mais j'efpère d'en réchapper,
> Puifqu'en recevant cette épître
> L'amour me dreffe mon pupitre.

Telle eft une apothéofe de mademoifelle *le Couvreur*, faite par un précepteur nommé *Bonneval :*

Quel contrafte frappe mes yeux !
Melpomène ici défolée,
Elève avec l'aveu des Dieux
Un magnifique maufolée.

Telle eft cette pièce miférable.

Adieu ma pauvre tabatière,
Adieu doux fruit de mes écus.

Telle eft cette autre intitulée le *loup moralifte.*

Telle eft, je ne fais quelle ode, qui femble être d'un cocher de *Vertamon* devenu capucin, intitulée le *vrai Dieu.*

Ces bêtifes étaient foigneufement recueillies dans l'édition complète, d'après les livres nouveaux de madame *Oudot*, les Almanachs des mufes, le Portefeuille retrouvé, & les autres ouvrages de génie qui bordent à Paris, le pont-neuf & le quai des théatins. Elles fe trouvent en très-grand nombre dans le vingt-troifième tome de cette édition de Laufane. Tout ce fatras eft fait pour les halles. Les éditeurs ont eu encore la bonté d'imprimer à la tête de ces platitudes dégoûtantes, *le tout revu & corrigé par l'auteur même,* qui affurément n'en avait rien vu. Ce n'eft pas ainfi que *Robert Etienne* imprimait. L'antique difette de livres était bien préférable à cette multitude accablante d'écrits, qui inondent aujourd'hui Paris & Londres, & aux fonnets qui pleuvent dans l'Italie.

Quand on falfifia quelques-unes de ces lettres qu'on imprima en Hollande, fous le titre de Lettres fecrètes, il parodia cette ancienne épigramme :

” Voici donc mes lettres fecrètes :
” Si fecrètes que pour lecteur
” Elles n'ont que leur imprimeur,
” Et ces meſſieurs qui les ont faites. ”

Nous voulons bien ne pas dire quel eſt le galant homme qui fit imprimer en 1766 à Amſterdam, ſous le titre de Genève, les *Lettres de M. de Voltaire à ſes amis du Parnaſſe, avec des notes hiſtoriques & critiques.* Cet éditeur compte parmi ſes amis du Parnaſſe, la reine de Suéde, l'électeur Palatin, le roi de Pologne, le roi de Pruſſe. Voilà de bons amis intimes & un beau Parnaſſe. L'éditeur, non-content de cette extrême impertinence, y ajouta, pour vendre ſon livre, la friponnerie dont *la Beaumelle* avait donné le premier exemple. Il falſifia quelques lettres qui avaient en effet couru, & entr'autres une lettre ſur la langue françaiſe & l'italienne, écrite en 1761 à M. *Tovazi Deodati,* dans laquelle ce fauſſaire déchire avec la plus platte groſſièreté les plus grands ſeigneurs de France. Heureuſement il prêtait ſon ſtyle à l'auteur, ſous le nom duquel il écrivait pour le perdre. Il fait dire à M. de *Voltaire que les dames de Verſailles ſont d'agréables commères, & que Jean-Jacques Rouſſeau eſt leur toutou.* C'eſt ainſi qu'en France nous avons eu de puiſſans génies à deux ſous la feuille, qui ont fait les lettres de *Ninon,* de *Maintenon,* du cardinal *Albéroni,* de la reine *Chriſtine,* de *Mandrin* &c. Le plus naturel de ces beaux eſprits, (*) était celui qui diſait : Je m'occupe à préſent à faire des penſées de la *Rochefoucauld.*

(*) *Capron*, dentiſte très-connu dans ſon temps.

EXTRAIT

D'UN ECRIT PERIODIQUE (*)

INTITULÉ:

NOUVELLE BIBLIOTHEQUE,

Novembre 1740.

M*ACHIAVEL* publia ſon *Prince* environ l'an 1515, & le dédia à *Laurent de Médicis*, neveu du papé *Léon X*. Ce pape, loin de ſavoir mauvais gré à *Machiavel* d'avoir réduit en art la méchanceté des hommes, l'engagea à compoſer d'autres ouvrages.

Adrien VI & *Clément VII* firent cas du livre. *Clément VII* accorda à l'auteur un privilége daté du 23 août 1531. Dix papes conſécutivement permirent le débit du *Prince* de *Machiavel*, tandis que d'excellens livres de morale étaient à l'index. Enfin *Clément VIII* condamna cet ouvrage dangereux lorſqu'il n'était plus temps, & qu'il y avait preſcription.

Il paraît enfin, après plus de deux cents années, une réfutation en forme de cet ouvrage.

M. de *Voltaire*, éditeur de cette réfutation, nous inſinue dans ſa préface que l'auteur eſt un homme d'un très-haut rang, & dans une très-grande place. Notre emploi de journaliſte, conſiſte à rendre ſeulement compte au public des ouvrages qui peuvent l'inſtruire & lui plaire. Nous ne prétendons pas jeter des regards indiſcrets ſur ce qu'on croit devoir dérober à nos yeux: mais s'il eſt vrai, ce que l'on commence

(*) On a cru que cet article a été envoyé aux journaliſtes par M. de *Voltaire*.

à dire, que c'eſt un prince qui a fait cet ouvrage, qu'il nous ſoit permis de remercier le ciel d'avoir inſpiré de tels ſentimens à un homme chargé du bonheur des autres hommes.

Nous ne connaiſſons aucun livre moral comparable à celui que nous annonçons. La plupart des autres livres peuvent former d'honnêtes citoyens ; mais où ſont les livres qui forment les rois ? Depuis le ſage *Antonin*, il n'a paru rien de pareil ſur la terre. On apprend ailleurs à régler ſes mœurs, à vivre en homme ſociable ; ici on apprend à régner.

Nous ſouhaitons que tous les ſouverains & tous les miniſtres liſent ce livre, parce que nous ſouhaitons le bonheur du genre-humain, ſi pourtant la lecture d'un bon livre peut ſervir à rendre meilleur, & ſi le poiſon des cours n'eſt pas plus fort que cette nourriture ſalutaire que nous conſeillons.

L'avant-propos de l'auteur eſt écrit avec cette éloquence vraie que le cœur ſeul peut donner : en voici un exemple :

„ Combien n'eſt point déplorable la ſituation des „ peuples, lorſqu'ils ont tout à craindre de l'abus du „ pouvoir ſouverain ; lorſque leurs biens ſont en proie „ à l'avarice du prince, leur liberté à ſes caprices, „ leur repos à ſon ambition, leur ſureté à ſa perfidie, „ & leur vie à ſes cruautés ! C'eſt-là le tableau tragique „ d'un Etat où règnerait un prince comme *Machiavel* „ prétend le former. „

Ne ſent-on pas ſon cœur ému d'une tendreſſe reſpectueuſe quand on lit ces paroles ; & ne prodiguerait-on pas ſon ſang pour un prince qui penſerait ainſi, qui parlerait des ſouverains comme un particulier, qui ſerait pénétré de nos mêmes ſentimens,

qui élèverait ainſi ſa voix avec nous pour déteſter la
tyrannie ?

Ce qui nous a étonnés, c'eſt ce langage ſi pur,
cet uſage ſi ſingulier d'une langue qui n'eſt pas,
dit-on, celle de l'auteur. Pluſieurs morceaux nous
ont ſemblé écrits dans des termes ſi énergiques;
le mot propre nous a parú ſi ſouvent employé, &
ſi ſouvent mis à ſa place, que nous avons douté
quelque temps que l'ouvrage fût d'un étranger. Pour
nous en inſtruire, nous avons conſulté l'éditeur
lui-même, & nous avons vu entre ſes mains la preuve
évidente que ces traits dont nous parlons ſont en effet
de la main reſpectable dont nous doutions.

L'Eſſai de critique ſur *Machiavel* a autant de
chapitres que l'ouvrage de cet italien, intitulé *le
Prince*: mais ce n'eſt pas une réfutation continuelle:
ce ſont ſouvent des réflexions à l'occaſion de celles
de l'italien; ce ſont mille exemples tirés de l'hiſtoire
ancienne & moderne; c'eſt un raiſonnement fort &
ſuivi, c'eſt par-tout la vertu la plus pure, par-tout la
preuve que la meilleure politique eſt d'être vertueux.

Une de ces choſes qui nous a le plus frappés, c'eſt
ce que nous avons trouvé au chapitre III.

„ Si aujourd'hui parmi les chrétiens il y a moins
„ de révolutions, c'eſt que les principes de la ſaine
„ morale commencent à être plus répandus ; les
„ hommes ont plus cultivé leur eſprit, ils en ſont
„ moins féroces ; & peut-être eſt-ce une obligation
„ qu'on a aux gens de lettres qui ont poli l'Europe. „

Il ſemblerait à la première lecture, que c'eſt un
homme de lettres qui a écrit ce paſſage, ſoit par un
intérêt particulier, ſoit pour le goût que l'on ſent
toujours pour ſa profeſſion, & par ce déſir naturel

de la rendre plus recommandable. Il est pourtant très-certain, & nous en sommes convaincus par le témoignage de nos yeux & par la confrontation la plus scrupuleuse, que ce n'est point un homme de lettres, un simple philosophe qui parle ainsi; c'est un homme né dans un rang où il est ordinaire de mépriser les gens de lettres, de les compter pour rien dans l'Etat, d'ignorer même s'ils existent.

Quelle bonté, & quelle magnanimité dans tout le reste de l'ouvrage! comme la vertu qui y règne est indulgente! qu'elle est éloignée de cette superstition pédantesque qui s'effarouche de tout! qu'on sent bien que c'est un homme qui écrit, & non pas un pédagogue qui veut se mettre au-dessus de l'homme!

Plus d'un prince à la vérité a honoré les sciences par des écrits qui ont passé à la postérité. Les Césars de *Julien*, ce philosophe couronné, vivront tant qu'il y aura du goût sur la terre; mais ce n'est qu'une satire ingénieuse. Ses autres écrits seront estimés des savans, mais la vertu & l'éloquence qui y règnent sont employées à soutenir une cause que nous réprouvons. *Henri VIII* d'Angleterre écrivit contre *Luther*; mais on ne lit ni l'un ni l'autre. *Jacques I* composa des ouvrages; mais ni son règne ni ses écrits n'ont eu l'approbation universelle. Si nous remontons jusqu'à *Jules César*, nous avons perdu sa tragédie d'Oedipe, & nous avons ses commentaires; ils sont le bréviaire, dit-on, des gens de guerre, moins lus peut-être qu'estimés. Après tout, c'est l'ouvrage d'un usurpateur, & l'histoire des malheurs qu'il a causés, non moins que des belles actions qu'il a faites; mais il n'y a pas une page dans le livre que nous annonçons,

qui ne soit destinée à rendre les hommes meilleurs &
plus heureux.

L'auteur d'un roman intitulé *Sethos*, a dit que si le
bonheur du monde pouvait naître d'un livre, il naîtrait
de Télémaque. Qu'il nous soit permis de dire qu'à cet
égard l'Anti-Machiavel l'emporte peut-être beaucoup
sur le Télémaque même ; l'un est principalement fait
pour les jeunes gens, l'autre pour des hommes. Le
roman aimable & moral de Télémaque est un tissu
d'aventures incroyables, & l'Anti-Machiavel est plein
d'exemples réels, tirés de l'histoire. Le roman inspire
une vertu presque idéale, des principes de gouvernement faits pour les temps fabuleux, qu'on nomme
héroïques. Il veut par exemple qu'on divise les
citoyens en sept classes : il donne à chaque classe un
vêtement distinctif. Il bannit entièrement le luxe, qui
est pourtant l'ame d'un grand Etat, & le principe du
commerce. L'Anti-Machiavel inspire une vertu d'usage;
ses principes sont applicables à tous les gouvernemens
de l'Europe. Enfin, le Télémaque est écrit dans cette
prose poëtique que personne ne doit imiter, & qui n'est
convenable que dans cette suite de l'Odyssée, laquelle
a l'air d'un poëme grec traduit en prose française.

Ici on voit un style uni, mais vigoureux & plein,
un langage mâle fait pour les choses sérieuses que l'on
traite. On y rencontre à tout moment de ces tours
naïfs qui partent d'un cœur pénétré ; la vérité y est
sans art & sans détour.

Voici un de ces morceaux naturels qui nous ont
frappés.

„ Les princes qui ont été hommes avant de devenir
„ rois, peuvent se ressouvenir de ce qu'ils ont été, &
„ ne s'accoutument pas si facilement aux alimens de

,, la flaterie. Ceux qui ont régné toute leur vie, ont
,, toujours été nourris d'encens comme les dieux, &
,, ils mourraient d'inanition s'ils manquaient de
,, louanges. ,,

Nous avons été surpris de trouver au commencement du chapitre XXV des penfées fur la liberté
& la néceffité, qui fuppofent une connaiffance auffi
profonde de la métaphyfique que de la morale. Nous
craignons de nous laiffer emporter ici au plaifir que
nous a fait cette lecture; & qu'on ne penfe pas que le
nom de l'auteur auquel on attribue l'ouvrage nous
en ait impofé ; c'eft fur quoi nous nous fommes
examinés nous-mêmes avec fcrupule. Nous fommes
dans un pays libre, où on n'a rien à efpérer ni à
craindre de ceux du rang de l'illuftre auteur qu'on
foupçonne. Nous fommes inconnus, & nous nous
flattons de l'être toujours ; la feule vérité conduit
notre plume.

Il a paru deux autres éditions fubreptices de cet
ouvrage, intitulées, *Examen de Machiavel*, ou *Anti-
Machiavel* ; l'une à Londres, chez *Meyer*, dans le
Strand, & l'autre à la Haye, chez *J. Vanduren;* mais
M. de *Voltaire* les défavoue. Elles font informes,
pleines de fautes groffières & d'interpolations. Il y a
des endroits où l'on trouve des dix lignes entièrement
oubliées, & d'autres où le fens eft entièrement défiguré.
Il en va paraître une quatrième; on traduit l'ouvrage
en anglais & en italien ; on ne faurait trop multiplier
une inftruction faite pour tous les temps & pour tous
les hommes.

OBSERVATIONS

Sur le livre intitulé : De l'homme ou des principes &
des lois , de l'influence de l'ame fur le corps , &
du corps fur l'ame ; en 3 volumes , par J. P.
Marat , docteur en médecine. A Amfterdam , chez
Marc-Michel Rey , 1775.

L'AUTEUR eft pénétré de la noble envie d'inftruire
tous les hommes de ce qu'ils font , & de leur apprendre tous les fecrets que l'on cherche en vain depuis
fi long-temps.

Qu'il nous permette d'abord de lui dire qu'en
entrant dans cette vafte & difficile carrière , un génie
auffi éclairé que le fien devrait avoir quelques ména-
gemens pour ceux qui l'ont parcourue. Il eût été fage
& utile de nous montrer des vérités neuves fans
déprifer celles qui nous ont été annoncées par
MM. de *Buffon* , *Haller* , *le Cat* , & tant d'autres. Il
fallait commencer par rendre juftice à tous ceux
qui ont effayé de nous faire connaître l'homme ,
pour fe concilier du moins la bienveillance de l'être
dont on parle ; & quand on n'a rien de nouveau
à dire , finon que le fiége de l'ame eft dans les
méninges , on ne doit pas prodiguer le mépris pour
les autres & l'eftime pour foi-même à un point qui
révolte tous les lecteurs , à qui cependant l'on veut
plaire.

Si. M. *J. P. Marat* traite mal fes contemporains ,
il faut avouer qu'il ne traite pas mieux les anciens
philofophes. *Les auteurs les plus diftingués* , dit-il dans
fon difcours préliminaire , *Ariftote* , *Socrate* , *Platon* ,
Diogène ,

Diogène, Epicure, difent bien chacun que l'ame eft un efprit; mais ils croient tous cet efprit une matière fubtile & déliée. Ainfi, faute de bonnes obfervations, les philofophes furent arrêtés dès les premiers pas, & tout leur favoir fe borna à diftinguer l'homme du refte des animaux par fa configuration corporelle.

Nous repréfenterons d'abord qu'il ne doit rien reprocher à *Socrate*, puifque *Socrate* n'a jamais rien écrit; nous le ferons fouvenir que *Platon* fut le premier chez les Grecs qui enfeigna non-feulement la fpiritualité de l'ame, mais encore fon immortalité.

Nous lui dirons qu'*Ariftote*, le précepteur d'*Alexandre*, favait fort bien diftinguer fon pupile de Bucéphale, & n'a jamais dit dans aucun de fes ouvrages, qu'il n'y eût d'autre différence entre *Alexandre* & fon cheval, finon qu'*Alexandre* avait deux bras & deux pieds, & fon cheval quatre jambes.

Nous ferons encore fouvenir M. *Marat*, qu'*Epicure* ne difait point que l'ame fût un efprit; il difait, comme tous fes difciples, que l'homme penfe avec fa tête comme il marche avec fes pieds.

A l'égard de *Diogène*, il faut avouer que ce n'eft guère un homme à citer, non plus que ceux qui ont voulu faire parler d'eux en l'imitant.

M. *Marat* croit avoir découvert que le fuc des nerfs eft le lien de communication entre les deux fubftances, le corps & l'ame.

C'eft avoir fait en effet une grande découverte que d'avoir vu de fes yeux cette fubftance qui lie la matière & l'efprit. Ce fuc eft apparemment quelque chofe qui tient des deux autres, puifqu'il leur fert de paffage, comme les zoophytes, à ce qu'on prétend, font le passage du règne végétal au règne animal.

Mais comme perſonne n'a jamais vu, du moins juſqu'à préſent, ce ſuc nerveux qui ſert de médiateur à l'eſprit & à la matière, nous prierons l'auteur de nous le faire voir afin que nous n'en doutions pas.

Voici comme l'auteur s'exprime enſuite : *J'entends ici les métaphyſiciens s'écrier : Quoi donc ! l'ame eſt-elle ſi matérielle que la matière agiſſe ſur elle ? Laiſſons ces hommes orgueilleuſement ignorans, qui ne veulent admettre que ce que leur eſprit borné peut comprendre, & fermer leurs yeux à l'évidence pour ne rien voir au-deſſus de leur capacité.*

Perſonne ne trouvera bon qu'on traite les *Lockes*, les *Mallebranches*, les *Condillacs*, d'hommes orgueilleuſement ignorans. On pouvait établir le ſuc nerveux ſans leur dire des injures ; elles ne ſont des raiſons ni en phyſique ni en métaphyſique.

Que ſont, dit-il, *les argumens ſpécieux de le Cat, contre des preuves directes ? L'ame n'eſt pas matérielle & n'occupe aucun lieu à la manière des corps. Soit : mais s'enſuit-il de-là qu'elle n'ait aucun ſiége déterminé ?*

Non, Monſieur, il ne s'enſuit pas que l'ame n'ait point de place ; mais il ne s'enſuit pas auſſi qu'elle demeure dans les méninges qui ſont tapiſſées de quelques nerfs.

Il vaut mieux avouer qu'on n'a pas vu encore ſon logis, que d'aſſurer qu'elle eſt logée ſous cette tapiſſerie : car enfin, comme les nerfs n'aboutiſſent pas à ces méninges, ſi elle réſidait dans chacun de ces nerfs, elle y ſerait étendue & vous n'y trouveriez pas votre compte. Laiſſez faire à Dieu, croyez-moi ; lui ſeul a préparé ſon hôtellerie, & il ne vous a pas fait ſon maréchal des logis.

Vous avez beau dire que *la pensée fait vivre l'homme dans le passé, le présent, & l'avenir ; l'élève au-dessus des objets sensibles, le transporte dans les champs immenses de l'imagination ; étend pour ainsi dire à ses yeux les bornes de l'univers ; lui découvre de nouveaux mondes ; & le fait jouir du néant même.*

Nous vous félicitons de jouir du néant ; c'est un grand empire, régnez-y ; mais insultez un peu moins les gens qui font quelque chose.

Vous avez un grand chapitre, intitulé, *Réfutation d'un sophisme d'Helvétius.* Vous auriez pu parler plus poliment d'un homme généreux qui payait bien ses médecins. Vous dites : *Laissons au sophiste Helvétius à vouloir déduire par des raisonnemens alambiqués, toutes les passions de la sensibilité physique ; il n'en déduira jamais l'amour de la gloire.... qu'importe à César l'estime publique? Est-il quelques délices attachées à la vertu & au savoir, refusées à la puissance ? Pourquoi Alexandre, Auguste, Trajan, Charles-Quint, Christine, Fréderic III, non contens de la gloire des monarques & des héros, aspirent-ils encore à celle d'auteurs? pourquoi veulent-ils aussi ombrager leur front des lauriers du génie ? C'est qu'ils font avides d'honneur & délicats en estime.*

On vous dira, Monsieur, que de tous ces gens si délicats en estime dont vous parlez, pas un n'a été auteur, excepté le dernier.

Nous n'avons, ce me semble, aucun livre ni des *Alexandre*, ni des *Trajan*; & quant à *Frédéric le grand*, ce que vous dites de lui ne paraît pas avoir été dicté par la voix publique. Son fluide *nerveux*, selon vous, lui a persuadé *qu'en remportant des victoires, il a dédaigné une estime qu'il n'avait pas méritée ; il a voulu*

P 2

*une gloire fondée sur le mérite personnel , & il l'a cherchée
dans la science ; les ames passionnées de la gloire aiment
l'estime pour l'estime.*

L'Europe vous dira, Monsieur, qu'il a mérité cette
estime en hasardant son sang & ses méninges dans
vingt batailles , & que s'il a mérité un autre degré
d'estime en cultivant les belles-lettres & en les pro-
tégeant, vous ne devez pas pour cela outrager M. *Helvétius* qui a été aimé par ce grand prince. Les batailles
du roi de Prusse n'ont rien de commun, ni avec un
système de médecin , ni avec M. *Helvétius*, qui a soutenu
l'axiome si ancien , rien n'est dans l'entendement qui
n'ait été dans les sens.

Rien ne décrédite plus un système de physique que
de s'écarter ainsi de son sujet. Il ne faut pas sortir à
tout moment de sa maison pour s'aller faire des querelles dans la rue.

M. *Marat* ayant prouvé que l'homme a une ame
& une volonté , intitule un chapitre : *Observations
curieuses sur nos sensations & sur nos sentimens.*

Ces observations curieuses sont : „ Le spectacle
„ d'une tempête de la mer en fureur, du ciel en
„ feu, du mugissement des eaux, de celui des vents
„ déchaînés, & du roulement du tonnerre. „ Il oppose
à cette description neuve & bien placée , „ la vue
„ (non moins neuve) d'une belle campagne que le
„ soleil éclaire de ses derniers rayons à la fin d'une
„ journée sereine , le doux chant des oiseaux amou-
„ reux , le murmure des ruisseaux coulant sur la
„ pelouse, leur onde argentée, le parfum des fleurs ,
„ & les caresses légères des zéphirs , le tout portant
„ l'ivresse dans l'ame. „

Après avoir approfondi ces idées philofophiques d'une tempête & d'un beau foir d'été, il donne au public l'idée de la vraie force de l'ame. *Quelle eft donc l'ame forte*, dit-il? *ce n'eft point ce bouillant Achille qui affronte tout danger; ce n'eft point ce furieux Alexandre qui fait mollir fous fon bras fes nombreux ennemis; ce n'eft point cet auftère Caton qui fe perce le flanc, & qui fe déchire les entrailles ?*

Vous remarquerez que quelques pages auparavant, l'auteur a dit ces propres mots : *Achille, le fer à la main, s'ouvrant un paffage jufqu'à Hector, au travers des bataillons ennemis, & renverfant comme un torrent impétueux tout ce qui s'oppofe à fon paffage; voilà l'homme intrépide.*

Si monfieur le docteur en médecine fe contredit ainfi dans fes confultations, il ne fera pas appelé fouvent par fes confrères. Mais en parlant d'*Achille*, il devait fe fouvenir qu'il était invulnérable, & que par conféquent il n'avait pas un grand mérite à être fi intrépide.

Et c'eft par ces déclamations qu'il prouve que le fluide des nerfs agit fur l'ame & l'ame fur eux ! C'eft après avoir bien connu le tempérament d'*Achille* & d'*Alexandre*, qu'il décide *que jamais un corps délicat & vigoureux ne logea une ame forte.*

Il eft bien difficile en effet qu'un corps foit délicat & vigoureux. Mais fans infifter fur cette inadvertance, l'on doit remarquer qu'on a vu cent fois dans nos armées des officiers du tempérament le plus faible & du courage le plus grand; des malades fortir de leur lit pour fe faire porter à l'ennemi fur les bras de leurs grenadiers. M. *Marat* femble avoir calomnié la nature humaine plus qu'il ne l'a connue.

P 3

Enfin, quand on a lu cette longue déclamation en trois volumes, qui nous annonce la connaissance parfaite de l'homme, on est fâché de ne trouver que ce qui a été répété depuis trois mille ans en tant de langues différentes. Il eut été plus sensé de s'en tenir à la description de l'homme, qu'on voit dans le second & le troisième tomes de l'Histoire naturelle. C'est-là qu'en effet on apprend à se connaître ; c'est-là, comme nous l'avons déjà dit, qu'on apprend à vivre & à mourir ; tout y est exposé avec vérité & avec sagesse, depuis la naissance jusqu'à la mort.

M. *Marat* a suivi des routes différentes. Il finit par dire *qu'il a découvert les causes, & qu'on peut les déterminer avec précision, en appliquant le calcul aux effets. Il nous assure que l'humeur morale, l'activité, l'indolence, l'ardeur, la froideur, l'impétuosité, la langueur, le courage, la timidité, la pusillanimité, l'audace, la franchise, la dissimulation, l'étourderie, la réserve, la tendresse ; le penchant à la volupté, à l'ivrognerie, à la gourmandise, à l'avarice, à la gloire, à l'ambition ; la docilité, l'opiniâtreté, la folie, la sagesse, la raison, l'imagination, le souvenir, la réminiscence, la pénétration, la stupidité, la sagacité, la pesanteur, la délicatesse, la grossièreté, la légèreté, la profondeur, &c. ne sont pas des qualités inhérentes à l'esprit ou au cœur, mais des manières d'exister de l'ame qui tiennent à l'état des organes corporels ; comme les couleurs, le chaud, le froid, ne sont pas des attributs essentiels à la matière, mais des qualités dépendantes de la texture & du mouvement de ses particules.*

L'auteur finit par se féliciter d'avoir développé la sensibilité corporelle, la régularité, le désordre du cours des liqueurs, le reffort primitif & organique, l'atonie, la tenfion moyenne, la rigidité des fibres, la force & le volume des organes; *toutes caufes fecrétes*, dit-il, *de cette fingulière harmonie que les philofophes ont obfervée entre les fubftances qui compofent notre être, & dont aucun encore n'a pu rendre raifon.*

Après s'être ainfi remercié de nous avoir découvert *les principes cachés de cette influence prodigieufe de l'ame fur le corps & du corps fur l'ame*, il affure qu'elle a été jufqu'à lui un fecret impénétrable.

Cette peroraifon eft fuivie enfin d'une invocation. C'eft une marche contraire à celle de tous les ouvrages de génie, & furtout à celle des romans, foit en vers, foit en profe. Il invoque l'auteur de la Nouvelle Héloïfe & d'Emile. *Prête-moi la plume*, dit-il, *pour célébrer toutes ces merveilles. Prête-moi ce talent enchanteur de montrer la nature dans toute fa beauté. Prête-moi ces accens fublimes* avec lefquels tu as enfeigné à tous les princes qu'ils doivent époufer la fille du bourreau fi elle leur convient; que tout brave gentilhomme doit commencer par être garçon menuifier; & que l'honneur joint à la prudence, eft d'affaffiner fon ennemi au lieu de fe battre avec lui comme un fot.

Il eft plaifant qu'un médecin cite deux romans, l'un nommé Héloïfe & l'autre Emile, au lieu de citer *Boërhave & Hippocrate*. Mais c'eft ainfi qu'on écrit trop fouvent de nos jours; on confond tous les genres & tous les ftyles; on affeéte d'être empoulé dans une differtation phyfique, & de parler de médecine en épigrammes. Chacun fait fes efforts pour furprendre fes leéteurs. On voit par-tout *Arlequin* qui fait la cabriole pour egayer le parterre.

P 4

Sur le livre de la Félicité publique ; nouvelle édition.
A Bouillon, de l'imprimerie de la société typographique.

Après tant de futilités par souscription ou sans
souscription , tant de pièces de théâtre dont il faut
rendre compte lorsqu'elles ne subsistent plus , tant
de petites querelles littéraires qui n'intéressent que les
disputans ; dans cette foule d'ouvrages & d'affiches d'un
moment , qui annoncent la connaissance de la nature ,
la science du gouvernement , les moyens faciles de
payer sans argent les dettes de l'Etat , & les drames
qu'on doit jouer aux marionnettes, à la fin nous avons
un bon livre de plus.

On crut d'abord que le titre était une plaisanterie.
Quelques lecteurs voyant que l'auteur parlait sérieu-
sement , s'imaginèrent que c'était un de ces politiques
qui font le destin du monde du haut de leurs galetas,
& qui , n'ayant pu gouverner une servante , se mettent à enseigner les rois à deux sous la feuille. Il
s'est trouvé que l'ouvrage était d'un guerrier & d'un
philosophe qui réunit la grandeur d'ame des anciens
chevaliers ses ancêtres , & les vertus patriotiques du
chef de la magistrature dont il descend. Nous ne
le nommerons pas , puisqu'il ne s'est pas voulu faire
connaître.

Lorsque cette nouveauté était encore en très-peu
de mains , on demanda à un homme de lettres , *que
pensez-vous de ce livre de la Félicité publique?* Il répondit,
il fait la mienne. Nous pouvons en dire autant.

Cependant nous ne diffimulons pas que *l'Efprit des Lois* a plus de vogue dans l'Europe que la *Félicité publique*, parce que *Montefquieu* eft venu le premier ; parce qu'il eft plus plaifant ; parce que fes chapitres de fix lignes, qui contiennent une épigramme, ne fatiguent point le lecteur ; parce qu'il effleure plus qu'il n'approfondit ; parce qu'il eft encore plus fatirique qu'il n'eft légiflateur ; & qu'ayant été peu favorable à certaines profeffions lucratives, il a flatté la multitude.

Le livre de la *Félicité publique* eft un tableau du genre-humain. On examine dans quel fiècle, dans quel pays, fous quel gouvernement il aurait été plus avantageux pour l'efpèce humaine d'exifter. On parle à la raifon, à l'imagination, au cœur de chaque homme. Aimeriez-vous mieux être né fous un *Conftantin*, qui affaffine toute fa famille, & fon propre fils, & fa femme ; & qui prétend que Dieu lui a envoyé un *labarum* dans les nuées, avec une infcription grecque, fur le chemin de Rome ? Aimeriez-vous mieux vivre fous un *Julien*, qui écrira une déclamation de rhétorique contre vous ? Serez-vous mieux fous *Théodofe*, qui vous invitera à la comédie, vous & tous les citoyens de votre ville, & qui vous fera tous égorger dès que vous aurez pris vos places ? Les Français ont-ils été plus malheureux après la bataille de Montlheri fous *Louis XI*, qu'après la bataille d'Hochftet fous *Louis XIV* ? L'Efpagne qui n'eft peuplée aujourd'hui que d'environ fept millions d'hommes, en a-t-elle eu autrefois cinquante millions ? La France en a-t-elle eu trente-fix millions ? En quelque grand ou petit nombre qu'aient été les habitans de ces contrées, avaient-ils plus de commodités de la vie, plus d'arts, plus de connaiſſances ? Leur raiſon était-elle plus cultivée ſous la maiſon de *Bourbon*, que ſous la maiſon de *Clotaire* ? Quelles ont été les principales cauſes des malheurs épouvantables ſous leſquels le genre-humain a preſque toujours été écraſé ? C'eſt-là le problême que l'auteur eſſaye de réſoudre. Ce n'eſt point un feſeur de ſyſtèmes qui veut éblouir ; ce n'eſt point un charlatan qui veut débiter ſa drogue ; c'eſt un gentilhomme inſtruit, qui s'exprime avec candeur ; c'eſt *Montagne* avec de la méthode.

Sur l'ouvrage intitulé : La vie & les opinions de Triſtram Shandy ; *traduites de l'anglais de Stern, par M. Frénais ; chez Ruault, à Paris.* 1776.

ON a montré depuis quelques années tant de paſſion pour les romans anglais, qu'à la fin un homme de lettres nous a donné une traduction libre de Triſtram Shandy. Il eſt vrai que nous n'avons encore que les quatre premiers volumes, qui annoncent la vie & les opinions de Triſtram Shandy ; le héros qui vient de naître n'eſt pas encore baptiſé. Tout l'ouvrage eſt en préliminaires & en digreſſions. C'eſt une bouffonne-rie continuelle dans le goût de *Scarron*. Le bas comi-que, qui fait le fond de cet ouvrage, n'empêche pas qu'il n'y ait des choſes très-ſérieuſes.

L'auteur anglais était un vicaire de village nommé *Stern*. Il pouſſa la plaiſanterie juſqu'à imprimer dans ſon roman un *ſermon* qu'il avait prononcé *ſur la conſcience* ; & ce qui eſt très-ſingulier, c'eſt que ce ſermon eſt un des meilleurs dont l'éloquence anglaiſe puiffe fe faire honneur. On le trouve tout entier dans la traduction.

On a été furpris que cette traduction foit dédiée à un des plus graves & des plus laborieux miniftres (*) qu'ait jamais eu la France, comme un des plus vertueux. Mais le vertueux & le fage peuvent rire un moment; & d'ailleurs cette dédicace a un mérite noble & rare. Elle eft adreffée à un miniftre qui n'eft plus en place.

On donna un petit extrait des derniers volumes anglais, dans le tome cinquième de la gazette littéraire de l'Europe en 1765 ; & il paraît qu'alors on rendit une exacte juftice à ce livre. Auffi l'auteur de la gazette littéraire était-il auffi inftruit dans les principales langues de l'Europe, que capable de bien juger tous les écrits. Il remarqua que l'auteur anglais n'avait voulu que fe moquer du public pendant deux ans confécutifs, promettant toujours quelque chofe, & ne tenant jamais rien.

Cette aventure, difait le journalifte français, reffemble beaucoup à celle de ce charlatan anglais, qui annonça dans Londres qu'il fe mettrait dans une bouteille de deux pintes, fur le grand théâtre de Hay-Marquet, & qui emporta l'argent des fpectateurs en laiffant la bouteille vide. Elle n'était pas plus vide que la vie de Triftram Shandy.

Cet original qui attrapa ainfi toute la grande-Bretagne avec fa plume, comme le charlatan avec fa bouteille, avait pourtant de la philofophie dans la tête, & tout autant que de bouffonnerie.

(*) M. *Turgot*.

Il y a chez *Stern* des éclairs d'une raison supérieure, comme on en voit dans *Shakespeare*. Et où n'en trouvet-on pas? Il y a un ample magasin d'anciens auteurs, où tout le monde peut puiser à son aise.

Il eût été à désirer que le prédicateur n'eût fait son comique roman, que pour apprendre aux Anglais à ne plus se laisser duper par la charlatanerie des romanciers, & qu'il eût pu corriger la nation qui tombe depuis long-temps, abandonne l'étude des *Lockes* & des *Newtons*, pour les ouvrages les plus extravagans & les plus frivoles. Mais ce n'était pas-là l'intention de l'auteur de Tristram Shandy. Né pauvre & gai, il voulait rire aux dépens de l'Angleterre & gagner de l'argent.

Ces sortes d'ouvrages n'étaient pas inconnus chez les Anglais. Le fameux doyen *Swift* en avait composé plusieurs dans ce goût. On l'avait surnommé le *Rabelais* de l'Angleterre; mais il faut avouer qu'il était bien supérieur à *Rabelais*. Aussi gai & aussi plaisant que notre curé de Meudon, il écrivait dans sa langue avec beaucoup plus de pureté & de finesse que l'auteur de Gargantua dans la sienne; & nous avons des vers de lui d'une élégance & d'une naïveté digne d'*Horace*.

Si on demande quel fut dans notre Europe le premier auteur de ce style bouffon & hardi, dans lequel ont écrit *Stern*, *Swift*, & *Rabelais*, il paraît certain que les premiers qui s'étaient signalés dans cette dangereuse carrière, avaient été deux Allemands nés au quinzième siècle, *Reuchlin* & *Hutten;* ils publièrent les fameuses Lettres des gens obscurs, long-temps avant que *Rabelais* dédiât son Pantagruel & son Gargantua au cardinal *Odet de Châtillon*.

Ces lettres rapportées à l'article *François Rabelais*, dans les Queſtions ſur l'Encyclopédie, (*) ſont écrites dans le latin macaronique, inventé, dit-on, par *Merlin Coccaïe*, pour ſe venger des dominicains; & elles firent par contre-coup un très-grand tort à la cour de Rome, lorſque les fameuſes querelles excitées par la vente des indulgences armèrent tant de nations contre cette cour. L'Italie fut étonnée de voir l'Allemagne lui diſputer le prix de la plaiſanterie comme celui de la théologie. On y raille des mêmes choſes que *Rabelais* tourna depuis en ridicule; mais les railleries allemandes eurent un effet plus ſérieux que la gaieté françaiſe; elles diſpoſèrent les eſprits à ſecouer le joug de Rome, & préparèrent cette grande révolution qui a partagé l'Egliſe.

C'eſt ainſi qu'on a dit que la Satire Ménippée, compoſée principalement par un chanoine de la Sainte-Chapelle de Paris, rendit les états de la ligue ridicules, & applanit le chemin du trône à notre adorable *Henri IV*.

Triſtram Shandy ne fera point de révolution; mais on doit ſavoir gré au traducteur d'avoir ſupprimé des bouffonneries un peu groſſières qu'on a quelquefois reprochées à l'Angleterre.

Il eſt peut-être plus difficile de traduire un *Gilles* qu'un orateur; le dîner de *Trimalcion*, que la nature des dieux de *Ciceron*; & *Salvator-Roſe* que le *Taſſe*.

Il y a eu même des morceaux conſidérables que le traducteur de *Stern* n'a pas oſé rendre en français; comme la Formule d'excommunication uſitée dans

(*) Ces lettres ſe trouvent dans cette édition, volume premier des *Mélanges littéraires*.

l'églife de Rochefter ; nos bienféances ne l'ont pas permis.

On croit que l'on n'achevera pas plus la traduction entière de Triftram Shandy que celle de *Shakefpeare*. Nous fommes dans un temps où l'on tente les ouvrages les plus finguliers , mais non pas où ils réuffiffent.

Sur l'Hiftoire véritable des temps fabuleux ; ouvrage qui , en dévoilant le vrai que les hiftoires ont travefti ou altéré , fert à éclaircir les antiquités des peuples, & furtout à venger l'hiftoire fainte : par M. Guérin du Rocher, prêtre ; 3 volumes d'environ 470 pages chacun. A Paris , chez Berton , libraire &c.

On ne peut qu'applaudir au louable deffein de M. *Guérin du Rocher* ; perfonne ne paraît plus capable que lui de profiter des tentatives qu'on a faites depuis *Jules Africain* jufqu'à *Bochart* & à *Kennicot*, pour jeter quelque lumière dans l'horrible chaos de l'antiquité.

Si nous ofions faire quelques repréfentations au favant auteur de cet ouvrage , nous commencerions par le prier de réformer fon titre , parce que les perfonnes moins inftruites que lui pourront croire que la véritable hiftoire des fables eft précifément la véritable hiftoire des menfonges. Toute fable eft menfonge en effet , excepté les fables morales qui font des leçons allégoriques , telles que celles de *Pilpay* & de *Lokman* , fi connu dans notre Europe fous le nom d'*Efope*.

Quoi qu'il en foit, le favant auteur, dans fon difcours préliminaire, intitulé *Plan de l'ouvrage*, nous avertit qu'un ancien écrivain juif, dont on n'a point les écrits, dit qu'avant les rois de Perfe, quelqu'un avait traduit autrefois une petite partie de la Genèfe. Il ne nous dit pas en quel temps & en quelle langue cette traduction fut faite. Il cite auffi le prophète *Joël*, qui reproche aux Tyriens d'avoir volé quelques uftenfiles facrés à Jérufalem, & d'avoir fait efclaves plufieurs enfans de Juda, qu'ils ont emmenés en pays lointain.

M. *Guérin du Rocher* fuppofe que ces efclaves ainfi tranfplantés ont pu traduire la Genèfe dans la langue des peuples chez qui ils ont demeuré, & faire connaître *Moïfe* & fes prodiges à ces étrangers; que ces étrangers ont pu apprendre par cœur les étonnantes actions de *Moïfe*; qu'ils ont pu enfuite les attribuer à leurs princes, à leurs héros, à leurs demidieux; qu'ils ont pu faire de *Moïfe* leur *Bacchus;* de *Loth* leur *Orphée;* d'*Edith*, femme de *Loth*, leur *Eurydice;* qu'il y avait un roi nommé *Nanaeus*, qui pourrait bien être *Noé;* qu'il y a furtout grande apparence que *Séfoftris* n'eft autre chofe que le *Jofeph* des Hébreux. Mais M. *Guérin* ayant prouvé que *Jofeph* a pu être *Séfoftris*, prouve enfuite que *Séfoftris* a pu être *Jacob;* & qu'ainfi il eft très-poffible que les Juifs aient enfeigné la terre entière.

C'eft ce qu'avait déjà fait le docte *Huet*, évêque d'Avranches, dans fa Démonftration évangélique, écrite en latin, & enrichie de citations grecques, chaldaïques, hébraïques, pour fervir à l'éducation de monfeigneur le dauphin, fils de *Louis XIV*.

Huet fait voir dans son chapitre IV, que *Moïse* était un profond géomètre, un astronome exact, l'inftituteur de toutes les fciences & de tous les rites; qu'il eft le même qu'*Orphée* & qu'*Amphion*; que c'eft lui qu'on a pris pour *Mercure*, pour *Sérapis*, pour *Minos*, pour *Adonis*, pour *Priape*.

Cette démonftration du prélat *Huet*, n'a pas paru bien claire aux hommes de bon fens. Nous efpérons que celle de M. *Guérin du Rocher* réuffira davantage, quoiqu'il ne foit que fimple prêtre.

Il ne fe contente pas de trois volumes qu'il nous donne, il nous en promet encore neuf; c'eft une grande générofité envers le public. M. *Guérin* devrait bien fe contenter de nous avoir appris qu'*Orphée* & *Loth* font la même chofe, & de nous l'avoir prouvé; en obfervant qu'*Orphée* était fuivi par les animaux, & que *Loth*, ayant des troupeaux, était fuivi par les animaux auffi; que de plus, le nom grec d'*Orphée* eft en arabe le même que celui de *Loth*; car le mot *araf*, felon la bibliothèque orientale, fignifie les limbes entre le paradis & l'enfer : donc *Loth* & *Orphée* font évidemment le même perfonnage. On peut dire ce qu'on a dit en pareille occafion; c'eft *puiffamment raifonner*.

Toutes les pages du livre de M. *Guérin* font dans ce goût. Nous exhortons tous ceux qui veulent fe former *l'efprit & le cœur*, comme on dit, à lire le paragraphe dans lequel ce favant auteur démontre que le phénix des Egyptiens, qui renaît de fes propres cendres, n'eft autre chofe que le patriarche *Jofeph* qui fait les obfèques de fon père le patriarche *Jacob*. Mais nous exhortons auffi le favant auteur

à

à daigner traiter avec plus d'indulgence & de politeſſe, ceux qui avant que ſon livre parût ont été
d'un avis différent du ſien, ſur quelques points de
la ténébreuſe antiquité. M. *Guérin du Rocher*, étant
prêtre, devrait les inſtruire plus charitablement : il
les appelle *ignorans & ſacriléges*. Ces épithètes révoltent
quelquefois les pécheurs, au lieu de les corriger.
On cauſe, ſans le ſavoir, la perte d'une brebis
égarée, qu'on aurait pu ramener au bercail par la
douceur.

Il y a déjà dans les trois volumes de M. *Guérin*,
deux à trois mille articles de la force de ceux dont
nous avons rendu compte. Que ſera-ce quand nous
aurons les douze tomes ? Nous ne pouvons deviner
comment ce ramas énorme de fables expliquées
fabuleuſement, & ce chaos de chimères peuvent
venger l'hiſtoire ſainte. M. *Guérin du Rocher* ſuppoſe
toujours qu'il y a une conſpiration contre l'Egliſe,
& que c'eſt à lui à venger l'Egliſe. C'eſt ainſi que
Saint-Sorlin des Marais ſe diſait envoyé de DIEU,
pour être à la tête d'une armée de trente mille
hommes contre les janſéniſtes. Mais qui arme le
bras vengeur de M. *Guérin du Rocher* ? qui attaque
de nos jours l'Egliſe, & qui ſe plaint d'elle ? Sommes-
nous dans le temps où le jéſuite *le Tellier* rempliſſait
les priſons du royaume, des partiſans de la grâce
efficace ? Sommes-nous dans ce ſiècle déplorable,
où des hommes indignes de leur ſaint miniſtère
vendaient dans des cabarets la rémiſſion des péchés,
& feſaient de l'autel un bureau de banque ; où l'on
s'égorgeait d'un bout de l'Europe à l'autre pour des
argumens ; & où l'on aſſaſſinait en Amérique juſqu'à

douze millions d'hommes innocens, pour leur enſei-
gner la voie du ſalut ? *Altri tempi , altre cure.* Nous
avons un chef ſouverain , digne à la fois d'être ſouverain & pontiſe. Nos évêques français donnent tous
les jours des exemples de bienfeſance & de tolérance ,
tous les papiers publics en retentiſſent. L'univers
chrétien eſt en paix. Le ſavant *Guérin du Rocher* ,
prêtre , veut-il troubler cette paix ? Ce brave dom
Quichotte ſe bat contre des moulins à vent. Nous
ſouhaitons à ſon livre le ſuccès de dom *Quichotte*.

Nous prenons ici la liberté de lui dire , à lui &
à ceux qui auraient le malheur d'être ſavans comme
lui , que ce n'eſt point être ſavant comme il faut ,
de compiler juſqu'au plus mortel dégoût , des paſſages
de *Bochart* , de *Calmet* , de *Huet* , & de cent anciens
auteurs pour n'en tirer aucun fruit. Quel bien reviendra-t-il à la ſociété d'apprendre que *Prothée* pourrait
bien être le patriarche *Joſeph* , tout auſſi-bien que
Séſoſtris & le phénix ? *O quantùm eſt in rebus inane !*

*Sur les Mémoires d'Adrien-Maurice de Noailles , duc
& pair , maréchal de France , miniſtre d'Etat ;
6 volumes in-12 : chez Moutard , imprimeur de
la reine &c.*

CE livre très-utile eſt rédigé en ſix volumes , ſur
les pièces originales confiées par un fils du miniſtre
dont il porte le nom , à M. l'abbé *Millot* , avantageuſément connu par ſa manière philoſophique & prudente d'écrire l'hiſtoire. Il eſt vrai que les commentaires de *Céſar* & la vie d'*Alexandre* ne contiennent

qu'un volume ; mais quand il s'agit de rapporter les lettres de *Louis XIV*, de *Louis XV*, du roi d'Espagne *Philippe V*, de la reine sa femme, du duc d'*Orléans* régent de France, de madame de *Maintenon*, de la princesse des *Urfins*, de plus de vingt généraux d'armée & d'autant de ministres, non-feulement on pardonne au rédacteur de publier six tomes considérables, mais tous les hommes d'Etat, & les esprits férieux qui veulent s'instruire, souhaiteraient que l'ouvrage fût plus étendu. Quelques esprits, uniquement occupés des sciences qu'on appelle exactes, ne font aucune attention à ces recueils historiques, à moins qu'ils ne soient écrits avec le style & le génie de *Tacite*. *Mallebranche* disait qu'il ne fesait pas plus de cas de l'histoire que des nouvelles de son quartier. La plupart des lecteurs ne pensent pas ainsi ; ils s'intéressent aux événemens de leur siècle, & à ceux qui ont illustré, ou servi, ou affligé, leur patrie dans le siècle passé ; & quand c'est un ministre d'Etat, un guerrier, qui raconte, l'Europe l'écoute. Si les détails peuvent devenir indifférens à la postérité, ils font chers au temps présent.

Le premier tome de ces mémoires est employé presque tout entier à raconter les services que rendit *Anne-Jules de Noailles*, père d'*Adrien*, maréchal de France comme lui & comme ses deux fils. Ces services consistèrent principalement dans l'obéissance qu'il devait à *Louis XIV*, dont les rigueurs poursuivaient les protestans de son royaume depuis l'an 1680. Le dessein était déjà pris d'abattre tous les temples & de révoquer le fameux édit de Nantes, déclaré irrévocable dans tous les tribunaux du royaume ; édit plus célébre encore par le nom de cet *Henri IV* qui avait triomphé de la ligue catholique par la valeur des réformés ainsi que par la sienne. Les papes avaient appelé ce grand homme, aïeul de *Louis*, *génération bâtarde & détestable de Bourbon*; & *Louis XIV*, qui venait de recevoir le nom de *Grand* à l'hôtel-de-ville de Paris, en 1680, s'apprêtait dès-lors à détruire l'ouvrage du plus cher de ses prédécesseurs, dans le temps même que le pape *Innocent XI* se déclarait son ennemi.

Cette contradiction apparente était, dit-on, le fruit des sollicitations du jésuite *la Chaise*, confesseur du roi, de quelques évêques, & surtout du chancelier *le Tellier*, & de *Louvois* son fils, ennemi de *Colbert*. Il faut savoir que *Colbert* croyait les réformés aussi nécessaires à l'Etat, sous *Louis XIV*, par leur industrie, qu'ils l'avaient été à *Henri IV* par leur courage. *Louvois* ne les croyait que dangereux. On persuada au roi qu'il ressemblerait à *Constantin* & à *Théodose*, en abolissant la religion prétendue réformée ; on lui répéta qu'il n'avait qu'à dire un mot, & que tous les cœurs se soumettraient. Il le crut, parce qu'il avait pendant quarante ans réussi dans tout ce qu'il avait voulu. Il ne considéra pas que ces protestans, qu'on appelait à la cour *huguenots* ou *religionnaires*, n'étaient plus les calvinistes de Jarnac, de Moncontour, & de Saint-Denis ; qu'ils étaient sujets soumis, bons soldats dans les armées, utiles dans la paix par le commerce & par les manufactures, & qu'il risquait de faire passer chez ses ennemis de l'industrie & de l'argent. Pour comble de séduction, la marquise de *Maintenon*, sa nouvelle maîtresse, dont il fit bientôt fa femme , autrefois proteftante elle-même , & devenue auffi dévote qu'ambitieufe , fe joignit au jéfuite *la Chaife*.

Ce fut dans ces circonftances que *Jules de Noailles* fut choifi par le roi pour commander en Languedoc ; & d'*Agueffeau* , père du chancelier , nommé à l'intendance de cette province. Ces deux hommes étaient nés juftes & humains ; mais il fallait obéir à *Louvois*. La populace de ce pays eft vive, impétueufe, ardente, fuperftitieufement attachée à fa croyance ; & cette croyance lui eft infpirée par des pafteurs qui reffemblent à ce troupeau. C'eft au fond parmi les catholiques & les réformés le même efprit que celui du temps des Albigeois. La tolérance & la circonfpeftion font les feules brides qui puiffent bien conduire cette nation des anciens Vifigoths. *Louvois* ne favait que commander : il envoya des foldats & des bourreaux avec des miffionnaires. On fe crut obligé de condamner un pafteur , nommé *Audoyer* , à être pendu , & un autre nommé *Homel* à être roué , en 1683. Ces exécutions firent des profélytes & des martyrs nouveaux dans toutes les provinces méridionales de la France. De faibles fommes que le roi fit diftribuer par *Péliffon* , transfuge catholique , pour acheter des confciences , n'achetèrent que des gueux & des hypocrites qui allèrent à la meffe pour fon argent , & qui bientôt retournèrent à leurs prêches. L'enthoufiafme de la feête fe communiqua dans cent lieues de pays , avec plus d'emportement que la flatterie n'avait paffé de bouche en bouche , avec enthoufiafme, à Paris & à Verfailles pour *Louis XIV* , pendant quarante années , foit dans les prologues

Q 3

d'opéra, foit dans les épilogues des fermons, foit dans le mercure. On ne fait que trop qu'il réfulta de ces fureurs de religion une guerre civile entre le roi & une partie de fon peuple, & que cette guerre civile fut plus barbare que celle des fauvages. Il y périt près de cent mille hommes, dont dix mille moururent par la corde, par la roue, ou par le feu, fous l'adminiftration de l'intendant *Lamoignon-Baville*, fucceffeur de d'*Aguesseau*. Ce magiftrat, d'ailleurs, était très-éclairé & plein de grands talens ; mais entièrement différent d'un autre *Lamoignon*, qui vient de montrer dans nos jours une vertu auffi humaine & une philofophie auffi vraie, que le *Lamoignon-Baville* fit voir de dévouement à *Louis XIV*, & d'inflexibilité dans l'exercice de fon emploi.

Le rédacteur des mémoires d'*Adrien de Noailles*, n'eft entré dans aueun détail de ces temps affreux, dont il ne décrit que les commencemens avec une fage retenue. *Jules de Noailles*, après avoir commandé cinq ans en Languedoc, eft envoyé fur les frontières de la Catalogne contre les Efpagnols, avec qui *Louis XIV* fut prefque toujours en guerre, ainfi que tous fes prédéceffeurs, depuis *Louis XII* jufqu'au temps où, d'ennemi de cette nation, il en devint le protecteur par l'avénement de fon fils le duc d'*Anjou* au trône d'Efpagne. Le roi déclara maréchaux de France, en 1692, *Boufflers*, *Catinat*, & *Jules de Noailles*. Le rédacteur nous inftruit des fervices de *Jules*.

Adrien fon fils époufe en 1697 mademoifelle d'*Aubigné*, nièce de madame de *Maintenon* : le roi lui donne pour préfent de noces 800,000 livres, & la furvivance du gouvernement de Rouffillon, qu'avait

le maréchal fon père. Ce ne font pas jufqu'ici des
événemens qui intéreffent le public, & qui arrêtent
les yeux de la poftérité.

Mais *Charles II* roi d'Efpagne, meurt après avoir
déclaré héritier de tous fes Etats le petit-fils de fon
ennemi; & l'Europe étonnée eft bientôt en mouvement
par cette grande révolution. Le rédacteur n'en déve-
loppe point les refforts; ils ont été déjà affez expofés
dans d'autres hiftoires; il nous fait lire une inftruction
curieufe du grand-père à fon petit-fils; & il remarque
parmi les confeils que *Louis XIV* donnait à *Philippe V*,
celui-ci, qui femble avoir, dit-il, befoin d'explication :
N'ayez jamais d'attachement pour perfonne. Il femble que
Louis alors eût encore le cœur ulcéré de l'ingratitude
qu'il avait éprouvée. Il difait qu'il avait voulu avoir
des amis, & qu'il n'avait trouvé que des chefs de
cabale. Le jeune *Philippe V* ne fut entouré que de
tels courtifans dès qu'il fut à Madrid. On aurait
défiré que le rédacteur eût imité le cardinal de *Retz*,
qui commence fes mémoires par donner une idée
des perfonnages qu'il va faire paraître fur la fcène,
qui peint leur caractère, & nous apprend quels font
leurs talens, leurs dignités, & leurs places. Sans ce
préalable, le lecteur eft fouvent dérouté; quand
l'écrivain fuppofe qu'on connaît tous ceux dont il
parle, il arrive qu'on ne connaît perfonne.

Il n'y avait fans doute que des cabales à la cour
de Madrid lorfque *Philippe V* parut : & qui étaient
les principaux intrigans? le grand inquifiteur *Mendoza*,
dévoué à la maifon d'Autriche; le cardinal *Portocarrero*,
auteur du teftament du feu roi, mais plus ennemi
des Allemands qu'ami des Français; un capucin,

confeffeur de la veuve du roi *Charles II*, & qui ne fe fervit jamais de l'autorité de fa place que pour infpirer à cette reine la haine contre *Louis XIV*, & le mépris pour *Philippe V;* un dominicain, ancien confeffeur de *Charles*, qui employait le refte de fon crédit pour rendre le nouveau roi odieux aux feigneurs & aux femmes dont il dirigeait la confcience depuis la mort de *Charles*. Il fallut que *Louis XIV;* gouvernant de Verfailles fon petit-fils à Madrid, fît exiler & le grand-inquifiteur, & le capucin, & le dominicain. Il fallut encore qu'il interpôfât fon autorité pour faire chaffer je ne fais quel jéfuite allemand, nommé *Kreffa*, qui, à la vérité, ne confeffait que des femmes de chambre de la reine douairière; mais qui favait par elles tous les fecrets de fa maifon, & qui par ce manége, plus commun en Efpagne que dans les autres pays de la communion romaine, était devenu l'efpion & le brouillon le plus perfide qui fût dans l'Eglife. Ainfi *Louis XIV*, fubjugué & trahi lui-même par fon confeffeur jéfuite, puniffait d'autres jéfuites & d'autres confeffeurs en Efpagne, tandis qu'il laiffait le fien mettre le trouble & la défolation dans fon propre royaume. Il donnait des lois à Madrid comme chez lui, par l'organe de fes ambaffadeurs, d'abord par le duc d'*Harcourt*, & enfuite par le comte de *Marfin;* il envoya même à fon petit-fils un miniftre pour gouverner fon tréfor royal, plus mal en ordre alors, s'il fe peut, & plus pauvre que celui de Paris : ce fut *Orri*, père de celui qui fut depuis contrôleur-général en France fous *Louis XV.*

Victor-Amédée, le duc de Savoie, le premier de fa maifon qui obtint depuis le titre de roi, avait en

1697 marié l'une de ses filles au duc de *Bourgogne*, à l'aîné des petits-fils de *Louis XIV*, frère du roi d'Espagne : il offrait son autre fille au roi *Philippe*. *Louis* conclut ce nouveau mariage, & crut s'attacher *Victor-Amédée* par un double lien : la guerre pour la succession au trône d'Espagne était déjà commencée entre l'Empire & la France. L'empereur *Léopold* fefait déjà défiler des troupes dans le Milanais ; *Louis* y avait une armée jointe à celle de Savoie. On sait assez que le prétexte de cette guerre était la fausse idée répandue par la cour autrichienne, que *Louis XIV* avait forgé dans Versailles le testament de *Charles II*, & avait substitué par la fraude la maison de France à la maison d'Autriche. L'empereur était sûr d'être soutenu dans cette grande querelle par l'Angleterre, la Hollande, & le Portugal ; & il négociait déjà secrétement avec le père de la duchesse de *Bourgogne* & de la future reine d'Espagne. On voit par-là que *Victor-Amédée* se rendait lui-même l'ennemi de ses deux filles. On a déjà dit que l'intérêt d'Etat ôte aux rois la douceur d'avoir des parens. Le duc de Savoie, dans l'espérance incertaine de joindre à ses domaines quelques villages de plus, se donna secrétement à l'empereur dans le temps même qu'il était à la tête de l'armée française en Italie, & qu'il fesait partir sa seconde fille pour épouser *Philippe V* : sa défection bientôt après publique, fut la première cause des malheurs de la France pendant près de dix années : il est triste que le rédacteur n'ait pu développer les ressorts qui amenèrent à ce point la politique & l'inconstance d'un souverain & d'un père : mais il ne fait point une histoire ; il rend compte des mémoires qu'on lui a confiés à mesure qu'ils lui passent sous les yeux, sans même suivre l'ordre des temps ; & il suppose toujours qu'il est lu par des personnes instruites.

Le choix d'une dame d'honneur & d'un confesseur est ce qui occupe le plus long-temps les cours de France & d'Espagne. *Louis* insista sur une dame française & sur un confesseur français, mais jésuite ; ces deux points furent les plus importans, & divisèrent bientôt tout Madrid. La princesse des *Ursins*, de la maison de la *Trémouille*, veuve d'un seigneur romain, fut camarera major ; c'est un titre qui répond à celui de dame d'honneur en France. Il laissa au jésuite *Daubenton*, confesseur du roi son petit-fils, le soin de chercher un homme de sa robe, pour être le confesseur de la reine : tout cela fut une source d'obscures intrigues de cour, que les lecteurs aiment à pénétrer, moins par le désir de s'instruire, que par cette malignité secrète qui fixe leurs regards sur les faiblesses des souverains.

Plusieurs écrivains, hommes d'Etat, ont regardé comme une faiblesse ces inquiétudes sur le jansénisme & sur le quiétisme qui tourmentaient alors *Louis XIV.* Ce même monarque, qui avait résisté au pape *Innocent XI* avec une fierté si convenable, se croyait obligé alors de solliciter la condamnation de l'archevêque de Cambray, *Fénélon*, pour avoir soutenu que DIEU méritait d'être aimé sans intérêt, & de l'oratorien *Quesnel*, pour avoir dit qu'une excommunication injuste ne doit empêcher personne de faire son devoir : il recommandait instamment au roi d'Espagne de persécuter les jansénistes de ses Etats de Flandre ; il voulait que le jésuite *Daubenton* lui en

fit un devoir. Il penſait réellement que DIEU le
devait récompenſer pour avoir pourſuivi ceux qu'on
appelait quiétiſtes, janſéniſtes, calviniſtes.

 C'eſt peut-être cette même faibleſſe qui, en cherchant
des occupations réputées faciles, le portait à vouloir
gouverner l'intérieur domeſtique de la reine d'Eſpagne.
Le rédacteur produit des lettres de famille qui piquent
la curioſité. Ces lettres forment des recueils de
tracaſſeries : on voit des rois & des reines à leur
toilette, dans leur lit, à leur garde-robe, tandis que
le prince *Eugène* bat le maréchal de *Villeroi* à Chiari,
tandis que les batailles d'Hochſtet, de Turin, de
Ramillies, font couler le ſang & les larmes dans toutes
les familles de France, & que l'Etat eſt dans une
déſolation auſſi affreuſe que ſous *Philippe de Valois,
Jean*, & *Charles VI*. Les mémoires dont nous rendons
compte, ne parlent guère de ces horribles déſaſtres
conſignés dans les grandes hiſtoires. On vous fait
lire des lettres de la princeſſe des *Urſins*, & d'un
gentilhomme de la manche, nommé *Louville;* l'étiquette du palais tient plus de place que les batailles
de Saragoſſe & d'Almanza : ces minuties royales ſont
chères à quiconque cherche un amuſement dans
la lecture. On eſt bien aiſe de voir les confidences
que la princeſſe des *Urſins* fait à la maréchale,
mère d'*Adrien de Noailles* : *Dites, je vous ſupplie, que c'eſt
moi qui ai l'honneur de prendre la robe de chambre & le pot
de chambre* &c. &c. pag. 72, 73, tom. II. Les gens qui
voudront apprendre les ſecrets de la cour dans ces
mémoires, ne ſauront pas encore tout. La princeſſe
des *Urſins* n'y appelle pas les choſes par leur nom :
la robe de chambre de *Philippe V* était un vieux manteau

court, qui avait fervi à *Charles II*; l'épée du roi était un poignard qu'on pofait derrière fon chevet; la lampe était enfermée dans une lanterne fourde; les pantoufles étaient des fouliers fans oreilles; c'était l'ancienne étiquette religieufement obfervée : on remporta une victoire en la changeant. L'affaire, de donner à la reine un confeffeur & un cuifinier français, fut encore plus longue & plus férieufe. Plufieurs membres du confeil, qu'on nomme le defpacho, voulaient un cuifinier & un confeffeur favoyard. La faction françaife prétendait que tout devait venir de Verfailles. Il y avait une autre difpute fur le perruquier du roi : on l'avait fait venir de Paris ; les barbiers efpagnols ne favaient pas encore faire une perruque ; mais on craignait que le barbier français ne mît dans les fiennes des cheveux tirés de la tête d'un roturier ; & un roi d'Efpagne ne devait être coiffé que de cheveux de gentilhomme.

Quant aux cuifiniers, on craignait ceux d'Italie, parce qu'on avait appris par une lettre anonyme que le prince *Eugène* propofait d'empoifonner le roi d'Efpagne. Cette calomnie, auffi ridicule que honteufe, ne laiffa pas d'être examinée férieufement : elle fait fouvenir des impoftures plus extravagantes encore, qu'on répandit depuis contre le duc d'*Orléans*, régent de France, vers le temps de la mort de *Louis XIV*.

Quant aux confeffions de la reine, qui n'avait que quatorze ans, elle fut affez adroite à cet âge, ou affez bien confeillée par la princeffe des *Urfins*, pour affurer le jéfuite *Daubenton* qu'elle aurait un plaifir extrême à dire tous fes péchés au confeffeur qu'il lui donnerait. C'eſt ici qu'on doit remarquer combien ce jéſuite était dangereux. Il ſe fit bientôt chaſſer de la cour ; il y revint ; il y reconſeſſa *Philippe V.* Si le rédacteur avait ſu comment ce moine termina ſa carrière, il l'aurait peut-être publié : voici cette anecdote dans la plus exacte vérité.

Lorſque le roi d'Eſpagne, attaqué de vapeurs, voulut enfin abdiquer, il confia ſon deſſein à *Daubenton.* Ce prêtre vit bien qu'il ferait forcé d'abdiquer auſſi, & de ſuivre ſon pénitent dans ſa retraite. Il eut l'imprudence de révéler par une lettre la confeſſion du roi au duc d'*Orléans*, régent de France, qui projetait alors le double mariage de mademoiſelle de *Montpenſier*, ſa fille, avec le prince des Aſturies, & celui de *Louis XV* avec l'infante, âgée de cinq ans. *Daubenton* crut que l'intérêt du régent le forcerait à détourner *Philippe* de ſa réſolution, & que ce prince lui pardonnerait toutes les intrigues qu'il avait plus d'une fois tramées à Madrid contre le miniſtère de France : le régent ne les pardonna pas ; il envoya la lettre du confeſſeur au roi, qui n'y fut autre choſe que de la montrer au jéſuite, ſans lui dire un ſeul mot : le jéſuite tomba à la renverſe ; une apoplexie le ſaiſit au ſortir de la chambre, & il mourut peu de temps après. Ce fait eſt décrit avec toutes ſes circonſtances dans l'*Hiſtoire civile de Bellando*, imprimée par ordre exprès du roi d'Eſpagne. Cette anecdote ſe trouve à la page 306 de la quatrième partie.

Revenons aux mémoires d'*Adrien*, maréchal duc de *Noailles*. Voici quelle idée on y donne de *Philippe V :* c'eſt *Louville*, ſon gentilhomme, ſon favori, l'homme de confiance du miniſtre *Colbert de Torci*, qui lui parle ainfi de fon roi. *Il eft faible , timide, irréfolu, n'a jamais de volonté , peu de fentiment. Le reffort qui détermine les hommes n'eft pas en lui ; Dieu lui a donné un efprit fubalterne.*

Les petites intrigues du palais occupent plus de deux volumes entiers. Le cardinal d'*Etrées* , ambaffadeur à Madrid à la place de *Marfin* , devient l'ennemi déclaré de la princeffe des *Urfins* , qui gouverne la jeune reine , & la reine gouverne le roi fon mari. *Louis XIV* prend parti contre la princeffe , & enfin la fait renvoyer. La reine pleure ; elle eft inconfolable. Il y avait entre elle & cette princeffe une amitié fondée fur ce befoin d'une confiance réciproque , qui rend fi fouvent les femmes néceffaires les unes aux autres. Le rédacteur ne dit pas tout ; & on peut douter même qu'il ait été inftruit de tout. Il ne parle point de cette plaifante apoftille que mit madame des *Urfins* à une lettre interceptée , qui fit tant de bruit dans l'Europe. On lui reprochait dans la lettre , d'avoir époufé fecrétement un français attaché à elle , nommé d'*Aubigni*. Elle écrivit en marge : *Pour époufé , non.*

Ces tracafferies ne finirent que par fon exil ; elles recommencèrent à fon rappel.

Les jaloufies toujours renaiffantes entre les courtifans français de *Philippe* , & fes courtifans efpagnols ; les cabales du confeffeur & celles des autres moines, ne finiffent point. Ce font des matériaux pour un *Suétone.* Les affaires politiques & militaires en ferviraient à *Tite-Live.* C'eft-là malheureufement que les mémoires du maréchal *Adrien* duc de *Noailles* , manquent au rédacteur. Ce fil de l'hiftoire eft interrompu depuis l'année 1711 , jufqu'à la mort de

Louis XIV. On y perd toutes les anecdotes que la curiosité du public recherche avec tant d'avidité sur la vie privée de ce monarque, sur celle de sa famille & de toute sa cour. C'est le temps où il perdit son fils unique, regardé comme un bon prince, & le duc de *Vendôme*, l'amour de la France, le restaurateur de l'Espagne, le digne descendant de *Henri IV*. Ces morts sont bientôt suivies de celles de son petit-fils, le duc de *Bourgogne*, l'espérance de l'Etat; & il perd dans la même semaine la duchesse de *Bourgogne*, & le duc de *Bretagne*, frère aîné de *Louis XV*, alors au berceau. Toutes ces victimes précieuses tombent presqu'en même temps, & sont portées dans le même tombeau. Peu de jours après il voit encore expirer son autre petit-fils, frère du duc de *Bourgogne* & du roi d'Espagne. La reine d'Espagne les accompagne bientôt à l'âge de vingt-six ans. Enfin, *Louis XIV* suit toute sa famille; il meurt entre les bras de madame de *Maintenon* & du jésuite *le Tellier*. Il meurt avec une piété sincère, mais trompé. Il laisse l'Eglise gallicane en combustion, désolée par *le Tellier*; toute la nation languissant dans la misère, & consternée de dix ans de défaites & de malheurs de toute espèce. Ses dettes montaient à deux milliars six cents millions; ce qui fait quatre milliars & environ cinq cents mille livres de notre monnaie courante; c'est deux fois plus d'espèces qu'il n'en existe dans le royaume.

Remarquons que parmi les dettes de ce prince, on trouve dans le dépouillement qu'en fit M. de *Fourbonais*, cent trente-six mille livres pour le pain des prisonniers que le jésuite *le Tellier* avait fait renfermer à la baftille, à Vincennes, à Pierre-en-Scize, à Saumur, à Loche, fous le prétexte de janfénifme.

Tous ces défaftres avaient commencé à la mort de *Colbert*, qui laiffa en mourant la recette égale à la dépenfe dans l'année 1683. Depuis cette époque l'édifice élevé par lui s'écroula infenfiblement. Les malheurs de la guerre, les querelles de religion, l'incapacité des miniftres, les perfécutions des confeffeurs du roi, les déprédations des traitans, firent enfin de la France fi floriffante, un objet de pitié.

Les recueils d'*Adrien de Noailles* donnent peu de lumières fur les anecdotes de ces temps malheureux. Il faut efpérer qu'on fera plus éclairé par les vrais mémoires d'*Hector de Villars*, qu'on pourra joindre avec ceux d'*Adrien de Noailles.*

Après la mort de *Louis XIV*, le duc *Adrien de Noailles* joua un grand rôle. Le duc d'*Orléans*, déclaré au parlement de Paris régent abfolu du royaume, changea dès le lendemain toute l'adminiftration du feu roi, felon l'ufage des propriétaires, qui font ordinairement tout le contraire de ce qu'ont fait ceux auxquels ils fuccèdent.

Aux bureaux des miniftres de *Louis XIV*, on fubftitua des confeils, d'abord applaudis par la nation, mais dont on fe dégoûta bientôt, & que le régent fut obligé d'abolir. Ces nouveaux confeils, & toute cette forme d'adminiftration avaient été arrangés par le marquis de *Canillac*, le préfident de *Maifons*, & le marquis d'*Effiat. Maifons* devait être garde des

fceaux.

fceaux. *Longepierre* , auteur de quelques déclamations intitulées tragédies , aurait tenu la plume. Nous trouverons peut-être ces particularités dans les mémoires du maréchal de *Villars* , & dans ceux du duc de *Luynes*. *Adrien de Noailles* fut à la tête du conseil des finances , fous le maréchal de *Villeroi* , qui ne fe mêlait de rien. *Noailles* , capitaine des gardes , élevé à la cour , ayant été occupé dans les négociations & dans les armées , était tout neuf dans l'adminiftration des finances ; mais fon efprit femblait facile , appliqué, ardent au travail , capable de s'inftruire de tout , & de travailler dans tous les genres.

Nous ne retracerons point ici l'hiftoire des afflictions qui tourmentaient alors les deux branches de la maifon de France & d'Efpagne ; la longue & funefte maladie de *Philippe V* , qui affaiblit les organes de fa tête ; fon mariage avec une héritière du duché de Parme , qui commença fon règne par chaffer la princeffe des *Urfins* , accourue au-devant d'elle pour la fervir ; les jaloufies qui aigrirent le conseil du roi d'Efpagne contre le régent de France ; les diverfes factions qui partagèrent la France ; factions qui confiftaient plutôt en parties de plaifirs & en difcours , qu'en projets politiques , & qui formaient un étrange contrafte avec la mifère de l'Etat. Nous ne dirons point comment la ducheffe de *Berri* , fille du régent , fut près d'époufer un gentilhomme d'une ancienne maifon de Périgord , nommé le comte de *Riom* , à l'exemple de *Mademoifelle* , coufine germaine de *Louis XIV* , qui époufa en effet le comte de *Lauzun* , & à l'exemple de tant d'autres mariages dans les fiècles paffés. Nous ne répéterons point les calomnies horribles & abfurdes répandues alors par toutes les bouches & dans tous les libelles. Le rédacteur circonfpect laiffe à peine entrevoir ces infamies. Le gouvernement du royaume était d'autant plus difficile qu'il y avait plus de confeils. La principale difficulté venait des énormes dettes de l'Etat, & de la difette abfolue d'argent.

On fait affez que dans ces difettes qui ont fi fouvent effrayé la France, l'argent n'a point péri; une partie a paffé dans les pays voifins, une autre a été cachée dans les coffres des traitans, enrichis du malheur général. En 1625, avant que le cardinal de *Richelieu* eût affermi fon pouvoir, on avait ordonné qu'une chambre de juftice ferait établie tous les dix ans pour reprendre des mains des traitans les deniers qu'ils avaient gagnés avec le roi. Cette méthode, depuis la chambre de juftice de 1625, n'avait été pratiquée qu'au temps de la chute de *Fouquet*. Le duc de *Noailles* la crut néceffaire. On peut voir dans le livre inftructif de M. de *Fourbonais*, & dans les écrits de ce temps-là, mêlés de vrai & de faux, qu'on condamna ceux qui avaient traité avec le roi, à lui donner environ deux cents vingt millions, appartenant réellement au peuple, fur qui on les avait levés. De ces deux cents vingt millions, il n'entra que très-peu de chofe dans ce qu'on appelle les coffres du roi. La facilité du régent répandit prefque tout entre des courtifans & des femmes. Il y eut quelques gens d'affaires condamnés par la chambre de juftice à être pendus; mais ils furent fauvés par leur bourfe.

Si on veut s'inftruire à fond du chaos & de la déprédation des finances, il faut lire ce qui a été écrit par les frères *Pâris* & par leurs adverfaires fur le fyftème de *Lafs*. Ce fut une maladie épidémique, qui, après avoir attaqué la France pendant deux ans, & l'avoir fait prefque périr, alla ravager pendant fix mois la Hollande & l'Angleterre. Les fyftèmes des calculateurs fur l'origine du monde, fur les montagnes formées par les mers, fur la terre formée par les comètes, ne font que des folies de philofophe; mais le fyftème de *Lafs* fut une drogue de charlatan, qui empoifonnait des royaumes.

Pendant les convulfions de cette pefte univerfelle, arriva la pefte réelle de Marfeille, dont à peine on parla, quoique elle eût enlevé plus de foixante mille citoyens; arriva de plus une guerre entre le régent & le roi d'Efpagne, dont on parla moins encore. Tous ces événemens font dépofés dans la multitude immenfe d'hiftoires générales & particulières qui furchargent l'Europe, & furtout la France.

Parmi les viciffitudes des cours, ce n'en eft pas une médiocre de voir le duc de *Noailles*, au bout de deux ans d'adminiftration, exilé par les intrigues d'un abbé *Dubois*, que lui & le marquis de *Canillac* n'appe-laient jamais que *l'abbé Friponau*, autrefois fous-précepteur, par hafard, du duc d'*Orléans*, l'ayant fervi depuis dans fes plaifirs, & que nous avons vu enfin cardinal, occuper à Cambrai la place de *Fénélon*, celle de *Richelieu* & de *Mazarin* dans le miniftère, & mourir comme *Rabelais*. Le duc de *Noailles* s'était moqué plus d'une fois des études de l'abbé *Dubois* à Brive-la-Gaillarde, où fon père avait été apothicaire

& chirurgien ; & l'abbé envoya le duc de *Noailles* à Brive-la-Gaillarde.

Une viciffitude plus grande qui fervirait à inftruire les hommes, fi quelque chofe les pouvait inftruire, fut l'élévation du cardinal de *Fleuri*, & la chute du prince de *Condé*, M. *le Duc*, premier miniftre après la mort fubite du duc d'*Orléans*.

Puis vient la guerre heureufe de 1733, où *Adrien de Noailles* devenu maréchal de France fe diftingua ; puis la guerre injufte qu'une cabale de cour fait entreprendre pour dépouiller la fille de l'empereur *Charles VI*, malgré la foi des traités & les promeffes les plus facrées ; enfin la guerre malheureufe de 1756 qui fait perdre au roi *Louis XV* tout ce qu'il poffédait dans le continent des grandes Indes, & dans celui de l'Amérique, & qui replongea l'Etat dans la pauvreté affreufe où il avait été réduit à la mort de *Louis XIV*; pauvreté qui a été fuivie du luxe le plus brillant comme le plus frivole, dans Paris, ville agrandie & embellie au milieu des difgraces publiques. C'eft une contradiction frappante, mais ordinaire : car dans les malheurs de l'Etat, il y a toujours un grand nombre d'hommes, foit feigneurs, foit parvenus, qui s'étant enrichis par les mifères du peuple, viennent étaler leur fafte, tandis que les opprimés fe cachent.

Adrien, maréchal, duc & pair, de France, mourut retiré à Paris loin de ce fafte turbulent, à l'âge d'environ quatre-vingt-huit ans. C'eft par-là que tout finit, & c'eft une réflexion dont trop peu d'hommes profitent pour fe retirer du monde, quand le monde fe retire d'eux.

Sur une nouvelle épître de Boileau à M. de Voltaire :
lettre anonyme adreſſée aux auteurs du journal
encyclopédique.

MESSIEURS,

J'AI lu depuis peu, une épître adreſſée à M. de
Voltaire, ſous le nom de *Boileau*. *Boileau* eſt mort ; &
quand nous ne le ſaurions pas, cet ouvrage ſuffirait
pour nous en convaincre. En général, il eſt rare
qu'un homme qui n'a pas le courage de ſe ſervir de
ſon propre nom, ait la force de porter celui d'autrui.
Mais je ne ſache point que depuis feu *Cotin*, qui en
a donné l'exemple, le nom de *Deſpréaux* ait été
auſſi étrangement proſtitué ; il ſemblerait du moins,
qu'un homme qui ſe haſarde à faire parler le légiſla-
teur de notre poëſie, devrait avoir lu *l'art poëtique.*
Le téméraire qui évoque aujourd'hui les manes de
Boileau, ou n'a jamais lu ſes préceptes, ou les a parfaitement oubliés.

> *Surtout qu'en vos écrits la langue révérée,*
> *Dans vos plus grands excès vous ſoit toujours ſacrée.*

Voilà comme parlait le véritable *Boileau* ; voici
comme écrit ſon pſeudonyme. Je vais vous citer
d'abord de ſa proſe, & enſuite de ſes vers.
,, L'ombre de *Boileau*, dit-il dans un avertiſſe-
,, ment fort aigre, ayant porté ſes regards parmi nous,
,, n'y a vu, d'un côté, *que la foule de ſes détracteurs,*
,, *auſſi nombreux que la foule des ſots ;* de l'autre, le

R 3

,, petit nombre éclairé de ſes admirateurs *puſillanimes*
,, *& ſans courage.* ,, Vous demanderez pourquoi l'auteur
traite ſi mal ceux qu'il appelle *le petit nombre éclairé* des
admirateurs de *Boileau ?* Je n'en ſais rien, non plus que
vous ; mais je crois ſavoir, comme vous, que ſi ce ſont
les détracteurs qui ſont *auſſi nombreux que les ſots ;* ils ne
le ſont pas autant que *la foule des ſots ;* & que ſi c'eſt la
foule des détracteurs qui égale celle des ſots, elle eſt
juſtement *auſſi nombreuſe,* mais non pas auſſi *nombreux.*

Au bas de la page 7 , je trouve ces vers :

Dès qu'un aſtre brillant s'élevait *dans notre âge,*
En éclairant mes yeux, il *obtint* mon hommage.

Dans notre âge , eſt certainement une cheville dont
maître *Adam* n'aurait pas voulu. Cela ne veut pas
dire la même choſe que *dans notre temps* , & *dans notre
temps* ſerait encore une expreſſion impropre, lorſque
Boileau parle à M. de *Voltaire ;* car le temps de l'un
n'eſt point celui de l'autre. *Un aſtre brillant* ne ſe lève
point *dans un âge.* Et pour ce qui eſt de dire, *dès qu'un
aſtre brillant ſe levait, il obtint* , au lieu de *il obtenait,*
j'ai quelque idée que, lorſque je feſais mes humanités
au collège du Pleſſis , ſi je fuſſe tombé dans ce ſolé-
ciſme , le bon M. *Jacquin* , qui aime qu'on parle
français , m'aurait fait donner une férule.

Je ne crois pas qu'il eût toléré davantage ces étranges
expreſſions : *Sous couleur d'illuſtrer Corneille* & ſa
mémoire ; *ſous couleur* eſt bien barbare , & je ne crois
pas que perſonne ſache de quelle couleur eſt la *couleur
d'illuſtrer.* Celle-là n'eſt point ſortie du priſme newto-
nien ; & ſi l'auteur eût eu , comme M. *Guillaume* , la
ſageſſe de conſulter ſon teinturier , il n'aurait pas

inventé à lui tout feul cette *couleur* extraordinaire qui ne l'illuftrera pas, ou du moins pas plus que l'hémiftiche fuivant :

> Tu viens, *loueur* perfide.

On dit bien, non point en vers, mais en profe très-familière, un *loueur de carroffes*, & c'eft le feul fens dans lequel le mot *loueur* foit français ; mais il n'eft jamais tolérable de dire *loueur perfide*, à moins que la voiture ne caffe.

On dit bien encore *ombragé d'un panache*, on dit *un cheval ombrageux*; mais on ne dit pas, & l'on n'imprime point *un orgueil qui s'ombrage d'un homme*, comme dans ces vers :

> Quiconque eft fans génie, eft fûr de ton fuffrage ;
> Mais malheur à celui dont ton orgueil s'ombrage.

J'ignore fi c'eft ainfi qu'écrivent les morts ; mais certainement aucune de ces expreffions n'eft de la langue des vivans.

Encore un exemple d'une façon de parler peu commune, à la page 22 : le faux *Boileau* dit ; *c'eft de toi qu'on a pris la méthode de bannir toute règle, de fe faire un art, d'avoir chacun fon genre ;*

> D'imaginer fans ceffe une fottife rare,
> Et pour fe diftinguer, tâcher d'être bizarre.

La langue aurait voulu *de tâcher d'être bizarre*, & la phrafe ne pourrait pas fe finir régulièrement d'une autre manière ; mais le vers n'y aurait pas été, & l'auteur a mieux aimé que le vers fût contre la langue. Il a cru qu'avec le nom de *Boileau*, on pouvait fe

R 4

mettre au-deſſus des règles ; ce n'eſt pas ainſi que le vrai *Boileau* avait acquis le droit d'en impoſer aux autres écrivains , & de pourſuivre les *Clémens* de ſon ſiècle. (*a*)

Avant que d'écrire, diſait ce grand-homme, *apprenez à penſer.*

> *Si le ſens de vos vers tarde à ſe faire entendre,*
> *Mon eſprit auſſitôt commence à ſe détendre.* (*b*)

Croit-on qu'avec une ſi juſte ſévérité , pour toute expreſſion obſcure, il eût vu de bon œil les vers de ſon pſeudonyme , dont la figure favorite eſt l'amphibologie; témoin cet hémiſtiche ,

> Quoique jeune, inconnu,

qui peut également ſignifier , *quoique jeune & inconnu*, ou *inconnu quoique jeune.* Les doctes prétendent même que ce dernier ſens eſt réellement celui de l'auteur, qui ne conçoit pas qu'on puiſſe être inconnu dans ſa jeuneſſe, parce que *quoique jeune il s'eſt fait connaître* , à ce qu'il penſe, très-avantageuſement, par des ſatires mordantes contre quelques poëtes qui écrivent mieux que lui, & des imputations graves contre tous les philoſophes qui n'auront jamais avec lui rien de commun.

Un peu plus bas ſont ces vers énigmatiques:

> Jamais de mes rivaux baſſement envieux,
> Au mérite éclatant je ne fermai les yeux.

(*a*) Voyez les *Obſervations critiques* de M. *Clément* , dans leſquelles on trouve , page 251 , ces paroles auſſi abſurdes qu'injuſtes : „ Le philoſophe „ aime avec une tendre humanité *le Lapon & l'Orang-Outang* qu'il ne verra „ jamais ; afin de regarder comme étranger ſon compatriote qu'il voit tous „ les jours ; „ & beaucoup d'autres traits de ce même genre, que les Grecs appelaient συκοφαντια.

(*b*) Art poët.

L'auteur veut-il dire que fes rivaux *étaient baffement envieux ?* veut-il dire qu'il ne fut jamais *baffement envieux de fes rivaux ?* veut-il dire qu'il ne *ferma pas les yeux de fes rivaux au mérite ?* veut-il dire qu'il ne *ferma pas fes yeux* au mérite de fes rivaux ? veut-il dire..... car on pourrait encore trouver trois ou quatre fens à cette phrafe. Si c'eft-là de la richeffe, elle eft d'une efpèce rare, & ce n'eft du moins ni du bon goût, ni de la clarté.

Voici un autre paffage où vous trouverez à la fois amphibologie & folécifme.

> D'outrager le bon fens, les mœurs, & la décence,
> Des talens dont toi-même en fecret tu fais cas.

Sont-ce *les mœurs & la décence des talens?* le fens ferait abfurde. Eft-ce *d'outrager des talens ?* mais pourquoi le verbe *outrager* gouverne-t-il l'article *les* dans le premier vers, & l'article *des* dans le fecond ? Il fallait *les talens,* pour que la phrafe fût françaife; & en ôtant le folécifme, l'auteur aurait fupprimé l'amphibologie. Mais il aime trop celle-ci pour s'en priver. *Defpréaux* difait :

> *Les flances avec grâce apprirent à tomber,*
> *Et le vers fur le vers n'ofa plus enjamber.*

Son fecrétaire actuel écrit :

> Car ton efprit fans frein dans fes jeux médifans,
> Ne fait point fe borner aux traits fiers & plaifans
> D'un bon mot qui nous pique, &c.

L'art poétique veut

> *Que toujours dans vos vers le fens coupant les mots,*
> *Sufpende l'hémiftiche, en marque le repos.*

Le prétendu *Boileau* fait bonnement imprimer ces lignes :

Plein de courage, armé d'une favante audace.

. . . .

Dans ce nombre effrayant d'auteurs, dont les écrits
Menacent, chaque jour, de noyer tout Paris.

Indépendamment de l'extraordinaire harmonie de ces vers, remarquez qu'on dit bien que *Paris eft inondé d'écrits*, de mauvais écrits, de vers ridicules & de profe impertinente ; mais qu'on ne faurait dire qu'il en foit *noyé*, *ni menacé d'être noyé*. Cet écrivain n'a pas médité, comme il le devait, le livre de l'abbé *Girard*. L'autre *Boileau* aurait montré à l'abbé *Girard* à le faire.

Il ne remplissait pas fes vers avec des chevilles. Il exige

Que toujours le bon fens s'accorde avec la rime.

Mais l'ufurpateur de fon nom fait ces vers :

Voyons qui de nous deux, *par une fage loi*,
A fait de la fatire un plus utile emploi.

L'oreille délicate du vieux *Boileau* fentait qu'

Il eft un heureux choix de mots harmonieux.

Il nous prefcrit

De fuir des mauvais fons le concours odieux.

Il fe ferait reproché ces vers de fon imitateur :

Amoureux de la *gloire* & de la vérité,
Mon efprit ne put *voir*, fans être révolté, &c.

La forte de confonnance de *gloire* & de *voir* lui aurait déplu ; mais quant à ceux-ci ,

Hé bien donc *raifonnons*; car toujours *badiner*,
Turlupiner, railler, fans jamais *raifonner*;

il s'en ferait moqué toute fa vie.

Voici encore quelques paffages d'une étonnante verfification.

Ma mufe fe moquant,
Parfemait fes écrits,
Du fel le plus piquant,
Pour vaincre des efprits.

. . . .

Les lecteurs amufés
Pardonnaient en riant,
D'être défabufés ,
Au naïf enjoûment.

. . . .

Si l'ardeur de briller
En tout genre d'écrire,
La licence à penfer,
L'audace de tout dire,
L'art de tout effleurer,

. . . .

Le clinquant merveilleux,
Pour ëblouir les fots,
Et le fatras pompeux,
Monté fur les grands mots,

. . . .

Voltaire, c'eft ainfi
Que tes beautés fragiles,

De ton fiècle ébloui
Charment les yeux débiles.

. . . .

Ne se trouve en lambeaux,
Par-tout dans tes ouvrages ;
Et que tous ces oiseaux
Reprenant leur plumage,
De furtives couleurs,
Le corbeau dépouillé,
Ne soit des spectateurs
Sifflé, moqué, raillé.

Qu'est-ce que tout cela ? De méchans vers de six syllabes en rimes croisées, ou de méchans vers alexandrins à rimes plates ? Ni l'un ni l'autre ; c'est de la prose plate & monotone, & qu'on ose appeler vers & donner à *Boileau*. Et-c'est en mettant plus de quarante lignes de cette force dans une pièce qui n'en a pas quatre cents, & à laquelle on a dû travailler plus de deux ans, puisqu'elle répond à une autre, qui depuis plus de deux ans est publique ; c'est avec ce degré de talent, d'étude, de lumière, & de goût, qu'on s'érige en *Aristarque* de tous les poëtes & de tous les philosophes vivans, & qu'on insulte nommément MM. de *Voltaire*, d'*Alembert*, *Diderot*, *Marmontel*, *Saurin*, *Thomas*, de *St Lambert*, du *Belloi*, *Delille*, de *la Harpe*, & plus qu'eux tous encore, *Boileau*, sous le nom duquel on met tant de sottises. Ah ! vanité, vanité, que tu serais laide, si tu n'étais pas ridicule !

J'ai l'honneur d'être, &c.

Sur une satire en vers de M. Clément, intitulée :
Mon dernier mot.

Nous crûmes, en lisant les premiers vers de cet
ouvrage, reconnaître un peintre qui voulait imiter
la touche de M. de *Rullière*, dans son épître *sur la
dispute*, l'un des plus agréables ouvrages de notre
siècle ; mais l'auteur de *mon dernier mot* s'écarte bientôt
de son modèle. Il dit du mal de tous ceux qui font
honneur à la France, à commencer par M. de *Rullière*
lui-même ; & il proteste qu'il en usera toujours ainsi. Il
se vante d'imiter *Boileau* dans le reste de sa satire ; mais
il nous semble que pour imiter *Boileau*, il faut parler
purement sa langue, donner à la fois de bonnes instruc-
tions & de bonnes plaisanteries, surtout ne condamner
les vers d'autrui que par des vers excellens.

Voici des vers de la satire de M. *Clément.*

De Boileau, diront-ils, misérable copiste,
D'un pas timide il suit son modèle à la piste ;
Si l'un n'eût *point* raillé ni Pradon ni Perrin,
L'autre n'eût *point* sifflé Marmontel ni Saurin.

Ces deux *points* font des solécismes qu'on ne passe-
rait pas à un écolier de basse classe.

Ce qui est pire qu'un solécisme, c'est la plate
imitation de ces vers plein de sel :

Avant lui Juvénal avait dit en latin,
Qu'on est assis à l'aise aux sermons de Cotin,

C'est malheureusement l'âne qui veut imiter le petit
chien caressé du maître.

Mais ce qu'il y a de plus impardonnable encore, c'est l'insolence d'insulter par leur nom deux académiciens d'un mérite distingué. Il s'est imaginé que *Boileau* ayant réussi, quoiqu'il eût insulté *Quinault* très-mal-à-propos, lui, *Clément*, réussirait de même en nommant & en dénigrant, à tort & à travers, tous les bons écrivains du siècle. Il devait sentir qu'il n'y a aucun mérite, mais beaucoup de honte & peut-être de danger, à dire des injures en mauvais vers.

Et moi je ne pourrai démasquer la sottise !

Je ne pourrai trouver d'Alembert précieux,

Dorat impertinent, Condorcet ennuyeux.

Voilà certainement une grossièreté qu'on ne peut excuser : car il n'y a pas un homme de lettres dans Paris qui ne sache que le caractère de M. d'*Alembert*, dans ses mœurs & dans ses écrits, est précisément le contraire de l'affectation & du précieux.

Le peu que nous avons d'écrits de M. le marquis de *Condorcet* ne peut ennuyer qu'un ignorant, incapable de les entendre. C'est le comble de l'impertinence de dire, d'imprimer qu'un homme, quel qu'il soit, est un impertinent : c'est une injure punissable qu'on n'oserait dire en face, & pour laquelle un gentilhomme serait condamné à quelques années de prison. A plus forte raison une injure si grossière, si vague, si sotte, mais si insultante, dite publiquement par le fils d'un procureur à un homme tel que M. *Dorat*, est un délit très-punissable.

Dorat dont vous prônez le jargon en tout lieu,

Va-t-il, à votre gré, devenir un Chaulieu ?

Et par vos bons avis, pensez-vous que Delille

Puisse autre chose enfin que rimer à Virgile ?

Voilà des fottifes un peu moins atroces & qui fentent moins l'homme de la lie du peuple ; mais il n'y a dans ces vers ni efprit, ni fineffe, ni grâce, ni imagination ; & ils font encore infectés d'un autre folécifme : *Penfez-vous que Delille puiffe, par vos bons avis, autre chofe que rimer à Virgile ?* on ne peut dire : *Je peux autre chofe que haïr un mauvais poëte infolent.* Ce tour n'eft pas français, & j'en fais juge l'académie entière. Mais je fais juge tout le public avec elle de l'excès d'impertinence, (& c'eft ici que le mot d'impertinence eft bien placé,) de cet excès, dis-je, avec lequel un fi mauvais écrivain ofe infulter plus de vingt perfonnes refpectables par leurs noms, par leurs places, par leurs talens, fans avoir jamais peut-être pu parler à aucune d'elles.

Avertiffement d'une édition de l'éloge & des penfées de Pafcal, donnée par M. de Voltaire en 1778,

IL eft un homme de l'ancienne chevalerie & de l'ancienne vertu, conftitué dans une efpèce de dignité qui ne peut guère être exercée que par un ou deux hommes dans un fiècle.

Cet homme égal à *Pafcal* en plufieurs chofes, & très-fupérieur en d'autres, fit préfent, en 1776, à quelques-uns de fes amis d'un recueil nouvellement imprimé de toutes les penfées de ce fameux *Pafcal.*

La plupart de ces monumens de philofophie & de religion, ou avaient été négligés par les rédacteurs, pour ne laiffer paraître que certains morceaux choifis, ou avaient été fupprimés par la crainte d'irriter la fureur des jéfuites ; car les jéfuites perfécutaient alors avec autant de pouvoir que d'acharnement la mémoire de *Pascal*, & *Arnauld* fugitif, & les débris de Port-royal détruit, & les cendres des morts dont on violait la sépulture.

La persécution religieuse qui souilla malheureuse-ment & en tant de manières la fin du beau règne de *Louis XIV*, fit place au règne des plaisirs sous *Philippe d'Orléans*, régent du royaume, & recommença sourde-ment après lui sous le ministère d'un prêtre long-temps abbé de cour.

Fleuri ne fut pas un cardinal tyran ; mais c'était un petit génie, entêté des prétentions de la cour de Rome, & assez faible pour croire les janséniftes dangereux.

Ces fanatiques avaient autrefois obtenu une assez grande confidération par les *Pascal*, les *Arnauld*, les *Nicole* même, & quelques autres chefs de parti ou éloquens, ou qui en avaient la réputation.

Mais des convulfionnaires des rues ayant succédé aux pères de cette Eglife, le jansénifme tomba avec eux dans la fange. Les jéfuites infultèrent à leurs ennemis vaincus. Je me fouviens que le jéfuite *Buffier*, qui venait quelquefois chez le dernier préfident de *Maifons* mort trop jeune, y ayant rencontré un des plus rudes janséniftes, lui dit : *Et ego in interitu veftro, ridebo vos, & fubfanabo*. Le jeune *Maifons*, qui étudiait alors *Térence*, lui demanda fi ce paffage était des Adelphes ou de l'Eunuque ? Non, dit *Buffier*; c'eft la fageffe elle-même qui parle ainfi dans fon premier chapitre des Proverbes.

Voilà un proverbe bien vilain, dit M. de *Maifons*, vous vous croyez donc la fageffe, parce que vous riez à la mort d'autrui ! prenez garde qu'on ne rie à la vôtre.

Ce

Ce jeune homme de la plus grande espérance a été prophète. On a ri à la mort du janfénifme & du molinifme, & de la grâce concomitante, & de la médicinale, & de la fuffifante, & de l'efficace.

Quelle lumière s'eft levée fur l'Europe depuis quelques années? Elle a d'abord éclairé prefque tous les princes du Nord. Elle eft defcendue même jufque dans les univerfités. C'eft la lumière du fens commun.

De tant de difputeurs éternels, *Pafcal* feul eft refté, parce que feul il était un homme de génie. Il eft encore debout fur les ruines de fon fiècle.

Mais l'autre génie qui a commenté depuis peu quelques-unes de fes penfées, & qui les a données dans un meilleur ordre, eft ce me femble autant au-deffus du géomètre *Pafcal*, que la géométrie de nos jours eft au-deffus de celle des *Roberval*, des *Fermat*, & des *Defcartes*.

Je crois rendre un grand fervice à l'efprit humain en fefant réimprimer cet *Eloge de Pafcal*, qui eft un portrait fidelle bien plutôt qu'un éloge.

Il n'appartenait qu'à ce peintre de deffiner de tels traits. Peu de connaiffeurs démêleront d'abord l'art & la beauté du pinceau.

Je joints les penfées du peintre à celles de *Pafcal*, telles qu'il les a imprimées lui-même. Elles ne font pas dans le même goût; mais je crois qu'elles ont plus de vérité & de force. *Pafcal* eft commenté par un géomètre plus profond que lui, & par un philofophe, j'ofe le dire, beaucoup plus fage. Ce philofophe véritable tient *Pafcal* dans fa balance, & il eft plus fort que celui qu'il pèfe.

Le louant eft plus véritablement philofophe que le loué; cet éditeur écrit comme le fecrétaire de

Marc-Aurèle, & *Pascal* comme le secrétaire de Port-royal. L'un semble aimer la rectitude & l'honnêteté pour elles-mêmes, l'autre par esprit de parti. L'un est homme & veut rendre la nature humaine honorable; l'autre est chrétien parce qu'il est janséniste. Tous deux ont de l'enthousiasme & embouchent la trompette; l'auteur des notes pour agrandir notre espèce, & *Pascal* pour l'anéantir. *Pascal* a peur, & il se sert de toute la force de son esprit pour inspirer sa peur; l'autre s'abandonne à son courage & le communique. Que puis-je conclure? que *Pascal* se portait mal, & que l'autre se porte bien.

> Bonne ou mauvaise santé
> Fait notre philosophie.

Après le second paragraphe de l'article III des pensées, on trouvera une dissertation attribuée à M. de *Fontenelle*, sur un objet qui doit profondément intéresser tous les hommes. Je ne crois pas que *Fontenelle* soit l'auteur d'un ouvrage si mâle & si plein. Ce que je sais, c'est qu'il faut le lire comme un juge impartial, éclairé, & équitable, lirait le procès du genre-humain.

Ce livre n'est pas fait pour ceux qui n'aiment que les lectures frivoles. Et tout homme frivole, ou faible, ou ignorant, qui osera le lire & le méditer, sera peut-être étonné d'être changé en un autre homme.

Lecteurs sages, remarquez que *Pascal*, ce coryphée des jansénistes, n'a dit dans tout ce livre sur la religion chrétienne que ce qu'ont dit les jésuites. Il l'a dit seulement avec une éloquence plus serrée & plus mâle.

Mais peut-on s'aveugler à ce point, & être assez fanatique pour ne faire servir son esprit qu'à vouloir aveugler le reste des hommes! Grand Dieu! un

refte d'Arabes voleurs, fanguinaires, fuperftitieux, &
ufuriers, ferait le dépofitaire de tes fecrets ! Cette
horde barbare ferait plus ancienne que les fages
Chinois, que les brachmanes qui ont enfeigné la
terre, que les Egyptiens qui l'ont étonnée par leurs
immortels monumens ! Cette chétive nation ferait
digne de nos regards pour avoir confervé quelques
fables ridicules & atroces, quelques contes abfurdes
infiniment au-deffous des fables indiennes & per-
fannes ! & c'eft cette horde d'ufuriers fanatiques qui
vous en impofe, ô *Pafcal* ! & vous donnez la torture
à votre efprit, vous falfifiez l'hiftoire, vous faites
dire à ce miférable peuple tout le contraire de ce que
fes livres ont dit ! Vous lui imputez tout le contraire
de ce qu'il a fait ! & cela pour plaire à quelques
janféniftes qui ont fubjugué votre imagination
ardente, & perverti votre raifon fupérieure.

Port-royaliftes, & ignatiens, tous ont prêché les
mêmes dogmes ; tous ont crié : Croyez aux livres
juifs dictés par DIEU même, & déteftez le judaïfme.
Chantez les prières juives que vous n'entendez point,
& croyez que le peuple de DIEU a condamné votre
Dieu à mourir à une potence. Croyez que votre
Dieu juif, la feconde perfonne de DIEU, coéternel
avec DIEU le père, & né d'une vierge juive, a été
engendré par une troifième perfonne de DIEU, &
qu'il a eu cependant des frères juifs qui n'étaient
que des hommes. Croyez qu'étant mort par le fupplice
le plus infame, il a par ce fupplice même ôté de
deffus la terre tout péché & tout mal, quoique depuis
lui & en fon nom la terre ait été inondée de plus de
crimes & de malheurs que jamais.

Les fanatiques de Port-royal & les fanatiques jéfuites fe font réunis pour prêcher ces dogmes étranges avec le même enthoufiafme ; & en même temps ils fe font fait une guerre mortelle. Ils fe font mutuellement anathématifés avec fureur, jufqu'à ce qu'une de ces deux factions dépoffédées ait enfin détruit l'autre.

Souvenez-vous, fages lecteurs, des temps mille fois plus horribles, de ces énergumènes nommés papiftes & calviniftes, qui prêchaient le fond des mêmes dogmes, & qui fe pourfuivirent par le fer, par la flamme, & par le poifon, pendant deux cents années, pour quelques mots différemment interprétés. Songez que ce fut en allant à la meffe & pour la meffe, qu'on égorgea tant d'innocens, tant de mères, tant d'enfans, dans la croifade contre les Albigeois ; que les affaffins de tant de rois ne les ont affaffinés que pour la meffe. Ne vous y trompez pas, les convulfionnaires qui reftent encore en feraient tout autant, s'ils avaient pour apôtres les mêmes têtes brûlantes qui mirent le feu à la cervelle de *Damiens*.

O *Pafcal !* voilà ce qu'ont produit les querelles interminables fur des dogmes, fur des myftères, qui ne pouvaient produire que des querelles. Il n'y a pas un article de foi qui n'ait enfanté une guerre civile.

Pafcal a été géomètre & éloquent ; la réunion de ces deux grands mérites était alors bien rare ; mais il n'y joignait pas la vraie philofophie. L'auteur de l'éloge indique avec adreffe ce que j'avance hardiment. Il vient enfin un temps de dire la vérité.

CONNAISSANCE

DES BEAUTÉS ET DES DEFAUTS

DE

LA POESIE

ET DE L'ELOQUENCE

DANS LA LANGUE FRANÇAISE.

AVERTISSEMENT

DES EDITEURS.

LES ouvrages qui terminent ce volume ont été conſtamment attribués à M. de *Voltaire*; & comme nous n'avons aucune preuve qu'ils ne ſoient pas de lui , nous les plaçons dans cette édition.

Celui qui a pour titre, *Connaiſſance des beautés & des défauts de la poëſie & de l'éloquence dans la langue françaiſe*, nous ſemble avoir été fait ſous les yeux de M. de *Voltaire* par un de ſes élèves. On y retrouve les mêmes principes de goût, les mêmes opinions que dans ſes ouvrages ſur la littérature. Il parut dans un temps où M. de *Voltaire* avait à combattre une cabale nombreuſe, acharnée, formée par les hommes de lettres les plus célèbres, n'ayant d'autre appui que celui de quelques jeunes gens en qui l'enthouſiaſme pour ſon génie l'emportait ſur la jalouſie, ou qu'il s'était attachés par des bienfaits. On voit, par ſes lettres, qu'il leur donnait quelquefois le plan & les principales idées des ouvrages qu'il déſirait oppoſer à ſes ennemis.

Le *Panégyrique de St Louis* a paſſé pour être de M. de *Voltaire* dans le temps où il fut prononcé. Les traits heureux répandus dans cet

ouvrage, l'efprit philofophique qui y règne, &
qui était alors inconnu dans la chaire; le ftyle
qui eft à la fois fimple & noble, mais éloigné
de ce ftyle oratoire, fi propre à cacher fous la
pompe des mots le vide des idées; tout cela
nous porte à croire que cette opinion n'était
pas deftituée de fondement. On prétend que
le prédicateur avait confulté M. de *Voltaire* fur
un panégyrique qu'il avait fait lui-même: dans
un moment d'humeur contre le mauvais ftyle
de ce fermon, M. de *Voltaire* le jeta au feu.
Cependant l'auteur, qui avait fondé fur le fuccès
de fon difcours l'efpérance de fa fortune, était
au défefpoir; il fallait avoir un autre panégyrique, & l'apprendre en huit jours. M. de
Voltaire eut pitié de lui, & fit en deux jours le
difcours qu'on trouve ici, & qui eut alors
beaucoup de fuccès

CONNAISSANCE

DES BEAUTÉS ET DES DEFAUTS

DE

LA POESIE

ET DE L'ELOQUENCE.

Ayant accompagné en France plufieurs jeunes étrangers, j'ai toujours tâché de leur infpirer le bon goût, qui eft fi cultivé dans notre nation, & de leur faire lire avec fruit les meilleurs auteurs. C'eft dans cet efprit que j'ai fait ce recueil, pour l'utilité de ceux qui veulent connaître les vraies beautés de la langue françaife & en bien fentir les charmes.

On ne peut fe flatter de connaître une langue qu'à proportion du plaifir qu'on éprouve en lifant ; mais cette facilité ne s'acquiert pas tout d'un coup ; elle reffemble aux jeux d'adreffe, dans lefquels on ne fe plaît que lorfqu'on y réuffit.

J'ai vu plufieurs étrangers à Paris ne pas diftinguer fi une tragédie était écrite dans le ftyle des *Racines* & des *Voltaires*, ou dans celui des *Danchets* & des *Pellegrins*. Je les ai vus acheter les romans nouveaux, au lieu de Zaïde. Je me fuis aperçu que dans beaucoup de pays étrangers, les perfonnes les plus inftruites n'avaient pas un goût fûr, & qu'elles me

citaient fouvent, avec complaifance, les plus mauvais
paffages des auteurs célèbres, ne pouvant diftinguer
dans eux les diamans vrais d'avec les faux. J'ai donc
cru rendre fervice à ceux qui voyagent & à ceux qui
parlent français, dans la plupart des cours de l'Europe,
en mettant fous leurs yeux des pièces de comparaifon,
tirées des auteurs les plus approuvés qui ont traité les
mêmes fujets ; c'eft de toutes les méthodes que j'ai
employées auprès des jeunes gens, celle qui m'a
toujours le plus réuffi ; mais ces pièces de comparaifon feraient inutiles pour former l'efprit de la
jeuneffe, fi elles n'étaient accompagnées de réflexions,
qui aident des yeux peu accoutumés à bien obferver
ce qu'ils voient.

Je lifais, par exemple, il n'y a pas long-temps, avec
un jeune comte de l'Empire, qui donne les plus grandes
efpérances, les traductions que *Malherbe* & *Racan* ont
faites de cette ftrophe d'*Horace*.

> *Pallida mors æquo pulfat pede*
> *Pauperum tabernas regumque turres ,*
> *O beate Sexti.*

Voici la traduction de *Racan.*

> Les lois de la mort font fatales ,
> Auffi-bien aux maifons royales
> Qu'aux taudis couverts de rofeaux.
> Tous nos jours font fujets aux parques ;
> Ceux des bergers & des monarques
> Sont coupés des mêmes cifeaux.

Celle de *Malherbe* eft plus connue.

Le pauvre en fa cabane, où le chaume le couvre,
    Eft fujet à fes lois ;
Et la garde qui veille aux barrières du louvre
    N'en défend pas nos rois.

Je fus obligé de faire voir à ce jeune homme pourquoi les vers de *Malherbe* l'emportent fur ceux de *Racan*.

En voici les raifons. 1°. *Malherbe* commence par une image fenfible,

Le pauvre en fa cabane, où le chaume le couvre.

& *Racan* commence par des mots communs, qui ne font point d'image, qui ne peignent rien.

Les lois de la mort font fatales ; nos jours font fujets aux parques. Termes vagues, diction impropre, vice de langage ; rien n'eft plus faible que ces vers.

2°. Les expreffions de *Malherbe* embelliffent les chofes les plus baffes. *Cabane* eft agréable & du beau ftyle, & *taudis* eft une expreffion du peuple.

3°. Les vers de *Malherbe* font plus harmonieux ; & j'oferais même les préférer à ceux d'*Horace*, s'il eft permis de préférer une copie à un original. Je défendrais en cela mon opinion, en fefant remarquer que *Malherbe* finit fa ftance par une image pompeufe, & qu'*Horace* laiffe peut-être tomber la fienne avec *O beate Sexti*. Mais en accordant cette petite fupériorité à un vers de *Malherbe*, j'étais bien éloigné de comparer l'auteur à *Horace*. Je fais trop la diftance infinie qui eft de l'un à l'autre. Un peintre flamand peut peindre un arbre auffi-bien que *Raphaël*. Il ne fera pas pour cela égal à *Raphaël*.

Ayant donc éprouvé que ces petites difcuffions contribuaient beaucoup à former & à fixer le goût de ceux qui voulaient s'inftruire de bonne foi, & fe procurer les vrais plaifirs de l'efprit, je vais fur ce plan choifir par ordre alphabétique les morceaux de poëfie & de profe qui me paraiffent les plus propres à donner de grandes idées & à élever l'ame, à lui infpirer cet attendriffement qui adoucit les mœurs, & qui rend le goût de la vertu & de la vérité plus fenfible. Je mêlerai même quelquefois à ces pièces de profe & de poëfie, de petites digreffions fur certains genres de littérature, afin de rendre l'ouvrage d'une utilité plus étendue, & je tirerai la plupart de mes exemples des auteurs que j'appelle claffiques; je veux dire des auteurs qu'on peut mettre au rang des anciens qu'on lit dans les claffes, & qui fervent à former la jeuneffe. Je cherche à l'inftruire dans la langue vivante autant qu'on l'inftruit dans les langues mortes.

A M I T I É.

IL y a lieu d'être furpris que fi peu de poëtes & d'écrivains aient dit en faveur de l'*amitié* des chofes qui méritent d'être retenues. Je n'en trouve ni dans *Corneille*, ni dans *Racine*, ni dans *Boileau*, ni dans *Molière*. *La Fontaine* eft le feul poëte célèbre du fiècle paffé qui ait parlé de cette confolation de la vie. Il dit à la fin de la fable *des deux amis* :

> Qu'un ami véritable eft une douce chofe!
> Il cherche vos befoins au fond de votre cœur;

Il vous épargne la pudeur
De les lui découvrir vous-même ;
Un songe, un rien, tout lui fait peur,
Quand il s'agit de ce qu'il aime.

Le fecond vers eft le meilleur, fans contredit, de
ce paffage. Le mot de *pudeur* n'eft pas propre : il fallait
honte. On ne peut dire, j'ai la *pudeur* de parler devant
vous, au lieu de j'ai *honte* de parler devant vous ; &
on fent d'ailleurs que les derniers vers font faibles ;
mais il règne dans ce morceau, quoique défectueux,
un fentiment tendre & agréable, un air aifé & familier, propre au ftyle des fables.

Je trouve dans la Henriade un trait fur l'amitié
beaucoup plus fort.

Il aimait, non en roi, non en maître févère,
Qui permet qu'on afpire à l'honneur de lui plaire,
Et de qui le cœur dur & l'inflexible orgueil
Croit le fang d'un fujet trop payé d'un coup d'œil.
Henri de l'amitié fentit les nobles flammes ;
Amitié, don du ciel, plaifir des grandes ames ;
Amitié que les rois, ces illuftres ingrats,
Sont affez malheureux pour ne connaître pas.

Cela eft dans un goût plus mâle ; plus élevé que le
paffage de *la Fontaine*. Il eft aifé de fentir la différence
des deux ftyles qui conviennent chacun à leur fujet.

Mais j'avoue que j'ai vu des vers fur l'amitié qui
me paraiffent infiniment plus agréables. Ils font tirés
d'une épître imprimée dans les œuvres de M. de
Voltaire.

Pour les cœurs corrompus l'amitié n'eft point faite ;
O tranquille amitié, félicité parfaite,

Seul mouvement de l'ame où l'excès foit permis,
Corrige les défauts qu'en moi le ciel a mis;
Compagne de mes pas dans toutes mes demeures,
Et dans tous les états, & dans toutes les heures;
Sans toi tout homme eſt feul; il peut par ton appui,
Multiplier ſon être & vivre dans autrui.
Amitié, don du ciel, & paſſion du fage,
Amitié, que ton nom couronne cet ouvrage,
Qu'il préfide à mes vers comme il règne en mon cœur.

Il y a dans ce morceau une douceur bien plus flatteufe que dans l'autre. Le premier femble plutôt la fatire de ceux qui n'aiment pas, & le fecond eſt le véritable éloge de l'amitié. Il échauffe le cœur. On en aime mieux ſon ami quand on a lu ce paffage.

Que j'aime ce vers!

Multiplier ſon être & vivre dans autrui.

Qu'il me paraît nouveau de dire que l'amitié doit être la feule paſſion du fage; en effet, fi l'amitié ne tient pas de la paſſion, elle eſt froide & languiſſante, ce n'eſt plus qu'un commerce de bienféance.

Il fera utile de comparer tous ces morceaux avec ce que dit, *fur l'amitié*, madame la marquife de *Lambert*, dame très-refpectable par ſon efprit & par fa conduite, & qui mettait l'amitié au rang des premiers devoirs.

,, La parfaite amitié nous met dans la néceſſité
,, d'être vertueux. Comme elle ne fe peut conferver
,, qu'entre perfonnes eſtimables, elle vous force à
,, leur reffembler. Vous trouverez dans l'amitié, la
,, fureté du bon confeil, l'émulation du bon exemple,

,, le partage dans vos douleurs, le fecours dans vos ,, befoins. ,,

Il eft vrai que ce morceau de profe ne peut faire le même plaifir, ni à l'oreille ni à l'ame, que les vers que j'ai cités. *La fentence*, dit Montagne, *preffée aux pieds nombreux de la poëfie, élance mon ame d'une plus vive fecouffe.* J'ajouterai encore, que les beaux vers en français font prefque toujours plus corrects que la profe. La raifon en eft que la difficulté des vers produit une grande attention dans l'efprit d'un bon poëte, & de cette attention continue, fe forme la pureté du langage; au lieu que dans la profe, la facilité entraîne l'écrivain, & fait commettre des fautes.

Il y a, par exemple, une faute de logique dans cette phrafe.

Comme l'amitié ne peut fe conferver qu'entre perfonnes eftimables, elle vous force à leur reffembler.

Si vous êtes déjà ami, vous êtes donc une de ces perfonnes eftimables. *A leur reffembler* n'eft donc pas jufte. Je crois qu'il fallait dire:

L'amitié ne fe pouvant conferver qu'entre des cœurs eftimables, elle vous force à l'être toujours.

Le partage dans vos douleurs eft encore une faute contre la langue, il fallait dire, on *partage vos douleurs*, on *prévient vos befoins.* Ces obfervations qu'on doit faire fur tout ce qu'on lit, fervent à étendre l'efprit d'un jeune homme & à le rendre jufte. Car le feul moyen de s'accoutumer à bien juger dans les grandes chofes, eft de ne fe permettre aucun faux jugement dans les petites.

Je ne puis m'empêcher de rapporter encore un paffage fur l'amitié, que je trouve plus tendre encore

que ceux que j'ai cités. Il eſt à la fin d'une de ces
épîtres familières en vers, pour leſquelles M. de *Voltaire*
me paraît avoir un génie particulier.

Loin de nous à jamais ces mortels endurcis,
Indignes du beau nom, du ſacré nom d'amis,
Ou toujours remplis d'eux, ou toujours hors d'eux-mêmes,
Au monde, à l'inconſtance, ardens à ſe livrer;
Malheureux, dont le cœur ne ſait pas comme on aime,
Et qui n'ont point connu la douceur de pleurer.

AMOUR.

JE me garderai bien, en voulant former des jeunes
gens, de citer ici des deſcriptions de l'amour, plus
capables de corrompre le cœur que de perfectionner
le goût. Je donnerai deux portraits de l'amour tirés de
deux célébres poëtes, dont l'un, qui eſt féu *Rouſſeau*,
n'a pas toujours parlé avec tant de bienſéance; &
l'autre qui eſt M. de *Voltaire*, a, ce me ſemble, toujours
fait aimer la vertu dans ſes écrits.

Portrait de l'Amour, tiré de la Volière de Rouſſeau,
ou de l'épître à madame d'Uſſé.

JADIS ſans *choix*, (a) les humains diſperſés,
Troupe féroce & nourrie au carnage,
Du ſeul inſtinct ſuivaient la loi ſauvage,
Se renfermaient dans les antres cachés,
Et de leurs troncs par la faim arrachés, (b)

(a) Terme oiſeux.   (b) Vers dur.

Allaient,

Allaient, errans au gré de la nature,
Avec les ours difputer la pâture ;
De ce chaos l'Amour *réparateur*, (c)
Fut de leurs lois le premier fondateur :
Il fut fléchir leurs humeurs indociles,
Les réunit dans l'enceinte des villes,
Des premiers arts leur donna les leçons,
Leur enfeigna l'*ufage* (d) des moiffons.
Chez eux logea l'Amitié fecourable,
Avec la Paix, fa fœur inféparable ;
Et devant tout, dans les terreftres lieux,
Fit refpecter l'autorité des Dieux.
Tel fut ici le fiècle de *Cibelle.*
Mais à ce (e) *Dieu*, la terre enfin rebelle,
Se rebuta d'une fi douce loi,
Et de fes mains voulut fe faire un roi.
Tout auffitôt évoqué par la Haine,
Sort de fes flancs un monftre à forme humaine,
Refte dernier de ces cruels Typhons,
Jadis formés dans ces gouffres profonds.
D'un faible enfant il a le front timide ;
Dans fes yeux brille une douceur perfide ;
Nouveau Prothée, à toute heure, en tous lieux,
Sous un faux mafque il abufe nos yeux.
D'abord voilé d'une crainte ingénue,
Humble captif, il rampe, il s'infinue ;
Puis tout-à-coup impérieux vainqueur,
Porte le trouble & l'effroi dans le cœur :
Les trahifons, la noire tyrannie,
Le défefpoir, la peur, l'ignominie,

(c) Impropre.   (e) *Dieu* eft trop près de *Cibelle.*
(d) Impropre.

Et le tumulte, au regard effaré,
Suivent fon char de foupçons entouré.
Ce fut fur lui que la terre *ennemie*,
De fa révolte *appuya l'infamie*: (*f*)
Bientôt féduits par fes trompeurs appas,
Les *flots* d'humains *marchèrent* (*g*) fur fes pas.
L'Amour par lui dépouillé de puiffance,
Remonte au ciel, féjour de fa naiffance.

Temple de l'Amour, tiré de la Henriade.

S U R les bords fortunés de l'antique Idalie,
Lieux où finit l'Europe & commence l'Afie,
S'élève un vieux palais, refpecté par les temps:
La nature en pofa les premiers fondemens;
Et l'art ornant depuis la fimple architecture,
Par fes travaux hardis furpaffa la nature.
Là, tous les champs voifins, peuplés de myrtes verds,
N'ont jamais reffenti l'outrage des hivers.
Par-tout on voit mûrir, par-tout on voit éclore,
Et les fruits de Pomone, & les préfens de Flore;
Et la terre n'attend, pour donner fes moiffons,
Ni les vœux des humains, ni l'ordre des faifons.
L'homme y femble goûter dans une paix profonde,
Tout ce que la nature, aux premiers jours du monde,
De fa main bienfefante accordait aux humains,
Un éternel repos, des jours purs & fereins,
Les douceurs, les plaifirs que promet l'abondance,
Les biens du premier âge, hors la feule innocence.
On entend pour tout bruit des concerts enchanteurs,
Dont la molle harmonie infpire les langueurs;

(*f*) Mots impropres.   (*g*) Les flots ne marchent pas.

Les voix de mille amans, les chants de leurs maîtreffes,
Qui célèbrent leur honte & vantent leurs faibleffes.
Chaque jour on les voit, le front paré de fleurs,
De leur aimable maître implorer les faveurs;
Et dans l'art dangereux de plaire & de féduire,
Dans fon temple à l'envi s'empreffer de s'inftruire.
La flatteufe Efpérance, au front toujours ferein,
A l'autel de l'Amour les conduit par la main.
Près du temple facré, les Grâces demi-nues
Accordent à leurs voix leurs danfes ingénues;
La molle Volupté fur un lit de gazons,
Satisfaite & tranquille écoute leurs chanfons.
On voit à fes côtés le Myftère en filence,
Le Sourire enchanteur, les Soins, la Complaifance,
Les Refus attirans, & les tendres Défirs,
Plus doux, plus féduifans encor que les Plaifirs.

De ce temple fameux telle eft l'aimable entrée;
Mais lorfqu'en avançant fous la voûte facrée,
On porte au fanctuaire un pas audacieux,
Quel fpectacle funefte épouvante les yeux!
Ce n'eft plus des plaifirs la troupe aimable & tendre;
Leurs concerts amoureux ne s'y font plus entendre;
Les Plaintes, les Dégoûts, l'Imprudence, la Peur,
Font de ce beau féjour un féjour plein d'horreur.
La fombre Jaloufie, au teint pâle & livide,
Suit d'un pied chancelant le Soupçon qui la guide;
La Haine & le Courroux, répandant leur venin,
Marchent devant fes pas un poignard à la main.
La Malice les voit, & d'un fouris perfide,
Applaudit en paffant à leur troupe homicide.
Le Repentir les fuit, déteftant leurs fureurs,
Et baiffe en foupirant fes yeux mouillés de pleurs.

C'est-là, c'est au milieu de cette cour affreuse,
Des plus tendres plaisirs compagne malheureuse,
Que l'Amour a choisi son séjour éternel. &c.

Ces deux descriptions morales de l'amour n'en sont
pas moins intéressantes pour cela. Celle qui est tirée
de la Henriade est plus pittoresque que l'autre, &
d'un style plus coulant & plus correct ; mais elle
ne me paraît pas écrite avec plus d'énergie. Il y a
seulement je ne sais quoi de plus doux & de plus
intéressant.

Non satis est pulchra esse poëmata, dulcia sunto.

Il faut voir à présent comment l'archevêque de
Cambrai, l'illustre *Fénélon*, auteur du Télémaque, a
traité le même sujet. Il a aussi parlé de l'amour &
de son temple.

„ On me conduisit au temple de la déesse, elle en
„ a plusieurs dans cette île ; car elle est particulière-
„ ment adorée à Cythère, à Idalie, & à Paphos.
„ C'est à Cythère que je fus conduit. Le temple est
„ tout de marbre ; c'est un parfait péristile : les
„ colonnes sont d'une grosseur & d'une hauteur qui
„ rendent cet édifice très - majestueux ; au-dessus de
„ l'architrave & de la frise, sont à chaque face de
„ grands frontons où l'on voit en bas - relief toutes
„ les agréables aventures de la déesse ; à la porte du
„ temple est sans cesse une foule de peuples qui
„ viennent faire leurs offrandes. On n'égorge jamais
„ dans l'enceinte du lieu sacré aucune victime. On n'y
„ brûle point comme ailleurs la graisse des genisses
„ & des taureaux. On n'y répand jamais leur sang.
„ On présente seulement devant l'autel les bêtes

,, qu'on offre, & on n'en peut offrir aucune qui ne
,, foit jeune, blanche, fans défauts, & fans tache. On
,, les couvre de bandelettes de pourpre brodées d'or ;
,, leurs cornes font dorées, & ornées de bouquets de
,, fleurs odoriférantes. Après qu'elles ont été préfentées
,, devant l'autel, on les renvoie dans un lieu écarté,
,, où elles font égorgées pour les feftins des prêtres de
,, la déeffe.

,, On offre auffi toutes fortes de liqueurs parfu-
,, mées, & du vin plus doux que le nectar. Les
,, prêtres font revêtus de longues robes blanches, avec
,, des ceintures d'or, & des franges de même au bas
,, de leurs robes. On brûle nuit & jour fur les autels
,, les parfums les plus exquis de l'Orient, & ils forment
,, une efpèce de nuage qui monte vers le ciel. Toutes
,, les colonnes du temple font ornées de feftons
,, pendans. Tous les vafes qui fervent au facrifice
,, font d'or ; un bois facré de myrtes environne le
,, bâtiment ; il n'y a que des jeunes garçons & des
,, jeunes filles d'une rare beauté qui puiffent préfenter
,, les victimes aux prêtres, & qui ofent allumer le feu
,, des autels : mais l'impudence & la diffolution dés-
,, honorent un temple fi magnifique. ,,

Je ne puis m'empêcher de convenir que cette
defcription eft d'une grande froideur en comparaifon
de la poëfie que nous avons vue. Rien ne caractérife
ici le temple de l'amour. Ce n'eft qu'une defcription
vague d'un temple en général. Il n'y a rien de moral
que la dernière phrafe. Mais l'*impudence* & la *diffolution*
caractérifent la débauche & non pas l'amour. Tout le
mérite de ce morceau me paraît confifter dans une
profe harmonieufe ; mais elle manque de vie.

Tous ces exemples confirment de plus en plus que les mêmes chofes bien dites en vers, ou bien dites en profe, font auffi differentes qu'un vêtement d'or & de foie l'eft d'une robe fimple & unie ; mais auffi la médiocre profe eft encore plus au-deffus des vers médiocres, que les bons vers ne l'emportent fur la bonne profe.

On m'a demandé fouvent s'il y avait quelque bon livre en français écrit dans la profe poëtique du Télémaque. Je n'en connais point, & je ne crois pas que ce ftyle pût être bien reçu une feconde fois. C'eft, comme on l'a dit, une efpèce bâtarde, qui n'eft ni poëfie ni profe, & qui étant fans contrainte, eft auffi fans grande beauté ; car la difficulté vaincue ajoute un charme nouveau à tous les agrémens de l'art. Le Télémaque eft écrit dans le goût d'une traduction en profe d'*Homère*, & avec plus de grâce que la profe de madame *Dacier* ; mais enfin, c'eft de la profe, qui n'eft qu'une lumière très-faible devant les éclairs de la poëfie, & qui attefte feulement l'impuiffance de rendre les poëtes de l'antiquité en vers français.

AMBITION.

J'AURAIS dû, en fuivant l'ordre alphabétique, traiter l'ambition avant l'amitié ; mais j'ai mieux aimé commencer par une vertu que par un vice. J'ai préféré le fentiment à l'ordre. Je ne fais pourquoi l'ambition eft le fujet de beaucoup plus de pièces de poëfie & d'éloquence que l'amitié ; n'eft-ce point qu'on réuffit mieux à caractérifer les paffions funeftes, que les doux penchans du cœur? Il entre toujours de la fatire dans ce qu'on dit de l'ambition. Quoi qu'il en foit, j'aime à voir dans la Henriade,

L'Ambition fanglante, inquiète, égarée,
De trônes, de tombeaux, d'efclaves, entourée.

Mais que *la Fontaine* a de charmes dans un des prologues de fes fables!

Deux démons à leur gré partagent notre vie,
Et de leur patrimoine ont chaffé la raifon;
Je ne vois point de cœur qui ne leur facrifie.
Si vous me demandez leur état & leur nom,
J'appelle l'un *Amour*, & l'autre *Ambition*.
Cette dernière étend le plus loin fon empire,
   Car même elle entre dans l'amour.

Voilà des vers parfaits dans leur genre. Heureux les efprits capables d'être touchés comme il faut de pareilles beautés, qui réuniffent la fimplicité & l'extrême éloquence.

Qu'on life encore dans Athalie ce que *Mathan* dit de fon ambition.

J'approchai par degrés de l'oreille des rois,
Et bientôt en oracle on érigea ma voix:
J'étudiai leur cœur; je flattai leurs caprices;
Je leur femai de fleurs le bord des précipices;
Près de leurs paffions rien ne me fut facré;
De mefure & de poids je changeais à leur gré; &c.

Je trouve l'ambition caractérifée plus en grand, & peinte dans fon plus haut degré, dans la tragédie de Mahomet. C'eft *Mahomet* qui parle.

Je fuis ambitieux ; tout homme l'eft fans doute ;
Mais jamais roi, pontife, ou chef ou citoyen,
Ne conçut un projet auffi grand que le mien.
Chaque peuple à fon tour a brillé fur la terre,
Par les lois, par les arts, & furtout par la guerre.
Le temps de l'Arabie eft à la fin venu.
Ce peuple généreux trop long-temps inconnu,
Laiffait dans fes déferts enfevelir fa gloire ;
Voici les jours nouveaux marqués pour la victoire.
Vois du Nord au Midi l'univers défolé ;
La Perfe encor fanglante, & fon trône ébranlé ;
L'Inde efclave & timide, & l'Egypte abaiffée ;
Des murs de Conftantin la fplendeur éclipfée.
Vois l'empire romain tombant de toutes parts ;
Ce grand corps déchiré, dont les membres épars,
Languiffent difperfés fans honneur & fans vie.
Sur les débris du monde élevons l'Arabie.
Il faut un nouveau culte, il faut de nouveaux fers ;
Il faut un nouveau Dieu pour l'aveugle univers.
En Egypte Ofiris, Zoroaftre en Afie,
Chez les Crétois Minos, Numa dans l'Italie,
A des peuples fans mœurs, & fans culte & fans rois,
Donnèrent aifément d'infuffifantes lois.
Je viens après mille ans changer ces lois groffières,
J'apporte un joug plus noble aux nations entières.
J'abolis les faux dieux ; & mon culte épuré,
De ma grandeur naiffante eft le premier degré.
Ne me reproche point de tromper ma patrie,
Je détruis fa faibleffe & fon idolatrie ;
Sous un roi, fous un Dieu, je viens la réunir ;
Et pour la rendre illuftre, il la faut affervir.

Voilà bien l'ambition à son comble ; celui qui parle ainsi veut être à la fois conquérant, législateur, roi, pontife, & prophète ; & il y parvient. Il faut avouer que les autres desseins des plus grands hommes font de bien petites vanités auprès de cette ambition. On ne peut la décrire avec plus de force & de justesse. *Mathan* me paraît parler en subalterne, & *Mahomet* en maître du monde. J'observerai en passant que l'un & l'autre avouent le fond de leur erreur, ce qui n'est guère naturel ; (1) mais ce défaut est bien plus grand dans *Mathan* que dans *Mahomet*. On ne dit point de soi qu'on est scélérat ; mais on peut dire qu'on est ambitieux. La grandeur de l'objet ennoblit jusqu'à la fourberie même, aux yeux des hommes.

A R M É E.

J E ne vois guère de description d'armée qui mérite notre attention dans les poëtes tragiques, que celle qu'on lit dans le Cid.

Cette obscure clarté qui tombe des étoiles,
Enfin avec le flux nous fait voir trente voiles ;
L'onde s'enfle *dessous* (a) & d'un commun effort,
Les Maures & la mer *montent jusques* (b) au port.
On les laisse passer, tout leur paraît tranquille ;
Point de soldat au port, point aux murs de la ville ;

---

(1) L'auteur de cet article nous paraît trop sévère. Tout homme qui prêche une religion est aux yeux de celui qui ne la croit pas , ou un imbécille ou un fripon. *Zopire* ne pouvait pas regarder *Mahomet* comme un sot. En voulant paraître persuadé , *Mahomet* se ferait donc bien plus avili devant *Zopire* , qu'en lui avouant ses projets ambitieux.

(a) Prosaïque.   (b) Dur.

Notre profond filence abufant leurs efprits,
Ils n'ofent plus douter de nous avoir furpris.
Ils abordent fans peur, ils ancrent, ils defcendent,
Et courent fe livrer aux mains qui les attendent.
Nous nous levons alors, & tous en même temps
Pouffons jufques au ciel mille cris éclatans.
Les nôtres, à ces cris, de nos vaiffeaux répondent ;
Ils paraiffent armés, les Maures fe confondent ;
L'épouvante les prend ; à demi defcendus,
Avant que de combattre ils s'eftiment perdus.
Ils couraient au pillage, & rencontrent la guerre ;
Nous les preffons fur l'eau, nous les preffons fur terre,
Et nous fefons courir des ruiffeaux de leur fang,
Avant qu'aucun réfifte ou reprenne fon rang.
Mais bientôt malgré nous leurs princes les rallient,
Leur courage renaît, & leurs terreurs s'oublient.
La honte de mourir fans avoir combattu
Arrête leur défordre & leur rend leur vertu.
Contre (c) nous de pied ferme ils tirent leurs alfanges,
De notre fang au leur font *d'horribles mélanges; (d)*
Et la terre, & le fleuve, & leur flôtte, & leur port,
Sont des champs de carnage où triomphe la mort.

Je crois que tout le monde tombera d'accord qu'il
y a plus d'ame & de pathétique dans la defcription
d'une armée prête à attaquer, que fait l'illuftre *Fénélon*
au dixième livre des Aventures de Télémaque. Ce
n'eft point une defcription circonftanciée ; elle eft
vague ; elle ne fpécifie rien ; elle tient plus de la déclamation que de cet air de vérité qui a un fi grand
mérite : mais il a l'art de parler au cœur jufque dans
l'appareil de la guerre.

(c) Profaïque.　　　　　　(d) Ce pluriel eft vicieux.

„ Pendant qu'ils raisonnaient ainsi, on entendit
„ tout-à-coup un bruit confus de chariots & de
„ chevaux hennissans, d'hommes qui poussaient des
„ hurlemens épouvantables, & des trompettes qui
„ remplissaient l'air d'un ton belliqueux. On s'écrie:
„ *Voilà les ennemis qui font un grand détour pour éviter*
„ *les passages gardés. Les voilà qui viennent assiéger*
„ *Salante.* Les vieillards & les femmes paraissent
„ consternés. *Hélas!* disaient-ils, *fallait-il quitter notre*
„ *chère patrie, la fertile Crète, & suivre un roi malheureux*
„ *au travers de tant de mers, pour fonder une ville qui*
„ *sera mise en cendres comme Troye!* On voyait de dessus
„ les murailles nouvellement bâties, dans la vaste
„ campagne, briller au soleil les casques, les cuirasses,
„ & les boucliers des ennemis. Les yeux en étaient
„ éblouis. On voyait aussi les piques hérissées qui
„ couvraient la terre, comme elle est couverte par
„ une abondante moisson, que *Cérès* prépare dans les
„ campagnes d'Enna en Sicile, pendant les chaleurs
„ de l'été, pour récompenser le laboureur de toutes
„ ses peines. Déjà on remarquait les chariots armés
„ de faux tranchantes; on distinguait facilement
„ chaque peuple venu à cette guerre. „

Je suis bien plus ému ici par *Fénélon* que par
Corneille. Ce n'est pas que les vers ne soient, à mérite
égal, incomparablement au-dessus de la prose: mais
ici la description a un fond plus touchant que celle
de *Corneille*; & il faut bien considérer qu'un acteur,
dans une pièce de théâtre, ne doit presque jamais
s'exprimer comme un auteur, qui parle à l'imagination du lecteur. Il faut sentir combien *Corneille* &
Fénélon avaient chacun un but différent.

Pour prouver inconteftablement la fupériorité de
la poëfie fur la profe, dans le même genre de beautés,
confidérons ce même objet d'une armée en bataille
dans le huitième chant de la Henriade.

Près des bords de l'Iton & des rives de l'Eure
Eft un champ fortuné, l'amour de la nature :
La guerre avait long-temps refpecté les tréfors
Dont Flore & les Zéphyrs embelliffent ces bords.
Les bergers de ces lieux coulaient des jours tranquilles,
Au milieu des horreurs des difcordes civiles :
Protégés par le ciel & par leur pauvreté,
Ils femblaient des foldats braver l'avidité ;
Et fous leurs toits de chaume, à l'abri des alarmes,
N'entendaient point le bruit des tambours & des armes.
Les deux camps ennemis arrivent dans ces lieux,
La défolation par-tout marche avant eux ;
De l'Eure & de l'Iton les ondes s'alarmèrent,
Les bergers pleins d'effroi dans les bois fe cachèrent;
Et leurs triftes moitiés, compagnes de leurs pas,
Emportent leurs enfans gémiffans dans leurs bras.

Habitans malheureux de ces bords pleins de charmes,
Du moins à votre roi n'imputez point vos larmes.
S'il cherche les combats c'eft pour donner la paix :
Peuples, fa main fur vous répandra fes bienfaits :
Il veut finir vos maux, il vous plaint, il vous aime,
Et dans ce jour affreux il combat pour vous-même.
Les momens lui font chers, il court dans tous les rangs
Sur un courfier fougueux plus léger que les vents,
Qui, fier de fon fardeau, du pied frappant la terre,
Appelle les dangers & refpire la guerre.
On voyait près de lui briller tous ces guerriers,
Compagnons de fa gloire & ceints de fes lauriers :

D'Aumont, qui fous cinq rois avait porté les armes;
Biron, dont le feul nom répandait les alarmes;
Et fon fils, jeune encore, ardent, impétueux,
Qui depuis .... mais alors il était vertueux;
Sulli, Nangis, Crillon, ces ennemis du crime,
Que là ligue détefte, & que la ligue eftime;
Turenne qui depuis, de la jeune Bouillon,
Mérita dans Sedan la puiffance & le nom;
Puiffance malheureufe & trop mal confervée,
Et par Armand détruite auffitôt qu'élevée.
Effex avec éclat paraît au milieu d'eux,
Tel que dans nos jardins un palmier fourcilleux,
A nos ormes touffus mêlant fa tête altière,
Etale les beautés de fa tige étrangère.

. . . .

. . . .

Plus loin font la Trimouille, & Clermont, & Feuquières;
Le malheureux de Nefle, & l'heureux Lefdiguières;
D'Ailli, pour qui ce jour fut un jour fi fatal.
Tous ces héros en foule attendaient le fignal,
Et rangés près du roi, lifaient fur fon vifage,
D'un triomphe certain l'efpoir & le préfage.
    Mayenne en ce moment, inquiet, abattu,
Dans fon cœur étonné cherche en vain fa vertu :
Soit que de fon parti connaiffant l'injuftice,
Il ne crût point le ciel à fes armes propice;
Soit que l'ame en effet ait des preffentimens,
Avant-coureurs certains des grands événemens:
Ce héros cependant, maître de fa faibleffe,
Déguifait fes chagrins fous fa fauffe alégreffe;
Il s'excite, il s'empreffe, il infpire aux foldats
Cet efpoir généreux que lui-même il n'a pas.

D'Egmont auprès de lui, plein de la confiance
Que dans un jeune cœur fait naître l'imprudence,
Impatient déjà d'exercer sa valeur,
De l'incertain Mayenne accusait la lenteur.
Tel qu'échappé du sein d'un riant pâturage,
Au bruit de la trompette animant son courage,
Dans les champs de la Thrace un coursier orgueilleux,
Indocile, inquiet, plein d'un feu belliqueux,
Levant les crins mouvans de sa tête superbe,
Impatient du frein, vole & bondit sur l'herbe:
Tel paraissait Egmont; une noble fureur
Eclate dans ses yeux & brûle dans son cœur;
Il s'entretient déjà de sa prochaine gloire,
Il croit que son destin commande à la victoire:
Hélas! il ne sait point que son fatal orgueil
Dans les plaines d'Ivri lui prépare un cercueil.

Vers les ligueurs enfin le grand Henri s'avance,
Et s'adressant aux siens qu'enflammait sa présence:
,, Vous êtes nés Français, & je suis votre roi;
Voilà nos ennemis, marchez, & suivez-moi:
Ne perdez point de vue, au fort de la tempête,
Ce panache éclatant qui flotte sur ma tête;
Vous le verrez toujours au chemin de l'honneur. ,,
A ces mots que le roi prononçait en vainqueur,
Il voit d'un feu nouveau ses troupes enflammées,
Et marche en invoquant le grand Dieu des armées.

Sur les pas des deux chefs alors en même temps,
On voit des deux partis voler les combattans.
Ainsi lorsque des monts séparés par Alcide,
Les aquilons fougueux fondent d'un vol rapide;
Soudain les flots émus de deux profondes mers,
D'un choc impétueux s'élancent dans les airs,

La terre au loin gémit, le jour fuit, le ciel gronde,
Et l'Africain tremblant craint la chute du monde.
   Au moufquet réuni, le fanglant coutelas,
Déjà de tout côté porte un double trépas.
Cette arme que jadis, pour dépeupler la terre,
Dans Baïonne inventa le démon de la guerre,
Raffemble en même temps, digne fruit de l'enfer,
Ce qu'ont de plus terrible, & la flamme & le fer.
   On fe mêle, on combat; l'adreffe, le courage,
Le tumulte, les cris, la peur, l'aveugle rage,
La honte de céder, l'ardente foif du fang,
Le défefpoir, la mort, paffent de rang en rang.
L'un pourfuit un parent dans le parti contraire;
Là le frère en fuyant meurt de la main d'un frère :
La nature en frémit, & ce rivage affreux
S'abreuvait à regret de leur fang malheureux.

  ·Il y a dans cette defcription plus de pathétique encore & plus de portraits touchans , que dans le Télémaque. Ce morceau , *Habitans malheureux de ces bords pleins de charmes* , forme un mélange délicieux de tendreffe & d'horreur. Le poëte met ici fon art à rendre la guerre odieufe , dans le temps même qu'il fonne la charge , & qu'il infpire l'ardeur du combat dans l'ame du leĉteur. La comparaifon *des deux mers qui fe choquent* , étonne l'imagination. La peinture *de la baïonnette au bout du fufil* , eft d'un goût nouveau , vrai, & noble : c'eft un des plus grands mérites de la poëfie de peindre les détails.

        Verbis ea vincere magnum
Quàm fit & anguftis hunc addere rebus honorem.

A S S A U T.

CET art de peindre les détails & de décrire des choses que la poësie françaife évite communément, fe trouve d'une manière bien fenfible dans le récit d'un affaut donné aux faubourgs de Paris. *Henriade chant VI.*

Du côté du levant bientôt Bourbon s'avance.
Le voilà qui s'approche & la mort le dévance.
Le fer avec le feu vole de toutes parts,
Des mains des affiégeans, & du haut des remparts.
Ces remparts menaçans, leurs tours & leurs ouvrages,
S'écroulent fous les traits de ces brûlans orages:
On voit les bataillons rompus & renverfés,
Et loin d'eux dans les champs leurs membres difperfés.
Ce que le fer atteint tombe réduit en poudre;
Et chacun des partis combat avec la foudre.

Jadis avec moins d'art, au milieu des combats,
Les malheureux mortels avançaient leur trépas.
Avec moins d'appareil ils volaient au carnage,
Et le fer dans leurs mains fuffifait à leur rage.
De leurs cruels enfans l'effort induftrieux
A dérobé le feu qui brûle dans les cieux.
On entendait gronder ces bombes effroyables,
Des troubles de la Flandre enfans abominables.
Dans ces globes d'airain le falpêtre enflammé
Vole avec la prifon qui le tient renfermé:
Il la brife, & la mort en fort avec furie.

Avec plus d'art encore & plus de barbarie,

Dans

Dans les antres profonds on a fu renfermer
Des foudres fouterrains tout prêts à s'allumer.
Sous un chemin trompeur, où volant au carnage,
Le foldat valeureux fe fie à fon courage,
On voit en un inftant des abymes ouverts;
De noirs torrens de foufre épandus dans les airs;
Des bataillons entiers, par ce nouveau tonnerre,
Emportés, déchirés, engloutis fous la terre.
Ce font-là les dangers où Bourbon va s'offrir;
C'eft par-là qu'à fon trône il brûle de courir.
Ses guerriers avec lui dédaignent ces tempêtes :
L'enfer eft fous leurs pas, la foudre eft fur leurs têtes;
Mais la gloire à leurs yeux vole à côté du roi;
Ils ne regardent qu'elle, & marchent fans effroi.

Mornai parmi les flots de ce torrent rapide,
S'avance d'un pas grave & non moins intrépide;
Incapable à la fois de crainte & de fureur,
Sourd au bruit des canons, calme au fein de l'horreur,
D'un œil ferme & ftoïque, il regarde la guerre
Comme un fléau du ciel, affreux, mais néceffaire.
Il marche en philofophe où l'honneur le conduit,
Condamne les combats, plaint fon maître, & le fuit.

Ils defcendent enfin dans ce chemin terrible,
Qu'un glacis teint de fang rendait inacceffible.
C'eft-là que le danger ranime leurs efforts :
Ils comblent les foffés de fafcines, de morts :
Sur ces morts entaffés, ils marchent, ils s'avancent;
D'un cours précipité fur la brèche ils s'élancent.

Armé d'un fer fanglant, couvert d'un bouclier,
Henri vole à leur tête, & monte le premier.
Il monte : il a déjà de fes mains triomphantes,
Arboré de fes lis les enfeignes flottantes.

Les ligueurs devant lui demeurent pleins d'effroi ;
Ils femblaient refpeéter leur vainqueur & leur roi :
Ils cédaient ; mais Mayenne à l'inftant les ranime ;
Il leur montre l'exemple, il les rappelle au crime ;
Leurs bataillons ferrés preffent de toutes parts
Ce roi dont ils n'ofaient foutenir les regards.
Sur le mur avec eux la Difcorde cruelle
Se baigne dans le fang que l'on verfe pour elle.
Le foldat à fon gré fur ce funefte mur,
Combattant de plus près, porte un trépas plus fûr.

Alors on n'entend plus ces foudres de la guerre,
Dont les bouches de bronze épouvantaient la terre :
Un farouche filence, enfant de la fureur,
A ces bruyans éclats fuccède avec horreur.
D'un bras déterminé, d'un œil brûlant de rage,
Parmi fes ennemis chacun s'ouvre un paffage.
On faifit, on reprend par un contraire effort,
Ce rempart teint de fang, théâtre de la mort.
Dans fes fatales mains la viétoire incertaine
Tient encor près des lis l'étendard de Lorraine.
Les affiégeans furpris font par-tout renverfés,
Cent fois viétorieux, & cent fois terraffés ;
Pareils à l'Océan, pouffé par les orages,
Qui couvre à chaque inftant & qui fuit fes rivages.

Il eft vifible que l'auteur a joûté contre le grand
peintre *Homère* dans cette defcription ; car comme
Homère s'attache à animer tout, & à peindre toutes
les chofes qui étaient en ufage de fon temps, le poëte
français entre dans les détails de toutes les machines
dont nous nous fervons, chemin couvert attaqué,
fafcines portées, mines, bombes, tout eft exprimé.

Mettons en parallèle ce morceau épique , avec la
traduction d'une description à - peu - près semblable
dans l'Iliade , & voyons comment *la Motte* a rendu le
poëte grec.

Sous des chefs différens il range cinq cohortes,
Dont l'égale valeur afiége autant de portes.
Sur les nouveaux remparts, l'Argien plus vaillant,
De tout côté s'oppose aux coups de l'affaillant ;
Hector veut le premier forcer avec Enée,
La porte qu'occupaient Ulyffe, Idoménée,
Digne de Jupiter qui lui donna le jour ;
Sarpedon cherche Ajax jufqu'au haut d'une tour.
C'eft en vain que des murs tombe une horrible grêle ;
C'eft en vain que la pierre avec les traits fe mêle ;
Rien ne peut réuffir à les décourager,
La gloire à leurs regards efface le danger.
Appuyés l'un de l'autre, ils montent aux murailles ;
Les foffés font bientôt comblés de funérailles.
Plufieurs tombent mourans qui s'eftiment heureux
D'aider leurs compagnons à s'élever fur eux.

Courage, mes amis, criait le roi de Pile,
Courage, défendez notre dernier afile ;
Soutenez bien l'honneur de vos premiers exploits,
Vos femmes, vos enfans, vous preffent par ma voix.
Jupiter d'Ilion nous promit la ruine ;
Ne faites point mentir la promeffe divine.

Le bruit ne laiffait pas diftinguer fes difcours,
Mais le fon de fa voix les animait toujours.

Des Troyens cependant l'opiniâtre audace,
Rend effort pour effort, menace pour menace ;

V 2

Et fous leurs boucliers tout hériffés de dards,
Ils atteignaient déjà le fommet des remparts.

Malgré la féchereffe de ces vers, on voit aifément
la richeffe du fond du fujet; mais le pinceau de
M. de *la Motte* n'eft point moëleux & n'a nulle force.
Il règne dans tout ce qu'il fait un ton froid, didactique, qui devient infupportable à la longue. Au lieu
d'imiter les belles peintures d'*Homère* & l'harmonie
de fes vers, il s'amufe à confidérer que *Neftor* dans
la chaleur du combat pourrait n'être pas entendu; &
il croit avoir de l'efprit en difant : *le bruit ne laiffait
pas diftinguer les difcours.*

Le pis de tout cela eft qu'il n'y a pas un mot dans
Homère ni de *Neftor* haranguant, ni de plufieurs qui
tombent mourans, & qui s'eftiment heureux de fervir
d'échelle à leurs compagnons, ni d'effort pour effort,
& de menace pour menace ; tout cela eft de M. de
la Motte.

Ses vers font bas & profaïques ; ils jettent même
un ridicule fur l'action. Car c'eft un portrait comique
que celui d'un homme qui parle & qu'on n'entend
point. Il faut avouer que *la Motte* a gâté tous les
tableaux d'*Homère*. Il avait beaucoup d'efprit ; mais
il s'était corrompu le goût par une très-mauvaife
philofophie, qui lui perfuadait que l'harmonie, la
peinture, & le choix des mots, étaient inutiles à la
poëfie, que pourvu que l'on coufît enfemble quelques
traits communs de morale, on était au-deffus des
plus grands poëtes. La véritable philofophie aurait
dû lui apprendre, au contraire, que chaque art a fa
nature propre, & qu'il ne fallait point traduire

Homère avec féchereffe , comme il ferait permis de traduire *Epiétete.*

La Motte avait donné d'abord de très-grandes efpérances par les premières odes qu'il compofa ; mais bientôt après il tomba dans le mauvais goût , & il devint un des plus mauvais auteurs. Il crut avoir corrigé *Homère.* Cet excès d'orgueil lui ayant mal réuffi , il écrivit contre la poëfie. Il fut fur le point de corrompre le goût de fon fiècle ; car il avait eù l'adreffe de fe faire un parti confidérable , & de fe faire louer dans tous les journaux ; mais fa cabale eft tombée avec lui. Le temps fait juftice , & met toutes les chofes à leur place.

BATAILLE.

LES batailles ont tant de rapport avec ce que je viens de mettre fous les yeux , que je ne m'étendrai pas fur cet article. Je remarquerai feulement que l'on a toujours donné la préférence à *Homère* fur *Virgile* pour cette grande partie du poëme épique.

Je ne fais fi le *Taffe* n'eft pas encore fupérieur à *Homère* dans la defcription des batailles. Quelles peintures vives & pénétrantes dans celle qui fe donne au vingtième chant , & avec quelle force ce grand homme fe foutient au bout de fa carrière !

> *Giace il cavallo al fuo Signore appreffo,*
> *Giace il compagno appo il compagno eftinto ,*
> *Giace il nemico appo il nemico , e fpeffo*
> *Sul morto il vivo, el vincitor ful vinto:*

V 3

Non v'è silentio, e non v'è grido espresso,
Ma odi un non sò che roco e indistinto,
Fremiti di furor, mormori d'ira,
Gemiti di chi langue, e di chi spira.

Que tout cela est vrai, terrible, passionné ! pour moi, j'avoue que les descriptions d'*Homére* ne me semblent pas renfermer tant de beautés. Ce que j'aime dans la bataille d'Ivry, c'est la foule des comparaisons & des métaphores rapides, les aventures touchantes jointes à l'horreur de l'action, la vertu stoïque de *Mornai*, opposée à la rage des combattans; l'éloge même de l'amitié au milieu du carnage, la clémence après la victoire, cela fait un tout que je ne rencontre point ailleurs. Je remarque, entr'autres choses qui m'ont frappé, cette fin de la bataille :

L'étonnement, l'esprit de trouble & de terreur,
S'empare en ce moment de leur troupe alarmée ;
Il passe en tous les rangs, il s'étend sur l'armée ;
Les chefs sont effrayés, les soldats éperdus ;
L'un ne peut commander, l'autre n'obéit plus.
Ils jettent leurs drapeaux, ils courent, se renversent,
Poussent des cris affreux, se heurtent, se dispersent;
Les uns sans résistance à leur vainqueur offerts,
Fléchissent les genoux & demandent des fers ;
D'autres d'un pas rapide évitant sa poursuite,
Jusqu'aux rives de l'Eure emportés dans leur suite,
Dans les profondes eaux vont se précipiter,
Et courent au trépas qu'ils veulent éviter.
Les flots couverts de morts interrompent leur course,
Et le fleuve sanglant remonte vers sa source.

Je me fuis toujours demandé pourquoi ces defcriptions en vers me fefaient tant de plaifir, pendant que les récits des batailles me caufaient tant de langueur dans les hiftoriens. La véritable raifon, à mon fens, c'eft que les hiftoriens ne peignent point comme les poëtes. Je vois dans *Mézerai* & dans *Daniel*, des régimens qui avancent, & des corps de réferve qui attendent, des poftes pris, un ravin paffé, & tout cela prefque toujours embrouillé. Mais de la vivacité, de la chaleur, de l'horreur, de l'intérêt, c'eft ce qui fe trouve dans l'hiftoire, encore moins que l'exactitude.

CARACTERES

ET PORTRAITS.

LE plus beau caractère que j'aie jamais lu, eft malheureufement tiré d'un roman, & même d'un roman qui, en voulant imiter le Télémaque, eft demeuré fort au-deffous de fon modèle. Mais il n'y a rien dans le Télémaque qui puiffe, à mon gré, approcher du portrait de la reine d'Egypte qu'on trouve dans le premier volume de *Séthos*.

,, Elle ne s'eft point laiffé aller, comme bien des ,, rois, aux injuftices, dans l'efpoir de les racheter ,, par fes offrandes : & fa magnificence à l'égard des ,, dieux, a été le fruit de fa piété, & non le tribut ,, de fes remords. Au lieu d'autorifer l'animofité, la ,, vexation, la perfécution, par les confeils d'une piété

V 4

„ mal entendue , elle n'a voulu tirer de la religion que
„ des maximes de douceur , & elle n'a fait ufage de
„ la févérité , que fuivant l'ordre de la juftice géné-
„ rale , & par rapport au bien de l'Etat. Elle a pratiqué
„ toutes les vertus des bons rois , avec une défiance
„ modefte qui la laiffait à peine jouir du bonheur
„ qu'elle procurait à fes peuples. La défenfe glorieufe
„ des frontières , la paix affermie au - déhors & au-
„ dedans du royaume , les embelliffemens & les
„ établiffemens de différentes efpèces , ne font ordi-
„ nairement, de la part des autres princes , que des
„ effets d'une fage politique que les dieux, juges du
„ fond des cœurs , ne récompenfent pas toujours;
„ mais de la part de notre reine , toutes ces chofes
„ ont été des actions de vertu , parce qu'elles n'ont eu
„ pour principe que l'amour de fes devoirs , & la
„ vue du bonheur public. Bien loin de regarder la
„ fouveraine puiffance comme un moyen de fatisfaire
„ fes paffions , elle a conçu que la tranquillité du
„ gouvernement dépendait de la tranquillité de fon
„ ame, & qu'il n'y a que les efprits doux & patiens
„ qui fachent fe rendre véritablement maîtres des
„ hommes. Elle a éloigné de fa penfée toute vengeance;
„ & laiffant à des hommes privés la honte d'exercer
„ leur haine dès qu'ils le peuvent , elle a pardonné
„ comme les dieux, avec un plein pouvoir de punir.
„ Elle a réprimé les efprits rebelles , moins parce
„ qu'ils réfiftaient à fes volontés , que parce qu'ils
„ fefaient obftacle au bien qu'elle voulait faire; elle
„ a foumis fes penfées aux confeils des fujets, & tous
„ les ordres du royaume à l'équité de fes lois ; elle a
„ défarmé les ennemis étrangers par fon courage &

„ par la fidélité à fa parole, & elle a furmonté les
„ ennemis domeftiques par fa fermeté & par l'heureux
„ accompliffement de fes projets. Il n'eft jamais forti
„ de fa bouche ni un fecret ni un menfonge, & elle
„ a cru que la diffimulation nécellaire pour régner
„ ne devait s'étendre que jufqu'au filence; elle n'a
„ point cédé aux importunités des ambitieux, & les
„ affiduités des flattteurs n'ont point enlevé les récom-
„ penfes dues à ceux qui fervaient leur patrie loin de
„ fa cour. La faveur n'a point été en ufage fous fon
„ règne ; l'amitié même qu'elle a connue & cultivée,
„ ne l'a point emporté auprès d'elle fur le mérite,
„ fouvent moins affeétueux & moins prévenant. Elle
„ a fait des graces à fes amis, & elle a donné des
„ poftes importans aux hommes capables. Elle a
„ répandu des honneurs fur les grands, fans les
„ difpenfer de l'obéiffance, & elle a foulagé le peuple
„ fans lui ôter la néceffité du travail. Elle n'a point
„ donné lieu à des hommes nouveaux de partager
„ avec le prince, & inégalement pour lui, les revenus
„ de fon Etat; & les deniers du peuple ont fatisfait,
„ fans regret, aux contributions proportionnées qu'on
„ exigeait d'eux, parce qu'elles n'ont point fervi à
„ rendre leurs femblables plus riches, plus orgueil-
„ leux, & plus méchans. Perfuadée que la providence
„ des dieux n'exclut point la vigilance des hommes,
„ qui eft un de fes préfens, elle a prévenu les mifères
„ publiques par des provifions régulières ; & rendant
„ ainfi toutes les années égales, fa fageffe a maîtrifé
„ en quelque forte les faifons & les élémens. Elle a
„ facilité les négociations, entretenu la paix, & porté
„ le royaume au plus haut point de la richeffe & de

,, la gloire, par l'accueil qu'elle a fait à tous ceux que
,, la fageffe de fon gouvernement attirait des pays
,, les plus éloignés ; & elle a infpiré à fes peuples
,, l'hofpitalité qui n'était point encore affez établie
,, chez les Egyptiens.

 ,, Quand il s'eft agi de mettre en œuvre les grandes
,, maximes du gouvernement , & d'aller au bien
,, général malgré les inconvéniens particuliers, elle a
,, fubi avec une généreufe indifférence les murmures
,, d'une populace aveugle , fouvent animée par les
,, calomnies fecrètes des gens plus éclairés , qui
,, ne trouvent pas leur avantage dans le bonheur
,, public ; hafardant quelquefois fa propre gloire
,, pour l'intérêt d'un peuple méconnaiffant , elle a
,, attendu fa juftification du temps ; & quoiqu'en-
,, levée au commencement de fa courfe, la pureté
,, de fes intentions , la jufteffe de fes vues , & la
,, diligence de l'exécution, lui ont procuré l'avantage
,, de laiffer une mémoire glorieufe , & un regret
,, univerfel. Pour être plus en état de veiller fur le
,, total du royaume, elle a confié les premiers détails
,, à des miniftres furs, obligés de choifir des fubal-
,, ternes qui en choifiraient encore d'autres , dont
,, elle ne pouvait plus répondre elle-même , foit
,, par l'éloignement, foit par le nombre. Ainfi,
,, j'oferai le dire devant nos juges & devant fes fujets
,, qui m'entendent : fi dans un peuple innombrable,
,, tel que l'on connaît celui de Memphis & des cinq
,, mille villes de la dynaftie , il s'eft trouvé contre
,, fon intention quelqu'un d'opprimé ; non-feulement
,, la reine eft excufable par l'impoffibilité de pourvoir
,, à tout , mais elle eft digne de louange , en ce

,, que, connaiffant les bornes de l'efprit humain,
,, elle ne s'eft point écartée du centre des affaires
,, publiques, & qu'elle a réfervé toute fon attention
,, pour les premières caufes & pour les premiers
,, mouvemens. Malheur aux princes dont quelques
,, particuliers fe louent quand le public a lieu de
,, fe plaindre; mais les particuliers même qui fouffrent
,, n'ont pas droit de condamner le prince quand le
,, corps de l'Etat eft fain, & que les principes du
,, gouvernement font falutaires. Cependant, quelque
,, irréprochable que la reine nous ait paru à l'égard
,, des hommes, elle n'attend par rapport à vous,
,, ô juftes dieux, fon repos & fon bonheur que de
,, votre clémence. ,,

Comparez ce morceau au portrait que fait *Boffuet*
de *Marie-Thérèfe*, reine de France, vous ferez étonné
de voir combien le grand maître d'éloquence eft alors
au-deffous de l'abbé *Terraffon*, qui ne paffera pourtant jamais pour un auteur claffique.

Portrait de Marie-Thérèfe.

,, DIEU l'a élevée au faîte des grandeurs humaines,
,, afin de rendre la pureté & la perpétuelle régularité
,, de fa vie plus éclatante & plus exemplaire; ainfi,
,, fa vie & fa mort, également pleines de fainteté
,, & de grâce, deviennent l'inftruction du genre-
,, humain. Notre fiècle n'en pouvait recevoir de plus
,, parfaite, parce qu'il ne voyait nulle part, dans une
,, fi haute élévation, une pareille pureté. C'eft ce rare
,, & merveilleux affemblage que nous aurons à confi-
,, dérer dans les deux parties de ce difcours. Voici en

,, peu de mots ce que j'ai à dire de la plus pieufe des
,, reines; & tel eft le digne abrégé de fon éloge. Il n'y
,, a rien que d'augufte dans fa perfonne ; il n'y a rien
,, que de pur dans fa vie. Accourez , peuples ; venez
,, contempler dans la première place du monde la
,, rare & majeftueufe beauté d'une vertu toujours
,, conftante dans une vie fi égale. Il n'importe pas à
,, cette princeffe où la mort frappe ; on n'y voit point
,, d'endroit faible par où elle pût craindre d'être
,, furprife ; toujours vigilante , toujours attentive à
,, DIEU ou à fon falut , fa mort fi précipitée & fi
,, effroyable pour nous , n'avait rien de dangereux
,, pour elle. Ainfi fon élévation ne fervira qu'à faire
,, voir à tout l'univers, comme du lieu le plus éminent
,, qu'on découvre dans fon enceinte , cette importante
,, vérité ; qu'il n'y a rien de folide ni de vraiment
,, grand parmi les hommes , que d'éviter le péché, &
,, que la feule précaution contre les attaques de la
,, mort , c'eft l'innocence de la vie. C'eft , Meffieurs,
,, l'inftruction que nous donne dans ce tombeau , ou
,, plutôt du plus haut des cieux , très-haute , très-
,, excellente , très - puiffante , & très - chrétienne
,, princeffe, *Marie-Thérèfe d'Autriche*, infante d'Efpagne,
,, reine de France & de Navarre. ,,

Il y a peu de chofes plus faibles que cet éloge,
fi ce n'eft les oraifons funèbres qu'on a faites depuis
les *Boffuets* & les *Fléchiers*. Il ne s'eft guère trouvé
après ces grands hommes , que de vains déclamateurs,
qui manquaient de force & de grâce dans l'efprit &
dans le ftyle.

Les caractères font d'une difficulté & d'un mérite
tout autre dans l'hiftoire , que dans les romans &

dans les oraifons funèbres. On fent aifément qu'ils doivent être auffi bien écrits, & avoir de plus le mérite de la vraifemblance. Rien n'eft fi fade que les portraits que fait *Maimbourg* de fes héros. Il leur donne à tous de grands yeux bleus à fleur de tête, des nez aquilins, une bouche admirablement conformée, un génie perçant, un courage ardent & infatigable, une patience inépuifable, une conftance inébranlable.

Quelle différence, bon Dieu! entre tous ces fades portraits & celui que fait de *Cromwell*, en deux mots, l'éloquent & intéreffant hiftorien de l'*Effai du fiècle de Louis XIV* !

Les autres nations, dit-il, *crurent l'Angleterre enfevelie fous fes ruines, jufqu'au temps où elle devint tout-à-coup plus formidable que jamais, fous la domination de Cromwell, qui l'affujettit en portant l'évangile dans une main, l'épée dans l'autre, le mafque de la religion fur le vifage, & qui dans fon gouvernement couvrit des qualités d'un grand roi tous les crimes d'un ufurpateur.*

Voilà dans ce peu de lignes toute la vie de *Cromwell*. L'auteur en eût dit trop, s'il en eût dit davantage dans une defcription de l'Europe, où il paffe en revue toutes les nations.

Le caractère de *Charles XII* m'a frappé dans un goût abfolument différent ; c'eft à la fin de l'hiftoire de ce monarque. Le vrai fe fait fentir dans cette peinture. On fent que ce n'eft pas là un portrait fait à plaifir, comme celui de *Valftein*, qu'on a fait valoir dans *Sarafin*, mais qui n'eft peut-être en effet qu'un amas d'oppofitions & d'antithèfes, & qu'une imitation ampoulée de *Sallufte*.

Caractère de Charles XII.

» AINSI périt à l'âge de trente-six ans & demi
» *Charles XII*, roi de Suède, après avoir éprouvé ce
» que la profpérité a de plus grand, & ce que l'ad-
» verfité a de plus cruel, fans avoir été amolli par
» l'une, ni ébranlé un moment par l'autre. Prefque
» toutes fes actions, jufqu'à celles de fa vie privée &
» unie, ont été bien loin au-delà du vraifemblable.
» C'eft peut-être le feul de tous les hommes, &
» jufqu'ici le feul de tous les rois, qui ait vécu fans
» faibleffes. Il a porté toutes les vertus des héros à un
» excès où elles font auffi dangereufes que les vices
» oppofés. Sa fermeté, devenue opiniâtreté, fit fes
» malheurs dans l'Ukraine, & le retint cinq ans en
» Turquie. Sa libéralité, dégénérant en profufion,
» a ruiné la Suède. Son courage, pouffé jufqu'à la
» témérité, a caufé fa mort. Sa juftice a été quelque-
» fois jufqu'à la cruauté; & dans les dernières
» années, le maintien de fon autorité approchait de
» la tyrannie. Ses grandes qualités, dont une feule
» eût pu immortalifer un autre prince, ont fait le
» malheur de fon pays. Il n'attaqua jamais perfonne;
» mais il ne fut pas auffi prudent qu'implacable dans
» fes vengeances. Il a été le premier qui ait eu
» l'ambition d'être conquérant, fans avoir l'envie
» d'agrandir fes Etats. Il voulait gagner des empires
» pour les donner. Sa paffion pour la gloire, pour la
» guerre, & pour la vengeance, l'empêcha d'être bon
» politique; qualité fans laquelle on n'a jamais vu de
» conquérant. Après la victoire, il n'avait que de la

,, modeſtie; après la défaite, que de la fermeté : dur
,, pour les autres comme pour lui-même ; comptant
,, pour rien la peine & la vie de ſes ſujets, auſſi-bien
,, que la ſienne ; homme unique, plutôt que grand ;
,, homme admirable, plutôt qu'à imiter. Sa vie doit
,, apprendre aux rois combien un gouvernement paci-
,, fique & heureux eſt au-deſſus de tant de gloire. ,,

Je vois dans ces traits un réſumé de toute l'hiſtoire
de ce monarque. L'auteur ne peint, pour ainſi dire,
que par les faits. Il n'a point envie de briller. Ce n'eſt
point lui qui paraît, c'eſt ſon héros ; & quoique ſans
envie de briller, il répand pourtant ſur cette image
une élégance de diction, & un ſentiment de vertu &
de philoſophie, qui charment l'ame.

Je trouve tout le contraire dans le portrait de
Valſtein, fait par *Saraſin*. *Il était*, dit-il, *envieux de
la gloire d'autrui, jaloux de la ſienne, implacable dans la
haine, cruel dans la vengeance, prompt à la colère, ami de
la magnificence, de l'oſtentation, & de la nouveauté.*

Il ſemble que l'auteur, en s'exprimant ainſi, ſoit
plus rempli de *Salluſte* que de ſon héros. Je vois des
traits, mais qui peuvent s'appliquer à mille généraux
d'armée : *envieux de la gloire d'autrui, jaloux de la ſienne;*
ce ne ſont-là que des antithèſes. Il eſt ſi vrai qu'on eſt
jaloux de ſa propre gloire, quand on envie celle
d'autrui, que ce n'eſt pas aſſurément la peine de le
dire. Ce n'eſt pas là repréſenter le caractère propre
& particulier d'un perſonnage illuſtre ; c'eſt vouloir
briller par un entaſſement de lieux communs, qui
appartiennent à cent généraux d'armée auſſi-bien
qu'à *Valſtein*.

CHANSONS.

Nous avons en France une foule de chansons préférables à toutes celles d'*Anacréon*, sans qu'elles aient jamais fait la réputation d'un auteur. Toutes ces aimables bagatelles ont été faites plutôt pour le plaisir que pour la gloire. Je ne parle pas ici de ces vaudevilles satiriques, qui déshonorent plus l'esprit qu'ils ne manifestent de talent. Je parle de ces chansons délicates & faciles, qu'on retient sans rougir, & qui sont des modèles de goût. Telle est celle-ci; c'est une femme qui parle :

> Si j'avais la vivacité
>   Qui fait briller Coulange ;
> Si je possédais la beauté
>   Qui fait régner Fontange ;
> Ou si j'étais comme Conti
>   Des grâces le modèle ;
> Tout cela serait pour Créqui,
>   Dût-il m'être infidelle.

Que de personnes louées sans fadeur dans cette chanson, & que toutes ces louanges servent à relever le mérite de celui à qui elle est adressée ! Mais surtout que de sentiment dans ce dernier vers !

Dût-il m'être infidelle.

Qui pourrait n'être pas encore agréablement touché de ce couplet vif & galant ?

En

En vain je bois pour calmer mes alarmes,
Et pour chaffer l'amour qui m'a furpris ;
  Ce font des armes
  Pour mon Iris.
Le vin me fait oublier fes mépris,
Et m'entretient feulement de fes charmes.

Qui croirait qu'on eût pu faire à la louange de l'herbe qu'on appelle fougère, une chanfon auffi agréable que celle-ci ?

  Vous n'avez point, verte fougère,
L'éclat des fleurs qui parent le printemps ;
 Mais leur beauté ne dure guère,
 Vous êtes aimable en tout temps.
 Vous prêtez des fecours charmans
Aux plaifirs les plus doux qu'on goûte fur la terre :
 Vous fervez de lit aux amans,
 Aux buveurs vous fervez de verre.

Je fuis toujours étonné de cette variété prodigieufe avec laquelle les fujets galans ont été maniés par notre nation. On dirait qu'ils font épuifés, & cependant on voit encore des tours nouveaux. Quelquefois même il y a de la nouveauté jufque dans le fond des chofes, comme dans cette chanfon peu connue, mais qui me paraît fort digne de l'être par les lecteurs qui font fenfibles à la délicateffe.

Oifeaux, fi tous les ans vous changez de climats,
Dès que le trifle hiver dépouille nos bocages,
Ce n'eft pas feulement pour changer de feuillages,
 Ni pour éviter nos frimats ;

Mais votre deſtinée
Ne vous permet d'aimer qu'à la ſaiſon des fleurs ;
Et quand elle a paſſé, vous la cherchez ailleurs,
Afin d'aimer toute l'année.

Pour bien réuſſir à ces petits ouvrages, il faut dans l'eſprit de la fineſſe & du ſentiment, avoir de l'harmonie dans la tête, ne point trop s'élever, ne point trop s'abaiſſer, & ſavoir n'être point trop long.

In tenui labor.

COMPARAISONS.

Les comparaiſons ne paraiſſent à leur place que dans le poëme épique & dans l'ode. C'eſt-là qu'un grand poëte peut déployer toutes les richeſſes de l'imagination, & donner aux objets qu'il peint un nouveau prix par la vraiſemblance d'autres objets. C'eſt multiplier aux yeux des lecteurs les images qu'on lui préſente. Mais il ne faut pas que ces figures ſoient trop prodiguées. C'eſt alors une intempérance vicieuſe, qui marque trop d'envie de paraître, & qui dégoûte & laſſe le lecteur. On aime à s'arrêter dans une promenade pour cueillir des fleurs ; mais on ne veut pas ſe baiſſer à tout moment pour en ramaſſer.

Les comparaiſons ſont fréquentes dans *Homère*. Elles ſont pour la plupart fort ſimples, & ne ſont relevées que par la richeſſe de la diction. L'auteur du Télémaque, venu dans un temps plus rafiné, &

écrivant pour des esprits plus exercés, devait, à ce que je crois, chercher à embellir son ouvrage par des comparaisons moins communes. On ne voit chez lui que des princes comparés à des bergers, à des taureaux, à des lions, à des loups avides de carnage. En un mot ses comparaisons sont triviales ; & comme elles ne font pas ornées par le charme de la poësie, elles dégénèrent en langueur.

Les comparaisons dans *le Taffe* sont bien plus ingénieuses. Telle est, par exemple, celle d'*Armide* qui se prépare à parler à son amant, & qui étudie son discours pour le toucher, avec un muficien qui prélude avant de chanter un air attendriffant. Cette comparaison, qui ne sera pas placée en peignant une autre qu'une magicienne artificieuse, est là tout-à-fait juste. Il y a dans *le Taffe* peu de ces comparaisons nouvelles. De tous les poëmes épiques, la Henriade est celui où j'en ai vu davantage.

Il élève sa voix, on murmure, on s'empreffe ;
On l'entoure, on l'écoute, & le tumulte cesse :
Ainfi dans un vaiffeau qu'ont agité les flots,
Quand les vents apaifés ne troublent plus les eaux,
On n'entend que le bruit de la proue écumante,
Qui fend d'un cours heureux la vague obéiffante.
Tel paraiffait Potier, dictant ses justes lois,
Et la confufion se taifait à fa voix.

Rien encore de plus neuf que cette comparaison d'un combat de d'*Aumale* & de *Turenne*.

On se plaît à les voir s'obferver & se craindre,
S'avancer, s'arrêter, se mefurer, s'atteindre.

X 2

Le fer étincelant, avec art détourné,
Par de feints mouvemens trompe l'œil étonné.
Telle on voit du foleil la lumière éclatante,
Brifer fes traits de feu dans l'onde tranfparente,
Et fe rompant encor par des chemins divers,
De ce criftal mouvant repaffer dans les airs.

Voilà comme un véritable poëte fait fervir toute la nature à embellir fon ouvrage, & comme la fcience la plus épineufe devient entre fes mains un ornement ; mais j'avoue que je fuis plus tranfporté encore de ces comparaifons moins recherchées & plus frappantes, prifes des plus grands objets de la nature, lefquels pourtant n'avaient pas été mis en œuvre.

Sur les pas des deux chefs alors en même temps
On voit des deux partis voler les combattans :
Ainfi lorfque des monts féparés par Alcide,
Les aquilons fougueux fondent d'un vol rapide,
Soudain les flots émus des deux profondes mers
D'un choc impétueux s'élancent dans les airs ;
La terre au loin gémit, le jour fuit, le ciel gronde,
Et l'Afriquain tremblant craint la chute du monde.

La Henriade eft encore le feul poëme où j'aie remarqué des comparaifons tirées de l'hiftoire & de la Bible ; mais c'eft une hardieffe que je ne voudrais pas qu'on imitât fouvent ; & il n'y a que très-peu de points d'hiftoire, très-connus & très-familiers, qu'on puiffe employer avec fuccès. J'aime mieux les objets tirés de la nature. Que je vois avec plaifir *Mornay* vertueux à la cour, comparé à la fontaine Aréthufe!

Belle Aréthufe, ainfi ton onde fortunée
Roule au fein furieux d'Amphitrite étonnée,
Un criftal toujours pur, & des flots toujours clairs,
Que jamais ne corrompt l'amertume des mers.

Voici une comparaifon qui me plaît encore davantage, parce qu'elle renferme à la fois deux objets comparés à deux autres objets. C'eft dans une épître fur
l'envie. Il s'agit de gens de lettres qui fe dechirent
mutuellement par des fatires, & de ceux qui, plus
dignes de ce nom, ne font occupés que du progrès
de l'art, qui aiment jufqu'à leurs rivaux & qui les
encouragent.

C'eft ainfi que la terre avéc plaifir raffemble
Ces chênes, ces fapins qui s'élèvent enfemble.
Un fuc toujours égal eft préparé pour eux;
Leur pied touche aux enfers, leur cime eft dans les cieux;
Leur tronc inébranlable, & leur pompeufe tête,
Réfifte en fe touchant aux coups de la tempête.
Ils vivent l'un par l'autre, ils triomphent du temps;
Tandis que fous leur ombre on voit de vils ferpens
Se livrer en fifflant des guerres inteftines,
Et de leur fang impur arrofer leurs racines.

Il y a très-peu de comparaifon dans ce goût. Il n'eft
rien de plus rare que de rencontrer dans la nature un
affemblage de phénomènes qui reffemble à d'autres,
& qui produife en même temps de belles images : de
telles beautés font fort au-deffus de la poëfie ordinaire
& tranfportent un homme de goût.

J'ai été étonné de ne trouver prefque point de comparaifons dans les odes de *Rouffeau*, voici prefque les
feules.

Ainſi que le cours des années
Se forme de jours & de nuits,
Le cercle de nos deſtinées
Eſt marqué de joie & d'ennuis.

Outre que cette idée eſt fort commune, *le cercle marqué de joie* me parait une expreſſion vicieuſe, & la *joie*,
au ſingulier, oppoſée aux *ennuis* en pluriel, me paraît
un grand défaut.

Il y a dans la même ode une eſpèce de comparaiſon
plus ingénieuſe, qui roule ſur le même ſujet.

Jupiter fit l'homme ſemblable
A ces deux jumeaux que la Fable
Plaça jadis au rang des Dieux ;
Couple de déités bizare,
Tantôt habitant du Ténare,
Et tantôt citoyen des cieux,

Il y a de l'eſprit dans cette idée ; mais je ne ſais
ſi les chagrins & les plaiſirs de cette vie nous mettent
en effet dans le ciel & dans l'enfer. Cette expreſſion
ſemblerait plus convenable dans la bouche d'un
homme paſſionné, qui exagèrerait ſes tourmens & ſes
ſatisfactions. DIEU n'a point fait l'homme dans cette
vie pour être tantôt dans la béatitude céleſte , & tantôt
dans les peines infernales; & de plus, *Caſtor* & *Pollux*,
en jouiſſant de l'immortalité , ſix mois chez *Jupiter*,
& ſix mois chez *Pluton*, ne paſſaient pas de la joie à
la douleur, mais ſeulement d'un hémiſphère à l'autre.
Il eſt eſſentiel qu'une comparaiſon ſoit juſte: toutefois,
malgré ce défaut, cette idée a quelque choſe de vif,
de neuf, & de brillant, qui fait plaiſir au lecteur.

Voici la feule comparaifon que je trouve après celle-ci dans les odes de *Rouffeau*. C'eft dans l'ode qu'il fit après une maladie. Il compare fon corps à un arbre renverfé par terre.

> Tel qu'un arbre ftable & ferme,
> Quand l'hiver, par fa rigueur,
> De la fève qu'il renferme
> A refroidi la vigueur ;
> S'il perd l'utile affiftance
> Des appuis, dont la conftance
> Soutient fes bras relâchés,
> Sa tête altière & hautaine
> Cachera bientôt l'arène
> Sous fes rameaux defféchés.

Je fouhaiterais dans ces vers plus d'harmonie & des expreffions plus juftes. *La conftance des appuis qui foutient des bras relâchés,* eft une expreffion barbare. Le plus grand défaut de cette comparaifon eft de n'être pas fondée. Il n'arrive jamais qu'on étaye un arbre que l'hiver a gâté. Tant de fautes dans un poëte de réputation doivent rendre les écrivains extrêmement circonfpects , & leur faire voir combien l'art d'écrire en vers eft difficile.

Il y a de très-belles comparaifons dans *Milton ;* mais leur principal mérite vient de la néceffité où il eft de comparer les objets étonnans & gigantefques qu'il repréfente , aux objets plus naturels & plus petits qui nous font familiers. Par exemple , en fefant marcher *Satan* qui eft d'une taille énorme , il le fait appuyer fur une lance , & il compare cette lance au mât d'un

grand navire; au lieu que nous comparons le canon
à la foudre, il compare le tonnerre à notre artillerie.
Ainsi toutes les fois qu'il parle du ciel & de l'enfer,
il prend ses similitudes sur la terre. Son sujet l'en-
traînait naturellement à des comparaisons qui sont
toutes d'une espèce opposée à l'espèce ordinaire;
car nous tâchons, autant qu'il est en nous, de
comparer les choses à des objets plus relevés qu'elles;
& il est, comme j'ai dit, forcé à une manière
contraire.

Un vice impardonnable dans les comparaisons, &
toutefois trop ordinaire, est le manque de justesse. Il
n'y a pas long-temps que j'entendis à un opéra nouveau un morceau qui me parut surprenant.

> Comme un zéphyr qui caresse
> Une fleur sans s'arrêter,
> Une volage maîtresse
> S'empresse de nous quitter.

Assurément des caresses constantes, & sans s'arrêter,
faites à la même fleur, font le symbole de la fidélité,
& ne ressemblent en rien à une maîtresse volage. L'auteur a été emporté par l'idée du zéphyr, qui d'ordinaire sert de comparaison aux inconstances; mais
il le peint ici, sans y penser, comme le modèle des
sentimens les plus fidelles; & à la honte du siècle,
ces absurdités passent à la faveur de la musique.
Concluons que toute comparaison doit être juste,
agréable, & ajouter à son objet, en le rendant plus
sensible.

DIALOGUES EN VERS.

L'ART du dialogue confifte à faire dire à ceux qu'on fait parler, ce qu'ils doivent dire en effet. N'eft-ce que cela, me répondra t-on ? Non, il n'y a pas d'autre fecret ; mais ce fecret eft le plus difficile de tous. Il fuppofe un homme qui a affez d'imagination pour fe transformer en ceux qu'il fait parler, affez de jugement pour ne mettre dans leur bouche que ce qui convient, & affez d'art pour intéreffer.

Le premier genre du dialogue, fans contredit, eft celui de la tragédie : car non-feulement il y a une extrême difficulté à faire parler des princes convenablement ; mais la poëfie noble & naturelle, qui doit animer ce dialogue, eft encore la chofe du monde la plus rare.

Le dialogue eft plus aifé en comédie : & cela eft fi vrai, que prefque tous les auteurs comiques dialoguent affez bien. Il n'en eft pas ainfi dans la haute poëfie. *Corneille* lui-même ne dialogue point comme il faut dans huit ou neuf pièces. Ce font de longs raifonnemens embarraffés. Vous n'y retrouverez point ce dialogue vif & touchant du Cid.

LE CID.

Ton malheureux amant aura bien moins de peine
A mourir de ta main, qu'à vivre avec ta haine.

CHIMENE.

Va, je ne te hais point.

LE CID.

Tu le dois.

CHIMENE.

Je ne puis.

LE CID.

Crains-tu si peu la honte, & si peu les faux bruits?

Le chef-d'œuvre du dialogue est encore une scène dans les Horaces.

HORACE.

Albe vous a nommé. Je ne vous connais plus.

CURIACE.

Je vous connais encore, & c'est ce qui me tue. &c.

Peu d'auteurs ont su imiter les éclairs vifs de ce dialogue pressant & entre-coupé. La tendre mollesse & l'élégance abondante de *Racine*, n'ont guère de ces traits de repartie & de réplique en deux ou trois mots, qui ressemblent à des coups d'escrime, poussés & parés presqu'en même temps.

Je n'en trouve guère d'exemples que dans l'Oedipe nouveau.

OEDIPE.

J'ai tué votre époux.

JOCASTE.

Mais vous êtes le mien.

OEDIPE.

Je le suis par le crime.

JOCASTE.

Il est involontaire.

OEDIPE.

N'importe, il est commis.

JOCASTE.

O comble de misère !

OEDIPE.

O trop fatal hymen ! O feux jadis si doux !

JOCASTE.

Ils ne sont point éteints ; vous êtes mon époux.

OEDIPE.

Non, je ne le suis plus, &c.

Il y a cent autres beautés de dialogue dans le peu de bonnes pièces qu'a données *Corneille ;* & toutes celles de *Racine* , depuis Andromaque , en font des exemples continuels.

Les autres auteurs n'ont point ainsi l'art de faire parler leurs acteurs. Ils ne s'entendent point, ils ne se répondent point pour la plupart. Ils manquent de cette logique secrète qui doit être l'ame de tous les entretiens , & même des plus passionnés.

Nous avons deux tragédies qui font plus remplies de terreur , & qui, par des situations intéressantes , touchent le spectateur autant que celles de *Corneille* , de *Racine*, & de *Voltaire*. C'est Electre & Rhadamiste; mais ces pièces étant mal dialoguées & mal écrites , à quelques beaux endroits près , ne feront jamais mises au rang des ouvrages classiques qui doivent former le goût de la jeunesse; c'est pourquoi on ne les cite jamais quand on cite les écrivains purs & châtiés.

Le lecteur est au supplice , lorsque dès les premières scènes il voit dans Electre , *Arcas* qui dit à cette princesse :

Loin de faire éclater le trouble de votre ame,
Flattez plutôt d'Itis l'audacieuse flamme;
Faites que votre hymen se diffère d'un jour;
Peut-être verrons-nous Oreste de retour.

Outre que ces vers sont durs & sans liaisons, quel
sens présentent-ils? ne pourrait-on pas flatter la passion
d'*Itis* en montrant du trouble? Ce n'est même que
par son trouble qu'une fille peut flatter la passion de
son amant. Il fallait dire: *Loin de faire voir vos terreurs,
flattez Itis;* mais quelle liaison y a-t-il entre flatter la
flamme d'*Itis*, & faire que son hymen avec *Itis* se
diffère? Il n'y a là ni raisonnement ni diction, & rien
n'est plus mauvais.

Ensuite *Electre* dit à *Itis*:

Dans l'état où je suis, toujours triste, quels charmes
Peuvent avoir des yeux presqu'éteints dans les larmes?
Porte ailleurs ton amour, & respecte mes pleurs.

I T I S.

Ah! ne m'enviez pas cet amour, inhumaine;
Ma tendresse ne sert que trop bien votre haine.

Ce n'est pas là répondre. Que veut dire *ne m'enviez
pas mon amour*? En quoi *Electre* peut-elle envier cet
amour? Cela est inintelligible & barbare.

Clitemnestre vient ensuite qui demande au jeune *Itis*,
si sa fille *Electre* se rend enfin à la passion de ce jeune
homme; & elle menace *Electre*, en cas de résistance.
Itis dit alors à *Clitemnestre*:

Je ne puis la contraindre, & mon esprit confus....

Clitemnestre répond:

Par ce raisonnement je connais vos refus.

Mais *Itis* n'a fait là aucun raifonnement. Il dit en un vers feulement, *qu'il ne peut contraindre Electre.*

Il fallait faire raifonner *Itis*, pour lui reprocher fon raifonnement. Enfin quand le tyran arrive, il demande encore à *Clitemneftre* fi *Electre* confent au mariage ?

Electre répond :

Oui, pour ce grand hymen ma main eft toute prête ;
Je n'en veux difpofer qu'en faveur de ton fang,
Et je la garde à qui te percera le flanc.

Quelle froide & impertinente pointe ! *Je n'en veux difpofer qu'en faveur de ton fang.* Cela s'entendrait naturellement, *en faveur de ton fils.* Et ici cela veut dire, en faveur de ton *fang que je veux faire couler.* Y a-t-il rien de plus pitoyable que cette équivoque.

Egifte répond à cette pointe déteftable :

Cruelle, fi mon fils n'arrêtait ma vengeance,
J'éprouverais bientôt jufqu'où va ta conftance.

Mais il n'a pas été ici queftion de *conftance.* Il veut dire apparemment, je me vengerais de toi, en éprouvant ta conftance dans les fupplices : mais *je me vengerais*, fuffit ; *jufqu'où va ta conftance*, n'eft que pour la rime.

Après cela *Egifte* quitte *Clitemneftre* en lui difant :

Mais ma fille paraît, Madame, je vous laiffe,
Et je vais travailler au repos de la Grèce.

Quand on dit : quelqu'un *paraît, je vous laiffe ;* cela fait entendre que ce quelqu'un eft notre ennemi, ou qu'on a des raifons pour ne pas paraître devant lui ; mais point du tout , c'est ici de sa propre fille dont il parle. Quelle raison a-t-il donc pour s'en aller ? *Il va travailler* , dit-il , *au repos de la Grèce* ; mais on n'a pas dit encore un seul mot du repos ou du trouble de la Grèce. Enfin cette fille qui vient là, aussi mal-à-propos que son père est sorti , termine l'acte , en racontant à sa confidente qu'elle est amoureuse. Elle le dit en vers inintelligibles, & finit par dire :

Allons trouver le roi ;
Fesons tout pour l'amour, s'il ne fait rien pour moi.

Quelle raison, je vous prie, *de faire tout pour l'amour, si l'amour ne fait rien pour elle*? Quel jeu de mots, indigne d'une soubrette de comédie ! Si je voulais examiner ici toute la pièce, on ne verrait pas une page qui ne fût pleine de pareils défauts. Ce n'est point ainsi que dialogue *Sophocle* ; & il n'a point surtout défiguré ce sujet tragique par des amours postiches , par une *Iphianasse* & un *Itis*, personnages ridicules. Il faut que le sujet soit bien beau pour avoir réussi au théâtre , malgré tous les défauts de l'auteur ; mais aussi il faut convenir qu'il a su très-bien conserver cette sombre horreur , qui doit régner dans la pièce d'Electre , & qu'il y a des situations touchantes, des reconnaissances qui attendrissent plus que les plus belles scènes de *Racine* , lesquelles sont souvent un peu froides , malgré leur élégance.

M. de *Voltaire* dialogue infiniment mieux que M. de *Crébillon* , de l'aveu de tout le monde ; & son style est si supérieur , que dans quelques-unes de ses pièces , comme dans Brutus & dans Jules-César, je ne

crains point de le mettre à côté du grand *Corneille* ,
& je n'avance rien là que je ne prouve. Voyons les
mêmes fujets traités par eux. Je ne parle pas d'Oedipe ,
car il eft fans difficulté que l'Oedipe de *Corneille*
n'approche pas de l'autre. Mais choififfons dans Cinna
& dans Brutus des morceaux qui aient le même fonds
de penfées.

Cinna parlant à *Augufte.*

J'ofe dire, Seigneur, que par tous les climats,
Ne font pas bien reçus toutes fortes d'Etats;
Chaque peuple a le fien conforme à fa nature,
Qu'on ne faurait changer fans lui faire une injure.
Telle eft la loi du ciel, dont la fage équité
Sème dans l'univers cette diverfité.
Les Macédoniens aiment le monarchique ;
Et le refte des Grecs la liberté publique.
Les Parthes, les Perfans, veulent des fouverains ;
Et le feul confulat eft bon pour les Romains.

1°. *Toutes fortes d'Etats reçus par tous les climats* , n'eft
pas une bonne expreffion , attendu qu'un Etat eft toujours Etat , quelque forme de gouvernement qu'il ait.
De plus on n'eft point reçu par un climat.

2°. Ce n'eft point une injure qu'on fait à un peuple
en changeant fes lois. On peut lui faire tort, on peut
le troubler ; mais *injure* n'eft pas le terme convenable
& propre.

3°. *Les Macédoniens aiment le monarchique.* Il fous-
entend l'Etat monarchique. Mais ce mot *Etat* fe trouvant trop éloigné , le *monarchique* eft là un terme
vicieux , un adjectif fans fubftantif.

Que dans tous vos écrits la langue révérée,
Dans vos plus grands excès, vous foit toujours facrée.

Tout ce morceau d'ailleurs est très-prosaïque.

Il est très-utile d'éplucher ainsi les fautes de style &
de langage où tombent les meilleurs auteurs, afin de
ne point prendre leurs manquemens pour des règles;
ce qui n'arrive que trop souvent aux jeunes gens &
aux étrangers.

Brutus le conful, dans la tragédie de ce nom, s'exprime ainsi dans un cas fort approchant.

> Arons, il n'est plus temps, chaque état a ses lois
> Qu'il tient de sa nature, & qu'il change à son choix.
> Esclaves de leurs rois, & même de leurs prêtres,
> Les Toscans semblent nés pour servir sous des maîtres,
> Et de leur chaine antique adorateurs heureux,
> Voudraient que l'univers fût esclave comme eux.
> La Grèce entière est libre, & la molle Ionie
> Sous un joug odieux languit assujettie.....
> Rome eut ses souverains, mais jamais absolus.
> Son premier citoyen fut le grand Romulus.
> Nous partagions le poids de sa grandeur suprême:
> Numa qui fit nos lois y fut soumis lui-même.
> Rome enfin, je l'avoue, a fait un mauvais choix &c.

J'avoue hardiment que je donne ici la préférence
au style de *Brutus*.

Après ces quatre tragiques, je n'en connais point
qui méritent la peine d'être lus ; d'ailleurs il faut se
borner dans les lectures. Il n'y a dans *Corneille* que cinq
ou six pièces qu'on doive ou plutôt qu'on puisse lire; il
n'y a que l'Electre & le Radamiste chez M. *Crébillon*, dont
un homme qui a un peu d'oreille puisse soutenir la lecture; mais pour les pièces de *Racine*, je conseille qu'on
les life toutes très-souvent, hors *les Frères ennemis*.

DIALOGUES

DIALOGUES EN PROSE.

LES premiers dialogues supportables qu'on ait écrits en prose dans notre langue, font ceux de *la Mothe le Vayer ;* mais ils ne peuvent en aucune manière être comparés à ceux de M. de *Fontenelle.* J'avouerai auffi que ceux de M. de *Fontenelle* ne peuvent être comparés à ceux de *Cicéron* ni à ceux de *Galilée*, pour le fond & la folidité.

Il femble que cet ouvrage ne foit fait uniquement que pour montrer de l'efprit. Tout le monde veut en avoir, & on croit en faire provifion quand on lit ces dialogues. Ils font écrits avec de la légèreté & de l'art ; mais il me femble qu'il faut les lire avec beaucoup de précaution, & qu'ils font remplis de penfées fauffes.

Un efprit jufte & fage ne peut fouffrir que la courtifane *Phriné* fe compare à *Alexandre*, & qu'elle lui dife *que s'il eft un aimable conquérant, elle eft une aimable conquérante ; que les belles font de tous pays, & que les rois n'en font pas* &c.

Rien n'eft plus faux que de dire que *les hommes fe défendraient trop bien, fi les femmes les attaquaient :* toute cette métaphyfique d'amour ne vaut rien, parce qu'elle eft frivole & qu'elle n'eft pas vraie.

Rien n'eft beau que le vrai : le vrai feul eft aimable.

Il eft encore très-faux qu'il n'y ait pas de fiècles plus méchans les uns que les autres. Le dixième fiècle à Rome était certainement beaucoup plus pervers que le dix-huitième. Il y a cent exemples pareils.

Mélanges littér. Tome II.   Y

Il n'eſt pas plus vrai *qu'avoir de l'eſprit ſoit unique-*
ment un haſard ; car c'eſt principalement la culture qui
forme l'eſprit ; & ſi cela n'était pas ainſi, un payſan en
aurait autant que l'homme du monde le plus cultivé.

Rien n'eſt encore plus faux que ce qu'on met dans
la bouche d'*Eliſabeth* d'Angleterre, parlant au duc
d'*Alençon*. Elle veut lui perſuader qu'il a été heureux,
parce qu'il a manqué quatre fois la royauté. *Toujours*
des imaginations, dit-elle, *des eſpérances, & jamais de*
réalité ; voilà votre bonheur : vous n'avez fait que vous pré-
parer à la royauté pendant toute votre vie, comme je n'ai fait
pendant toute la mienne que me préparer au mariage.

Quelle pitié de comparer la fureur de régner du duc
d'*Alençon*, & les malheurs horribles qu'elle lui cauſa,
avec les petits artifices de la reine *Eliſabeth*, pour ne
ſe point marier ! Quelle fauſſeté de prétendre que le
bonheur conſiſte dans des eſpérances ſi cruellement
confondues ! Enfin eſt-il rien de plus faux que ces
paroles ; *Voilà ce bonheur dont vous ne vous êtes point*
aperçu ? Un bonheur qu'on ne ſent point peut-il être
un bonheur ?

Il eſt honteux pour la nation, que ce livre frivole,
rempli d'un faux continuel, ait ſéduit ſi long-temps.

Voici encore une penſée auſſi fauſſe que recherchée.
,, Mais ſongez que l'honneur gâte tout en amour,
,, dès qu'il y entre. D'abord, c'eſt l'honneur des
,, femmes qui eſt contraire aux intérêts des amans ;
,, & puis, du débris de cet honneur-là, les amans
,, s'en compoſent un autre, qui eſt fort contraire aux
,, intérêts des femmes. Voilà ce que c'eſt que d'avoir
,, mis l'honneur d'une partie dont il ne devait point
,, être. ,,

Quel ftyle! un *honneur qui eft de la partie*. Mais rien
ne paraît encore plus faux & plus mal placé que
Fauftine, qui fe compare à *Marcus Brutus*, & prétend
avoir eu autant du courage en fefant des infidélités à
Marc-Aurèle fon mari, que *Brutus* en eut en tuant
l'ufurpateur de Rome. *Je voulais*, dit-elle, *effrayer
ellement tous les maris*, que perfonne *n'ofât fonger à l'être,
après l'exemple de Marc-Aurèle*. Y a-t-il rien de plus
éloigné de la raifon qu'une telle penfée?

Y a-t-il rien de plus mauvais goût & de plus indécent, que de mettre en parallèle le Virgile travefti de
Scarron avec l'Enéide, & de dire que le magnifique &
le ridicule font fi voifins qu'ils fe touchent? On reconnaît trop à ce trait le méprifable deffein d'avilir tous
les génies de l'antiquité, & de faire valoir je ne fais
quel ftyle compaffé & bourgeois, aux dépens du noble
& du fublime.

Pourquoi dire, *fi par malheur la vérité fe montrait
telle qu'elle eft, tout ferait perdu*? Le contraire n'eft-il
pas d'une vérité reconnue?

Cette penfée-ci n'eft-elle pas auffi fauffe que les
autres? *Il y aurait trop d'injuftice à fouffrir qu'un fiècle
eût plus de plaifir qu'un autre*. N'eft-il pas évident que
le fiècle de *Louis XIV*, dans lequel on a perfectionné
tous les arts aimables, & toutes les commodités de la
vie, a fourni plus de plaifirs que le fiècle de *Charles IX*
& de *Henri III*? Eft-il bien raifonnable de faire dire
par *Julie de Gonzague* à *Soliman*, qui fait le fophifte
avec elle: *A un certain point, la vanité eft un vice; un
peu en de-çà, c'eft une vertu*? Voilà la première fois qu'on
a donné ce nom à la vanité; & les raifonnemens

entortillés de ce dialogue ne prouveront jamais cette nouvelle morale.

Autre fauſſeté. *Qui veut peindre pour l'immortalité, doit peindre des ſots.* Les grands poëtes & les grands hiſtoriens n'ont point peint des ſots. *Molière* même, que l'on fait parler ici, n'aurait point peint pour la poſtérité, s'il n'avait mis que la ſottiſe ſur le théâtre.

Mais ce que je trouve de plus faux que tout cela, c'eſt la ducheſſe de *Valentinois* ſe comparant à *Céſar*, parce qu'elle a été aimée étant vieille.

Des penſées ſi puériles & ſi propres à révolter tous les eſprits ſenſés, n'ont pu cependant empêcher le ſuccès du livre, parce que les penſées fines & vraies y ſont en grand nombre; & quoiqu'elles ſe trouvent pour la plupart dans *Montagne* & dans beaucoup d'au-tres auteurs, elles ont le mérite de la nouveauté dans les dialogues de *Fontenelle*, par la manière dont il les enchâſſe dans des traits d'hiſtoire intéreſſans & agréa-bles. Si ce livre doit être lu avec précaution, comme je l'ai dit, il peut être lu auſſi avec plaiſir, & même avec fruit, par tous ceux qui aimeront la délicateſſe de l'eſprit, & qui ſauront diſcerner l'agréable d'avec le forcé, le vrai d'avec le faux, le ſolide d'avec le puéril, mêlés à chaque page dans ce livre ingénieux.

Le malheur de ce livre, & de ceux qui lui reſſemblent, eſt d'être écrit uniquement pour faire voir qu'on a de l'eſprit. Le célébre profeſſeur *Rollin* avait grande raiſon de comparer les ouvrages utiles aux arbres que la nature produit avec peine, & les ouvrages de pur eſprit aux fleurs des champs qui croiffent & qui meurent fi vîte. La perfection confifte, comme dit *Horace*, à joindre les fleurs aux fruits.

Omne tulit punctum qui mifcuit utile dulci.

DESCRIPTION DE L'ENFER.

On voit dans tous les poëtes épiques des defcriptions de l'enfer. Il y en a une auffi dans la Henriade, au feptième chant; mais comme elle eft fort longue, & entremêlée de beaucoup d'autres idées, j'aime mieux y renvoyer le lecteur. J'en comparerai feulement quelques endroits avec ce que dit le Télémaque fur le même fujet.

,, Dans cette peine, il entreprit de defcendre aux ,, enfers par un lieu célébre qui n'était pas éloigné ,, du camp; on l'appelait *Acherontia*, à caufe qu'il y ,, avait en ce lieu une caverne affreufe, *de laquelle* ,, on defcendait fur les rives de l'Achéron, *par* ,, *lequel* les dieux mêmes craignent de jurer. La ,, ville était fur un rocher, pofée comme un nid ,, fur le haut d'un arbre. Au pied de ce rocher, ,, on trouvait la caverne, *de laquelle* les timides ,, mortels n'ofaient approcher. Les bergers avaient ,, foin d'en détourner leurs troupeaux. La vapeur ,, foufrée du marais Stygien, qui s'exhalait fans ,, ceffe par cette ouverture, empeftait l'air. *Tout* ,, *autour* il ne croiffait ni herbes ni fleurs. On n'y ,, fentait jamais les doux zéphyrs, ni les grâces ,, naiffantes du printemps, ni les riches dons de

,, l'automne. La terre aride y languiffait. On y
,, voyait feulement quelques arbuftes dépouillés,
,, & quelque cyprès funeftes. Au loin même, *tout*
,, *à l'entour*, *Cérès* refufait aux laboureurs fes moiffons
,, dorées. *Bacchus* femblait en vain y promettre fes
,, doux fruits. Les grappes de raifin fe defféchaient
,, au lieu de mûrir. Les naïades triftes ne fefaient
,, point couler une onde pure. Leurs *flots* étaient
,, toujours *amers* & troubles. Les oifeaux ne chantaient
,, jamais *dans* cette terre hériffée de ronces & d'épines,
,, & n'y trouvaient aucun bocage pour fe retirer.
,, Ils allaient chanter leurs amours fous un ciel plus
,, doux. Là, on n'entendait que les croaffemens
,, des corbeaux, & la voix lugubre des hiboux.
,, L'herbe même y était *amère*, & les troupeaux qui
,, la paiffaient ne fentaient point la douce joie qui
,, les fait bondir. Le taureau fuyait la geniffe. Le
,, berger, tout abattu, oubliait fa mufette & fa
,, flûte.

,, De cette caverne fortait de temps en temps une
,, fumée noire & épaiffe, qui fefait une efpèce de nuit
,, au milieu du jour. Les peuples voifins redoublaient
,, alors leurs facrifices pour apaifer les divinités infer-
,, nales. Mais fouvent les hommes à la fleur de leur
,, âge, & dès leur plus tendre jeuneffe, étaient les
,, feules victimes que ces divinités cruelles prenaient
,, plaifir à *immoler* par une funefte *contagion*.

,, C'eft-là que *Télémaque* réfolut de chercher le
,, chemin de la fombre demeure de *Pluton*. *Minerve*
,, qui veillait fans ceffe fur lui, & qui le couvrait
,, de fon égide, lui avait rendu *Pluton* favorable.
,, *Jupiter* même, à la prière de *Minerve*, avait ordonné

„ à *Mercure*, qui defcend tous les jours aux enfers
„ pour livrer à *Caron* un certain nombre de morts,
„ de dire au roi des ombres qu'il laiffât entrer le fils
„ d'*Ulyffe* dans fon empire.

„ *Télémaque* fe dérobe du camp pendant la nuit. Il
„ marche à la clarté de la lune, & il invoque cette
„ puiffante divinité, qui étant dans le ciel l'aftre
„ brillant de la nuit, & fur terre la chafte *Diane*,
„ eft aux enfers la redoutable *Hécate*. Cette divinité
„ écouta favorablement fes vœux, parce que fon
„ cœur était pur, & qu'il était conduit par l'amour
„ pieux qu'un fils doit à fon père. A peine fut-il auprès
„ de l'entrée de la caverne, qu'il entendit l'empire
„ fouterrain mugir. La terre tremblait fous fes pas. Le
„ ciel s'arma d'éclairs & de feux, qui femblaient
„ tomber fur la terre. Le jeune fils d'*Ulyffe* fentit fon
„ cœur ému, & tout fon corps était couvert d'une
„ fueur glacée; mais fon courage le foutint. Il leva
„ les mains & les yeux au ciel. Grands Dieux ! s'écria-
„ t-il, j'accepte ces préfages que je crois heureux.
„ Achevez votre ouvrage. Il dit ; & redoublant fes pas,
„ il fe préfenta hardiment. Auffitôt la fumée épaiffe
„ qui rendait l'entrée de la caverne funefte à tous
„ les animaux dès qu'ils en approchaient, fe diffipe ;
„ l'*odeur empoifonnée* ceffa pour un peu de temps.
„ *Télémaque* entra feul; car quel autre mortel eût ofé le
„ fuivre ? Deux Crétois qui l'avaient accompagné
„ jufqu'à une certaine diftance de la caverne, &
„ auxquels il avait confié fon deffein, demeurèrent
„ tremblans & à demi-morts, affez loin de-là dans
„ le temple, fefant des vœux, & n'efpérant plus de
„ revoir *Télémaque*.

Y 4

,, Cependant le fils d'*Ulyſſe* , l'épée à la main ,
,, s'enfonce dans ces ténèbres horribles ; bientôt il
,, aperçoit une faible & fombre lueur, telle qu'on la
,, voit pendant la nuit fur la terre. Il remarque les
,, ombres légères qui voltigent autour de lui ; il les
,, écarte avec fon épée ; enfuite il voit les triftes bords
,, du fleuve marécageux , dont les eaux bourbeufes
,, & dormantes ne font que tournoyer. Il découvre
,, fur ce rivage une foule innombrable de morts privés
,, de la fépulture , qui fe préfentent en vain à l'im-
,, pitoyable *Caron*. Ce dieu , dont la vieilleffe éternelle
,, eft toujours trifte & chagrine , mais pleine de vigueur,
,, les menace , les repouffe , & admet d'abord dans fa
,, barque le jeune Grec. ,,

On ne faurait approuver que ce *Télémaque* defcende
aux enfers de fon plein gré , comme on fait un voyage
ordinaire. Il me femble que c'eft-là une grande faute.
En effet, cette defcription a l'air d'un récit de voyageur
plutôt que de la peinture terrible qu'on devait attendre.
Rien n'eft fi petit que de mettre à l'entrée de l'enfer
des grappes de raifin qui fe defféchent. Toute cette
defcription eft dans un genre trop médiocre , & il y
règne une abondance de chofes petites , comme dans
la plupart des lieux communs dont le Télémaque eft
plein.

Je ne fais s'il eft permis dans un poëme chrétien
de faire aller les faints aux enfers ; mais il eft beaucoup
mieux d'y faire tranfporter *Henri IV* en fonge par
St *Louis*, que fi ce héros y allait en effet fans y être
entraîné par une puiffance fupérieure.

Henri , dans ce moment , d'un vol précipité ,
Eft par un tourbillon dans l'efpace emporté ,

Vers un féjour informe, aride, affreux, fauvage,
De l'antique chaos abominable image,
Impénétrable aux traits de ces foleils brillans,
Chefs-d'œuvre du Très-haut, comme lui bienfefans.
Sur cette terre horrible, & des anges haïe,
Dieu n'a point répandu le germe de la vie.
La mort, l'affreufe mort, & la confufion,
Y femblent établir leur domination.
Là gît la fombre Envie, à l'œil timide & louche,
Verfant fur des lauriers les poifons de fa bouche:
Le jour bleffe fes yeux dans l'ombre étincelans:
Trifte amante des morts, elle hait les vivans:
Elle aperçoit Henri, fe détourne, & foupire.
Auprès d'elle eft l'Orgueil, qui fe plaît & s'admire;
La Faibleffe, au teint pâle, aux regards abattus,
Tyran qui cède aux crimes, & détruit les vertus;
L'Ambition fanglante, inquiète, égarée,
De trônes, de tombeaux, d'efclaves entourée;
La tendre Hypocrifie, aux yeux pleins de douceur,
(Le ciel eft dans fes yeux, l'enfer eft dans fon cœur;)
Le faux Zéle étalant fes barbares maximes;
Et l'Intérêt enfin, père de tous les crimes.

Je dirai hardiment que j'aime mieux cette peinture des vices, qui de tout temps ont ouvert aux
miférables mortels l'entrée de cette horrible demeure,
que la defcription de *Virgile*, dans laquelle il met
les Remords vengeurs, avec la Crainte, la Faim, &
la Pauvreté.

> *Luctus & ultrices pofuêre cubilia Curæ,*
> *Et Metus, & malefuada Fames, & turpis Egeftas.*

La pauvreté mène moins aux enfers que la richeffe ; mais je ne peux fupporter la defcription bizarre & bigarée que fait *Rouffeau.*

L'ordre donné, la féance réglée,
Et des démons la troupe raffemblée ;
Furent affis les fombres députés,
Selon leur ordre, emplois & dignités.
Au premier rang, le miniftre Afmodée,
Et Belzébuth à la face échaudée,
Et Bélial, puis les diables mineurs,
Juges, préfets, intendans, gouverneurs,
Repréfentant le tiers-état du gouffre.
Alors affis fur un trône de foufre,
Lucifer *touffe*, & fefant un fignal,
Tint ce difcours au fénat infernal..

. . . . . .
. . . . . .)

,, Quel noir complot, quels refforts inconnus
,, Font aujourd'hui tarir mes revenus ?
,, Depuis un mois affemblant mes miniftres,
,, J'ai feuilleté mes journaux, mes regiftres ;
,, De jour en jour l'enfer perd de fes droits ;
,, Le diable oifif y fouffle dans fes doigts. (1)

Il régne dans cette peinture un mélange de terrible & de ridicule, & même de plufieurs ftyles, lequel n'eft point convenable au fujet. La chute de l'homme, que l'auteur traite férieufement, ne peut admettre le

_____

(1) S'il refte encore des gens de lettres qui croient de bonne foi *J. B. Rouffeau* un poëte égal ou fupérieur à M. de *Voltaire*, nous les exhortons à comparer cette defcription de l'enfer avec le cinquième chant de la Pucelle.

bas comique. Il fallait imiter plutôt l'énergie outrée de
Milton, & la beauté du *Taſſe*. *Une face échaudée , des
diables mineurs , Lucifer qui touſſe , des démons ſoufflant
dans leurs doigts* , ne ſont pas un début décent , pour
arriver à l'amour de DIEU qui eſt traité dans cette
pièce. C'eſt une grimace; c'eſt le ſac de *Scapin* dans
le Miſanthrope. Chaque choſe doit être traitée dans le
ſtyle qui lui eſt propre ; & il y a de la dépravation de
goût à mêler ainſi les ſtyles. Cette remarque eſt très-
importante pour les étrangers , & pour les jeunes
gens, qui ne peuvent d'abord diſcerner s'il y a des
termes bas dans un ſujet noble , & voir que le ſujet
eſt par-là défiguré.

E P I G R A M M E.

L'EPIGRAMME ne doit pas être placé dans un plus
haut rang que la chanſon.

> L'épigramme plus libre, en ſon tour plus borné,
> N'eſt ſouvent qu'un bon mot de deux rimes orné.

Mais je ne conſeillerais à perſonne de s'adonner
à un genre qui peut apporter beaucoup de chagrin
avec peu de gloire. Ce fut par-là malheureuſement
qu'un célébre poëte de nos jours commença à ſe
diſtinguer. Il n'avait réuſſi ni à l'opéra ni au théâtre
comique. Il ſe dédommagea d'abord par l'épigramme ;
& ce fut la ſource de toutes ſes fautes & de tous
ſes malheurs. La plupart des ſujets de ſes petits
ouvrages ſont même ſi licencieux , & repréſentent
un débordement de mœurs ſi horrible , qu'on ne

peut trop s'élever contre des chofes fi déteftables,
& je n'en parle ici que pour détourner de ce malheureux genre les jeunes gens qui fe fentent du
talent. La débauche & la facilité qu'on trouve à rimer
des contes libertins, n'entraînent que trop la jeuneffe ; mais on en rougit dans un âge plus mûr. Il
faut tâcher de fe conduire à vingt ans comme on
fouhaiterait de s'être conduit quand on en aura
quarante. L'obfcénité n'eft jamais du goût des honnêtes gens. Je prendrai dans *Rouffeau* le modèle du
genre qui doit plaire à tous les bons efprits, même
aux plus rigides ; c'eft la paraphrafe de *totus mundus
fabula eft.*

> Ce monde-ci n'eft qu'un œuvre comique,
> Où chacun fait des rôles différens.
> Là fur la fcène en habit dramatique,
> Brillent prélats, miniftres, conquérans.
> Pour nous vil peuple affis aux derniers rangs,
> Troupe futile, & des grands rebutée,
> Par nous d'en bas la pièce eft écoutée ;
> Mais nous payons, utiles fpeᵭateurs ;
> Et fi la pièce eft mal repréfentée,
> Pour notre argent nous fifflons les aᵭeurs.

Il n'y a rien à reprendre dans cette jolie épigramme,
que peut-être ce vers :

> *Troupe futile, & des grands rebutée.*

Il paraît de trop ; il gâte la comparaifon des fpeᵭa-
teurs & des comédiens ; car les comédiens font fort
éloignés de méprifer le parterre.

Mais on voit par ce petit morceau, d'ailleurs, achevé, combien l'auteur était condamnable de donner dans des infamies, dont aucune n'eft fi bien écrite que cette épigramme, auffi délicate que décente.

Il faut prendre garde qu'il y a quelques épigrammes héroïques; mais elles font en très-petit nombre dans notre langue. J'appelle *épigrammes héroïques*, celles qui préfentent à la fin une penfée ou une image forte & fublime, en confervant pourtant dans les vers la naïveté convenable à ce genre. En voici une dans *Marot.* Elle eft peut-être la feule qui caractérife bien ce que je dis.

> Lorfque Maillard, juge d'enfer, menait
> A Montfaucon Samblançay l'ame rendre,
> A votre avis lequel des deux tenait
> Meilleur maintien? Pour vous le faire entendre,
> Maillard femblait homme que mort va prendre,
> Et Samblançay fut fi ferme vieillard,
> Que l'on cuidait pour vrai qu'il menât pendre
> A Montfaucon le lieutenant Maillard.

Voilà de toutes les épigrammes, dans le goût noble, celle à qui je donnerais la préférence. On a diftingué les madrigaux des épigrammes : les premiers confiftent dans l'expreffion délicate d'un fentiment ; les fecondes dans une plaifanterie. Par exemple, on appelle madrigal, ces vers charmans de M. *Ferrand.*

> Etre l'Amour quelquefois je défire,
> Non pour régner fur la terre & les cieux;

Car je ne veux régner que fur Thémire ;
Seule elle vaut les mortels & les dieux ;
Non pour avoir un bandeau fur les yeux ;
Car de tout point Thémire m'eft fidelle ;
Mais feulement pour épuifer fur elle
Du dieu d'Amour & les traits & les feux.

Les épigrammes qui n'ont que le mérite d'offenfer, n'en ont aucun ; & comme d'ordinaire c'eft la paffion feule qui les fait, elles font groffières. Qui peut fouffrir dans *Malherbe* :

Cocu de long, cocu de travers,
Sot au-delà de toutes bornes ;
Comment te plains-tu de mes vers,
Toi qui fouffres fi bien les cornes ?

Peut-être cette déteftable épigramme réuffit-elle de fon temps, car le temps était fort groffier, témoin les fatires de *Régnier*, qui n'avait aucune fineffe & qui cependant furent goûtées.

Je ne fais fi cette épigramme-ci de *Rouffeau* n'eft pas auffi condamnable.

L'ufure & la poëfie
On fait jufques aujourd'hui,
Du feffe-matthieu de Brie,
Les délices & l'ennui.
Ce rimailleur à la glace
N'a fait qu'un pas de ballet,
Du châtelet au parnaffe,
Du parnaffe au châtelet.

Où eft la plaifanterie, où eft le fel, où eft la fineffe de dire crument, qu'un homme eft un ufurier ? Comment eft-ce qu'on *fait un pas de ballet du châtelet au parnasse?* De plus, dans une épigramme il faut rimer richement. C'est un des mérites de ce petit poëme. La rime de *poësie*, avec de *Brie*, est mauvaise; mais ce qu'il y a de plus mauvais dans cette épigramme, c'est la grossièreté de l'injure.

Cette grossièreté condamnable est un vice qui se rencontre trop souvent dans les pièces satiriques, dans les épîtres & allégories de cet auteur. Les termes de faquin, bélître, maroufle, & autres semblables, qui ne doivent jamais sortir de la bouche d'un honnête homme, doivent encore moins être soufferts dans un auteur qui parle au public.

F A B L E.

AU lieu de commencer ici par des morceaux détachés qui peuvent servir d'exemples, je commencerai par observer que les Français sont le seul peuple moderne chez lequel on écrit élégamment des fables.

Il ne faut pas croire que toutes celles de *la Fontaine* soient égales. Les personnes de bon goût ne confondront point la FABLE DES DEUX PIGEONS, *deux pigeons s'aimaient d'amour tendre*, avec celle qui est si connue : *La cigale ayant chanté tout l'été*, ou avec celle qui commence ainsi : *Maître corbeau sur un arbre perché*. Ce qu'on fait apprendre par cœur aux enfans, est ce qu'il y a de plus simple, & non pas de meilleur; les vers même qui ont le plus passé en proverbe, ne sont pas toujours les plus dignes d'être retenus. Il y a incomparablement plus de personnes dans l'Europe qui savent par cœur : *J'appelle un chat un chat, & Rollet un fripon ;* & beaucoup de pareils vers , qu'il n'y en a qui aient retenu ceux-ci.

> Pour paraître honnête homme, en un mot, il faut l'être.
> Il n'eſt point ici-bas de moiſſon ſans culture.
> Celui-là fait le crime à qui le crime ſert.
> Tout empire eſt tombé , tout peuple eut ſes tyrans.
> Tel brille au ſecond rang, qui s'éclipſe au premier.
> C'eſt un poids bien peſant qu'un nom trop tôt fameux.
> Nous ne vivons jamais, nous attendons la vie.
> Le crime a ſes héros, l'erreur a ſes martyrs.
> La douleur eſt un ſiècle, & la mort un moment.

Tous ces vers ſont d'un genre très-ſupérieur à *j'appelle un chat un chat ;* mais un proverbe bas eſt retenu par le commun des hommes plus aiſément qu'une maxime noble ; c'eſt pourquoi il faut bien prendre garde qu'il y a des choſes qui ſont dans la bouche de tout le monde ſans avoir aucun mérite , comme ces chanſons triviales qu'on chante ſans les eſtimer , & ces verſs naïfs & ridicules de comédie qu'on cite ſans les approuver :

> Entendez-vous, bailli, ce ſublime langage?
> Si vous ne m'entendez, je vous aime autant ſourd.

& cent autres de cette eſpèce.

C'eſt particulièrement dans les fables de *la Fontaine* qu'il faut diſcerner ſoigneuſement ces vers naïfs, qui approchent du bas, d'avec les naïvetés élégantes dont cet aimable auteur eſt rempli.

> La fourmi n'eſt pas prêteuſe.
> Ils ſont trop verds, dit-il ; & bons pour des goujats.

Cela

Cela eft paffé en proverbe. Combien cependant ces proverbes font-ils au-deffous de ces maximes d'un fens profond qu'on trouve en foule dans le même auteur ?

Des enfans de Japet, toujours une moitié
        Fournira des armes à l'autre.

        Plutôt fouffrir que mourir ;
        C'eft la devife des hommes.

        Il n'eft pour voir que l'œil du maître.
Quant à moi j'y mettrais encor l'œil de l'amant.

Lynx envers nos pareils , & taupes envers nous.

Je ne connais guère de livre plus rempli de ces traits qui font faits pour le peuple , & de ceux qui conviennent aux efprits les plus délicats ; auffi je crois que de tous les auteurs *la Fontaine* eft celui dont la lecture eft d'un ufage plus univerfel. Il n'y a que les gens un peu au fait de l'hiftoire , & dont l'efprit eft très-formé , qui lifent avec fruit nos grands tragiques , ou la Henriade. Il faut avoir déjà une teinture de belles-lettres pour fe plaire à l'art poëtique ; mais *la Fontaine* eft pour tous les efprits & pour tous les âges.

Il eft le premier en France qui ait mis les fables d'*Efope* en vers. J'ignore fi *Efope* eut la gloire de l'invention ; mais *la Fontaine* a certainement celle de l'art de conter. C'eft la feconde ; & ceux qui l'ont fuivi n'en ont pas acquis une troifième ; car non-feulement la plupart des fables de *la Motte Houdart* font prifes , ou de *Pilpay* , ou du dictionnaire d'*Herbelot* , ou de quelques voyageurs , ou d'autres livres , mais

encore toutes font écrites en général d'un ftyle un
peu forcé. Il avait beaucoup d'efprit ; mais ce n'eft
pas affez pour réuffir dans un art ; auffi tous fes
ouvrages, en tous les genres, ne s'élèvent guère
communément au-deffus du médiocre. Il y a dans la
foule quelques beautés & des traits fort ingénieux ;
mais prefque jamais on n'y remarque cette chaleur
& cette éloquence qui caractérifent l'homme d'un
vrai génie ; encore moins ce beau naturel qui plaît
tant dans *la Fontaine.* Je fais que tous les journaux,
tous les mercures, les feuilles hebdomadaires qu'on
fefait alors, ont retenti de fes louanges ; mais il y
a long-temps qu'on doit fe défier de tous ces éloges.
On fait affez tous les petits artifices des hommes pour
acquérir un peu de gloire. On fe fait un parti ; on
loue afin d'être loué. On engage dans fes intérêts les
auteurs des journaux ; mais bientôt il fe forme par
la voix du public un arrêt fouverain, qui n'eft dicté
que par le plus ou le moins de plaifir qu'on a en
lifant, & cet arrêt eft irrévocable.

Il ne faut pas croire que le public ait eu un
caprice injufte, quand il a réprouvé dans les fables
de M. de *la Motte* des naïvetés qu'il paraît avoir
adoptées dans *la Fontaine.* Ces naïvetés ne font point
les mêmes. Celles de *la Fontaine* lui échappent, &
font dictées par la nature même. On fent que cet
auteur écrivait dans fon propre caractère, & que
celui qui l'imite en cherchait un. Que *la Fontaine*
appelle *un chat,* qui eft pris pour juge, *fa majefté
fourrée;* on voit bien que cette expreffion eft venue
fe préfenter fans effort à fon auteur ; elle fait une
image fimple, naturelle, & plaifante. Mais que *la Motte*

appelle un cadran , un *greffier folaire* , vous fentez-
là une grande contrainte , avec peu de jufteffe. Le
cadran ferait plutôt le greffe que le greffier. Et
combien d'ailleurs cette idée de *greffier* eft-elle peu
agréable ! *la Fontaine* fait dire élégamment au corbeau
par le renard :

Vous êtes le phénix des hôtes de ces bois.

La Motte appelle une rave , un *phénomène potager.*
Il eft bien plus naturel de nommer *phénix* , un corbeau
qu'on veut flatter , que d'appeler une rave un *phénomène.*
La Motte appelle cette rave un *coloffe.* Que ces mots
de *coloffe* & de *phénomène* font mal appliqués à une
rave , & que tout cela eft bas & froid !

Je fais bien qu'il eft néceffaire d'avoir une connaiffance un peu fine de notre langue pour bien diftinguer
ces nuances ; mais j'ai vu beaucoup d'étrangers qui
ne s'y méprenaient pas , tant le naturel a de beauté ,
& tant il fe fait fentir. Je me fouviens qu'un jour étant
à une repréfentation de la tragédie d'Inès avec le jeune
comte de *Sintzendorf* , il fut révolté à ce vers :

Vous me devez, Seigneur, l'eftime & la tendreffe.

Il me demanda fi on difait , *j'ai pour vous l'eftime* ,
& s'il ne fallait pas abfolument dire , *j'ai pour vous de*
l'eftime ? Je fus furpris de cette remarque , qui était
très-jufte. Cela me fit lire depuis Inès avec beaucoup
d'attention , & j'y trouvai plus de deux cents fautes
contre la langue ; mais ce n'eft pas ici le lieu d'en
parler.

DE LA GRANDEUR

DE DIEU.

CE fera dans les vers que je chercherai les belles images de la grandeur de DIEU. Je n'ai rien trouvé dans la profe qui m'ait élevé l'ame en parlant de ce fublime fujet ; & j'avoue que je ne fuis point furpris qu'on ait autrefois appelé la poëfie le langage des dieux. Il y a en effet dans les beaux vers un enthoufiafme qui paraît au-deffus des forces humaines. Nul auteur en profe n'a parlé de DIEU comme *Racine* dans Efther.

> L'Eternel eft fon nom, le monde eft fon ouvrage ;
> Il entend les foupirs de l'humble qu'on outrage,
> Juge tous les mortels avec d'égales lois,
> Et du haut de fon trône interroge les rois.

Ces quatre vers font fublimes. Ils font, je crois, infiniment plus parfaits en leur genre, que ce commencement de la première ode facrée de *Rouffeau*, qui pourtant eft fort belle.

> Les cieux inftruifent la terre
> A révérer leur auteur.
> Tout ce que leur globe enferre,
> Célèbre un Dieu créateur.
> Quel plus fublime cantique
> Que ce concert magnifique

De tous les céleftes corps !
Quelle grandeur infinie ,
Quelle divine harmonie
Réfulte de leurs accords !

Le mot *enferre* n'eft ni noble ni agréable ; & quel cantique que ce concert ! quelle grandeur ! quelle harmonie ! voilà bien des *quels !* Ces trois chofes d'ailleurs , *cantique* , *concert* , *harmonie* , fe reffemblent trop. *Réfulte* eft un mot trop profaïque. Enfin , il y a trop d'épithètes , & vous n'en trouvez pas une dans ces quatre vers d'Efther.

Voici un morceau de la Henriade , qui me paraît un pendant pour les vers de *Racine.*

C'eft après une defcription philofophique des cieux, qui n'eft pas de mon fujet.

Au-delà de leur cours , & loin dans cet efpace,
Où la matière nage , & que Dieu feul embraffe,
Sont des foleils fans nombre , & des mondes fans fin.
Dans cet abyme immenfe il leur ouvre un chemin.
Par-delà tous ces cieux, le Dieu des cieux réfide.

Cette defcription étonne plus l'imagination , & parle moins au cœur. J'en trouve encore une dans le dixième chant de la Henriade.

Au milieu des clartés d'un feu pur & durable,
Dieu mit avant les temps fon trône inébranlable.
Le ciel eft fous fes pieds : de mille aftres divers
Le cours toujours réglé l'annonce à l'univers.
La puiffance, l'amour, avec l'intelligence,
Unis & divifés, compofent fon effence.
Ses faints , dans les douceurs d'une éternelle paix,
D'un torrent de plaifirs enivrés à jamais,

Z 3

Pénétrés de fa gloire, & remplis de lui-même,
Adorent à l'envi fa majefté fuprême.
Devant lui font ces dieux, ces brulans féraphins,
A qui de l'univers il commet les deftins.
Il parle, & de la terre ils vont changer la face;
Des puiffances du fiècle ils retranchent la race,
Tandis que les humains, vils jouets de l'erreur,
Des confeils éternels accufent la hauteur.

Je n'aime pas cet hémiftiche, *de mille aftres divers*. Ce mot de *mille* eft un terme oifeux, auffi-bien que celui de *divers*, qui n'eft guère à la fin du vers que pour rimer; mais les deux vers de la Trinité font une chofe admirable & unique.

Un fils du grand *Racine*, qui a hérité d'une partie des talens de fon père, a donné encore dans fon poëme fur la grâce, une très-belle idée de la grandeur de DIEU.

Ce Dieu d'un feul regard confond toute grandeur.
Des aftres devant lui s'éclipfe la fplendeur.
Profterné près du trône où fa gloire étincelle,
Le chérubin tremblant fe couvre de fon aile.
Rentrez dans le néant, mortels audacieux;
Il vole fur les vents, il s'affied fur les cieux.
Il a dit à la mer : Brife-toi fur ta rive;
Et dans fon lit étroit la mer refte captive.
Les foudres vont porter fes ordres confiés,
Et les nuages font la poudre de fes pieds.
C'eft ce Dieu qui d'un mot éleva nos montagnes,
Sufpendit le foleil, étendit nos campagnes;
Qui pèfe l'univers dans le creux de fa main.
Notre globe à fes yeux eft femblable à ce grain

Dont le poids fait à peine incliner la balance.
Il fouffle, & de la mer tarit le gouffre immenfe.
Nos vœux & nos encens font dus à fon pouvoir.

Il faut avouer que les plus beaux vers de ce paffage, font ceux où M. *Racine* a fuivi fon génie, & les plus mauvais font ceux qu'il a voulu copier de l'hébreu, tant le tour & l'efprit des deux langues eft différent. *Pefer l'univers dans le creux de fa main*, ne paraît en français qu'une image gigantefque & peu noble, parce qu'elle préfente à l'efprit l'effort qu'on fait pour foutenir quelque chofe, en formant un creux dans fa main. Quand quelque chofe nous choque dans une phrafe, il faut en chercher la fource, & on la trouve furement; car *je ne fais quoi*, n'eft jamais une raifon. Il n'eft pas permis à un homme de lettres de dire que cela ne plaît pas, à moins que la raifon n'en foit palpable, qu'elle n'ait pas befoin d'être indiquée. Par exemple, ce n'eft pas la peine de differter pour faire voir que ce vers eft très-mauvais :

Et les nuages font la poudre de fes pieds.

car outre que l'image eft très-dégoûtante, elle eft très-fauffe. On fait affez aujourd'hui que l'eau n'eft point de la poudre. Mais le refte du morceau eft beau. Il ne faudrait pas, à la vérité, trop répéter ces idées; elles deviennent alors des lieux communs. Le premier qui les emploie avec fuccès, eft un maître, & un grand maître; mais quand elles font ufées, celui qui les emploie encore, court rifque de paffer pour un écolier déclamateur.

Z 4

L A N G A G E.

LE moyen le plus fûr & prefque le feul d'acquérir une connaiffance parfaite des fineffes de notre langue, & furtout de ces exceptions qui paraiffent fi contraires aux règles, c'eft de converfer fouvent avec un homme inftruit. Vous apprendrez plus dans quelques entretiens avec lui, que dans une lecture qui laiffe prefque toujours des doutes. Nous avons beau lire aujourd'hui les auteurs latins, l'étude la plus affidue ne nous apprendra jamais quelles fautes les copiftes ont gliffées dans les manufcrits, quel mot impropre *Salluste*, *Tite-Live*, ont employé. Nous ne pouvons prefque jamais difcerner ce qui eft hardieffe heureufe, d'avec ce qui eft licence condamnable.

Les étrangers font, à l'égard de nos auteurs, ce que nous fommes tous à l'égard des anciens. La meilleure méthode eft d'examiner fcrupuleufement les excellens ouvrages. C'eft ainfi qu'en a ufé M. de *Voltaire* dans fon *Temple du goût*. Je veux entrer ici dans un examen plus approfondi de la pureté de la langue, & j'ai choifi exprès la belle comédie du Mifanthrope, de même que M. l'abbé d'*Olivet* a recherché les fautes contre la langue, échappées au grand *Racine*. Un homme qui faura remarquer du premier coup d'œil les petits défauts de langage dans une pièce telle que le Mifanthrope, pourra être fûr d'avoir une connaiffance parfaite de la langue. Rien n'eft plus propre à guider un étranger, & un tel travail ne fera pas inutile à nos compatriotes.

Et la plus glorieufe a des régals peu chers.

Une eftime glorieufe eft chère; mais elle n'a point
de régals chers. Il fallait dire, *des plaifirs peu chers;*
ou plutôt tourner autrement la phrafe. On dit dans le
ftyle bas, cela *eft un régal pour moi;* mais non pas,
il a des régals pour moi.

Et quand on a quelqu'un qui hait, ou qui déplaît.

J'ai quelqu'un que je hais. L'expreffion eft vicieufe.
On dit, *j'ai une chofe à faire;* non pas, *j'ai une chofe
que je fais.*

Que pour avoir vos biens, on dreffe un artifice.

On ufe d'artifice, on ne le dreffe pas. On dreffe,
on tend un piége avec artifice. On emploie un artifice,
on fait jouer des refforts avec artifice.

Ne ferme point mes yeux au défaut qu'on lui treuve.

Il faut remarquer que du temps de *Molière*, on
difait encore *treuve. La Fontaine* a dit dans les citrouilles,
je la treuve; mais l'ufage a aboli ce terme.

Mais fi fon amitié pour moi fe fait paraître.

Une amitié paraît, & ne fe fait point paraître.
On fait paraître fes fentimens, & les fentimens fe font
connaître.

Non, ce n'eft pas, Madame, un bâton qu'il faut prendre,
Mais un cœur à leurs vœux moins facile & moins tendre.

On ne peut pas dire prendre un cœur facile, au
lieu d'un bâton; cela eft évident. *Facile à leurs vœux,*

eſt bon ; mais *tendre à leurs vœux*, n'eſt pas français ; parce qu'on eſt tendre pour un amant, non pas tendre à un amant.

Et ſes ſoins tendent tous pour accrocher quelqu'un.

Les ſoins peuvent tendre à quelque choſe, mais non *pour* quelque choſe. Mes vœux tendent à Paris, & non pour Paris.

Et ſon jaloux dépit contre moi ſe détache.

Le dépit peut ſe déchaîner contre quelqu'un, s'atta-cher à le décrier, éclater, &c. On détache un ennemi, un parti ; on ſe détache de quelqu'un.

On vous voit en tous lieux vous déchaîner ſur moi.

On s'emporte, on *ſe déchaîne*, on s'irrite, on crie, on cabale contre une perſonne, & non *ſur* elle : on ſe jette, on tire ſur elle ; on épuiſe la ſatire ſur elle,

Monſieur remplit ma place à vous entretenir.

On ne peut dire, *je remplis la place à travailler ;* il faut dire, *en travaillant.* Je remplis la place par mon travail. Je remplis la place de monſieur, en m'entretenant avec vous.

Pour peu que d'y ſonger vous nous faſſiez les mines.

Faire mine de quelque choſe, eſt une bonne expreſſion dans le ſtyle familier. Je fais mine de l'aimer. Je fais mine de l'applaudir. *Faire la mine* ſignifie faire la grimace ; & on ne doit pas dire, je fais la mine d'aimer, la mine de haïr ; parce que

faire la mine, eft une expreffion abfolue, comme faire
le plaifant, le dévot, le connaiffeur.

Oui, toute mon amie elle eft, & je la nomme.

Il faut dire, toute mon amie qu'elle eft ; & non
pas, *toute mon amie; je la nomme*, eft vicieux. Le terme
propre eft, *je la déclare*. On ne peut nommer qu'un
nom. Je le nomme grand, vertueux, barbare. Je le
déclare indigne de mon amitié.

Renverfe le bon droit, & tourne la juftice.

L'expreffion, *tourne la juftice*, n'eft pas jufte. On
tourne la roue de la fortune ; on tourne une chofe,
un efprit même, à un certain fens ; mais tourner
la juftice, ne peut fignifier féduire, corrompre la
juftice.

Au bruit que contre vous fa malice a tourné.

Tourner un bruit ne peut pas plus fe dire, que
tourner la juftice. On peut tourner des traits contre
quelqu'un ; mais un bruit ne peut être une chofe qui
fe tourne.

On peut aifément remarquer que l'expofition de
ces fautes n'eft pas d'un critique malin qui cherche
vainement à rabaiffer *Molière*, mais d'un efprit équitable, qui veut combattre l'abus qu'on fait quelquefois
des écrits de ce grand-homme, en citant pour des
autorités confacrées des fautes de langue. C'eft dans
cette vue innocente & utile que je veux examiner la
tragédie de Pompée de *Pierre Corneille*.

*Examen des fautes de langage dans la tragédie de
Pompée.*

Sont les titres affreux dont le droit de l'épée
Juſtifiant Céſar, a condamné Pompée.

On ne peut pas dire *le titre dont on condamne*, mais
le titre ſur lequel, par lequel, ou le titre qui condamne.

Et qui veut être juſte en de telles ſaiſons,
Bâlance le pouvoir, & non pas les raiſons.

En de telles ſaiſons, eſt une expreſſion lâche &
vicieuſe. *Balance le pouvoir* n'eſt pas le mot propre ; il
voulait dire, *conſulte ſon pouvoir*.

Cet hémiſtiche, *& non pas les raiſons*, dit tout le
contraire de ce qu'il doit dire. Ce ſont préciſément les
raiſons, c'eſt-à-dire, la raiſon d'Etat qu'on examine
& qu'on pèſe.

Soutiendrez-vous un faix ſous qui Rome ſuccombe,
Sous qui tout l'univers ſe trouve foudroyé ?

Le mot *foudroyé* eſt très-impropre ; un fardeau ne
foudroie pas, il accable.

Mais quoique vos encens le traitent d'immortel.

Le mot d'*encens* ne peut admettre de plûriel. Il
fallait abſolument *votre encens*.

Et ceſſe de devoir quand la dette eſt d'un rang
A ne point l'acquitter qu'aux dépens de leur ſang.

On ne dit point le *rang d'une dette*, mais la nature d'une dette; & il fallait dire, à ne s'en acquitter qu'aux dépens de leur fang. La négative *point*, ne fe met jamais avec *ne*, quand elle eft fuivie d'un *que*. Je ne corrigerai ce vers *que* quand on m'en aura montré le défaut. Je n'irai à Paris *que* quand je ferai libre. Je n'écrirai *que* quand j'aurai du loifir &c.

Affurer fa puiffance & fauver fon eftime.

Sauver n'a là aucun fens. Il ne veut pas dire conferver fa réputation ; il ne fignifie pas conferver fon eftime : il eft un barbarifme inintelligible.

Trop au-deffous de lui pour y prêter l'efprit.

Prêter l'efprit n'eft pas français ; mais c'eft une licence qu'on devrait peut-être accorder à la poëfie.

Et fon dernier foupir eft un foupir illuftre.

Soupir illuftre eft bon, à la vérité, en grammaire, mais en poëfie il tient un peu du *Phébus*.

Ce prince d'un fénat maître de l'univers,
Sitôt que d'un malheur fa fortune eft fuivie,
Les monftres de l'Egypte ordonnent de fa vie.

La conftruction eft vicieufe : elle ferait pardonnable à une grande paffion ; mais ici c'eft *Cléopâtre* qui parle de fang-froid.

Il en coûte la vie & la tête à Pompée.

On fent combien *la tête* eft de trop.

Je connais ma portée, & ne prends point le change ;
. . . .
Vous montrez cependant un peu bien du mépris.

Ces deux vers, & furtout le dernier, font des expreſſions baſſes & populaires ; *& un peu bien du* eſt barbare.

Et plus dans l'infolence elle s'eſt emportée.

On s'emporte à des excès d'infolence ; on s'emporte avec infolence, à trop d'infolence, & non pas *dans l'infolence*.

De ſe plaindre à Pompée auparavant qu'à lui.

Il fallait *avant qu'à lui*. L'adverbe *auparavant* ne ſert jamais de conjonction. On ne dit point : Je paſſerai par Strasbourg auparavant d'aller à Paris ; mais avant d'aller, ou avant que d'aller à Paris.

De relever du coup dont ils font étourdis.

Il fallait *de ſe relever* : étourdis eſt trop bas.

Quoi qu'il en faſſe, enfin.

Il faut *quoi qu'il faſſe*, furtout dans le ſtyle noble.

Il venait à plein voile.

On dit *à pleines voiles*. Ce mot *voile* eſt féminin.

Voilà ce qu'attendait,
Ce qu'au juſte Oſiris la reine demandait.

Le régime de ces deux verbes eſt mal placé ; c'eſt une faute, mais légère.

Tout beau, nous vous devons le tout, font des termes bas & comiques ; mais ce ne font pas des fautes grammaticales.

Il nous fallait, pour vous, craindre votre clémence,
Et que le fentiment d'un cœur trop généreux,
Ufant mal de vos droits, vous rendit malheureux.

Toute cette phrafe eft mal conftruite. Voici le
fens : Votre clémence était dangereufe pour vous ;
& nous avons craint que, par un fentiment trop
généreux, vous ne nous rendiffiez malheureux en ufant
mal de vos droits.

Je m'apaiferai Rome avec votre fupplice ?

On ne peut point dire *s'apaifer quelqu'un*, comme
on dit s'immoler, fe concilier, s'aliéner quelqu'un.

Comme a-t-elle reçu les offres de ma flamme ?

Comme, au lieu de *Comment*, était déjà une faute
du temps de *Corneille*.

Elle craint toutefois
L'ordinaire mépris que Rome fait des rois.

On traite avec mépris ; on a du mépris ; on ne
fait point de mépris.

D'un aftre envenimé l'invincible poifon.

L'invincible poifon d'un aftre eft une penfée fauffe,
mal exprimée, quoique la grammaire foit ici obfervée.

Qu'il eût voulu fouffrir qu'un bonheur de mes armes.

Il fallait *que le bonheur de mes armes*.

Quoi ! de la même main & de la même épée,
Dans un tel défefpoir à fes yeux eft paffée.

Comment peut-on paſſer d'une main & d'une épée dans un déſeſpoir ?

Quelques ſoins qu'ait Céſar.

On prend des ſoins, on a ſoin de quelque choſe, on agit avec ſoin; mais on ne peut dire en général, avoir des ſoins.

.Pour de ce grand deſſein aſſurer le ſuccès.

Cette inverſion n'eſt pas permiſe. On en ſent la raiſon. Elle vient de la dureté de ces deux monoſyllabes *pour de*

Ainſi que la naiſſance, ils ont les eſprits bas.

Il fallait, ils ont l'eſprit bas, ſurtout *naiſſance* étant au ſingulier.

De quoi peut ſatisfaire un cœur ſi généreux,
Le ſang abject & vil de ces deux malheureux ?

De quoi peut ſatisfaire n'eſt pas français ; il fallait, *comment* ou *en quoi*.

J'en ai déjà parlé ; mais il a ſu gauchir.

Gauchir eſt un terme trop peu noble.

C'eſt ce glorieux titre à préſent effectif.

Effectif eſt un terme de barreau.

A mes vœux innocens ſont autant d'ennemis.

Il fallait *de mes vœux :* on n'eſt pas ennemi *à*, on eſt ennemi *de*.

Permettez

Permettez cependant qu'à ces douces amorces,
Je prenne un nouveau cœur & de nouvelles forces.

Ces deux vers font un galimatias, pour le fens &
pour l'expreffion. *Des amorces* ne donnent pas des
forces, & on ne fe fent pas *un cœur nouveau à une
amorce.*

Mes yeux, puis-je vous croire, & n'eft-ce point un fonge
Qui fur mes triftes vœux a formé ce menfonge ?

Un *fonge*, qui forme un menfonge *fur des vœux*,
forme une phrafe trop entortillée & trop peu exacte.
C'eft du galimatias.

Qu'avec chaleur, Philippe, on court à le venger.

On court venger, faifir, prendre, combattre. On
ne court point *à* combattre, *à* prendre, *à* faifir, *à*
venger.

Pour grand qu'en foit fon prix, fon péril en rabat.

Pour grand que n'était plus en ufage dès le temps
de *Corneille.* On ne trouve pas de ces expreffions
furannées dans les Lettres provinciales, qui font de
même date. Il *en rabat* eft un terme de tout temps
ignoble.

Je n'aimais mieux juger fa vertu par la nôtre.

Il faut *juger de fa vertu par la mienne.* Il n'eft pas
permis de joindre en cette occafion le pluriel au fingulier. *Phédre*, dans Racine, au lieu de dire,

J'excitai mon courage à le perfécuter,

ne dit point, *j'excitai notre courage à le perfécuter.*

Mélanges littér. Tome II.   A a

Parce qu'au point qu'il est, j'en voudrais faire autant.

Parce que fait toujours en vers un très-mauvais effet ; au *point qu'il est* est actuellement suranné & familier.

Je ne viens pas ici pour troubler une plainte,
Trop juste à la douleur dont vous êtes atteinte.

Il fallait dire *permise à la douleur*, & non pas *trop juste*. Une plainte n'est pas juste à la douleur comme un habit est juste au corps.

Vous êtes satisfaite, & je ne la suis pas.

Il faut *je ne le suis pas*, parce que ce *le* est neutre & indéclinable. Si on demandait à des dames, êtes-vous satisfaites ? elles répondraient, *nous le sommes*, & non pas nous les sommes. Ainsi une femme doit dire, je *le* suis, & non je *la* suis.

Aucuns ordres ni soins n'ont pu le secourir.

Il fallait, *aucun ordre, aucun soin n'a pu le secourir*.

Leur roi n'a pu jouir de ton cœur adouci ;
Et Pompée est vengé ce qu'il peut l'être ici.

De ton cœur adouci, ne peut se mettre au lieu de ta clémence. *Ce qu'il peut l'être*, ne peut être reçu pour signifier, *autant qu'il peut l'être* ; & c'est une grande faute de langage dans un auteur moderne d'avoir mis :

Je vous aime tout ce qu'on peut aimer.

Ta nouvelle victoire, & le bruit éclatant
Qu'aux changemens de roi pousse un peuple inconstant.

Un peuple qui pousse un bruit aux changemens de roi,
est un galimatias insupportable.

Et parmi ces objets, ce qui le plus m'afflige.

Il n'est pas permis dans le style noble de placer
ainsi l'adverbe au-devant du verbe. On ne peut pas
dire en vers héroïques, *ce qui davantage me plaît, ce
que patiemment je supporte, ce qu'à contre cœur je fais, ce
que prudemment je diffère.*

J'ajoute une requête.

Ce terme du barreau n'est point admis dans la
poësie noble.

Faites un peu de force à votre impatience.

Calmez, modérez votre impatience ; mettez un
frein à votre impatience. Voilà le mot propre. *Faire
force*, est barbare.

..... Non pas, César, non pas à Rome encor.
Il faut que ta défaite, & que tes funérailles,
A cette cendre aimée en ouvrent les murailles ;
Et quoiqu'elle la tienne aussi chère que moi.....

Cette *elle* tombe sur Rome, & semble tomber sur
la cendre de *Pompée*; par la construction de la phrase,
Aussi chère que moi ; on ne sait si c'est *Cornélie* qui est
aussi chère, ou si c'est à elle que cette cendre est aussi
chère. Ces amphibologies jettent une obscurité désa-
gréable dans le style. Je n'ai relevé que celle-ci, pour
n'être pas trop long ; mais la tragédie que j'examine
est pleine de ces obscurités. C'est un défaut qu'il faut
éviter avec soin.

‘ Et quand tout mon effort fe trouvera rompu.

On rompt un projet , une ligue , des liens , une affemblée ; on arrête un effort, on s'y oppofe , on le furmonte, on le rend inutile , &c.

J'ai vu le défefpoir qu'il a voulu choifir.

On entre dans le défefpoir , on s'abandonne , on fe livre au défefpoir ; on ne le choifit pas.

> Il eft de la fatalité
Que l'aigreur foit mêlée à la félicité.

On dit bien *notre deflin* ; la *fatalité ordonne* , *&c.* mais on ne dit pas, *il eft de la fatalité* , comme on dit , *il eft d'ufage ; l'aigreur* eft un terme très-impropre , & l'amertume s'oppofe à la douceur & non à la *félicité.*

Je me fuis arrêté dans cet examen uniquement aux fautes de langage , & je n'ai pas parlé des vices du ftyle dont le nombre eft prodigieux. Cette difcuffion n'était pas de mon fujet, non plus que les beautés de détail , dont cette tragédie vicieufe & irrégulière eft remplie.

La leƈure affidue des bons auteurs vous fera encore plus néceffaire , pour vous former un ftyle pur & correƈt , que l'étude de la plupart de nos grammaires. Ce qu'on apprend fans peine & par le fecours du plaifir , fe fixe bien plus fortement dans la mémoire que ce qu'on étudie avec des dégoûts dans des préceptes fecs, fouvent très-mal digérés , & dans lefquels on ne trouve que trop de contradiƈtions. Je recommande furtout aux jeunes gens de ne point lire la nouvelle grammaire de l'abbé *Girard* ; elle ne ferait qu'embarraffer l'efprit par les nouveautés difficiles dont elle eft remplie ; & furtout elle fervirait à corrompre le ftyle. Jamais auteur n'a écrit d'une manière moins convenable à fon fujet. Il affecte ridiculement d'employer des tours & des phrafes qu'on profcrirait dans ces romans bourgeois & familiers dont nous fommes raffafiés. Qui croirait qu'un auteur qui veut inftruire la jeuneffe, fe ferve des expreffions fuivantes dans une grammaire raifonnée ?

On aura beau fulminer contre mes termes, un difcours eft une pièce émaillée de différentes phrafes.

Les mots doivent, dans le difcours, répondre par le rang & l'habillement à leurs fonctions. Les mots au pluriel ont la phyfionomie décidée.

Le diftrict du pronom, la portion dont il eft doté, les déclinaifons font battues & terraffées.

Non-feulement tout ce livre eft écrit dans ce miférable ftyle, mais il y a beaucoup de fautes contre la langue. Par exemple, *habillement de la nuit*, pour habillement de nuit. *Quoi faire*, pour que faire. *C'eft foi qui fait*, au lieu de dire, on fait foi-même.

Enfin, il y a des termes obfcènes, malgré le grand précepte de *Quintilien*, qui ordonne d'en éviter jufqu'aux moindres apparences.

Les grammaires de l'abbé *Régnier Defmarets* & de *Reftaut*, font bien plus fages & plus inftructives.

LETTRES FAMILIERES.

Les lettres familières, écrites avec négligence, &
d'un ſtyle approchant de la converſation , vous
pourront donner l'uſage de cette manière libre &
dégagée dont on converſe & dont on écrit à ſes amis ;
mais ce n'eſt pas dans la lecture de tant de recueils
de lettres imprimées qu'il faut chercher la véritable
éloquence. On ne les lit d'ordinaire qu'à cauſe des
petites anecdotes qu'elles renferment : & ſi on retran-
chait des lettres de madame de *Sévigné* , ce grand
nombre de petits faits qui les ſoutiennent , & qui ſont
racontés avec tant de vivacité & de naturel , je doute
qu'on en pût ſoutenir la lecture. Les lettres de *Balzac*
& de *Voiture* eurent en leur temps beaucoup de
réputation ; mais on voit bien qu'elles avaient été
écrites pour être publiques ; & cela ſeul , en les
privant néceſſairement du naturel qu'elles devaient
avoir , devait à la longue les décréditer. Il faut lire
ce qu'on en dit dans le Temple du goût. Les jugemens qu'on y trouvera ont paru ſévères ; mais ils me
ſemblent très-juſtes, & rien n'eſt plus propre à conduire
l'eſprit d'un jeune homme.

J'oſerais même aller encore plus loin que l'auteur
du Temple du goût, dans l'idée que je me ſuis formée
des lettres de *Voiture*. J'en ai trouvé pluſieurs dans
leſquelles cette petite & mépriſable envie d'avoir de
l'eſprit, lui fait dire des choſes dont la décence &
l'honnêteté même peuvent être alarmées. Il veut

confoler le maréchal de *Grammont* fur la mort de fon
père. Il lui dit :

,, Eft-il vrai qu'en un fiècle où les exemples d'un
,, bon naturel font fi rares, vous foyez affligé d'une
,, perte qui vous rend un des plus riches hommes de
,, France ? Cela, fans mentir, eft admirable, & au-
,, deffus de vos exploits ; mais comme il peut y avoir
,, de l'excès dans les meilleures chofes, votre douleur
,, qui a été jufte, ne le ferait plus à cette heure, fi
,, elle durait davantage. Votre réputation augmente,
,, & votre bien ne diminue pas ; car on dit qu'en
,, argent & en poulaille, vous aurez quelque chofe
,, de confidérable. ,,

Eft-ce ainfi qu'on écrit à un homme fur la mort
d'un père ? affurément *non erat his locus.* Jamais badinage
ne fut plus déplacé ; & jamais badinage ne fut plus
froid, plus bas, & plus indécent.

Il fallait que l'efprit de plaifanterie, qui eft par
lui-même un très-mince mérite, tînt lieu alors d'un
grand talent, puifqu'il donna tant de réputation à
Voiture. Tout homme de bon fens, & formé fur les
bons modèles de l'antiquité, trouverait la plupart de
ces plaifanteries forcées & infipides.

Il compare mademoifelle de *Rambouillet* à la mer,
& il dit :

,, Il me femble que vous vous reffemblez comme
,, deux gouttes d'eau, la mer & vous. Il y a cette
,, différence, que toute vafte & grande qu'elle eft,
,, elle a fes bornes, & vous n'en avez point ; & que
,, tous ceux qui connaiffent votre efprit, avouent
,, qu'il n'a ni fond ni rive ; & je vous fupplie, de

,, quel abyme avez-vous tiré ce déluge de lettres que
,, vous avez envoyé ici ? ,,

Eſt-il bien plaiſant de dire dans un autre endroit,
que le mot de cordonniers vient de ce qu'ils donnent
des cors ?

La fameuſe lettre de la *carpe au brochet*, était-elle
digne, en bonne foi, de l'admiration qu'on lui a
prodiguée ? On ſait que *Voiture* s'étant trouvé dans
une ſociété où était le grand *Condé*, on y avait joué
à des petits jeux, dans l'un deſquels ce prince était
appelé le *brochet*, & *Voiture*, la *carpe*; la carpe dit
donc au brochet :

,, Les baleines de la mer Atlantique ſuent à groſſes
,, gouttes, & ſont toutes en eau quand elles vous
,, entendent nommer. Des harengs frais qui viennent
,, de Norvége, nous aſſurent que la mer s'eſt glacée
,, cette année plutôt que de coutume, par la peur
,, que l'on y avait eue, ſur les nouvelles que quelques
,, macreuſes y avaient apportées que vous dirigiez
,, vos pas vers le Nord..... Certaines anguilles de
,, mer crient déjà comme ſi vous les écorchiez. Les
,, loups-marins ne ſont que de pauvres cancres auprès
,, de vous; & ſi vous continuez, vous avalerez la
,, mer & les poiſſons. ,,

Tout ce qu'on peut dire, ce me ſemble, d'une
telle lettre, c'eſt que ces jeux ſont pardonnables
quand on ne les donne pas pour de bonnes choſes;
mais qu'ils ſont d'un très-bas prix quand on les veut
trop eſtimer.

Il y a dans *Voiture* d'autres lettres d'un caractère
plus délicat & d'un goût plus fin; telle eſt, par
exemple, la lettre au préſident de *Maiſons*, au ſujet

d'une affaire qu'il lui recommande. Elle n'a pas le mérite de celle qu'*Horace* écrit à *Tibère Néron* dans un cas à-peu-près semblable ; mais elle a ses grâces & son mérite.

  ,, Madame de *Marsilly*, Monsieur, s'est imaginée ,, que j'avais quelque crédit auprès de vous : & moi ,, qui suis vain, je ne lui ai pas voulu dire le ,, contraire. C'est une personne qui est aimée & ,, estimée de toute la cour, & qui dispose de tout ,, le parlement. Si elle a bon succès d'une affaire ,, dont elle vous a choisi pour juge, & qu'elle croie ,, que j'y aie contribué quelque chose, vous ne sauriez ,, croire l'honneur que cela me fera dans le monde, ,, & combien j'en serai plus agréable à tous les ,, honnêtes gens. Je ne vous propose que mes intérêts ,, pour vous gagner ; car je sais bien, Monsieur, que ,, vous ne pouvez être touché des vôtres, sans cela ,, je vous promettrais son amitié ; c'est un bien par ,, lequel les plus sévères juges se pourraient laisser ,, corrompre, & dont un si honnête homme que ,, vous doit être tenté. Vous le pouvez acquérir ,, justement ; car elle ne demande de vous que la ,, justice. Vous m'en ferez une, que vous me devez, ,, si vous me faites l'honneur de m'aimer toujours ,, autant que vous avez fait autrefois, & si vous ,, croyez que je suis votre, &c. ,,

  Mais il faut avouer, avec l'auteur du Temple du goût, que l'on trouve dans *Voiture* bien peu de lettres de ce prix, & que tout ce qui est marqué à un si bon coin pourrait, comme il le dit, se réduire à un très-petit nombre de feuillets. A l'égard de *Balzac*,

perfonne ne le lit aujourd'hui. Ses lettres ne ferviraient qu'à former un pédant. On y trouve, à la
vérité, du nombre & de l'harmonie profaïque ; mais
c'eft précifément cela qu'on ne devrait pas trouver
dans fes lettres. C'eft le mérite propre des harangues,
des oraifons funèbres, de l'hiftoire, de tout ce qui
demande une éloquence d'appareil & un ftyle foutenu.

Qui peut tolérer que *Balzac* écrive à un cardinal :
,, Qu'il a le fceptre des rois & la livrée des rofes,
,, & qu'à Rome on fe fauve à la nage au milieu des
,, eaux de fenteurs ? ,,

Qui peut ne pas méprifer ces pitoyables hyper-
boles ? Si les déclamations froides & forcées ont tant
fervi à décréditer le ftyle de *Balzac;* fi la contrainte,
l'affectation, les jeux de mots, les plaifanteries recherchées, ont fait tant de tort à *Voiture*, que doit-on
penfer de ces lettres imaginaires, qui font fans objet,
& qui n'ont jamais été écrites que pour être imprimées ? C'eft une entreprife fort ridicule que de
faire des lettres comme on fait un roman, de fe
donner pour un colonel, de parler de fon régiment,
& de faire des récits d'aventures qu'on n'a jamais
eues. Les lettres du chevalier d'*Her* n'ont pas feulement ce défaut ; mais elles ont encore celui d'être
écrites d'un ftyle forcé, & tout-à-fait impertinent.
On y obtient des lettres d'Etat pour fa maîtreffe. On
la fait peindre en iroquoife, mangeant une demi-
douzaine de cœurs. Enfin on n'a jamais rien écrit
de plus mauvais goût, & cependant ce ftyle a eu des
imitateurs.

Il y a des lettres d'une autre efpèce, comme celles
de l'Efpion turc, de madame du *Noyer*, les Lettres

juives, chinoises, cabalistiques. On ne se méprend
pas à leur titre. On voit bien que ce ne sont pas de
véritables lettres, mais un petit artifice usité, soit
pour débiter des choses hardies, soit pour écrire des
nouvelles vraies ou fausses. Tous ces ouvrages qui
amusent quelque temps la jeunesse crédule & oisive,
sont fort méprisés des honnêtes gens. Il en faut
excepter les Lettres persanes : elles sont à la vérité
une imitation de l'Espion turc, mais leur style les
distingue fort de leur original. Il est nerveux, hardi,
singulier, sentencieux ; & il ne manque à cet ouvrage
qu'un sujet plus solide.

On a beaucoup réussi en France dans un autre
genre de lettres, moitié vers & moitié prose. Ce sont
de véritables lettres écrites en effet à des amis, mais
écrites avec délicatesse & avec soin. Telle est la lettre
dans laquelle *Bachaumont* & *Chapelle* rendent compte
de leur voyage. Telles sont quelques-unes du comte
Antoine Hamilton, de M. *Pavillon*.

En voici une écrite par l'auteur de la Henriade à
un grand roi.

  ,, Les vers que votre majesté a fait dans Neiff,
,, ressemblent à ceux que *Salomon* fesait dans sa gloire,
,, quand il disait, après avoir tâté de tout : Tout
,, n'est que vanité. Il est vrai que le bon-homme
,, parlait ainsi, au milieu de trois cents femmes &
,, de sept cents concubines ; le tout sans avoir donné
,, de bataille ni fait de siége. Mais n'en déplaise,
,, Sire, à *Salomon* & à vous, ou bien à vous & à
,, *Salomon*, il ne laisse pas d'y avoir quelque réalité
,, dans ce monde.

,, Conquérir cette Siléfie ;
,, Revenir couvert de lauriers
,, Dans les bras de la poëfie ;
,, Donner aux belles, aux guerriers,
,, Opéra, bal, & comédie ;
,, Se voir craint, chéri, refpecté,
,, Et connaître au fein de la gloire
,, L'efprit de la fociété.
,, Bonheur fi rarement goûté
,, Des favoris de la victoire ;
,, Savourer avec volupté,
,, Dans des momens libres d'affaire,
,, Les bons vers de l'antiquité,
,, Et quelquefois en daigner faire
,, Dignes de la poftérité :
,, Semblable vie a de quoi plaire,
,, Elle a de la réalité,
,, Et le plaifir n'eft point chimère.

,, Votre majefté a fait bien des chofes en peu de
,, temps. Je fuis perfuadé qu'il n'y a perfonne fur la
,, terre plus occupé qu'elle, & plus entraîné dans la
,, variété des affaires de toute efpèce. Mais avec ce
,, génie dévorant, qui met tant de chofes dans fa
,, fphère d'activité, vous confervez toujours cette
,, fupériorité de raifon, qui vous élève au-deffus de
,, ce que vous êtes & de ce que vous faites.

,, Tout ce que je crains, c'eft que vous ne veniez
,, à trop méprifer les hommes. Des millions d'animaux
,, fans plumes à deux pieds, qui peuplent la terre,
,, font à une diftance immenfe de votre perfonne,
,, par leur ame comme par leur état. Il y a un beau
,, vers de *Milton* :

amongst unequals no society.

,, Il y a encore un autre malheur; c'est que votre
,, majesté peint si bien les nobles friponneries des
,, politiques, les soins intéressés des courtisans &c.
,, qu'elle finira par se défier de l'affection des hommes
,, de toute espèce, & qu'elle croira qu'il est démontré
,, en morale, qu'on n'aime point un roi pour lui-
,, même. Sire, que je prenne la liberté de faire aussi
,, ma démonstration. N'est-il pas vrai qu'on ne peut
,, pas s'empêcher d'aimer pour lui-même, un homme
,, d'un esprit supérieur, qui a bien des talens, & qui
,, joint à tous ces talens-là celui de plaire ? Or, s'il
,, arrive que par malheur ce génie supérieur soit roi,
,, son état en doit-il empirer ? & l'aimera-t-on moins
,, parce qu'il porte une couronne ? Pour moi, je
,, sens que la couronne ne me refroidit point du tout.
,, Je suis, &c. ,,

Voici une lettre écrite à feu M. le maréchal de
Berwick, qui me paraît fort au-dessus de toutes celles
de *Voiture*. J'en ignore l'auteur; mais je peux assurer
que j'ai vu à Paris un très-grand nombre d'épîtres
dans ce goût. C'est proprement le goût de la nation.

,, Vous venez de gagner une bataille complète &
,, glorieuse dans toutes ses circonstances. Vous avez
,, rendu quelques services, par cette victoire, à la
,, couronne d'Espagne. Vous n'avez pas mal fait
,, votre cour au roi votre maître à Versailles. Et le
,, roi, votre souverain, en paraît presqu'aussi content
,, ici, que si vous l'aviez gagnée aux portes de Londres
,, pour son rétablissement. Je ne sais comment vous
,, vous trouvez de tout cela; mais pour moi, je vous

,, en fais de bon cœur mon compliment. Il eſt vrai
,, que vous vous portez bien , & que dans une mêlée
,, où vous avez eu le plaiſir de vous fourrer bien
,, avant, vous n'avez pu vous faire donner quelque
,, balafre au milieu du viſage , ou parvenir à quelque
,, inciſion cruciale au haut de la tête ; & ce n'eſt pas
,, contentement pour un homme avide de gloire. Je
,, vous conſeille pourtant de ne vous en point cha-
,, griner, & de prendre le tout en patience.

,, J'avais cru , lorſque vous vous fites naturaliſer
,, en France , que c'était pour mettre à couvert vos
,, biens immenſes en cas d'accident ; mais je vois
,, bien que ce n'était que pour pouvoir exterminer
,, ſans ſcrupule tout autant d'Anglais de la princeſſe
,, *Anne* qui ſe trouveraient en votre chemin ; & c'eſt
,, fort bien fait à vous. Cependant ſi je n'avais peur
,, de vous mortifier , je vous dirais que quoiqu'on
,, parle beaucoup de vous ici, on ne laiſſe pas de
,, parler diverſement de votre conduite. Les uns
,, diſent que vous êtes trop inſolent , & que vous
,, faites trop l'entendu à l'égard des ennemis ; &
,, les autres aſſurent que vous ne vous faites pas
,, aſſez valoir auprès de ceux qui vous veulent du
,, bien & qui vous en peuvent faire. Quoiqu'il n'y
,, ait pas grand mal à tout cela , examinons un
,, peu vos actions depuis que vous êtes dans le
,, ſervice , pour voir ſi on vous accuſe avec raiſon.

,, Lorſqu'à Nervinde on combattit,
,, Et que l'Angleterre alarmée
,, Eut appris, par la renommée,
,, La diſgrace qu'elle y ſouffrit,

» Tout son parlement en pâlit ;
» Mais votre excellence, animée
» Par les dangers & par le bruit,
» Par les canons & leur fumée,
» Mais plus que tout cela, charmée
» De voir leur Orange interdit,
» Se mit en tête, à ce qu'on dit,
» De prendre toute son armée ;
» Mais ce fut elle qui vous prit &c.

L I B E R T É.

LA liberté de l'homme est un problème sur lequel de grands poëtes se sont exercés, aussi-bien que les théologiens. Qui croirait qu'on trouve dans *Pierre Corneille* une dissertation assez étendue sur cette matière épineuse ? C'est dans sa tragédie d'Oedipe.

Il est vrai que le sujet comporte une telle digression ; mais il faut avouer aussi que ces morceaux sont presque toujours froidement reçus au théâtre, qui exige une chaleur d'action & de passion presque continuelle. La controverse ne réussit pas beaucoup dans la tragédie ; & ce que *Corneille* fait dire à son *Oedipe*, trouvera peut-être ici mieux sa place aux yeux d'un lecteur de sang-froid, qu'il ne la trouve au théâtre, où le spectateur veut être ému. Quoi qu'il en soit, voici ce morceau qui est plein de très-grandes beautés.

Quoi ! la nécessité des vertus & des vices
D'un astre impérieux doit suivre les caprices ;

Et l'homme fur lui-même a fi peu de crédit,
Qu'il devient fcélérat quand Delphes l'a prédit?
L'ame eft donc toute efclave? une loi fouveraine
Vers le bien ou le mal inceffamment l'entraîne;
Et nous ne recevons ni crainte ni défir
De cette liberté qui n'a rien à choifir.
Attachés fans relâche à cet ordre fublime,
Vertueux fans mérite, & vicieux fans crime,
Qu'on maffacre les rois, qu'on brife les autels,
C'eft la faute des dieux, & non pas des mortels.
De toute la vertu fur la terre épandue,
Tout le prix à ces dieux, toute la gloire eft due.
Ils agiffent en nous, quand nous penfons agir.
Alors qu'on délibère, on ne fait qu'obéir;
Et notre volonté n'aime, hait, cherche, évite,
Que fuivant que d'en haut leur bras la précipite.

Cette tirade a des traits vigoureux & hardis, qui
s'impriment aifément dans la mémoire, parce qu'il
n'y a prefque point d'épithètes oifeufes; mais, comme
je l'ai déjà dit, de telles beautés font plus propres
à la controverfe qu'à la tragédie. Il eft bon furtout
d'obferver que plus ce morceau eft raifonné, plus il
faudrait qu'il fût exaɛ. *Oedipe* eft un très-mauvais
philofophe, quand il dit :

Et nous ne recevons ni crainte ni défir
De cette liberté &c.

Le libre arbitre n'a affurément rien de commun
avec le défir & la crainte. Perfonne n'a jamais dit que
la liberté fût le principe de nos défirs. Il faut auffi

remarquer

remarquer qu'il n'eſt pas dans la pureté du ſtyle de
dire: l'homme a peu de crédit ſur ſoi. On a du
pouvoir ſur ſoi. On a du crédit auprès de quelqu'un.
Ordre ſublime ne vaut rien. Sublime veut dire élévation, & ne ſignifie pas ſouverain. Un bras qui précipite
une volonté, eſt abſolument barbare; & *que ſuivant
que d'en haut* eſt d'une dureté, eſt d'une cacophonie
inſupportable.

Les mêmes idées, à-peu-près, ſur la liberté, ſe
trouvent dans une épître inférée parmi les œuvres
de monſieur de *Voltaire.*

> Ah! ſans la liberté,
> D'un artiſan ſuprême impuiſſantes machines,
> Automates penſans, mus par des mains divines,
> Nous ſerions à jamais de menſonge occupés,
> Vils inſtrumens d'un Dieu qui nous aurait trompés !
> Comment ſans liberté ſerions-nous ſes images?
> Que lui reviendrait-il de ſes brutes ouvrages ?
> On ne peut donc lui plaire, on ne peut l'offenſer.
> Il n'a rien à punir, rien à récompenſer.
> Dans les cieux, ſur la terre, il n'eſt plus de juſtice;
> Caton fut ſans vertu, Catilina ſans vice.
> Le deſtin nous entraîne à nos affreux penchans,
> Et ce chaos du monde eſt fait pour les méchans &c.

Ce morceau eſt plus à ſa place, & paraît écrit avec
plus de ſoin. Mais il n'eſt pas plus fort & plus
nerveux.

> D'un artiſan ſuprême impuiſſantes machines,
> Automates penſans, mus par des mains divines.

Mélanges littér. Tome II.   B b

Ces deux vers-là font d'un poëte. Mais celui-ci
eft d'un homme plus pénétré.

Qu'il devient fcélérat quand Delphes l'a prédit.

Il fuffifait de quatre vers de cette force dans la
bouche d'*Oedipe*; le refte reffent trop la déclamation;
ce qui était en effet le grand défaut de *Corneille*. Ce
qu'on a jamais écrit de plus grand & de plus fublime
fur la liberté, fe trouve au feptième chant de la
Henriade.

> Sur un autel de fer, un livre inexplicable
> Contient de l'avenir l'hiftoire irrévocable.
> La main de l'Eternel y grava nos défirs,
> Et nos chagrins cruels, & nos faibles plaifirs :
> On voit la Liberté, cette efclave fi fière,
> Par d'invincibles nœuds en ces lieux prifonnière;
> Sous un joug inconnu, que rien ne peut brifer,
> Dieu fait l'affujettir fans la tyrannifer;
> A fes fuprêmes lois d'autant mieux attachée,
> Que fa chaîne à fes yeux pour jamais eft cachée;
> Qu'en obéiffant même, elle agit par fon choix,
> Et fouvent au deflin penfe donner des lois.

Il me femble qu'on ne peut préfenter fous une
image plus parfaite cet accord inexplicable de la
liberté de l'homme & de la préfence de DIEU; & qu'un
tel morceau vaut mieux que vingt volumes de contro-
verfes fur ces matières inintelligibles.

Un fils de l'illuftre *Racine* a fait un poëme fur la
Grâce, dans lequel il était bien naturel qu'il parlât

de la liberté. Cependant il n'y a aucun trait frappant qui caractérife cet attribut de la nature humaine, que tant de philofophes lui conteftent.

Voici le morceau de ce poëme, où l'auteur traite de la liberté d'une manière plus particulière.

Si l'on en croit pourtant un fyftème flatteur,
Pour le bien & le mal l'homme également libre,
Conferve, quoi qu'il faffe, un conftant équilibre.
Lorfque pour l'écarter des lois de fon devoir,
Les paffions fur lui redoublent leur pouvoir,
Auffitôt balançant le poids de la nature,
La Grâce de fes dons redouble la mefure.

Ces vers font dans le ton didactique de l'ouvrage; mais ils font un peu lâches, comme prefque tous ceux de cet auteur, qui d'ailleurs eft affez pur & correct. C'eft dans les ouvrages didactiques qu'il faut peut-être le plus d'imagination, pour nourrir la féchereffe du fond, & pour en varier l'uniformité.

M E T A P H O R E.

La métaphore eft la marque d'un génie qui fe repréfente vivement les objets. C'eft une comparaifon vive & fubite qu'il fait des chofes qui le touchent, avec les images fenfibles que préfente la nature. C'eft l'effet d'une imagination animée & heureufe. Mais cette figure doit être employée avec ménagement. *Cicéron* dit :

Verecunda debet effe tranflatio.

Cette métaphore qu'on trouve, par exemple, dans la tragédie d'Héraclius, est trop forte & trop gigantesque :

La vapeur de mon sang ira groffir la foudre
Que Dieu tient déjà prête à te réduire en poudre.

Il n'est pas non plus naturel à *Chimène* de dire après la mort de son père :

J'irai fous mes cyprès accabler tes lauriers.

Ce n'est pas ainsi que s'exprime la douleur véritable. On a repris auffi dans la tragédie de Brutus ces vers :

Sa victoire affaiblit vos remparts défolés ;
Du fang qui les inonde ils semblent ébranlés.

C'est une hyperbole ; & je crois que l'hyperbole est une figure défectueufe par elle-même, puifque par fa nature elle va toujours au-delà du vrai.

Pourquoi approuve-t-on ces vers-ci de la Mort de Céfar ?

Rome qui détruit tout, femble enfin fe détruire.
Ce coloffe effrayant dont le monde est foulé,
En preffant l'univers est lui-même ébranlé.
Il penche vers fa chute, & contre la tempête,
Il demande mon bras pour affermir fa tête.

C'est que la métaphore porte un caractère fenfible de vérité & est parfaitement foutenue. On aime encore celle-ci dans Zaïre, parce qu'elle a les mêmes conditions & qu'elle est touchante.

Le Dieu qui rend la force aux plus faibles courages,
Soutiendra ce rofeau plié par les orages.

Il y a une métaphore bien frappante dans Alzire, lorsqu'*Alvarès* dit à *Gufman* :

Votre hymen eft le nœud qui joindra les deux mondes.

C'eft un magnifique fpectacle à l'efprit qu'une telle idée ; & il eft très-rare que l'exacte vérité fe trouve jointe à tant de grandeur. Cette métaphore eft encore belle & bien amenée :

L'Américain farouche eft un monftre fauvage,
Qui mord, en frémiffant, le frein de l'efclavage.

Les conditions effentielles à la métaphore, font qu'elle foit jufte & qu'elle ne foit pas mêlée avec une autre image qui lui foit étrangère. *Rouffeau* a dit dans une de fes fatires, en parlant d'un homme qu'il veut noircir & rendre ridicule, fous le nom de *Midas* :

En maçonnant les remparts de fon ame,
Songea bien plus au fourreau qu'à la lame.

Outre la baffeffe de ces idées, on y découvre aifément le peu de jufteffe & de rapport qu'elles ont entr'elles. Car fi cette ame a des remparts de maçonnerie, elle ne peut pas être en même temps une épée dans un fourreau. J'avoue que ces difparates révoltent un bon efprit, autant que le fiel amer de la fatire caufe d'indignation. Voici dans ce même auteur un exemple d'une faute pareille :

Vous êtes-vous, Seigneur, imaginé,
Le cœur humain de près examiné,
En y portant le compas & l'équerre,
Que l'amitié par l'eftime s'acquère ?

Bb 3

On fonde les replis du cœur humain ; mais on ne le mefure point avec un compas. L'équerre, furtout, qui eft un inftrument de maçon, eft là bien peu convenable. Je ne connais guère d'auteur dont les idées foient moins juftes & moins vraies que celles de *Rouffeau*. Il a excellé quelquefois dans le choix des paroles : c'eft beaucoup ; car c'eft une très-grande difficulté vaincue. Mais quand ce mérite eft fujet à des inégalités ; quand il n'eft pas foutenu par du fentiment, par des idées toujours exactes, le mérite des mots ne fuffit pas de nos jours pour conftituer un grand écrivain. Cela était bon du temps de *Malherbe*.

On peut quelquefois entaffer des métaphores les unes fur les autres ; mais alors il faut qu'elles foient bien diftinguées, & que l'on voie toujours votre objet repréfenté fous des images différentes. C'eft ainfi que le célébre *Maffillon*, évêque de Clermont, dit dans fon fermon du petit nombre des élus :

,, Vous auriez vu les élus auffi rares que ces ,, grappes de raifins, qui ont échappé à la diligence du ,, vendangeur, auffi rares que ces épis qui reftent ,, encore fur la terre, & que la faux du moiffonneur ,, a épargnés. Je vous aurais parlé des deux voies ,, dont l'une étroite & rude eft la voie du petit ,, nombre ; l'autre, large, fpacieufe, femée de ,, fleurs, qui eft comme la voie publique de tous ,, les hommes &c. ,,

Aucune de ces images ne nuit à l'autre ; au contraire, elles fe fortifient toutes. Mais cet amas de métaphores doit être employé rarement, & feulement dans les occafions où l'on a befoin de faire fentir des chofes importantes. On reconnaît un grand écrivain, non-feulement aux figures qu'il met en ufage, mais à la fobriété avec laquelle il les emploie.

Les Orientaux ont toujours prodigué la métaphore, fans mefure & fans art. On ne voit dans leurs écrits que des collines qui fautent, des fleuves qui fèchent de crainte, des étoiles qui treffaillent de joie. Leur imagination trop vive ne leur a jamais permis d'écrire avec méthode & fageffe ; de-là vient qu'ils n'ont rien approfondi, & qu'il n'y a pas en Orient un feul bon livre d'hiftoire & de fcience. Il femble que dans ces pays on n'ait prefque jamais parlé que pour ne pas être entendu. Il n'y a que leurs fables qui aient réuffi chez les autres nations. Mais quand on n'excelle que dans les fables, c'eft une preuve qu'on n'a que de l'imagination.

O P E R A.

COMME vous avez le deffein de fréquenter nos fpeftacles dans votre féjour à Paris, je vous entretiendrai de l'opéra, quoique je ne traite pas expreffément dans cet ouvrage de la tragédie & de la comédie : ma raifon eft que l'on a écrit d'excellens traités fur le théâtre tragique & comique, furtout dans les préfaces de nos meilleures pièces ; mais on n'a prefque rien dit fur l'opéra.

Saint-Evremont s'eft épuifé en froides railleries fur ce genre de fpeftacle. Il veut trouver du ridicule à mettre en chant des paffions & des dialogues. Il ne favait pas que les tragédies grecques & romaines

étaient chantées ; que les scènes avaient une mélodie
semblable à notre récitatif, laquelle était composée
par un musicien, & que les chœurs étaient exécutés
comme les nôtres. Qui ne sait que la musique exprime
les passions ? *Saint-Evremont*, en louant Sophonisbe &
en blâmant l'opéra, a prouvé qu'il avait peu de goût
& l'oreille dure.

Le grand vice de notre opéra, c'est qu'une tragédie
ne peut être par-tout passionnée, qu'il y faut du
raisonnement, du détail, des événemens préparés, &
que la musique ne peut rendre heureusement ce qui
n'est pas animé & ce qui ne va pas au cœur. Ce serait
un étrange récitatif que celui qui exprimerait, par
exemple, ces vers de la tragédie de Rodogune :

Pour le mieux admirer, trouvez bon, je vous prie,
Que j'apprenne de vous les troubles de Syrie.
J'en ai vu les premiers, & me souviens encor
Des malheureux succès du bon roi Nicanor ;
Quand des partis vaincus pressant l'adroite fuite,
Il tomba dans leurs fers au bout de sa poursuite.
Je n'ai pas oublié que cet événement
Du perfide Triphon fut le soulèvement &c.

On est donc réduit parmi nous à supprimer à
l'opéra tous ces détails qui ne sont pas intéressans par
eux-mêmes, mais qui contribuent à rendre une pièce
intéressante : on n'y parle que d'amour ; & encore cette
passion n'a-t-elle jamais, dans ces sortes d'ouvrages,
la juste étendue qu'il faut pour toucher & pour faire
tout son effet. La déclaration de *Phèdre* & celle
d'*Orosmane* ne pourraient pas être souffertes sur le
théâtre de l'opéra. Notre récitatif exige une brièveté &

une molleffe qui amène prefque néceffairement de la médiocrité. Il n'y a guère qu'Atis & Armide qui fe foient élevés au-deffus de ce genre médiocre. Les fcènes entre *Orefte* & *Iphigénie* font très-belles ; mais cette fupériorité même de ces fcènes fait languir le refte de l'opéra.

Souffrirait-on que dans nos fpectacles réguliers, un amant vînt dire, comme dans l'opéra d'Iffé :

Que vois-je ? c'eft Iffé qui repofe en ces lieux,
    J'y venais pour plaindre ma peine ;
Mais mes cris troubleraient fon repos précieux.

On voit que l'auteur, pour éviter les détails, rend compte en un vers de la raifon qui l'amène fur le théâtre.

    J'y venais pour plaindre ma peine.

Mais cet artifice trop groffier, que les anciens emploient toujours dans leurs tragédies & dans leurs comédies, n'eft pas fupportable parmi nous.

Théfée, dans l'opéra de ce nom, dit à fa maîtreffe, fans autre préparation : *Je fuis fils du roi.* Elle lui répond : *Vous, Seigneur ?* Le fecret de fa naiffance n'eft pas autrement expliqué. C'eft un défaut effentiel. Et fi cette reconnaiffance avait été bien préparée & bien ménagée ; fi tous les détails qui doivent la rendre à la fois vraifemblable & furprenante, avaient été employés, le défaut eût été bien plus grand, parce que la mufique eût rendu tous ces détails ennuyeux.

Voilà donc un poëme néceffairement défectueux par fa nature. Ajoutez à toutes ces imperfections celles d'être afservi à la ftérilité des muficiens, qui ne peuvent exprimer toutes les paroles de notre langue, ainfi que les muficiens d'Italie rendent toutes les paroles italiennes ; il faut qu'ils compofent de petits airs, fur lefquels le poëte eft obligé d'ajouter un certain nombre de paroles oifeufes & plates, qui fouvent n'ont aucun rapport directe à la pièce.

> Que nos prairies
> Seront fleuries !
> Les cœurs glacés
> Pour jamais en font chaffés.
> Qu'amour a de charmes !
> Rendons-lui les armes ;
> Les plaifirs charmans
> Sont pour les amans.

On ne voit, comme le dit très-bien la jolie comédie du Double veuvage, *Que de nouvelles ardeurs & des ardeurs nouvelles.*

Cette contrainte puérile eft encore augmentée par le peu de termes convénables aux muficiens, que fournit notre langue. Demandez à un compofiteur de mettre en chant, *Que voulez-vous qu'il fît contre trois ? qu'il mourût.* Ou bien ces vers :

> Si j'avais mis ta vie à cet indigne prix,
> Parle, aurais-tu quitté les dieux de ton pays ?

Le muficien demandera, au lieu de ces beaux vers, des fleurettes, des amourettes, des ruiffeaux, des oifeaux, des charmes, & des alarmes.

Voilà pourquoi depuis *Quinault*, il n'y a prefque pas eu de tragédie fupportable en mufique. Les auteurs ont fenti l'extrême difficulté de mêler à un fujet grand & pathétique, des fêtes galantes, incorporées à l'action, d'éviter les détails néceffaires & d'être intéreffans. Ils fe font prefque tous jetés dans un genre encore plus médiocre, qui eft celui des ballets.

Ces fortes d'ouvrages n'ont aucune liaifon. Chaque acte eft compofé de peu de fcènes : toute action y eft comme étranglée ; mais la variété du fpectacle, & les petites chanfonnettes que le muficien fait réuffir, & que le parterre répète, amufent le public, qui court à ces repréfentations fans en faire grand cas. Le premier ballet dans ce goût, qui a fervi de modèle aux autres, eft celui de l'Europe Galante d'*Houdard de la Motte ;* car ceux de *Quinault* étaient encore plus médiocres. Son Temple de la Paix, par exemple, n'eft qu'un affemblage de chanfons, fans aucune action.

Le plus grand mal de ces fpectacles, c'eft qu'il n'y eft prefque pas permis d'y rendre la vertu refpectable & d'y mettre de la nobleffe ; ils font confacrés aux miférables redites de maximes voluptueufes, que l'on n'oferait débiter ailleurs : la clémence d'*Augufte* envers *Cinna*, la magnanimité de *Cornélie*, ne pourraient y trouver place. Par quel honteux ufage faut-il que la mufique, qui peut élever l'ame aux grands fentimens, & qui n'était deftinée chez les Grecs & chez les Romains qu'à célébrer la vertu, ne foit employée parmi nous qu'à chanter des vaudevilles d'amour ? Il eft à fouhaiter qu'il s'élève quelque génie affez fort pour corriger la nation de cet abus, & pour donner à un fpectacle devenu néceffaire, la dignité & les mœurs qui lui manquent.

Une feule fcène d'amour, heureufement mife en mufique & chantée par un acteur applaudi, attire tout Paris, & rend les beautés vraies infipides. Les perfonnes de la cour ne peuvent plus fupporter Polyeucte, quand elles fortent d'un ballet, où elles ont entendu quelques couplets aifés à retenir. Par-là le mauvais goût fe fortifie, & on oublie infenfiblement ce qui a fait la gloire de la nation. Je le répète encore; il faut que l'opéra foit fur un autre pied, pour ne plus mériter le mépris qu'ont pour lui toutes les nations de l'Europe.

Je crois avoir trouvé ce que je cherchais depuis long-temps dans le cinquième acte de l'opéra de Samfon. Qu'on examine avec attention les morceaux que j'en vais rapporter.

S A M S O N *enchaîné*, G A R D E S.

Profonds abymes de la terre,
Enfer, ouvre-toi!
Frappez, tonnerre,
Ecrafez-moi!
Mon bras a refufé de fervir mon courage.
Je fuis vaincu, je fuis dans l'efclavage.
Je ne te verrai plus, flambeau facré des cieux!
Lumière, tu fuis de mes yeux!
Lumière, brillante image
D'un Dieu ton auteur,
Premier ouvrage
Du Créateur;
Douce lumière!
Nature entière!

Des voiles de la nuit l'impénétrable horreur
   Te cache à ma trifte paupière.
   Profonds abymes &c.

UNE PRETRESSE DES PHILISTINS.

Tous nos dieux étonnés & cachés dans les cieux,
   Ne pouvaient fauver notre empire:
     Vénus, avec un fourire,
   Nous a rendus victorieux.
   Mars a volé, guidé par elle,
     Sur fon char tout fanglant;
     La victoire immortelle
   Tirait fon glaive étincelant
   Contre tout un peuple infidelle;
     Et la nuit éternelle
Va dévorer leur chef, interdit & tremblant.

U N E   A U T R E.

C'eft Vénus qui défend aux tempêtes
   De gronder fur nos têtes;
   Notre ennemi cruel
   Entend encor nos fêtes,
   Tremble de nos conquêtes,
   Et tombe à fon autel.

L E   R O I.

Hé bien, qu'eft devenu ce Dieu fi redoutable,
   Qui par tes mains devait nous foudroyer?
Une femme a vaincu ce fantôme effroyable,
Et fon bras languiffant ne peut fe déployer.

Il t'abandonne, il cède à ma puissance;
Et tandis qu'en ces lieux j'enchaîne les destins,
Son tonnerre, étouffé dans ses débiles mains,
Se repose dans le silence.

S A M S O N.

Grand Dieu ! j'ai soutenu cet horrible langage
Quand il n'offensait qu'un mortel :
On insulte ton nom, ton culte, ton autel;
Leve-toi, venge ton outrage.

CHOEUR DES PHILISTINS.

Tes cris, tes cris ne sont point entendus,
Malheureux, ton Dieu n'est plus.

S A M S O N.

Tu peux encore armer cette main malheureuse;
Accorde-moi du moins une mort glorieuse.

LE ROI.

Non, tu dois sentir à longs traits
L'amertume de ton supplice.
Qu'avec toi ton Dieu périsse,
Et qu'il soit, comme toi, méprisé pour jamais.

S A M S O N.

Tu m'inspires enfin; c'est sur toi que je fonde
Mes superbes desseins :
Tu m'inspires, ton bras seconde
Mes languissantes mains.

LE ROI.

Vil esclave, qu'oses-tu dire?
Prêt à mourir dans les tourmens,
Peux-tu bien menacer ce formidable empire

A tes derniers momens?
Qu'on l'immole; il en eft temps.
Frappez; il faut qu'il expire.

S A M S O N.

Arrêtez, je dois vous inftruire
Des fecrets de mon peuple & du Dieu que je fers;
Ce moment doit fervir d'exemple à l'univers.

L E R O I.

Parle, apprends-nous tous tes crimes,
Livre-nous toutes nos victimes.

S A M S O N.

Roi, commande que les Hébreux
Sortent de ta préfence, & de ce temple affreux.

L E R O I.

Tu feras fatisfait.

S A M S O N.

La cour qui t'environne,
Tes prêtres, tes guerriers, font-ils autour de toi?

L E R O I.

Ils y font tous, explique-toi.

S A M S O N.

Suis-je auprès de cette colonne,
Qui foutient ce féjour fi cher aux Philiftins?

L E R O I.

Oui, tu la touches de tes mains.

S A M S O N *ébranlant les colonnes.*

Temple odieux, que tes murs fe renverfent:
Que tes débris fe difperfent

Sur moi, fur ce peuple en fureur!

C H O E U R.

Tout tombe! tout périt! ô ciel! ô Dieu vengeur!

S A M S O N.

J'ai réparé ma honte, & j'expire en vainqueur.

Que l'on compare à préfent la force & l'harmonie
d'une telle poëfie, avec les vers dont font remplis les
opéra, qui ont parmi nous du fuccès, à la faveur de
la mufique, on y verra:

> Zirphé, qui vous voit vous adore.
> Quoi! j'aime autant qu'on peut aimer,
> Et' je n'ai point vu ce que j'aime.

> Une fylphide peut aimer;
> Mais une mortelle eft charmante.

Vous paraiffiez charmant; vous traverfiez les airs.

Il faudrait rougir pour la nation, fi des platitudes
fi fades ne fefaient mal au cœur à tous les connaiffeurs. Qui croirait que dans un opéra de Paris, des
plus fuivis, on chante:

> Tous les cœurs font matelots;
> Voguons deffus les flots?

On s'imagine être revenu au temps de *Henri II*
& de *Charles IX*, quand on entend des puérilités fi
gothiques. L'excufe de cette mifère eft, dit-on, dans
la ftérilité des muficiens; mais cette excufe eft bien
malheureufe.

DE

DE LA SATIRE.

SI je fuivais mon goût, je ne parlerais de la fatire que pour en infpirer quelque horreur, & pour armer la vertu contre ce genre dangereux d'écrire. La fatire eft prefque toujours injufte ; & c'eft-là fon moindre défaut. Son principal mérite, qui amorce le lecteur, eft la hardieffe qu'elle prend de nommer les perfonnages qu'elle tourne en ridicule. Bien moins retenue que la comédie, elle n'en a pas les difficultés & les agrémens. Otez les noms de *Cotin*, de *Chapelain*, de *Quinault*, & un petit nombre de vers heureux, que reftera-t-il aux fatires de *Boileau*? Mais le Mifanthrope, le Tartuffe, qui font des fatires encore plus fortes, fe foutiennent fans ce trifte avantage, d'immoler des particuliers à la rifée publique. Quand je dis que la fatire eft injufte, je n'en veux pour preuve que les ouvrages de *Boileau*. Il veut dans une de fes premières fatires élever la tragédie d'Alexandre de *Racine*, aux dépens de l'Aftrate de *Quinault*; deux pièces affez médiocres, qui ne font pas fans quelques beautés. Il dit :

> Je ne fais pas pourquoi l'on vante l'Alexandre,
> Ce n'eft qu'un glorieux qui ne dit rien de tendre.
> Les héros, chez Quinault, parlent bien autrement,
> Et jufqu'à je vous hais, tout s'y dit tendrement.

Il n'y a rien de plus contraire à la vérité que ce jugement de *Boileau*. L'Alexandre de *Racine* eft très-loin d'être si glorieux. C'est au contraire un doucereux qui prétend n'avoir porté la guerre aux Indes que pour y adorer *Cléophile*. Et si on peut appliquer à quelque pièce de théâtre ce vers : *Et jusqu'à je vous hais , tout s'y dit tendrement ,* c'est assurément à l'Andromaque de *Racine* , dans laquelle *Pirrhus* idolâtre *Andromaque*, en lui disant des choses très-dures : mais loin que ce soit un défaut, dans la peinture d'une passion, de dire tendrement *je vous hais* , c'est au contraire une très-grande beauté. Rien ne caractérise si bien l'amour que les mouvemens violens d'un cœur qui croit être parvenu à concevoir de la haine pour un objet qu'il aime avec fureur ; & c'est en quoi *Quinault* a souvent réussi ; comme quand il fait dire à *Armide* : *Que je le hais , que son mépris m'outrage !* ce tour même est si naturel qu'il est devenu très-commun.

Boileau n'est guère moins condamnable dans la licence qu'il prenait de nommer un citoyen, auquel il en substituait souvent un autre dans une nouvelle édition.

Par exemple , le sieur *Brossette* nous apprend que *Boileau* avait parlé ainsi d'un nommé *Pelletier :*

Tandis que Pelletier, crotté jusqu'à l'échine,
Va chercher son dîner de cuisine en cuisine.

On lui dit que ce *Pelletier* n'était rien moins qu'un parasite , que c'était un homme très-retiré, qui n'allait jamais manger chez personne. *Boileau* le raya de la satire ; mais au lieu d'ôter ces vers, qui sont du style le plus bas, il les laissa, & mit *Colletet* à la place de *Pelletier* , & par-là outragea deux hommes au lieu d'un. Il paraît que très-souvent il plaçait ainsi les noms au hasard : cela seul devrait ôter tout crédit à ses satires.

Il tombait si naturellement dans ce cruel défaut, qu'il avait placé son propre frère *Gilles Boileau* dans ses satires, d'une manière ignominieuse.

> Vous pourrez voir un temps vos écrits estimés,
> Courir de main en main par la ville semés,
> Puis suivre avec Boileau ce rebut de notre âge,
> Et la lettre à Costar, & l'avis à Ménage.

Cette lettre & cet avis étaient deux ouvrages de son frère. Il mit à la place :

> Puis de-là tout poudreux, ignorés sur la terre,
> Suivre chez l'épicier Neufgermain & la Serre.

Cette démangeaison de médire ainsi au hasard, & d'attaquer tout indifféremment, devait seule ôter tout crédit à ses satires.

Il a beau s'en excuser; s'il n'avait pas fait ses belles épîtres, & surtout son Art poëtique, il aurait une très-mince réputation, & ne serait pas fort au-dessus de *Régnier*, qui est un homme très-médiocre. Tout le monde sait que l'acharnement contre *Quinault* est insupportable, & que *Despréaux* eut en cela d'autant plus de tort, que quand il voulut faire un prologue d'opéra, pour montrer à *Quinault* comme il fallait s'y prendre, il fit un ouvrage très-mauvais, & qui n'approchait pas des moindres prologues de ce même *Quinault*, qu'il affectait tant de rabaisser.

La fatire ne paraît jamais dans un jour plus odieux que quand elle eft lancée, contre des perfonnes qu'on a louées auparavant : cette rétractation n'eft une flétriffure humiliante que pour l'auteur. C'eft ce qui eft arrivé à *Rouffeau*, dans une pièce intitulée la Palinodie, qui commence ainfi :

A vous, héros honteux de mes premiers écrits.

Ce vers amphibologique laiffe douter fi ce n'eft pas le héros qui eft *honteux* d'avoir été le fujet de fes premiers écrits; mais le plus grand défaut vient du vice du cœur de l'auteur. S'il n'eft pas content des procédés de celui dont il a fait l'éloge, il faut fe taire; mais il ne faut pas chanter la palinodie & fe condamner foi-même. Rien n'eft plus aviliffant. C'eft déceler fa paffion, & une paffion déshonorante. Il eft heureux que cette pièce de *Rouffeau* foit une de fes plus mauvaifes.

Les fatires en profe étant mille fois plus aifées à faire que celles qui font rimées, elles ont inondé la république des lettres. Elles ont paffé jufque dans la plupart des journaux. Les auteurs, proftituant leur plume vénale à l'avarice de leurs libraires, ont rempli d'invectives & de menfonges prefque tous les ouvrages périodiques qui s'impriment en Hollande; & il ne faut lire ces recueils qu'avec une extrême défiance. L'art de l'imprimerie deviendra bientôt un métier infame & funefte, fi on ne met pas ordre à la licence brutale avec laquelle quelques libraires de Hollande impriment les fatires les plus fcandaleufes, tantôt contre les têtes couronnées, tantôt contre les hommes les plus refpectables de l'Europe. J'ai vu quelquefois dans les pays du Nord porter des jugemens très-défavantageux fur des hommes du premier mérite, qui étaient indignement attaqués dans ces miférables brochures; ni les auteurs, ni les libraires, ne connaiffent les gens qu'ils déchirent. C'eft un métier comme de vendre du vin frelaté. Il faut avouer qu'il n'y a guère de métier plus indigne, plus lâche & plus puniffable.

TRADUCTIONS.

LA plupart des traducteurs gâtent leur original, ou par une fausse ambition de le surpasser, qui les rend infidelles, ou par une plate exactitude, qui les rend plus infidelles encore.

On dit que madame de *Sévigné* les comparait à des domestiques qui vont faire un message de la part de leur maître, & qui disent souvent le contraire de ce qu'on leur a ordonné. Ils ont encore un autre défaut des domestiques; c'est de se croire aussi grands seigneurs que leur maître, surtout quand ce maître est fort ancien; & c'est un plaisir de voir à quel point un traducteur d'une pièce de *Sophocle*, qu'on ne pourrait pas jouer sur notre théâtre, méprise Cinna & Polyeucte.

Mais pour en revenir aux infidélités des traducteurs, j'examinerai le Virgile que l'abbé *Desfontaines* nous a donné en prose. Il était plus obligé qu'un autre de donner une bonne traduction, après la manière insultante & grossière dont il parle de tous ceux qui l'ont précédé. Ouvrons le livre, & voyons s'il fait excuser au moins cette rusticité pédantesque avec laquelle il les traite, & s'il s'acquitte mieux qu'eux de son devoir.

Au premier chant, *Virgile*, dans la description de la tempête, s'exprime ainsi :

Laxis laterum compagibus omnes
Accipiunt inimicum imbrem rimisque fatiscunt.

L'abbé *Desfontaines* traduit : ,, Tous les vaiffeaux
,, fracaffés & entr'ouverts font eau de toutes parts &
,, font prêts d'être engloutis. ,,

Virgile n'a pas eu certainement l'inattention de dire
qu'un vaiffeau fracaffé était entr'ouvert. S'il eft fracaffé,
c'eft bien pis que de s'entr'ouvrir. Le moins ne fe
fouffre pas, après le plus. *Font eau de toutes parts.*
Quelle plate expreffion ! rend-elle l'idée de *Virgile* ?
L'onde ennemie eft reçue dans les flancs entr'ouverts. Que
ne traduifait-il mot à mot ; il eût au moins donné
une idée faible, mais vraie, de *Virgile.*

Tantane vos generis tenuit fiducia veftri ?

Quelle confiance audacieufe votre naiffance vous
infpire ?

L'abbé *Desfontaines* dit : *Race téméraire, qui vous infpire
tant d'audace ?*

Ce n'eft pas-là le fens de fon auteur.

*Hic feffas non vincula naves
Ulla tenent, unco non alligat anchora morfu.*

,, Dans cette rade, les vaiffeaux n'ont befoin ni
,, d'ancres ni de cables. ,,

Premièrement, il n'eft point ici queftion d'une
rade ; il s'agit d'un très-beau port que *Virgile* peint
admirablement ; & c'eft même, comme on fait, le port
de Naples, qu'il fe plut à décrire fous le nom du
port de Carthage.

Secondement, quelle platitude *n'ont befoin ni d'ancres
ni de cables. Virgile* dit dans fon ftyle, toujours figuré,
animé & métaphorique :

C c 4

Les vaisseaux fatigués n'y font retenus ni par des liens ni par l'ancre recourbée qui mord l'arène.

Optatâ potiuntur Troes arenâ.

Les Troyens jouissent enfin du rivage.
Desfontaines dit : „ Les Troyens descendirent avec „ empressement. „

Suscepitque ignem foliis, atque arida circum
Nutrimenta dedit, rapuitque in fomite flammam.

Cela veut dire : Il reçoit le feu, il lui donne des alimens arides qu'il enflamme.

Voilà des images nobles d'une chose ordinaire. *Desfontaines* dit : „ Par le moyen de quelques feuilles „ sèches & d'autres matières combustibles, il alluma „ promptement du feu. „ Est-ce-là traduire ? n'est-ce pas avilir & défigurer son original ?

Le moment d'après il fait dire à *Enée* : „ Vous avez „ échappé à mille dangers ; c'est à travers mille „ obstacles qu'il faut que nous abordions en Italie. „

Ces lâches & fastidieuses expressions, surtout de près, après *mille* dangers, *mille* obstacles, ne se rencontrent pas certainement dans le texte d'un auteur tel que *Virgile*.

Illi se prædæ accingunt. Desfontaines dit : Ils apprêtent *le gibier. Virgile* s'est-il servi d'un mot aussi peu poëtique dans sa langue, que le terme *gibier* l'est dans la nôtre ?

Et jam finis erat, quùm Jupiter &c. *Jupiter* dit-il pendant ce temps-là ? *Virgile* a-t-il rien mis qui réponde à cette plate façon de parler, *pendant ce temps-là* ?

Cette belle expreffion de *populum laté regem*, que *Virgile* donne aux Romains, peuple roi, eft-ce la rendre que de traduire : *Peuple triomphant* ? Que de fautes, que de faibleffe dans les deux premières pages ! Qui voudrait examiner ainfi la traduction entière trouverait que nous n'avons pas même une froide copie de *Virgile*.

On en peut dire prefqu'autant de la traduction que *Dacier* a faite des odes d'*Horace* ; elle eft plus fidelle, à la vérité, dans le texte, plus favante & plus inftructive dans les notes ; mais elle manque de grâce. Elle n'a nulle imagination dans l'expreffion, & on y cherche en vain ce nombre & cette harmonie que la profe comporte, & qui eft au moins une faible image de celle qui a tant de charmes dans la poëfie.

Je lifais un jour avec un homme de lettres, d'un goût très-fin & d'un efprit fupérieur, cette ode d'*Horace*, où font ces beaux vers que tout homme de lettres fait par cœur : *Auream quifquis mediocritatem.* Il fut indigné, comme moi, de la manière dont *Dacier* traduit cet endroit charmant.

,, Ceux qui aiment la liberté plus précieufe que ,, l'or, ils n'ont garde de fe loger dans une méchante ,, petite maifon, ni auffi dans un palais qui excite ,, l'envie. ,, Voici à peu près, me dit l'homme que je cite, comme j'aurais voulu traduire ces vers :

> Heureufe médiocrité,
> Préfide à mes défirs, préfide à ma fortune ;
> Ecarte loin de moi l'affreufe pauvreté,
> Et d'un fort trop brillant la fplendeur importune.

Il est certain qu'on ne devrait traduire les poëtes qu'en vers. Le contraire n'a été soutenu que par ceux qui, n'ayant pas le talent, tâchaient de le décrier ; vain & malheureux artifice d'un orgueil impuissant. J'avoue qu'il n'y a qu'un grand poëte qui soit capable d'un tel travail ; & voilà ce que nous n'avons pas encore trouvé. Nous n'avons que quelques petits morceaux, épars çà & là dans des recueils ; mais ces essais nous font voir au moins qu'avec du temps, de là peine & du génie, on peut parmi nous traduire heureusement les poëtes en vers. Il faudrait avoir continuellement présente à l'esprit cette belle traduction que *Boileau* a faite d'un endroit d'*Homère*.

> L'enfer s'émeut au bruit de Neptune en furie.
> Pluton sort de son trône ; il pâlit, il s'écrie ;
> Il a peur que ce Dieu, dans cet affreux séjour,
> D'un coup de son trident ne fasse entrer le jour &c.

Mais qu'il serait difficile de traduire ainsi tout Homère ! J'ai vu des traductions de quelques passages du poëme bizarre du Paradis perdu de *Milton*. M. de *Voltaire* & M. *Racine* le fils ont tous deux mis en vers une apostrophe de *Satan* au Soleil. Je n'examine pas ici l'extraordinaire & le sauvage du fond ; je m'en tiens uniquement aux beautés qu'une traduction en vers exige.

M. *Racine* s'exprime ainsi :

> Toi dont le front brillant fait pâlir les étoiles,
> Toi qui contrains la nuit à retirer ses voiles,
> Triste image à mes yeux de celui qui t'a fait,
> Que ta clarté m'afflige, & que mon cœur te hait !

Ta fplendeur, ô foleil ! rappelle à ma mémoire
Quel éclat fut le mien dans le temps de ma gloire ;
Elevé dans le ciel, près de mon fouverain,
Je m'y voyais comblé des bienfaits que fa main,
Sans jamais fe laffer, verfait en abondance.

Voici les vers de M. de *Voltaire*.

Toi fur qui mon tyran prodigue fes bienfaits,
Soleil, aftre de feu, jour heureux que je hais,
Jour qui fais mon fupplice & dont mes yeux s'étonnent,
Toi qui femble le Dieu des cieux qui t'environnent,
Devant qui leur éclat difparaît & s'enfuit,
Qui fais pâlir le front des aftres de la nuit ;
Image du Très-Haut qui régla ta carrière,
Hélas ! j'euffe autrefois éclipfé ta lumière.
Sur la voûte des cieux, élevé plus que toi,
Le trône où tu t'affieds s'abaiffait devant moi.
Je fuis tombé, l'orgueil m'a plongé dans l'abyme.

Il eft aifé de voir pourquoi les vers cités les derniers font au-deffus des autres ; c'eft qu'ils font plus remplis d'enthoufiafme, de chaleur & de vie, qu'ils ont plus de nombre & de force ; qu'en un mot, ils font d'un poëte ; & ils ont furtout le mérite d'être une traduction plus fidelle.

DU VRAI DANS LES OUVRAGES.

BOILEAU a dit, après les anciens : *Le vrai seul est aimable ; il doit régner par-tout & même dans la fable.*

Il a été le premier à observer cette loi qu'il a donnée. Presque tous ses ouvrages respirent ce vrai ; c'est-à-dire qu'ils font une copie fidelle de la nature. Ce vrai doit se trouver dans l'historique, dans le moral, dans la fiction, dans les sentences, dans les descriptions, dans l'allégorie.

Mais *Boileau* s'est bien écarté de cette règle dans sa Satire de l'équivoque. Comment un homme d'un aussi grand sens que lui s'est-il avisé de faire de l'équivoque la cause de tous les maux de ce monde ? N'est-il pas pitoyable de dire qu'*Adam* désobéit à DIEU par une équivoque ? Voici le passage :

> N'est-ce pas toi, voyant le monde à peine éclos,
> Qui par l'éclat trompeur d'une funeste pomme,
> Et tes mots ambigus, fit croire au premier homme,
> Qu'il allait, en goûtant de ce morceau fatal,
> Comblé de tout savoir, à Dieu se rendre égal ?

Voilà de bien mauvais vers ; mais le faux qui y domine les rend plus mauvais encore.

> Tu fus, comme serpent, dans l'arche renfermée.

Cela est encore pis ; l'équivoque avec les animaux dans l'arche renfermée, comme serpent ! Quelle expression, & quelle idée !

On ne reconnut plus qu'ufurpateurs iniques.

C'eft avoir une terrible envie de rendre l'équivoque refponfable de tout, que de dire qu'elle a fait les premiers tyrans. En un mot, rien n'eft vrai dans cette fatire. Auffi c'eft fa plus mauvaife, de l'aveu des connaiffeurs.

Racine eft un homme admirable pour le vrai qui règne dans fes ouvrages. Il n'y a pas je crois d'exemple chez lui d'un perfonnage qui ait un fentiment faux, qui s'exprime d'une manière oppofée à fa fituation, fi vous en exceptez *Théramène* gouverneur d'*Hippolyte*, qui l'encourage ridiculement dans fes froides amours pour *Aricie*.

> Vous-même où feriez-vous, vous qui la combattez,
> Si toujours Antiope, à fes lois oppofée,
> D'une pudique ardeur n'eût brûlé pour Théfée?

Il eft vrai phyfiquement qu'*Hippolyte* ne ferait pas au monde fans fa mère : mais il n'eft pas dans le vrai des mœurs, dans le caractère d'un gouverneur fage, d'infpirer à fon pupille de faire l'amour contre la défenfe de fon père.

Les autres héros qu'il fait parler ne difent pas toujours des chofes fortes & fublimes ; mais ils en difent toujours de vraies ; au contraire de *Corneille* qui s'égare trop fouvent dans un pompeux & vain étalage de déclamations ampoulées & frivoles. Il eft fi condamnable fur cet article que, fi la plupart de fes pièces étaient nouvelles, je ne crois pas que les beautés en rachetaffent les défauts, quelques grandes qu'elles puiffent être.

C'eſt pécher contre le vrai, que de peindre *Cinna* comme un conjuré incertain, entraîné malgré lui dans la conſpiration contre *Auguſte*, & de faire enſuite conſeiller à *Auguſte*, par ce même *Cinna*, de garder l'empire pour avoir un prétexte de l'aſſaſſiner. Ce trait n'eſt pas conforme à ſon caractère. Il n'y a là rien de vrai. *Corneille* péche contre cette loi, dans des détails innombrables.

Molière eſt vrai dans tout ce qu'il dit. Tous les ſentimens de la Henriade, de Zaïre, d'Alzire, de Brutus, portent un caractère de vérité ſenſible.

Il y a auſſi une autre eſpèce de vrai qu'on recherche dans les ouvrages ; c'eſt la conformité de ce que dit un auteur, avec ſon âge, ſon caractère, ſon état. Le public n'a jamais bien accueilli des vers tendres , *pour une Iris en l'air*, ni des ouvrages de morale faits par des gens purement beaux eſprits, auxquels il eſt égal de travailler ſur des ſujets de dévotion & de galanterie. Ces ouvrages ſont preſque toujours inſipides, parce qu'ils ne ſont point partis du cœur d'un homme pénétré. Ce vrai manque trop ſouvent aux ouvrages de *Rouſſeau :*

> Et cherchez bien de Paris juſqu'à Rome,
> Onc ne verrez ſot qui ſoit honnête homme.

Cela n'eſt pas dans le vrai. Il y a des eſprits extrêmement bornés qui ont beaucoup de vertu ; & on ne pourra pas dire que *Sylla*, *Marius*, tous les chefs des guèrres civiles, les *Borgia*, les *Cromwell* & tant d'autres, fuſſent des imbécilles, des ſots.

> Nul n'eſt en tout ſi bien traité qu'un ſot.

Il n'y a rien de fi fot que cette maxime. Un fot eft peu fêté ; & les gens d'efprit, d'un bon caractère, font l'ame de la fociété.

> Vous êtes-vous, Seigneur, imaginé,
> Le cœur humain de près examiné,
> En y portant le compas & l'équerre,
> Que l'amitié par l'eftime s'acquière ?

Oui, fans doute, elle commence par l'eftime ; & c'eft fe moquer du monde, que de prétendre qu'un homme qui a des talens eftimables n'ait pas une grande avance pour fe faire des amis. Il faut que fon caractère les mérite ; mais l'eftime prépare cette amitié. Il y a même quelque chofe de révoltant à fuppofer que plus on eft eftimable, & moins on fera en état d'avoir l'amitié des honnêtes gens. Ce fentiment abfurde eft pernicieux, & en général il faut remarquer que tout ce qui n'eft que paradoxe déplaît aux efprits bien faits.

> Morofophie inventa l'art d'écrire....
> Mille autres arts encor plus déteftables
> Furent le fruit de fes foins redoutables.

C'eft outrager la vérité & le bon fens, que de venir nous dire que *Morofophie*, c'eft-à-dire en bon français, la Folie, a inventé un des arts le plus utile aux hommes. Et quand on fonge que c'eft un écrivain qui dit cela, on ne peut s'empêcher de lever les épaules. Il y a cent exemples frappans de ces paradoxes, faux & infoutenables, dans *Rouffeau*, qu'il faut lire avec une précaution extrême. En un mot, la principale règle pour lire les auteurs avec fruit, c'eſt d'examiner ſi ce qu'ils diſent eſt vrai en général, s'il eſt vrai dans les occaſions où ils le diſent, s'il eſt vrai dans la bouche des perſonnages qu'on fait parler. Car enfin, la vérité eſt toujours la première beauté, & les autres doivent lui ſervir d'ornement. C'eſt la pierre de touche dans toutes les langues & dans tous les genres d'écrire.

PANEGYRIQUE

PANEGYRIQUE

DE

SAINT LOUIS

ROI DE FRANCE,

Prononcé dans la chapelle du louvre, en préfence de Meffieurs de l'académie françaife, le 25 août 1749, par M. l'abbé d'Arty.

PANEGYRIQUE

DE

SAINT LOUIS

ROI DE FRANCE.

Et nunc, reges, intelligite, erudimini qui judicatis terram.
Inftruifez-vous, ô vous qui gouvernez & qui jugez la terre. *Pf.* 2.

QUEL texte pourrais-je choifir parmi tous ceux qui enfeignent les devoirs des rois? quel emblème des vertus pacifiques & guerrières? quel fymbole de la vraie grandeur emprunterais-je dans les livres faints, pour peindre le héros dont nous célébrons ici la mémoire?

Tous ces traits répandus en foule dans les Ecritures lui appartiennent. Toutes les vertus que DIEU avait partagées entre tant de monarques qu'il éprouvait, *St Louis* les a poffédées. Si je le comparais à *David* & à *Salomon*, je trouverais en lui la valeur & la foumiffion du premier, la fageffe du fecond; mais il n'a pas connu leurs égaremens. Captif enchaîné comme *Manaffés* & *Sédécias*, il élève à leur exemple vers fon DIEU des mains chargées de fers, mais des mains qui ont toujours été pures; il n'a

D d 2

pas attendu, comme eux, l'adverfité, pour fe tourner vers le DIEU des miféricordes; il n'avait pas befoin, comme eux, d'être infortuné. Ce DIEU qui dans l'ancienne loi voulut apprendre aux hommes comment les rois doivent réparer leurs fautes, a voulu donner dans la loi nouvelle un roi qui n'eût rien à réparer; & ayant montré à la terre des vertus qui tombent & qui fe relèvent, qui fe fouillent & qui s'épurent, il a mis dans *St Louis* la vertu incorruptible & inébranlable, afin que tous les exemples fuffent propofés aux hommes.

Si donc ce modèle des rois n'eut aucun modèle parmi les monarques qui précédèrent le Meffie; fi toutes les fois que l'Ecriture parle des vertus royales elle parle de lui; ne nous bornons pas à un feul de ces paffages facrés, regardons-les tous comme les témoignages unanimes qui caractérifent le faint roi dont vous m'ordonnez aujourd'hui de faire ici l'éloge.

Il fuffirait, Meffieurs, de raconter l'hiftoire de *St Louis*, pour trouver dans les traits qui la compofent, ce modèle donné de DIEU aux monarques: mais pour mettre dans ce difcours quelqu'ordre qui foulage ma faibleffe, je peindrai le fage qui a enfeigné l'art de gouverner les peuples, le héros qui les a conduits aux combats, le faint qui, ayant toujours DIEU dans fon cœur, a rendu chrétien, a rendu divin tout ce qui dans les autres grands-hommes n'eft qu'héroïque.

Que l'Efprit faint foutienne feul ma faible voix; qu'il l'anime, non pas de cette éloquence mondaine que condamneraient les maîtres de l'éloquence qui m'écoutent, puisqu'elle ferait déplacée; mais qu'il mette fur mes lèvres ces paroles que la religion infpire aux ames qu'elle a pénétrées. *Ave Maria.*

PREMIERE PARTIE.

JE l'avoue, Meffieurs, ceux qui veulent parler d'un gouvernement fage & heureux ont dans ce fiècle un grand avantage. Mais penfe-t-on à quel point ce grand art de rendre les hommes heureux eft difficile? Comment prendre toujours le meilleur parti, & faire le meilleur choix? Comment aller avec intrépidité au bien général, au milieu des murmures des particuliers, à qui ce bien général coûte des facrifices? Eft-il fi facile de déraciner du milieu des lois ces abus que des hommes intéreffés font paffer pour les lois mêmes? Peut-on faire concourir fans ceffe au bonheur de tout un royaume la cupidité même de chaque citoyen; foulager toujours le peuple & le forcer au travail; prévenir, maîtrifer les faifons mêmes, en tenant toujours les portes de l'abondance prêtes à s'ouvrir, quand l'intérêt voudrait les fermer? Si ce fardeau eft fi pefant pour un prince abfolu, qui a par-tout des yeux qui l'éclairent & des mains qui le fecondent, de quel poids était le gouvernement dans les temps où DIEU donna *St Louis* à la terre?

Les rois alors étaient les chefs de plufieurs vaffaux défunis entr'eux, & fouvent réunis contre le trône. Leurs ufurpations étaient devenues des droits refpectables. Le monarque était en effet le roi des rois, & n'en était que plus faible. La terre était partagée en forterefles occupées par des feigneurs audacieux, & en cabanes fauvages, où la mifère languiffait dans la fervitude.

Le laboureur ne femait pas pour lui, mais pour un tyran avide qui relevait de quelqu'autre tyran ; ils fe fefaient la guerre entr'eux, & ils la fefaient au monarque. Le défordre avait même établi des lois par lefquelles tout ordre était renverfé. Un vaffal perdait fa terre, s'il ne fuivait pas fon feigneur armé contre le fouverain. On était parvenu à faire le code de la guerre civile.

La juftice ne décidait, ni d'un héritage contefté, ni de l'innocence accufée ; le glaive était le juge. On combattait en champ clos pour expliquer la volonté d'un teftateur, pour connaître les preuves d'un crime. Le malheureux qui fuccombait, perdait fa caufe avec la vie ; & ce jugement du meurtre était appelé le jugement de DIEU. La diffolution dans les mœurs fe joignait à la férocité. La fuperf-tition & l'impiété répandaient leur fouffle impur fur la religion, comme deux vents oppofés qui défolent également la campagne. Il n'y avait point de fcandale qui ne fût autorifé par quelque loi barbare, établie dans les terres de ces petits ufurpateurs, qui avaient donné pour loi la bizarrerie de leurs divers caprices. La nuit de l'ignorance couvrait tout de fes ténèbres. Des mains étrangères envahiffaient le peu de com-merce que pouvait faire, & encore à fa ruine, un peuple fans induftrie, abruti dans un ftupide efclavage.

C'eft dans ces temps fauvages, dans ces fiècles d'anarchie, que DIEU tire des tréfors de fa providence, cette ame de *Louis* qu'il revêt d'intelligence, de justice, de douceur & de force. Il semble qu'il envoie sur la terre un de ces esprits qui veillent autour de son trône; il semble qu'il lui dise : Allez porter la lumière dans le séjour de la nuit ; allez rendre justes & heureux des peuples qui ignorent la justice & la félicité.

Ainsi *Louis* est donné au monde. Une mère digne du trône, au-dessus du siècle où elle est née, cultive ce fruit précieux. L'éducation, cette seconde nature, si nécessaire aux avantages de la première, non-seulement capable de déterminer la manière de penser, mais peut-être encore celle de sentir ; l'éducation, dis-je, que *Louis* reçut de *Blanche*, devait former un grand prince & un prince vertueux. Instruite elle-même de cette grande vérité, que *la crainte du Seigneur est le commencement de la sagesse*, elle instruisit son fils de la sainteté & de la vérité de la religion. Le cœur du jeune *Louis* prévenait toutes ces importantes leçons ; & l'on peut dire que l'éducation qu'il reçut ne fut qu'un développement continuel du germe de toutes les vertus que Dieu avait mises dans cette ame privilégiée.

Quand *Louis* prend en main les rènes du gouvernement, il se propose de mettre l'ordre dans toutes les parties dérangées de l'Etat, & d'en guérir toutes les plaies.

Ce n'était pas assez de commander, il fallait persuader ; il fallait des ordonnances si claires & si justes, que des vassaux qui pouvaient s'y opposer, s'y soumissent. Il établit les tribunaux supérieurs qui réforment les jugemens des premiers juges ; il prépara ainſi des reſſources à l'innocence opprimée.

Lorſqu'il a rempli les premiers ſoins qu'il doit aux affaires publiques ; lorſque les travaux pénibles de la royauté ont un intervalle, il emploie ces momens à juger lui-même la cauſe de la veuve & de l'orphelin. Quelles voix ne l'ont pas célébré de ſiècle en ſiècle, aſſis ſur un gazon, ſous les chênes de Vincennes, rappelant ces premiers temps du monde, où les patriarches gouvernaient une famille immenſe, unie & obéiſſante ?

Ce roi montre de loin, à travers tant de ſiècles, à l'un de ſes plus auguſtes deſcendans, comment il faudra extirper le duel & exterminer ce monſtre que ſes mains pures ont attaqué les premières. Et remarquons ici, Meſſieurs, que c'eſt le plus valeureux des hommes, le plus jaloux de l'honneur, qui le premier a flétri cette fureur inſenſée, où les hommes ont ſi long-temps attaché l'honneur & le courage.

Cette partie de la juſtice, ce grand devoir des rois, qui aſſure aux hommes leurs vies & leurs poſſeſſions, porte en elle-même un caractère de grandeur, qui élève & qui ſoutient l'ame qui l'exerce ; mais quelles peines rebutantes dans ces autres détails épineux, dont la diſcuſſion eſt auſſi difficile que néceſſaire, & dont l'utilité, ſouvent méconnue, donne rarement la gloire qu'elle mérite !

Les lois du commerce, qui eſt l'ame d'un Etat, la proportion des eſpèces, qui ſont les gages du commerce, feront-elles l'objet des recherches du vainqueur des Anglais, du défenſeur des croiſés, du héros qui paſſe les mers pour aller combattre dans l'Egypte ? Oui, fans doute, elles le furent ; il enfeigne à fes peuples qu'ils peuvent eux-mêmes faire avec les étrangers ces échanges utiles, dont le fecret était alors dans cette nation par-tout profcrite & par-tout répandue, qui, fans cultiver la terre, en dévorait la fubftance ; il encourage l'induftrie de fon peuple ; il le délivre des fecours funeftes dont il était accablé par ce peuple errant, qui n'a d'induftrie que l'ufure.

Le droit de fabriquer en fon nom les gages des échanges de la foi publique, & d'en fixer le titre & le poids, était un de ces droits que la vanité & l'intérêt de mille feigneurs réclamaient, & dont ils abufaient tous. Ils recherchaient l'honneur de voir leurs noms fur ces monumens d'argent & d'or ; & ces monumens étaient ceux de l'infidélité. Leur prérogative était devenue le droit de tromper les peuples. Que de foins, que d'infinuations, que d'art il fallut pour obliger les uns à être juftes, & les autres à vendre au fouverain ce droit fi dangereux ?

Voilà ce qui fut le plus difficile ; car il ne lui coûtait pas de juger contre lui-même, quand il fallait décider entre les droits du domaine royal & les héritages d'un citoyen. Si la caufe entre la vigne de *Naboth* & celle du prince était douteufe, c'était le champ de *Naboth* qui s'accroiffait du champ de l'oint du Seigneur.

Du même fond de juftice dont il tranfigeait avec les particuliers, il négociait avec les princes. Ne penfons pas qu'en effet il y ait une morale pour les citoyens, & une autre pour les fouverains, & que le prétexte du bien de l'Etat juſtifie l'ambition du monarque.

La ſageſſe des hommes, ſi ſouvent inique & ſi ſouvent trompée dans ſes iniquités, ſemble permettre qu'on profite de ſa puiſſance & de la faibleſſe d'autrui, qu'on s'agrandiſſe ſur les ruines d'un voiſin qui ne peut ſe défendre, qu'on le force par des traités à ſe dépouiller, & qu'on puiſſe ainſi devenir uſurpateur par des titres qui ſemblent légitimes. *Où eſt l'avantage, là eſt la gloire*, a dit un ſouverain réputé plus ſage ſelon les hommes que ſelon DIEU. *Où eſt la juſtice, là eſt l'avantage*, diſait St *Louis*. Il connaît les devoirs du roi, il connaît ceux du chrétien. Homme ferme, il aſſure à ſa famille la Normandie, le Maine & l'Anjou : homme juſte, il laiſſe la Guyenne aux deſcendans d'*Eléonor* de Guyenne, qui, après tout, en étaient les héritiers naturels.

Tels ſont les exemples d'équité que St *Louis* donne à tous les monarques, & que renouvelle aujourd'hui le plus aimé, le plus modéré de ſes deſcendans, deſtiné à montrer, comme lui, à la terre que la grande politique eſt d'être vertueux. L'un prévient la guerre en feſant le partage des provinces ; l'autre, au milieu des victoires, cède les provinces qu'il a conquiſes & qu'il peut conſerver. Quand on traite ainſi, on eſt ſûr d'être l'arbitre des couronnes. Auſſi l'Europe vit ſes peuples & ſes rois, les ſuprêmes pontifes & les empereurs, remettre à St *Louis* leurs différends. Cet honneur que l'ancienne Rome s'arrogeait à force d'injuſtices, à force d'artifices & de victoires, il l'obtint par la vertu.

Tant de fageſſe ne peut être deſtituée de vigueur.
Le vertueux, quand il eſt faible, n'eſt jamais grand.
Vous ſavez, Meſſieurs, avec quelle force il ſut
contenir dans ſes bornes la puiſſance qu'il reſpeſtait
le plus. Vous ſavez comment il ſut diſtinguer deux
limites ſi unies & ſi différentes. Vous admirez
comment le plus religieux des hommes, le plus
pénétré d'une piété ſcrupuleuſe, accorde les devoirs
du fils aîné de l'Egliſe, & du défenſeur d'une couronne, qui pour être la plus fidelle n'en eſt pas
moins indépendante. Applaudi de toutes les nations,
révéré dans ſes Etats des eccléſiaſtiques qu'il réforme,
& à Rome du pontife auquel il réſiſte.

Quiconque étudie ſa vie, le voit toujours grand
& ſage avec ſes voiſins, ſes vaſſaux & ſes peuples.

Mais quand on parle devant vous, Meſſieurs,
on ne doit pas oublier ce que St Louis fit pour les
ſciences. Indigné que les Muſulmans les cultivaſſent,
& qu'elles fuſſent négligées dans nos climats; qu'on
y apprît d'eux l'ordre des faiſons; qu'on cherchât
chez eux les remèdes du corps, & quelques lumières
de l'eſprit; il ralluma, du moins pour un temps,
ces flambeaux éteints pendant tant de ſiècles; & il
prépara ainſi à ſes deſcendans la gloire de les fixer
chez les Français, en les remettant entre vos mains.

Suppléez, Meſſieurs, à tout ce que je n'ai point
dit ſur le gouvernement de St Louis : mais faible
miniſtre des autels, deſtiné à n'annoncer que la
paix, pourrais-je parler ici de ſes guerres? Oui,
elles ont toutes été juſtes ou ſaintes. O religion!
c'eſt-là ton plus beau triomphe. Celui qui ne craint
que Dieu, doit être le plus courageux des hommes.

SECONDE PARTIE.

S i *St Louis* n'avait montré qu'un courage ordinaire, c'était affez pour fa gloire : il pouvait vaincre, en fe contentant d'animer par fa préfence des fujets qui cherchent la mort dès qu'elle eft honorée des regards du maître. Mais c'eft peu de les infpirer toujours ; il combat toujours pour eux comme ils combattent pour lui ; il donne toujours l'exemple ; il fait à leur vue ce qu'à peine le courage le plus ardent, l'émulation la plus animée leur ferait hafarder à la vue de leur fouverain.

La journée de Taillebourg eft encore récente dans la mémoire des hommes ; cinq cents ans d'intervalle n'en ont pas effacé le fouvenir : & comment l'oublierions-nous, lorfque nous voyons aujourd'hui dans un defcendant de *St Louis*, le feul roi, qui depuis ce jour mémorable ait vaincu en perfonne les mêmes peuples dont triompha fon aïeul immortel ?

Votre imagination fe peint ici, fans doute, ce pont devenu fi célébre, où *Louis* prefque feul arrête l'effort d'une armée. Nos annales contemporaines & fidelles atteftent ce prodige ; & ce qui eft encore plus rare, c'eft que ce grand roi, hafardant ainfi une vie fi précieufe, penfait n'avoir fait que fon devoir. Il lui fut donné de faire avec fimplicité les chofes les plus grandes. Il remporte deux viƈoires en deux jours ; mais il ne met fa gloire que dans le bien qui peut en réfulter. Les plus grands capitaines n'ont pas toujours profité de leurs viƈoires : l'hiftoire ne nous laiffe pas douter que *St Louis* n'ait

profité des fiennes, & par la rapidité de fes marches,
& par des fuccès qui valent des batailles, fans en
avoir la célébrité ; & furtout par la paix, cette paix
tant défirée, tànt troublée par le genre-humain, &
qu'il faut acheter par l'effufion de fon fang. *Louis*
l'accorda, cette paix, aux ennemis qu'il pouvait
accabler, & aux rebelles qu'il pouvait punir ; il
favait de quel prix eft la clémence ; il favait combien
il y a peu de grandeur à fe venger ; que tout homme
heureux peut faire périr des infortunés ; & que
d'accorder la vie n'appartient qu'à DIEU & aux rois
qui font fon image.

Tel on le vit en Europe, tel il fut en Afie ; non
pas auffi heureux, mais auffi grand. Il ne m'appartient pas de traiter de téméraires ceux qui dans ce
fiècle éclairé condamnent les entreprifes des croifades
autrefois confacrées. Je fais qu'un célébre & favant
auteur paraît fouhaiter que les croifades n'euffent
jamais été entreprifes. Sa religion ne lui laiffe pas
penfer que les chrétiens d'Occident duffent regarder
Jérufalem comme leur héritage. Jérufalem eft la
ville fainte, confacrée par les myftères de notre
rédemption, par la mort d'un DIEU, digne & faint
objet des vœux de tous les chrétiens ; mais c'eft le
ciel où DIEU réfide, qui eft le patrimoine des enfans
du ciel. La raifon femble défapprouver encore que
l'Europe fe dépeuplât pour ravager inutilement l'Afie;
que des millions d'hommes, fans deffein arrêté,
fans connaiffances des routes, fans guides, fans
provifions affurées, fe foient précipités & fe foient
écoulés comme des torrens dans des contrées que
la nature n'avait point faites pour eux. Voilà ce qu'on

allégue pour condamner l'entreprife de *St Louis*;
& on ajoute la raifon la plus ordinaire & la plus
forte fur l'efprit des hommes, c'eft que l'entreprife
fut malheureufe.

Mais, Meffieurs, il n'y a ici aucun de vous qui
ne me prévienne, & qui ne fe dife à lui-même : il
n'y a jamais eu d'action infortunée qui n'ait été
condamnée ; & plus le fiècle eft éclairé, plus vous
fentez que le fuccès ne doit pas être la règle du jugement des fages, comme il n'eft pas toujours dans les
voies de DIEU la récompenfe de la vertu.

Tout homme eft conduit par les idées de fon
fiècle ; une croifade était devenue un des devoirs
d'un héros. *St Louis* voulait aller réparer les difgraces
des empereurs & des rois chrétiens. Les croifés qui
l'avaient précédé avaient fait beaucoup de fautes ;
& c'eft par cette raifon-là même qu'il les fallait
fecourir. Les cris de tant de chrétiens gémiffans
l'appelaient de l'Orient, la voix du fouverain pontife
l'excitait de l'Occident : le dirai-je enfin ? la voix
de DIEU parlait à fon cœur. Il avait fait vœu d'aller
délivrer fes frères opprimés. Il ne penfait pas que
la crainte d'un mauvais fuccès pût délier fes fermens.
Il n'avait jamais manqué de parole aux hommes,
pouvait-il en manquer à DIEU pour lequel il allait
combattre?

Quand fon zèle eut déployé l'étendard du DIEU
des armées, fa fageffe oublia-t-elle une feule des
précautions humaines qui peuvent préparer la
victoire? Les *Paul-Emiles*, les *Scipions*, les *Condés* &
les héros de nos jours, ont-ils pris des mefures plus
juftes?

Ce port d'Aigues-mortes, devenu aujourd'hui une place inutile, vit partir la flotte la plus nombreufe & la mieux pourvue qui ait jamais vogué fur les mers. Cette flotte eft chargée des mêmes héros qui avaient combattu fous lui à Taillebourg ; & le même capitaine qui avait vaincu les Anglais pouvait fe flatter de vaincre les Sarrazins.

Affez d'autres, fans moi, l'ont peint s'élançant de fon vaiffeau dans la mer, & victorieux en abordant au rivage. Affez d'autres l'ont repréfenté affrontant ces traits de flammes, dont le fecret, tranfmis des Grecs aux Sarrazins, était ignoré des chrétiens occidentaux. Il remporte deux victoires ; il prend Damiette ; il s'avance à la Maffoure. Le voilà prêt à fubjuguer cette contrée, que fon climat, fon fleuve, fes anciens rois, fes conquérans ont rendue fi célébre. Encore une victoire, & le vulgaire l'égale aux plus fameux héros. Mais, Meffieurs, il n'a pas befoin de cette victoire pour les égaler à vos yeux, vous ne jugez pas les hommes par les événemens. Quand St Louis a eu des guerriers à combattre, il a été vainqueur ; il n'eft vaincu que par les faifons, par les maladies, par la mort de fes foldats qu'un air étranger dévore, & par fa propre langueur. Il n'eft point pris les armes à la main : il ne l'eût pas été, s'il eût pu combattre.

Dois-je, Meffieurs, me laiffer entraîner à l'ufage de repréfenter ceux qui eurent ce grand-homme dans leurs fers, comme des barbares fans vertu & fans humanité ? Ils en avaient fans doute ; ils étaient des ennemis dignes de lui, puifqu'ils refpectèrent fa vie qu'ils pouvaient lui ôter ; puifque leurs médecins le guérirent dans fa prifon, du mal contre lequel il n'avait pu trouver de remède dans fon camp ; puifqu'enfin, comme cet illuftre captif l'attefte lui-même dans fa lettre à la reine fa mère, le fultan lui propofa la paix, dès qu'il l'eut en fon pouvoir.

Le foldat eft par-tout inhumain, emporté, barbare. Le faint roi avoue que les fiens avaient maffacré les mufulmans dans la Maffoure, fans diftinction d'âge ni de fexe. Il n'eft pas étonnant que des peuples attaqués dans leurs foyers fe foient vengés ; mais, en fe vengeant & en fe défendant, ils montrèrent qu'ils connaiffaient le refpect dû au malheur; & la générofité. Ils firent la garde devant la maifon de la reine ; le fultan remit au roi la cinquième partie de la rançon qu'il devait payer ; action auffi noble que celle du vaincu, qui s'étant aperçu que les Mufulmans s'étaient mécomptés à leur défavantage, leur envoya ce qui manquait au prix de fa délivrance.

Plus il y avait de grandeur d'ame parmi fes ennemis, plus s'accroît la gloire de *St Louis;* elle fut telle que parmi les Mamelus, il s'en trouva qui conçurent l'idée d'offrir la couronne d'Egypte à leur captif.

Jamais la vertu ne reçut un plus bel hommage. Ses ennemis voyaient en lui ce que tous les hommes admirent, la valeur dans les combats, la générofité dans les traités, la conftance dans l'adverfité. Les vertus mondaines font admirées des hommes mondains ; mais pour nous, portons plus haut notre admiration : voyons non ce qui étonnait l'Afrique, mais ce qui doit nous fanctifier. Voyons-y cette piété

héroïque,

héroïque, qui me rappelle à toutes les actions saintes de sa vie, à ce grand objet de mon discours, à celui que vos cœurs se proposent.

TROISIEME PARTIE.

J'ai loué le grand-homme qui a gouverné des nations, qui a conduit de nombreuses armées ; mais les vertus du roi & du capitaine ne peuvent être d'usage que pour ce très - petit nombre d'hommes que Dieu met à la tête des peuples. De quoi nous servira, à nous, une admiration stérile ? Nous voyons de loin ces grandes vertus ; il ne nous est pas donné de les imiter : mais toutes les vertus du chrétien sont à nous. Si le plus grand prince de son siècle a été saint, qui ne peut aspirer à l'être ? Roi, il est le modèle des rois : chrétien, il est le modèle de tous les hommes.

Il me semble qu'une voix secrète s'élève en ce moment au fond de nos cœurs. Elle nous dit : Regardez cet homme qui est né sur le premier trône du monde. Il a été exposé à tous les dangers dont les charmes séduisent les ames. Les plaisirs se sont présentés en foule à ses sens ; les flatteurs lui ont préparé toutes les voies de la séduction : il les a évitées ; il les a rejetées.

Quel exemple pour nous ! il est humble dans le sein de la grandeur ; & nous, hommes vulgaires, nous sommes enflés de vanité & d'orgueil ! Il est roi, & il est humble ! C'est beaucoup pour les moindres particuliers d'être modestes. Mais, quelle différence entre la modestie & l'humilité ! Que cette modeftie eft trompeufe ! Qu'il entre d'amour-propre dans cet art de cacher l'amour-propre ! de paraître ignorer fon mérite pour le mieux faire remarquer ! de dérober fous un voile l'éclat dont on eft environné, afin que d'autres mains lèvent ce voile que vous n'oferiez tirer vous-même !

O hommes, enfans de la vanité ! votre modeftie eft orgueil. La plus pure eft celle qui eft la moins corrompue par la fecrète complaifance du cœur : elle eft alors tout au plus une bonne qualité ; mais l'humilité eft la perfection de la vertu.

St Louis fecourt les pauvres ; tous les païens l'ont fait : mais il s'abaiffe devant eux ; il eft le premier des rois qui les ait fervis ; il les égale à lui ; il ne voit en eux que des citoyens de la cité de DIEU, comme lui. C'eft-là ce que toute la morale païenne n'avait pas feulement imaginé. Il était le plus grand des rois, & il ne fe croit pas digne de régner. Il veut abdiquer une couronne qu'on eût dû lui offrir, fi fa naiffance ne la lui avait pas donnée.

Quoi ! un roi dans la force de l'âge, un roi l'exemple de la terre, ne fe croit pas égal à la place où DIEU l'a mis ; pendant que tant d'hommes médiocres dans leurs talens, & infatiables dans leur cupidité, percent violemment la foule où ils devraient refter, frappent à toutes les portes, font jouer tous les refforts, bouleverfent tout, corrompent tout, pour parvenir à de faibles dignités, à je ne fais quels emplois dont encore ils font incapables !

La charité n'eft pas moins étrangère à l'antiquité profane : elle connaiffait la libéralité, la magnanimité ;

mais ce zèle ardent pour le bonheur des hommes &
pour leur bonheur éternel, les anciens en avaient-ils
l'idée ? Ont-ils approché de cette ardeur avec laquelle
le faint roi travaillait à fecourir les ames des faibles,
& à foulager tous les infortunés ?

Toutes les vertus humaines étaient chez les
anciens, je l'avoue; les vertus divines ne font que
chez les chrétiens.

Où eft le grand-homme de l'antiquité, qui ait
cru devoir rendre compte à la juftice divine, je ne
dis pas de fes crimes, je dis de fes fautes légères, je
dis des fautes de ceux qui, chargés de fes ordres,
pouvaient ne les pas exécuter avec affez de juftice ?

Quel bon roi, dans les fauffes religions, a vengé
tous les jours fur foi-même des erreurs attachées à
une adminiftration pénible, & dont les princes ne
fe croient pas toujours refponfables ?

Quels climats, quelles terres ont jamais vu des
monarques païens foulant aux pieds & la grandeur
qui fait regarder les hommes comme des êtres fubal-
ternes, & la délicateffe qui amollit, & le dégoût
affreux qu'infpire un cadavre, & l'horreur de la
maladie, & celle de la mort, porter de leurs mains
royales des hommes obfcurs frappés de la contagion,
& l'exhalant encore, leur donner une fépulture que
d'autres mains tremblaient de leur donner ?

Ainfi la religion produit dans les ames qu'elle a
pénétrées un courage fupérieur, & des vertus fupé-
rieures aux vertus humaines. Elle a encore fanctifié
dans St *Louis* tout ce qu'il eut de commun avec les
héros & les bons rois.

La fermeté dans le malheur n'eſt pas une vertu
rare. L'ame ramaſſe alors toutes ſes forces ; elle ſe
meſure avec ſes deſtins ; elle ſe donne en ſpectacle
au monde. Quiconque eſt regardé des hommes , peut
ſouffrir & mourir avec courage. On a vu des rois
captifs, attachés au char de leur vainqueur, braver
dans l'excès de l'humiliation le ſpectacle des pompes
triomphales. On a vu des vaincus ſe donner la mort,
non pas avec cette rage qu'inſpire le déſeſpoir, mais
avec le ſang-froid d'une fauſſe philoſophie.

O vains fantômes de vertu ! ô aliénation d'eſprit !
que vous êtes loin du véritable héroïſme ! Voir d'un
même œil la couronne & les fers , la ſanté & la
maladie, la vie & la mort ; faire des choſes admi-
rables , & craindre d'être admiré ; n'avoir dans le
cœur que DIEU & ſon devoir ; n'être touché que des
maux de ſes frères , & regarder les ſiens comme une
épreuve néceſſaire à ſa ſanctification ; être toujours
en préſence de ſon DIEU ; n'entreprendre, ne réuſſir,
ne ſouffrir , ne mourir que pour lui : voilà *St Louis*,
voilà le héros chrétien, toujours grand & toujours
ſimple, toujours s'oubliant lui-même. Il a régné
pour ſes peuples ; il a fait tout le bien qu'il pouvait
faire, même ſans rechercher les bénédictions de ceux
qu'il rendait heureux. Il a étendu ſes bienfaits dans
les ſiècles à venir, en redoutant la gloire qui devait
en être le prix. Il n'a combattu que pour ſes ſujets
& pour ſon DIEU. Vainqueur, il a pardonné ; vaincu,
il a ſupporté la captivité, ſans affecter de la braver.
Sa vie a coulé toute entière dans l'innocence & dans
la pénitence ; il a vécu ſous le cilice, il eſt mort ſur
la cendre.

Héros & père de la France, modèle des rois & des hommes, tige des Bourbons, veillez fur eux & fur nous ; confervez la gloire & la félicité de ce royaume. C'eſt vous fans doute qui infpirâtes à *Charles V* votre fageſſe, à *Louis XII* cet amour de fon peuple ; c'eſt par vous que *François I* fut le père des lettres ; c'eſt vous qui rendîtes *Henri IV* à l'Eglife ; c'eſt à votre exemple qu'il fut vaincre & pardonner ; vous avez donné votre force & votre munificence à *Louis XIV;* vous avez vu votre modération dans les victoires égalée par celui de vos fils qui règne aujourd'hui fur nous. Puiſſe ce roi , votre digne fucceſſeur, régner long-temps fur un peuple dont il fait l'amour, le bonheur & la gloire ; & puiſſent fes vertus, ainſi que les vôtres, fervir d'exemple aux nations. Ainſi foit-il.

Fin du tome fecond.

TABLE

DES PIECES

CONTENUES DANS CE VOLUME.

Fin de la Table du deuxième volume.

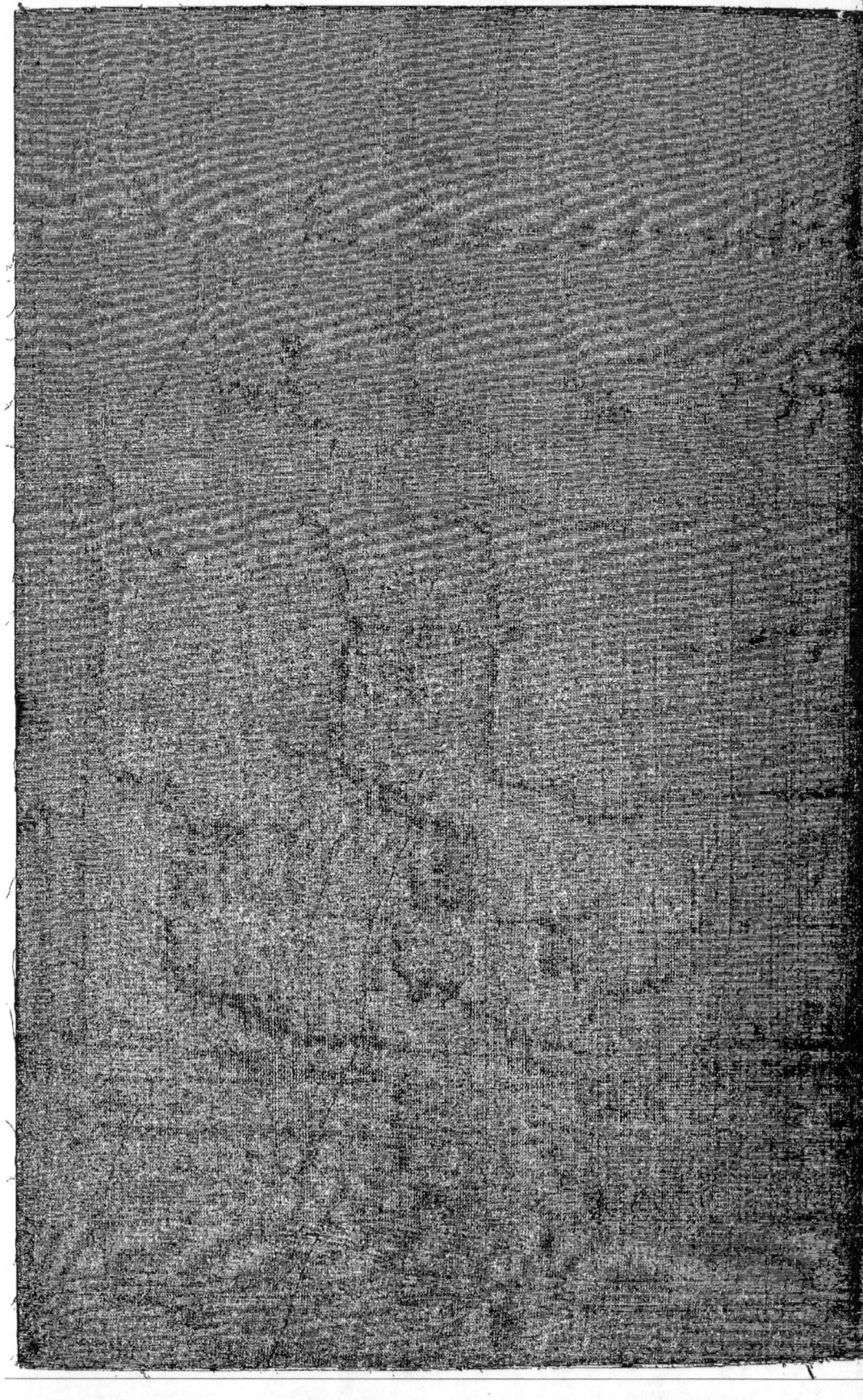

www.ingramcontent.com/pod-product-compliance
Lightning Source LLC
Chambersburg PA
CBHW070755030726
47504CB00003B/564